香港文學
中華非物質文化叢書　文學類

中國歷代筆記選介 甲集

劉祖農 著

書名：中國歷代筆記選介甲集
系列：中華非物質文化叢書　文學類
作者：劉祖農
主編：潘國森
封面設計：方心蕙

出版：心一堂有限公司
通訊地址：香港九龍旺角彌敦道六一〇號荷李活商業中心十八樓〇五至〇六室
深港讀者服務中心：中國深圳市羅湖區立新路六號羅湖商業大厦負一層008室
電話號碼：(852) 90277110
網址：publish.sunyata.cc
電郵：sunyatabook@gmail.com
網店寶店地址：https://sunyata.taobao.com
微店地址：https://weidian.com/s/1212826297
臉書：https://www.facebook.com/sunyatabook
讀者論壇：http://bbs.sunyata.cc

版次：二零二四年四月

平裝

定價：港幣二百四十八元
　　　新台幣八百六十十元

國際書號　978-988-8583-14-0

香港發行：聯合新零售（香港）有限公司
香港新界荃灣德士古道220-248號荃灣工業中心16樓
電話號碼：(852)2150-2100
電郵：info@suplogistics.com.hk

台灣發行：秀威資訊科技股份有限公司
地址：台灣台北市內湖區瑞光路七十六巷六十五號一樓
電話號碼：+886-2-2796-3638 傳真號碼：+886-2-2796-1377
網絡書店：www.bodbooks.com.tw
台灣國家書店讀者服務中心：
地址：台灣台北市中山區二〇九號一樓
電話號碼：+886-2-2518-0207
傳真號碼：+886-2-2518-0778
網址：www.govbooks.com.tw

心一堂微店二維碼

心一堂淘寶店二維碼

目錄

總序

劉詩人祖農校長的新作選介多種中國歷代筆記，命序予余，欣然遵令。

說到「筆記」，當代中國讀書人可能立刻聯想到在學校課堂上聽課時，隨手書寫老師講課重點的文字紀錄。筆者上大學時，有一位老師從來不肯發文字講義，要學生瞬時「默書」，那時感覺很奇怪。過了一段時日才明白老師的深謀遠慮！離開校園後，日常工作上無可避免要迅速寫「筆記」，皆因上司給的口頭指令通常只講一遍，作為下屬很難開口說未有聽得清楚而請上司再講，若怕記不住語音，就只能「速記」了。

劉詩人今番講論的「筆記」，專指中國傳統文學的一種獨特文體，體裁以隨筆記錄為主、較多由分條的短篇彙集而成。

前賢總結筆記的內容，大抵有三：即雜錄見聞、辨正俗訛，和闡述古義。

劉詩人選介了五十一種筆記。

有些乾脆就以「筆記」兩字命名，如《老學庵筆記》、《蘆浦筆記》；叫「記」的最多，如《搜神記》、《拾遺記》、《教坊記》，還有加上形容怎樣記或記了些甚麼的《西京雜記》、《搜神後記》、《續齊諧記》、《菽園雜記》、《歸田瑣記》等；亦有以「筆」稱，如《容齋隨筆》。

還有用錄、志、編等同義詞的。如《幽明錄》、《劉賓客嘉話錄》、《丁晉公談錄》、《歸田錄》、《侯鯖錄》、《南村輟耕錄》、《古夫于亭雜錄》、《博物志》、《東坡志林》、《龍川略志》、《龍川別志》、《泊宅編》和《雞肋編》。

「筆記」又多以當代「時事」和「見聞」為題材，本作選有《安祿山事迹》、《開元天寶遺事》、《南唐近事》和《曲洧舊聞》。

又因「筆記」多記錄名人講論之事，便有言、語、談、話等名堂。如《北夢瑣言》、《世說新語》、《石林燕語》、《齊東野語》、《山居新語》、《廣東新語》、《夢溪筆談》、《萍洲可談》、《池北偶談》、《玉堂嘉話》和《分甘餘話》。

此中筆記以《世說新語》最為當代中國讀書人和年輕學子所熟知，畢竟中學國文課必有節選書中若干條作為讀本學習之用，讀《世說新語》遂成為生於二十世紀中國小孩的集體記憶。

筆者離開校園之後偶然翻閱前賢筆記，多為碰上要查找文史典故而為之。偶讀他人引蘇軾《東坡志林》，知韓愈蘇軾隔代兩大文豪都曾以五星術算命。韓愈《三星行》有云：「我生之辰，月宿南斗。」東坡讀此而知韓愈身宮在磨蠍宮（Capricorn，又作摩羯、山羊），而他自己則是命宮在磨蠍宮，遂得出二人皆「平生多得謗譽」的結論，有同病相憐之嘆。今人讀歷代筆記，多有由前輩老師宿儒用現代標點重排刊行的註解本可供選讀，學者稱便。劉詩人書齋所藏四百餘種筆記諒來多屬此類。《東坡志林》卷一〈退之平生多得謗譽〉條，註解本引葛立方《韻語陽秋》論蘇軾《謝生日啟》：「月宿值於南斗，更借虛名。」五星以月亮所值宮位為身宮，葛立方以《東坡志林》和《謝生日啟》並讀，遂得出結論曰：「東坡以身命同宮，故謗譽尤重於退之。」韓退之「送窮無術」，有「雪擁藍關」之困；但比起蘇子瞻以宰輔之才（見《甲集．泊宅編》卷一〈東坡下御史獄〉及《乙集．曲洧舊聞》卷一〈慈聖防仁宗飲酒過度〉等），非但不得大用，兼且受「烏臺詩案」（甲乙兩集多有論及）之累而顛沛流離，謗譽確是輕重懸殊。

讀歷代筆記既可以如筆者那樣偷懶，只間歇地、有目的地尋覓檢索合用的吉光片羽；亦可以效法劉詩人那樣腳踏實地、一部一部從頭到尾細讀。劉詩人既博覽群書，當然可以作橫向比較、相互印證。其所選介的故事，經常有同一人、同一事而在多部筆記中有論，且內容偏重不同而相輔相成。讀者細讀劉詩人的選介文字，於「諸書並讀」的讀書心法當有會心，並獲益良多。

清末民初作家李宗吾（一八六九至一九四三）曾經提出「讀書三訣」，依次為「以古為敵」、「以古為友」、「以古為徒」；皆因其「每讀古人之書，無在不疑」。劉詩人讀筆記，亦似李氏必順便挑錯，「逐處尋他縫隙，一有縫隙，即便攻入」；亦常「把古人當如良友，互相切磋」。不過李宗吾是現代「怪論家」的鼻祖，言出驚人，說讀古人書可以「當如評閱學生文字一般」；劉詩人則是謙謙君子，雖然多有指正前賢之疵，亦諒解筆記作者間有「欠缺詳盡的考證，有時不免出錯」（見詩人自序），只是平實道來。

前賢筆記多記錄當代時聞，「時聞」等於今天人們常接收到的新聞資訊，新聞報導最重視人物、時間和地點要準確無誤。今人讀前人之書，依人、時、地三者考察，常可「辨正俗訛」。如劉詩人辨正《拾遺記》寫劉先主甘皇后大談「吳魏未滅」是當事人預見自己身後的未來事，又指出書中記麋竺活到「蜀破後」不符史實等等，即是以當事人的生卒年與前後事互證的基本法。

劉詩人熱愛曲藝，是粵曲唱家。中國傳統地方戲曲的民間作者，常有遷就觀眾而以君主貴人死後才有的謚號相稱，而名人的封爵隨時而改，便難免有談及日後才獲封的名位。如《世說新語》記魏卞太后為救子曹植，對曹丕說道：「汝已殺我任城，不得復殺我東阿。」劉詩人指出稱呼有誤，曹丕（他人在生是未有「魏文帝」的謚號）殺任城王曹彰在先，曹植改封東阿王已是曹丕駕崩以後的事。類似的事，在傳統地方戲曲常有，如晚近以清孝莊文皇后（皇太極之妻、順治帝之母、康熙帝之祖母）為題材的新劇，劇中人竟以「孝莊」自稱，為識者笑矣！不過，若從遷就觀眾的角度來看，亦屬一時難除盡的舊習。近觀中國內地的古裝宮廷劇，宋室宮中妃嬪都會得敬稱皇上為「官家」而不是甚麼宗的亂叫，實是時代的進步。

我們二十世紀下半葉出生的「中國小孩」，遇上學制改革，要學文、理、社、商等繁多科目，自難如舊社會讀書人那樣多讀筆記之類的「閒書」。晚近廣大讀者較多知中國傳統文學有筆記這一文體，應該說是讀過金庸為《卅三劍客圖》寫的一系列短文，這些文字因為附錄在小說《俠客行》之後刊行而吸引更多讀者一讀。

劉詩人選的筆記與「小查詩人」（筆者對金庸的敬稱，海寧查家清初大詩人查慎行是「老查」，查良鏞就只能是「小查」了）不同。小查詩人是為尋覓《卅三劍客圖》故事出處而為之，劉詩人卻是讀完幾百種筆記之後，向讀者推介自已最喜歡和認為最有價值的五十一種。劉詩人選引的段落，有不少屬於「詩話」，蓋亦「詩人本色」也。亦有旁及養生之道和許多「冷門小知識」，細讀劉詩人的選介，對於增進中國文化的修養，當屬「有益而有建設性」。

金庸註《卅三劍客圖》的〈虬髯客第二〉、〈汝州僧第五〉、〈京西店老人第六〉、〈蘭陵老人第七〉和〈盧生第八〉出自《酉陽雜俎》；〈荊十三孃第十〉、〈四明頭陀第十四〉、〈丁秀才第十五〉，出自《北夢瑣言》。此外，〈張忠定第二十三〉談及《老學庵筆記》、《龍川別志》和《夢溪筆談》；〈俠婦人第三十一〉則談及《齊東野語》、《鶴林玉露》和《涑水紀聞》。讀者如果有意進一步認識這些筆記，大可先拜讀劉詩人的選介，然後順藤摸瓜，再去看看原書。有一故事剛好是小查詩人和劉詩人都不約而同的選講，筆者這就不點破，留給讀者自行發掘。

當然，筆者建議還是從《世說新語》入手為佳。此書多錄兩漢魏晉名人的嘉言懿行，三十六門之中，頭四門的德行、言語、政事、文學，正正是「孔門四科」，劉義慶的編纂實是饒有深意。

《卅三劍客圖》的內容主要是唐宋奇人異士的逸聞，金庸勾尋故事的出處，包括唐代李復言《續玄怪錄》、皇甫氏《源化記》、袁郊《甘澤謠》、康駢《劇談錄》、王定保《唐摭言》、薛用弱《集異記》、羅隱《廣陵妖亂志》等；與及宋李昉等編《太平廣記》、王鞏《聞見舊錄》、劉斧《青瑣高議》、釋文瑩《玉壺清話》、吳淑《江淮異人錄》和洪邁《夷堅志》等。這些筆記或許不屬劉詩人認為可以向初學者推介的入門讀物，或許可成為本作《丙集》的題材呢！

是為序。

潘國森

癸卯孟春

別序

讀書人為師友的書作序，卻不曾讀過原書，照樣可以侃侃而談的，大有人在。

為證明筆者有讀過書稿才執筆行文，自然要談談書的內容。

劉詩人介紹《幽明錄》第一百零二條「王凝之夫人謝氏，頓亡二男……」，又提及《異苑》卷六亦有論及此事，那是劉詩人給讀者的「功課」，諸君可以拿《異苑》對讀。然後劉詩人筆鋒一轉，引《晉書》記載才女謝道韞嫌棄夫婿王凝之是庸才，及不上自家諸叔父兄弟。又引《世說新語．言語》的「詠雪」故事，原文是：

謝太傅寒雪日內集，與兒女講論文義。俄而雪驟，公欣然曰：「白雪紛紛何所似？」兄子胡兒曰：「撒鹽空中差可擬。」兄女曰：「未若柳絮因風起。」公大笑樂。即公大兄無奕女，左將軍王凝之妻也。

自來論者可說是清一色認為謝道韞的比喻遠勝謝朗（胡兒），四十多年前初讀此條時，亦從眾論。一來「公大笑樂」似乎是為了「柳絮因風起」一語；二來謝朗謙稱「差可擬」，謝道韞卻信心十足的說「未若」；高低優劣之差，還有甚麼可議？

筆者生長在南國，孤陋寡聞，直到十多年前才初次在北地遇見下雪天。親身見聞，卻驚覺：「這雪下得不就正正是如『撒鹽空中』嗎？肯定不是『柳絮因風起』呀！」

再細想之，「撒鹽空中」的雪花飛得急而重墜，「柳絮因風起」則是緩而輕飄；且鹽小絮大，謝朗和謝道韞的說法各有各的道理，不能輕言「未若」。謝朗於「言語」一門的功力，未必便不及謝道韞，由是慨嘆待人接物較多謙退的人，總是吃虧！不過舊時代男女有別，兒郎有自己的事功，女子卻欠用世的機遇。這謝家的才女嫁得不好，後世難免給她的才華加點同情分。

說到《異苑》，劉詩人介紹卷七的〈謝客兒〉，自必然要順道談談「才高八斗」的典故。語出南朝劉宋無名氏《釋常談》：

謝靈運嘗曰：「天下才共一石，曹子建獨得八斗，我得一斗，自古及今共用一斗。」

我們後代人讀古書，只能相信無名氏的說法，認為謝靈運確是曾有此言。同是謝姓宗親的「言語」，謝太傅安的眾兒女是在講學問，謝靈運的名句就頗有釣譽的痕跡，語出浮誇。這番分一石才的話，重點其實不在於謝靈運對曹植的文才推崇備致，「魔鬼在細節」，重點在後文。老謝自得一斗，然後「自古及今」只能「共用一斗」，那就是大言炎炎，說道自己的文才與自古及今所有人等量齊觀，真是狂妄得可以！宜乎自來中國讀書人十九都知「才高八斗」之說，卻也十九不記是老謝的狂言。

匆匆讀完《甲集》，以謝家兩個「言語」故事感受較深。其他有趣的「見聞」，就讓讀者自行發掘，談得太多的話，序言變成了〈我看劉祖農《中國歷代筆記選介》〉的長篇書評，未免喧賓奪主，失禮方家了。

是為序。

潘國森
癸卯孟春

自序

我喜歡藏書，喜歡閱讀。雖然我在求學年代是讀理科的，但我對文科從未忽略。在家中只可容膝的書房中各類藏書共有三萬餘冊，以文、史、哲、棋藝、曲藝等書籍佔了大部分。

在我所藏的書中，中國歷代的筆記有四百多本。這大多是我歷年來在香港逛書局時搜羅到的，有部分則是我在國內旅遊時，在北京、西安、武漢、洛陽、長沙、南京、杭州、廣州等城市的書坊中找到的。這些筆記成書的年代由兩漢起，歷魏晉南北朝、隋、唐、五代十國、兩宋、元、明，至清朝止。

中國歷代筆記的內容不拘一格，或詳或簡，都是多采多姿，包羅萬有的。它們的作者是他們所處的年代的精英。這些作者博學多才，文筆卓越。他們筆下的內容，整體來說，包括文學、歷史、政治、天文、地理、數學、礦物學、地質學、動植物學、醫學、卜算、音律、異事、奇聞、軼事等等。閱讀這些書，使我們好像走進了一個時間的長廊，回到他們的年代，聽他們說故事一樣。藉此，我們可以增加自己各方面的知識。我在閱讀這些書籍時，每每會有思古之幽情呢。

歷來，很多學者稱這些筆記為「筆記小說」。南朝文學批評家劉勰的文藝理論巨著《文心雕龍》中的〈才略篇〉謂：「琳瑀以符檄擅聲；徐幹以賦論標美；劉楨情高以會采；應瑒學優以得文；路粹楊修，頗懷筆記之工；丁儀邯鄲，亦含論述之美。」〈才略〉篇評論東漢獻帝建安時期的作家陳琳、阮瑀、徐幹、劉禎、應瑒、路粹、楊修、丁儀、邯鄲淳等的特點，指出路粹（?至二一四）及楊修（一七五至二一九）兩人擅長筆記。劉勰未將筆記與小說相連。在中國傳統目錄分類中，從來未有將筆記作為一個獨立門類來處理，有時會將筆記歸屬於小說，遂被統稱為「筆記小說」。其實，筆記及小說，嚴格上是兩種獨立的文體。若小說屬筆記體，才可稱為「筆記小說」。

南宋名臣洪邁（一一二三至一二〇二）的《容齋隨筆》卷首自序云：「予老去習懶，讀書不多，意之所之，隨即記錄，因其後先，無復詮次，故目之曰隨筆。」的確，很多筆記都是作者讀書所得或見聞所及，隨筆而錄下的文字，文筆自由，題材廣泛。有些記載因欠缺詳盡的考證，有時不免出錯。但，亦有很多筆記是作者刻意撰寫，希望傳世的。這些筆記內容詳實、考證嚴謹、文字出色。明末清初文學家、戲曲家李漁（一六一一至一六八〇）在他的戲曲理論專著《閒情偶寄》〈卷一．詞曲部．戒諷刺〉謂：「凡作傳世之文者，必先有傳世之心，而後鬼神效靈，予以生花之筆。」但，不論是作者隨意而寫或專心而寫的，筆記的內容對後人都有參考的價值，甚至可補充正史的缺失。

我覺得中國歷代筆記無論是對專科學者或是一般讀者來說，都是很有閱讀價值的。這些筆記有些篇幅甚長，例如南宋洪邁的《容齋隨筆》（包括隨筆、續筆、三筆、四筆、五筆）和清初王士禛的《池北偶談》都長達一千二百多條。有些筆記篇幅則很短，例如南朝吳均的《續齊諧記》只有十七條、晚唐張固的《幽閒鼓吹》只有二十六條、北宋蘇轍的《龍川略志》只有三十九條。

這些筆記不論長短，每本都有其特色及價值。我在數年前已很想寫一部書，選介其中我認為是精采的筆記，談談每一本的作者生平、筆記內容，再從筆記中抽選一些有意義、有用、或有趣的條目來作詳釋或短注。當時因為我讀的未夠多，且有別的寫作興趣，所以未有落實去做。這個計劃我在去年二月中才和潘國森先生談起。在他的支持及鼓勵下，我在去年二月下旬開始動筆，每天或多或少都寫一些，終於在今年一月初告一段落，總共選介了五十一本筆記，寫了四十八萬字，現分兩冊出版，名為《中國歷代筆記選介甲集》和《中國歷代筆記選介乙集》。甲集所選介的筆記由曹魏西晉期間張華的《博物志》起，至北宋末朱彧的《萍洲可談》止，共二十九本。乙集所選介的筆記由北宋末南宋初朱弁的《曲洧舊聞》起，至清末歐陽兆熊及金安清的《水窗春囈》止，共二十二本。

感謝心一堂為我出版這兩冊書。感謝心一堂總編輯潘國森先生賜序。感謝青年畫家方心蕙女士再次為我的書作封面設計。感謝家人及好友的支持。

劉祖農

二〇二三年一月

博物志

《博物志》，西晉張華（二三二至三〇〇）著。

張華，字茂先，范陽方城（今河北固安縣）人。西晉文學家、詩人、政治家。張華在范陽郡太守鮮于嗣推薦下任職太常博士，又屢遷佐著作郎、長史兼中書郎等職。西晉取代曹魏後，又屢遷黃門侍郎，封廣武縣侯，官至司空。晉惠帝時，遭司馬倫（？至三〇一）殺害。

他父親張平是曹魏時漁陽郡太守。張華幼年喪父，家貧，曾牧羊，同郡盧欽對他很器重。鄉人劉放「奇其才，以女妻焉。」張華「學業優博，辭藻溫麗，朗贍多通，圖緯方伎之書莫不詳覽。」此外，他「少自修謹，造次必以禮度。勇於赴義，篤於周急。器識弘曠，時人罕能測之。」初未知名，著《鷦鷯賦》以自寄，通過對鳥禽的褒貶，抒發自己的政治觀點。阮籍（二一〇至二六三）嘆其有王佐之才，張華自此聲名始著。

晉武帝咸寧元年（二七五）時，滅蜀已十二年，「大晉兵眾，多於前世。資儲器械，盛於往時。」相反，東吳則因國君孫皓（二四三至二八四）「昵近小人，刑罰妄加。大臣名將，無所親信」而「人人憂恐，各不自保」。征南大將軍羊祜（二二一至二七八）曾上疏晉武帝，主張伐吳，但眾臣認為不可。咸寧四年（二七八），羊祜病故，臨終前推薦杜預（二二二至二八五）接替自己。《晉書．杜預傳》記錄了張華的話：「吳主荒淫驕虐，誅殺賢能，當今討之，可不勞而定」。武帝終於同意。咸寧五年（二七九）冬，伐吳開始，但一度「眾軍既進，而未有克獲」，賈充（二一七至二八二）等「奏誅華以謝天下。」但武帝曰：「此是吾意，華但與吾同耳。」其他大臣「皆以為未可輕進」，但張華「獨堅執，以為必克」。

滅吳後，武帝下詔令獎賞張華：「尚書、關內侯張華，前與故太傅羊祜共創大計，遂典掌軍事，部分諸方，算定權略，運籌決勝，有謀謨之勛。其進封為廣武縣侯，增邑萬戶，封子一人為亭侯，千五百戶，賜絹萬匹。」

滅吳後，張華名重一世，荀勖（？至二八九）「自以大族，恃帝恩深，憎疾之，每伺間隙，欲出華外鎮」。又因張華舉武帝之弟齊王司馬攸，而武帝卻對其弟有猜忌，遂「微為忤旨，間言遂行。乃出華為持節、都督幽州諸軍事、領護烏桓校尉、安北將軍。」張華到職後，立刻派安北將軍嚴詢征討鮮卑慕容涉歸，並在昌黎大敗之，「撫納新舊，戎夏懷之。東夷馬韓、新彌諸國依山帶海，去州四千餘里，歷世未附者二十餘國，並遣使朝獻。於是遠夷賓服，四境無虞，頻歲豐稔，士馬強盛。」朝議欲徵張華入相。賈充黨羽侍中馮紞深感不安。馮紞曾反對伐吳，所以「紞內懷慚懼，疾張華如仇」。馮紞在武帝面前詆毀張華，說張華和反叛了的鍾會（二二五至二六四）是同類人物。武帝遂遷張華為有職無權的太常卿。

晉惠帝時，以張華為太子少傅。經過一系列朝廷內部火併，政權落到了楚王司馬瑋手中。張華獻計惠帝，「遣殿中將軍王宮說瑋矯詔，乃收瑋誅之」。事後，張華因首謀有功，拜右光祿大夫、開府儀同三司、侍中、中書監，金章紫綬，並於惠帝元康六年（二九六）官至司空。楚王瑋死後，張華有重職，但實權掌握在皇后賈南風（二五七至三〇〇）手中。賈后一度企圖廢除不是自己所生太子，以長期擅政，但因張華等極力反對才作罷。張華曾作《女史箴》來勸諫賈后，但並無作用。賈后雖凶妒，但也相當敬重張華。元康九年（二九九），賈后灌醉太子，使之書寫謀亂之書，遍示群臣。群臣均附合賈后，要求賜太子死，唯張華反對，他說：「自漢武以來，每廢黜正嫡，恒至喪亂。」最後太子從賜死改為廢為庶人。廢太子後，東宮左衛督司馬雅和常從督許超等人，謀廢賈后而復太子，遂與趙王司馬倫密謀。永康元年（三〇〇）四月二日晚，趙王倫遣司馬雅聯合張華政變，但張華拒絕。但張華並沒有揭發趙王倫之謀，意欲借倫之手廢賈后。次日趙王倫兵變，並以黨附賈后罪名執華於殿前。被處死前，他說：「臣先帝老臣，中心如丹。臣不愛死，懼王室之難，禍不可測也。」張華二子散騎常侍張禕、散騎侍郎張韙同時遇害。次年，齊王司馬冏、成都王司馬穎、長沙王司馬乂起兵，誅殺了趙王倫。齊王冏上奏請求給張華雪冤。惠帝太安二年（三〇三）朝廷正式下詔，「復華侍中、中書監、司空、公、廣武侯及所沒財物與印綬符策。」

張華雅愛書籍，身死之日，「家無餘財，惟有文史溢于機篋。」「嘗徙居，載書三十乘。」張華詩今存三十餘首。著作有《博物志》。《隋書．經籍志》錄《張華集》十卷，已佚。明代張溥在《漢魏六朝百三家集》收有《張茂先集》。

《博物志》十卷，內容包羅博雜，有山川、地理、異人、異俗、異產、異獸、異鳥、異蟲、異魚、異草木、物性、物理、物類、藥物、藥論、食忌、藥術、戲術、方士、服食、辨方士、人名考、文籍考、地理考、典禮考、服飾考、器名考、物名考、異聞、史補及雜說等。其中保留了不少古代神話的材料，對於研究中國古代文史很有參考價值。《博物志》所記山川地理深受《山海經》的影響。前三卷性質大略相當於《山海經》的縮寫，內容部分採自古籍，又雜以新的傳聞。張華還精通方術，《博物志》除記有神人異事外，還談到了方士的活動，宣揚導引之法。宋李石《續博物志》，明游潛的《博物志補》均可視為《博物志》的續書。五胡十六國時期王嘉撰的《拾遺記》卷九這樣說：「張華，字茂先，挺生聰慧之德，好觀秘異圖緯之部，捃採天下遺逸，自書契之始，考驗神怪及世間閭里所說，造《博物志》四百卷，奏於武帝。帝詔詰問，卿才綜萬代，博識無倫，遠冠羲皇，近次夫子。然記事採言，亦多浮妄，宜更刪翦，無以冗長成文。昔仲尼刪《詩》、《書》，不及鬼神幽昧之事，以言怪力亂神。今卿《博物志》，驚所未聞，異所未見，將恐惑亂於後生，繁蕪於耳目，可更芟截浮疑，分為十卷。……帝常以《博物志》十卷置於函中，暇日覽焉。」晚唐人殷文圭（?至九二〇）亦說：「晉張華讀三十車書，作《博物志》四百卷。武帝以為繁，只作十卷。」但，清初學者姚際恆（一六四七至約一七一五）在《古今偽書考》中說：「案此書淺猥無足觀，決非華作。殷之所云，正以飾是書之陋耳。魏晉間人，何嘗有著書四百卷者！且從中選得十卷，不知當若何佳，今乃爾耶！」國內學者范寧（一九一六至一九九七）在《張華博物志校證後記》中說：「若云是書偶有竄亂，固不容置辯。至謂非張華舊本，全出後人補綴，則非平允之論矣。」

此書共有三百二十三條。現選錄十餘條給大家賞讀。

第六十一條：

《河圖玉板》云：龍伯國人長三十丈，生萬八千歲而死。大秦國人長十丈，中秦國人長一丈，臨洮人長三丈五尺。

《河圖玉板》（「板」或作「版」）是漢代讖緯之書《河圖》中的一種。「玉版」本來是古人用來記錄重要內容的工具，如《黃帝內經素問·玉版論要篇》曰：「著之玉版，命曰合玉機」。王嘉撰的《拾遺記》卷一曰：「帝堯在位，聖德光洽。河洛之濱，得玉版方尺，圖天地之形。又獲金璧之瑞，文字炳列，記天地造化之始。」後來，「玉版」也用來表示重要的典籍。此書已佚，古書傳注間或稱引，但條數並不多。此條所記之龍伯國人、大秦國人、中秦國人、臨洮人，和近代英國小說《格列佛遊記：小人國和大人國》中所記載的「大人」不知有沒有相似之處。

第八十條：

漢武帝時，弱水西國有人乘毛車以渡弱水來獻香者，帝謂是常香，非中國之所乏，不禮其使。留久之，帝幸上林苑，西使千乘輿聞，并奏其香。帝取之看，大如鸞卵，三枚，與棗相似。帝不悅，以付外庫。後長安中大疫，宮中皆疫病。帝不舉樂，西使乞見，請燒所貢香一枚，以辟疫氣。帝不得已，聽之，宮中病者登日並差。長安中百里咸聞香氣，芳積九十餘日，香猶不歇。帝乃厚禮發遣餞送。

「弱水」，始見於《尚書．禹貢》：「導弱水至於合黎。」孫星衍《尚書今古文註疏》：「鄭康成曰：弱水出張掖。」《山海經》記載，崑崙之北有水，其力不能勝芥，故名弱水。後來就泛指遙遠險惡，或者汪洋浩蕩的江水河流。《海內十洲記．鳳麟洲》說：「鳳麟洲，在西海之中央，地方一千五百里，洲四面有弱水繞之，鴻毛不浮，不可越也。」此外，記載「弱水」的古籍還有《史記》、《漢書》、《後漢書》、《資治通鑑》等。此條所述之「弱水西國」給漢武帝獻的異香，可辟疫氣，可信程度較高。

第九十二條：

大宛國有汗血馬，天馬種，漢、魏西域時有獻者。

大宛國大概在今日費爾干納盆地。公元前一三〇年左右，漢朝大使張騫（?至前一一四）出使西域時曾來過此地。《史記》、《漢書》都有記載。大宛擁有相當規模的文明，當地居民五官多有高加索人種的特徵，並居住在城牆環繞的都市中，風俗與南方的中亞古國大夏相似。據《史記》記載，大宛馬「其先天馬子也」，它在高速疾跑後，肩膀位置慢慢鼓起，並流出像鮮血一樣的汗水，因此名「汗血寶馬」。漢武帝聽說大宛出產好馬，在太初元年（前一〇四）命使臣攜帶千金及一匹黃金鑄成的金馬去換取，由於雙方意見不合，換馬不成，使臣也被殺害。武帝怒，命大將軍李廣利（?至前八九）率兵往討。太初四年攻克其首都，殺大宛王，另立國王，從此大宛服屬漢朝。漢軍挑選了三千匹良馬運回中原，但這些馬經過長途跋涉後，到達玉門關時僅餘千多匹。漢武帝讓汗血寶馬等西域良馬與蒙古馬雜交。從此，中原的馬種得到改良，漢代的生產力和軍隊的裝備也因此大幅增強。

第一百零二條：

江南山溪中水射工蟲，甲類也，長一二寸，口中有弩形，氣射人影，隨所著處發瘡，不治則殺人。今鸜螋蟲溺人影，亦隨所著處生瘡。

此類「毒物」的記載，最詳盡的載於晉朝葛洪（二八三至三四三）所著的《抱朴子》卷十七《內篇·登涉》：或問曰：「江南山谷之間，多諸毒惡，辟之有道乎?」抱朴子答曰：「中州高原，土氣清和，上國名山，了無此輩。今吳楚之野，暑濕鬱蒸，雖衡霍正岳，猶多毒蠚也。又有短狐，一名蜮，一名射工，一名射影，其實水蟲也，狀如鳴蜩，狀似三合杯，有翼能飛，無目而利耳，口中有橫物角弩，如聞人聲，緣口中物如角弩，以氣為矢，則因水而射人，中人身者即發瘡，中影者亦病，而不即發瘡，不曉治之者煞人。其病似大傷寒，不十日皆死。又有沙虱，水陸皆有，其新雨後及晨暮前，跋涉必著人，唯烈日草燥時，差稀耳。其大如毛髮之端，初著人，便入其皮裏，其所在如芒刺之狀，小犯大痛，可以針挑取之，正赤如丹，著爪上行動也。若不挑之，蟲鑽至骨，便周行走入身，其與射工相似，皆煞人。人行有此蟲之地，每還所住，輒當以火炙燎令遍身，則此蟲墮地也。若帶八物麝香丸、及度世丸、及護命丸、及玉壺丸、犀角丸、及七星丸、及薺苨，皆辟沙虱短狐也。若卒不能得此諸藥者，但可帶好生麝香亦佳。以雄黃大蒜等分合搗，帶一丸如雞子大者亦善。若已為所中者，可以此藥塗瘡亦愈。父咀赤莧汁，飲之塗之亦愈。五茄根及懸鈎草葍藤，此三物皆可各單行，可以搗服其汁一二升。又射工蟲冬天蟄於山谷間，大雪時索之，此蟲所在，其雪不積留，氣起如灼蒸，當掘之，不過入地一尺則得也，陰乾末帶之，夏天自辟射工也。若道士知一禁方，及洞百禁，常存禁及守真一者，則百毒不敢近之，不假用諸藥也。」晉朝干寶（？至三三六）的《搜神記》卷十二也有類似的記載。

第一百三十二條：

橘渡江北，化為枳。今之江東，甚有枳橘。

枳味苦，可作中藥。《晏子春秋》中有「南橘北枳」的寓言。《晏子春秋・雜下十》：「嬰聞之，橘生淮南則為橘，生於淮北則為枳，葉徒相似，其實味不同。所以然者何？水土異也。」晏嬰（前五七八至前五〇〇）以此故事來說明同樣的東西會因環境不同而產生變化。但事實上，橘、枳為不同物種。

第一百五十三條：

《神農經》曰：上藥養命，謂五石之練形，六芝之延年也。中藥養性，合歡蠲忿，萱草忘憂。下藥治病，謂大黃除實，當歸止痛。夫命之所以延，性之所以利，痛之所以止，當其藥應以痛也。違其藥，失其應，即怨天尤人，設鬼神矣。

《神農本草經》，簡稱《本經》，是現存最早的中藥學專著，約成書於秦漢時期。書內記載的藥物三百六十五種，分上品、中品和下品三品。原書早已佚失。南朝陶弘景為《神農本草經》做注，並補充《名醫別錄》，編定《本草經集注》共七卷，把藥物的品種數目增加至七百三十多種。清朝孫星衍將《神農本草經》考訂輯復，成為現在通行本。

《神農本草經》謂：「上藥一百二十種為君，主養命；中藥一百二十種為臣，主養性；下藥一百二十種為佐使，主治病；用藥須合君臣佐使。」

第一百七十六條：

蜥蜴或名蝘蜓。以器養之，以朱砂，體盡赤，所食滿七斤，治擣萬杵，點女人支體，終年不滅。唯房室事則滅，故號守宮。《傳》云：「東方朔語漢武帝，試之有驗。」

據說古時中國及朝鮮用守宮砂來檢驗女子是否有過性行為。最早記載出現在《博物志》此一條。用守宮砂來檢查女子是否是處女其實並無科學根據，唐代著名藥學家蘇敬（五九九至六七四）也表示存疑：

「蝘蜓又名蠍虎，以其常在屋壁，故名守宮，亦名壁宮。飼朱點婦人，謬說也。」

第一百九十一條：

所食逾少，心開逾益，所食逾多，心逾塞，年逾損焉。

我國歷代養生學家都主張「食少」。《黃帝內經．素問．臟器法時論》說：「穀肉果菜，食養足之，無使過之，傷其正也。」《黃帝內經．素問．痺論》說：「飲食自倍，腸胃乃傷。」明代武宗正德年間進士敖英撰的《東谷贅言》說：「多食之人有五患。一者大便數，二者小便數，三者擾睡眠，四者身重不堪修養，五者多患食不消化。」《博物志》此條，將此主張說得很精到。

第二百六十七條：

堯之二女，舜之二妃，曰湘夫人。舜崩，二妃啼，以涕揮竹，竹盡斑。

同樣的記載在我國的古籍中有頗多。西漢劉向（前七七至前六）的《列女傳》說：「虞二妃者，帝堯之二女也。長娥皇，次女英……娥皇為后，女英為妃……死於蒼梧，號曰重華。二妃死於江湘之間，俗謂之湘君。」南朝任昉（四六〇至五〇八）的《述異記》說：「湘水去岸三十許里有相思宮、望帝台。舜南巡不返殁葬於蒼梧之野，堯之二女娥皇、女英追之不及，相思慟哭，淚下沾竹，文悉為之班班然。」此外，唐朝陳鼎的《竹譜》、明朝王象晉的《群芳譜》等書均有述及斑竹，或稱之為「瀟湘竹」、「泥痕竹」。

第二百七十五條：

孔子東遊，見二小兒辯鬥。問其故，一小兒曰：「我以日始出時，去人近，而日中時遠也。」一小兒曰：「以日出時遠，而日中時近。」一小兒曰：「日初出時大如車蓋，及日中時如盤盂，此不為遠者小而大者近乎？」一小兒曰：「日初出滄滄涼涼，及其中而探湯，此不為近者熱而遠者涼乎？」孔子不能決，兩小兒曰：「孰謂汝多知乎！」亦出《列子》。

此條記載了《列子．湯問》篇中的《兩兒辯日》故事。兩個小童互相陳述自己的道理，十分有趣。連博學的孔子竟也被他們討論的問題難倒了。寫《列子》的列禦寇（約前四五〇至前三七五）比孔子（前五五一至前四七九）約晚一百年。

第二百八十九條：

君山有道，與吳包山潛通，上有美酒數斗，得飲者不死。漢武帝齋七日，遣男女數十人至君山，得酒，欲飲之，東方朔曰：「臣識此酒，請視之。」因一飲致盡。帝欲殺之，朔乃曰：「殺朔若死，此為不驗。以其有驗，殺亦不死。」乃赦之。

有關漢武帝（前一五六至前八七）和東方朔（約前一六一至前九三）這對年紀相若的君臣相處之間的軼事頗多。東方朔自言避世於朝廷。他在漢武帝身邊只是一個郎官，但他幽默、善辯，也有好的學問，頗瞭解武帝的脾性，所以武帝也頗重視他的見解。在這條中，他竟然將武帝的「不死酒」飲了。如果武帝認為他的行為不當，就算不殺死他，也大可將他囚禁一段時期。但畢竟武帝和他的關係好，所以沒有追究他。有關兩人較詳盡的歷史，可參看本書評介《幽明錄》篇。

第三百二十一條：

舊說云天河與海通。近世有人居海渚者，年年八月有浮槎去來，不失期，人有奇志，立飛閣於查上，多賫糧，乘槎而去。十餘日中，猶觀星月日辰，自後茫茫忽忽，亦不覺晝夜。去十餘日，奄至一處，有城郭狀，屋舍甚嚴。遙望宮中多織婦，見天丈夫牽牛渚次飲之。牽牛人乃驚問曰：「何由至此？」此人具說來意，並問此是何處，答曰：「君還至蜀郡訪嚴君平則知之。」竟不上岸，因還如期。後至蜀，問君平，曰：「某年月日有客星犯牽牛宿。」計年月，正是此人到天河時也。

此條記述了八月有人乘浮槎至天河見牛郎的故事，是有關牛郎織女神話故事的最古文字。「八月槎」亦被後代詩人寫入詩中，例如唐朝杜甫《秋興》詩之二：「聽猿實下三聲淚，奉使虛隨八月槎。」唐朝吳融《商人》詩：「隨風逐浪年年別，卻笑如期八月槎。」清朝龔自珍《己亥雜詩》之二八六：「少年奇氣稱才華，登岱還浮八月槎。」

此條提及的嚴君平，名遵，西漢時蜀郡郫縣人（另說臨邛人），公元前八七年出生於原崇寧縣北三里洗心莊（也稱寄魂莊，今彭州市麗春鎮），卒於王莽（前四五至二三）自稱「攝皇帝」的居攝年間（約公元六、七年）。嚴君平本姓莊，東漢史學家班固著《漢書》時，因避諱漢明帝劉莊，改莊為嚴，稱嚴君平。他是西漢末期道家學者，思想家，亦以善於卜筮聞名。「蜀之八仙」之一。漢成帝時隱居蜀成都，以卜筮為業，「因勢導之以善」，史稱「蜀人愛敬」。嚴遵以卜筮算命為業，勸人要以孝、順、忠、善處世，就算遇到惡人也以蓍龜的徵兆說明其利害關係，並給予警告。著有《老子注》和《道德真經指歸》。

搜神記

《搜神記》二十卷，晉朝干寶（?-至三三六）撰。

干寶，字令升，新蔡（今屬河南駐馬店市新蔡縣）人。西晉至東晉初期的史學家、文學家、志怪小說的創始人。祖父干統，三國時為東吳奮武將軍、都亭侯。父干瑩，曾仕吳，任立節都尉。干寶博覽群書，東晉元帝時召為佐著作郎。明帝太寧二年（三二四），干寶因家庭貧困，請求擔任山陰（今浙江紹興）縣令。約太寧三年，干寶遷升為始安（今廣西桂林）太守。約在成帝咸和二年（三二七），王導請朝廷任命干寶擔任其司徒右長史。干寶在司徒府期間曾撰立司徒府屬僚官儀《司徒儀》一卷。咸和九年（三三四），干寶遷升為散騎常侍，兼任著作郎。成帝咸康二年（三三六）三月，干寶去世。

干寶在元帝時擔任佐著作郎的史官職務，曾奉命領修國史，著《晉紀》。此書對後世的影響深遠，裴松之的《三國志注》、劉義慶的《世說新語》、蕭統的《昭明文選》、酈道元的《水經注》、李賢等《後漢書注》以及《書鈔》、《御覽》、《寰宇記》、《緯略》等書都曾引用此書。可惜此書已失傳。他精於易學，著有《周易注》十卷、《周易爻義》一卷、《周易宗塗》四卷、《周易問難》二卷、《周易玄品》二卷等書，今皆散佚。另撰有：《易音》、《毛詩音》、《周官禮注》、《答周官駁難》、《周官音》、《後養議》、《春秋左氏函傳義》、《春秋序論》、《正音》、《立言》等，多已佚，後人有輯本。

《晉書》本傳記干寶《搜神記》「凡三十卷」，已佚，今僅存輯本二十卷，共四百五十五條。內容搜集了各種民間神仙鬼怪、奇人異事的傳說，也有採自正史記載的祥瑞、異變等。每個故事的敘述大多簡短，文學水平雖然不算超卓，但對中國後世的傳奇、小說、戲曲等的發展影響很大。

《搜神記》記載的部分志怪，有的被後來演變成戲劇、小說等的題材，如《三國演義》中的「左慈戲曹操」、「孫策殺于吉」、部分「廿四孝」的故事等。其他還包括彭祖長壽、葛永成仙、南海鮫人、神農架野人、紫玉成煙、嫦娥奔月、含沙射影、黃粱一夢、干將莫邪、韓憑夫婦等故事。胡震亨在《搜神記引》稱：「余得《搜神記》及《搜神後記》讀之，乃知晉德不勝怪而底於亡也。」

因干寶的《搜神記》名氣大，除了歷代輾轉傳鈔之外，連襲用書名的情況也屢見不鮮，同樣叫做「搜神」的有陶潛《搜神後記》、北魏曇永《搜神論》、唐代句道興《搜神記》、宋代的《搜神總記》、元刊《新編連相搜神廣記》、明代羅懋登六卷本《搜神記》、焦璐《搜神錄》等。

現轉錄十餘條給大家賞讀。

卷一〈左慈〉：

左慈，字符放，廬江人也。少有神通。嘗在曹公座，公笑顧衆賓曰：「今日高會，珍羞略備。所少者，吳松江鱸魚為膾。」放曰：「此易得耳。」因求銅盤貯水，以竹竿餌釣於盤中。須臾，引一鱸魚出。公大拊掌，會者皆驚。公曰：「一魚不周坐客，得兩為佳。」放乃復餌釣之。須臾，引出，皆三尺餘，生鮮可愛。公便自前膾之，周賜座席。公曰：「今既得鱸，恨無蜀中生薑耳。」放曰：「亦可得也。」公恐其近道買，因曰：「吾昔使人至蜀買錦，可敕人告吾使，使增市二端。」人去，須臾還，得生薑。又云：「於錦肆下見公使，已敕增市二端。」後經歲餘，公使還，果增二端。問之，云：「昔某月某日，見人於肆下，以公敕敕之。」後公出近郊，士人從者百數，放乃賫酒一罌，脯一片，手自傾罌，行酒百官，百官莫不醉飽。公怪，使尋其故。行視沽酒家，昨悉亡其酒脯矣。公怒，陰欲殺放。放在公座，將收之，卻入壁中，霍然不見。乃募取之。或見於市，欲捕之，而市人皆放同形，莫知誰是。後人遇放於陽城山頭，因復逐之。遂走入羊群。公知不可得，乃令就羊中告之，曰：「曹公不復相殺，本試君術耳。今既驗，但欲與相見。」忽有一老羝，屈前兩膝，人立而言曰：「遽如許。」人即云：「此羊是。」競往赴之。而群羊數百，皆變為羝，並屈前膝，人立，云：「遽如許。」於是遂莫知所取焉。老子曰：「吾之所以為大患者，以吾有身也。及吾無身，吾有何患哉。」若老子之儔，可謂能無身矣。豈不遠哉也。

左慈（生卒年不可考），字元放，東漢末方士，盧江郡（今安徽省潛山縣）人。左慈少知「補導之術。並為軍吏」，後居天柱山，習煉丹。《後漢書．方術列傳》說左慈善道術，記載了許多奇異之事。葛洪《神仙傳》說他能夠役使鬼神，會變化、辟穀，自稱活了三百歲以上。曹植《辯道論》謂：「世有方士，吾王悉所招致，甘陵有甘始，盧江有左慈，陽城有郄儉。始行氣導引，慈曉房中之術，儉善辟穀，悉號三百歲。」

卷一〈董永〉：

漢，董永，千乘人。少偏孤，與父居，肆力田畝，鹿車載自隨。父亡，無以葬，乃自賣為奴，以供喪事。主人知其賢，與錢一萬，遣之。永行三年喪畢，欲還主人，供其奴職。道逢一婦人曰：「願為子妻。」遂與之俱。主人謂永曰：「以錢與君矣。」永曰：「蒙君之惠，父喪收藏，永雖小人，必欲服勤致力，以報厚德。」主曰：「婦人何能？」永曰：「能織。」主曰：「必爾者，但令君婦為我織縑百疋。」於是永妻為主人家織，十日而畢。女出門，謂永曰：「我，天之織女也。緣君至孝，天帝令我助君償債耳。」語畢，凌空而去，不知所在。

董永相傳為漢朝人。他家境貧寒，幼年喪母，與父相依為命。父去世後，賣身葬父。董永的故事最早見於東漢武梁祠畫像石中，後演變成為《二十四孝》中的故事。民間廣泛流傳因他孝感動天，天庭的七仙女下凡來幫助他，並與他結為夫妻。曹植著《靈芝篇》是第一首描寫董永的詩。後世很多戲曲也有用這個故事為題材。

卷三〈華佗〉：

沛國華佗，字元化，一名敷。瑯邪劉勳，為河內太守，有女，年幾二十，苦腳左膝裏有瘡，癢而不痛，瘡愈，數十日復發，如此七八年。迎佗使視。佗曰：「是易治之。」當得稻糠，黃色犬一頭，好馬二匹。以繩繫犬頸，使走馬牽犬，馬極，輒易，計馬走三十餘里，犬不能行，復令步人拖曳，計向五十里，乃以藥飲女。女即安臥不知人，因取大刀斷犬腹近後腳之前，以所斷之處向瘡口，令二三寸停之。須臾，有若蛇者，從瘡中出。便以鐵椎橫貫蛇頭，蛇在皮中動搖良久，須臾，不動，乃牽出，長三尺許，純是蛇，但有眼處而無瞳子，又逆麟耳。以膏散著瘡中，七日愈。佗嘗行道，見一人病咽，嗜食不得下。家人車載，欲往就醫。佗聞其呻吟聲，駐車往視，語之曰：「向來道邊，有賣餅家蒜虀大酢，從取三升飲之，病自當去。」即如佗言，立吐蛇一枚。

華佗（約一四五至約二〇八），字元化，幼名旉，沛國譙縣（今安徽亳州市）人，東漢末年的方士、醫師。華佗與董奉和張仲景被並稱為「建安三神醫」。與扁鵲、張仲景及李時珍並稱中國古代四大名醫。他少時曾在外遊學，行醫足跡遍及安徽、河南、山東、江蘇等地，鑽研醫術，不求仕途。他醫術全面，擅長外科，精於手術，並精通內、婦、兒、針灸各科。晚年因遭曹操懷疑而下獄被拷問致死。《後漢書》及《三國志》二書都說華佗年近六十，但亦保持壯容，《後漢書》甚至說「時人以為仙」。

華佗下獄時，受到獄卒的厚待。他以《青囊書》一書贈給獄卒。可是獄卒因懼獲罪而婉拒，華佗黯然將它燒毀。在他被殺後不久，曹操的兒子曹沖病重，曹操後悔當初不應處死華佗。《三國志》記述謂「太祖嘆曰，吾悔殺華佗。」《三國志》又評曰：「華佗之醫診，杜夔之聲樂，朱建平之相術，周宣之相夢，管輅之術筮，誠皆玄妙之殊巧，非常之絕技矣。昔史遷著扁鵲、倉公、日者之傳，所以廣異聞而表奇事也。」近代學者陳寅恪（一八九〇至一九六九）認為，華佗本身就是個神話故事，華佗二字的上古音與印度藥神「阿伽陀」音近。故「當時民間比附印度神話故事，因稱為華佗，實以藥神目之。」而且他的病例的原型很多來自於印度佛教傳說。華佗這個人可能真有其人，但他的醫學傳奇很大部分是虛構的。

卷八〈呂望〉：

呂望釣於渭陽。文王出遊獵，占曰：「今日獵得一狩，非龍，非螭，非熊，非羆。合得帝王師。」果得太公於渭之陽。與語，大悅，同車載而還。

太公望，姓姜，氏呂，名尚，字子牙，是周文王、周武王的軍師。史冊記載名字有姜尚、姜望、姜牙、姜子牙、呂尚、呂望等，廟號文祖甲齊公，又被追封為武成王、昭烈武成王。太公望輔佐周朝取代殷商，受封於齊國，是姜齊的始祖。民間傳說稱太公望在商朝時當過小官，商末民不聊生，太公望辭官離開商都朝歌，隱居於蟠溪峽。據說曾在磁泉邊以長杆、短線、直勾、背身的奇妙方式釣魚。據民間傳說，太公至渭水釣魚，希望能遇見明主。三個月後，周文王出巡至渭水邊時發現八十多歲的姜尚，當場拜姜尚為太師，請姜尚上車，屏退車夫，親自拉車將姜尚請回，路程約八百步，傳說姜尚由此推算出周朝之國祚約八百年。這個故事並不見於正史，可能是野史虛構的。

卷九〈鵩鳥賦〉：

賈誼為長沙王太傅，四月庚子日，有鵩鳥飛入其舍，止於坐隅，良久乃去。誼發書占之，曰：「野鳥入室，主人將去。」誼忌之，故作鵩鳥賦，齊死生而等禍福，以致命定志焉。

賈誼（前二〇〇至前一六八），西漢時期雒陽（今河南省洛陽市東）人。他當過長沙王太傅，故世稱賈太傅、賈長沙。他是著名的思想家及文學家，其政論文《過秦論》、《論積貯疏》、《治安策》等，在歷史上有很高的地位。賈誼從小研究詩書，才學過人，十八歲時已聞名於郡里，得到讚賞，被河南郡守吳公召致門下，成為郡守門客。漢文帝登基，擢升吳公為廷尉，賈誼也因吳公推薦當上博士，是當時漢朝博士中最年輕的一位。文帝很欣賞他，一年後提升他為太中大夫。前一七八年，漢文帝想任命賈誼擔任公卿，遭到官僚與宗室階層反對，認為賈誼「雒陽之人年少初學，專欲擅權，紛亂諸事。」文帝四年（西元前一七六）賈誼被外放為長沙王太傅，輔佐長沙王吳著。賈誼對貶謫不滿，心情悲觀失望，渡湘江時作了《弔屈原賦》。他在長沙度過了三年多左遷的生活。

任長沙王太傅期間，有鵩鳥飛入他屋內，他感覺不祥，有感而作《鵩鳥賦》。《弔屈原賦》和《鵩鳥賦》是他的騷體賦的代表作。文帝七年（前一七三）、漢文帝想起賈誼，召他回京，問以鬼神之事。關於此事後世有爭論，晚唐詩人李商隱有詩謂「可憐夜半虛前席，不問蒼生問鬼神」，為賈生不得重用而嘆息。不久，漢文帝拜賈誼為自己兒子梁王劉揖的太傅。賈誼在這個時期，寫下《治安策》、《論積貯疏》等論政文章。他的論政文章文采斐然。賈誼的辭賦上承屈原、宋玉，下開枚乘、司馬相如，是從楚辭發展到漢賦的重要橋梁。文帝十一年（前一六九），梁王墜馬死，賈誼認為自己沒有做好輔導親王的職責，十分難過，於次年憂鬱而終。

賈誼在《鵩鳥賦》一文表現出道家對生死的超然看法，但他真實狀態卻是為懷才不遇而悲憤、為前途未卜而惆悵。在藝術上，它以人鳥對話而展開。這種形式可能是受到莊子寓言的影響，開啟了漢賦主客問答體式之先河。在形式上，它以整齊的四言句為主，也有散文化的傾向。文內云：「且夫天地為鑪，造化為工，陰陽為炭，萬物為銅，合散消息，安有常則？千變萬化，未始有極。忽然為人，何足控揣；化為異物，又何足患！」又云：「禍兮福所倚，福兮禍所伏；憂喜聚門，吉凶同域。」這些文字凝煉精警，意涵豐富，甚得後人欣賞。

卷十一〈三王墓〉：

楚干將莫邪為楚王作劍，三年乃成。王怒，欲殺之。劍有雌雄。其妻重身當產，夫語妻曰：「吾為王作劍，三年乃成，王怒，往，必殺我。汝若生子是男，大，告之曰：『出戶，望南山，松生石上，劍在其背。』」於是即將雌劍往見楚王。王大怒，使相之：「劍有二，一雄一雌。雌來，雄不來。」王怒，即殺之。莫邪子名赤比，後壯，乃問其母曰：「吾父所在？」母曰：「汝父為楚王作劍，三年乃成，王怒，殺之。去時囑我：『語汝子：出戶，往南山，松生石上，劍在其背。』」於是子出戶，南望，不見有山，但睹堂前松柱下石砥之上，即以斧破其背，得劍。日夜思欲報楚王。王夢見一兒，眉間廣尺，言欲報讎。王即購之千金。兒聞之，亡去，入山，行歌。客有逢者，謂：「子年少。何哭之甚悲耶？」曰：「吾干將、莫邪子也。楚王殺吾父，吾欲報之。」客曰：「聞王購子頭千金，將子頭與劍來，為子報之。」兒曰：「幸甚。」即自刎，兩手捧頭及劍奉之，立僵。客曰：「不負子也。」於是屍乃仆。客持頭往見楚王，王大喜。客曰：「此乃勇士頭也。當於湯鑊煮之。」王如其言。煮頭三日三夕，不爛。頭踔出湯中，躓目大怒。客曰：「此兒頭不爛，愿王自往臨視之，是必爛也。」王即臨之。客以劍擬王，王頭隨墮湯中。客亦自擬己頭，頭復墮湯中。三首俱爛，不可識別。乃分其湯肉葬之。故通名「三王墓」。今在汝南北宜春縣界。

干將與莫邪是一對鑄劍師夫妻，亦是兩把中國名劍的名字，最早出現於春秋時代。相傳莫邪之父歐冶子亦為當時鑄劍大宗師，曾為越王勾踐鑄了五柄寶劍：湛盧、巨闕、勝邪、魚腸、純鈞，也為楚昭王鑄了三柄名劍：龍淵、泰阿、工布。關於干將莫邪的傳說，最早出自漢朝劉向的《列士傳》和《孝子傳》，後來歷史上很多著作將故事或改寫、或摘錄、或引用，例如東漢趙曄的《吳越春秋》、明朝馮夢龍的《東周列國志》、清朝錢彩的《說岳全傳》等。這些「鑄劍」、「復仇」的故事，有時「楚王」的角色可能是晉王、韓王、吳王等。《晉書．張華傳》記載兩劍曾於西晉初年復現，後隱沒於延平津（今福建省南平市延平區）。今延平區建有「雙劍化龍」紀念建築。為了紀念干將和莫邪的愛情，浙江德清有以他們夫妻名字命名的名山莫干山，為中國四大避暑勝地之一。蘇州也有以他們命名的干將路和莫邪路。本條的情節奇特，人物生動，思想內涵豐富。

卷十一〈王祥〉：

王祥，字休徵，琅邪人，性至孝。早喪親，繼母朱氏不慈，數譖之，由是失愛於父。每使掃除牛下。父母有疾，衣不解帶。母常欲生魚，時天寒，冰凍，祥解衣，將剖冰求之，冰忽自解，雙鯉躍出，持之而歸。母又思黃雀炙，復有黃雀數十入其幕，復以供母。鄉里驚歎，以為孝感所致。

王祥（一八四至二六八），字休徵，琅琊郡臨沂縣（今山東臨沂）人，歷東漢、魏、西晉三代。仕魏時官至司空、太尉，在晉官至太保。以孝著稱，為《二十四孝》中「臥冰求鯉」的主角。他亦是「書聖」王羲之四世祖王覽的同父異母兄。王祥最為人熟悉的是他臥冰求鯉的故事。他在冬天時因為繼母朱氏想吃鮮魚，在結冰湖面上脫衣，以體溫融化冰塊。在王祥躺下後，冰面忽然裂開，有兩條鯉魚跳了出冰面。時人都認為是感動了上天。不過《晉書》中僅謂王祥「解衣剖冰」，未有臥冰之語。《世說新語·德行篇》記載朱氏曾在夜間摸黑去斬殺王祥，恰巧王祥此時下了床，朱氏只斬了空床。王祥回來看見朱氏，竟下跪請死，朱氏才覺悟，對王祥如親子疼愛。

卷十一〈韓憑妻〉：

宋康王舍人韓憑，娶妻何氏，美，康王奪之。憑怨，王囚之，論為城旦。妻密遺憑書，繆其辭曰：

「其雨淫淫，河大水深，日出當心。」既而王得其書，以示左右，左右莫解其意。臣蘇賀對曰：「其雨淫淫，言愁且思也。河大水深，不得往來也。日出當心，心有死志也。」俄而憑乃自殺。其妻乃陰腐其衣，王與之登台，妻遂自投台，左右攬之，衣不中手而死。遺書於帶曰：「王利其生，妾利其死，愿以屍骨，賜憑合葬。」王怒，弗聽，使里人埋之，冢相望也。王曰：「爾夫婦相愛不已，若能使冢合，則吾弗阻也。」宿昔之間，便有大梓木，生於二冢之端，旬日而大盈抱，屈體相就，根交於下，枝錯於上。又有鴛鴦，雌雄各一，恒棲樹上，晨夕不去，交頸悲鳴，音聲感人。宋人哀之，遂號其木曰「相思樹」。「相思」之名，起於此也。南人謂此禽即韓憑夫婦之精魂。今睢陽有韓憑城，其歌謠至今猶存。

關於韓憑及其妻何貞夫的故事的最早文字記載於魏文帝曹丕的《列異傳》。由於《列異傳》多記漢代以來的事，故可以證明韓憑夫婦故事於漢代就已廣泛流傳。至晉代干寶的《搜神記》，對這一愛情悲劇的記載就比較完整了。韓憑夫婦故事的古蹟，最早見於記載僅有《搜神記》「今睢陽有韓憑城」一處，位於河南商丘南。但是酈道元《水經注》說「睢水東過睢陽縣南」，沒有說及韓憑城，或者因為是民間的稱謂，故不著錄。但說「睢陽曲池東又有一台，世謂之清泠台」，與唐朝流傳於民間的賦體文章《韓朋賦》所說的「清陵台」、唐朝李亢的《獨異志》所說的「青凌台」比照，可見清泠台是由青陵台所遞變來的。後代所說韓憑故事古蹟，較多集中在青陵台、韓憑冢、韓憑妻墓等三處。韓憑夫婦事亦見於《藝文類聚》卷四十、《法苑珠林》卷二十七（百卷本）、《獨異志》卷中、《北戶錄》卷三、《嶺表錄異》卷中及《太平御覽》卷五五九及卷九二五、《海錄碎事》卷二十二上、《記纂淵海》卷九十七、《古今事文類聚》卷四十六、《古今合璧事類備要》卷六十八等書。各書所引文字互有歧異，其中以唐朝釋道世《法苑珠林》保存最為完整。

唐朝詩人李白遊商丘青陵台時曾寫下《白頭吟》詩一首，有「古來得意不相負，只今惟見青陵台」詩句。唐朝詩人儲嗣宗遊商丘時寫下《宋州月夜感懷》：「寂寞青陵台上月，秋風滿樹鵲南飛。」唐朝詩人李商隱作《蜂詩》：「青陵粉蝶休離恨，長定相逢二月中。」李商隱另一詩《青陵台》：「青陵台畔日光斜，萬古貞魂倚暮霞。」唐朝詩人白居易在《長恨歌》中寫下：「在天願作比翼鳥，在地願為連理枝。」在此條中所說的宋康王，是戰國時期宋國最後一任國君。在宋康王四十三年（前二八六），齊國聯合楚、魏攻宋，宋康王被殺，宋亡。

卷十二〈蜮〉：

漢光武中平中，有物處於江水，其名曰「蜮」，一曰「短狐」，能含沙射人。所中者，則身體筋急，頭痛，發熱。劇者至死。江人以術方抑之，則得沙石於肉中。《詩》所謂「為鬼為蜮」，則不可測也。今俗謂之「溪毒」。先儒以為男女同川而浴，淫女，為主亂氣所生也。

此條是「含沙射影」這成語的出處。條中「中平」應為「中元」，因光武帝無中平年號。亦有可能光武為靈帝之誤。「為鬼為蜮」，出自《詩經·小雅·何人斯》。

卷十三〈焦尾琴〉：

漢靈帝時，陳留蔡邕，以數上書陳奏，忤上旨意，又內寵惡之，慮不免，乃亡命江海，遠跡吳

會。至吳，吳人有燒桐以爨者。邕聞火烈聲，曰：「此良材也。」因請之，削以為琴，果有美音。而其尾焦，因名「焦尾琴」。

「焦尾琴」是中國古代四大名琴之一。四大名琴分別是黃帝的「清角」，楚莊公的「繞樑」，司馬相如的「綠綺」和蔡邕的「焦尾」。據《後漢書．蔡邕列傳》記載：「吳人有燒桐以爨者，邕聞火烈之聲，知其良木，因請而裁為琴，果有美音，而其尾猶焦，故時人名曰焦尾琴焉。」蔡邕遇害後，焦尾琴保存在皇家內庫。據說齊明帝在位時，曾取出焦尾琴請古琴高手彈奏。連續彈奏了五天，並即興創作了《懊惱曲》獻給明帝。

蔡邕（一三三至一九二），字伯喈，陳留圉（今河南杞縣或尉氏縣）人，東漢左中郎將，才女蔡琰（一七七至二四九）之父。蔡邕精通音律，才華橫溢，師事著名學者胡廣。除通經史、善辭賦之外，又精於書法，擅篆、隸書，尤以隸書造詣最深。他生平藏書萬餘卷，晚年仍存四千卷。有文集二十卷，已佚。明人張溥輯有《蔡中郎集》。董卓掌權時，強召他為祭酒。三日之內，歷任侍御史、治書侍御史、尚書、侍中、左中郎將等職，封高陽鄉侯，世稱「蔡中郎」。董卓被誅殺後，蔡邕因在王允座上感嘆而被下獄，不久死於獄中。

卷十四〈嫦娥〉：

羿請無死之藥於西王母，嫦娥竊之以奔月。將往，枚筮之於有黃。有黃占之曰：「吉。翩翩歸妹，獨將西行。逢天晦芒，毋恐毋驚。後且大昌。」嫦娥遂托身於月，是為「蟾蠩」。

最早紀錄嫦娥奔月事跡的是商代的巫卜書籍《歸藏》。南朝齊國的劉勰《文心雕龍・諸子》篇中記載：「《歸藏》之經，大明迂怪，乃稱羿斃十日，姮娥奔月。」其後南朝梁國蕭統在《文選》中選入了王僧達的《祭顏光祿文》，其中有「涼陰掩軒，娥月寢輝」的句子。漢人為避文帝諱，改姮為嫦，蓋「恆」即「常」。西漢初期的《淮南子》使用了嫦娥奔月的故事作為典故引用：「羿請不死之藥於西王母，姮娥竊以奔月，悵然有喪，無以續之。」東漢高誘為《淮南子》作的註解中寫道：「姮娥，羿妻也。羿請不死之藥於西王母，未及服之，姮娥盜食之，得仙奔入月中，為月精也。」唐代《初學記》引用古本的《淮南子》，其中的版本則是：「羿請不死之藥於西王母，羿妻姮娥竊之奔月，託身於月，是為蟾蜍，而為月精」。南朝梁國劉昭編寫的《後漢書・天文志上》補註引東漢張衡所著《靈憲》曰：「羿請無死之藥於西王母，姮娥竊之以奔月。將往，枚筮之於有黃。有黃占之曰：『吉。翩翩歸妹，獨將西行，逢天晦芒，毋驚毋恐，後其大昌』。姮娥遂託身於月，是為蟾蠩。」干寶所著《搜神記》中的記述也與此基本相同，應當是引自《靈憲》。一九九三年三月，湖北江陵王家台一五號秦墓中出土了《歸藏》，稱為王家台秦簡歸藏。其中的《歸妹》卦辭為：「昔者恆我（姮娥）竊毋死之藥於西王母，服之以（奔）月。將往，而枚占於有黃。有黃占之曰：『吉。翩翩歸妹，獨將西行。逢天晦芒，毋驚毋恐，後且大昌』。恆我遂託身於月，是為蟾蠩。」

羿，是神話傳說中上古的射日英雄，據說在堯時期受天帝命下凡除害，與妻子嫦娥一起來到人間。他先後射下九個太陽，又射殺猛禽惡獸，從此地上氣候適宜，萬物生長。民間奉他為「箭神」。先秦記載中大多並沒有區分射日的羿和統治者后羿，但在周朝，出現羿為堯時人和夏朝人的兩種說法。《荀子・儒教篇》中說：「羿者，天下之善射者也」。東漢經學家及文字學家許慎更進一步認為：「羿，堯時射官，非有窮后羿也」。一說射日者名平羿，而夏時的后羿為有窮氏，因善於射箭，自比平羿，而名后羿（「后」是上古統治者的一種稱號）。

卷十六〈紫玉〉：

吳王夫差，小女，名曰紫玉，年十八，才貌俱美。童子韓重，年十九，有道術，女悅之，私交信問，許為之妻。重學於齊魯之間，臨去，屬其父母使求婚。王怒、不與。女玉結氣死，葬閶門之外。三年，重歸，詰其父母，父母曰：「王大怒，玉結氣死，已葬矣。」重哭泣哀慟，具牲幣往弔於墓前。玉魂從墓出，見重流涕，謂曰：「昔爾行之後，令二親從王相求，度必克從大願。不圖別後遭命，奈何！」玉乃左顧，宛頸而歌曰：「南山有烏，北山張羅。烏既高飛，羅將奈何！意欲從君，讒言孔多。悲結生疾，沒命黃壚。命之不造，冤如之何！羽族之長，名為鳳凰。一日失雄，三年感傷。雖有眾鳥，不為匹雙。故見鄙姿，逢君輝光。身遠心近，何當暫忘。」歌畢，歔欷流涕，要重還家。重曰：「死生異路，懼有尤愆，不敢承命。」玉曰：「死生異路，吾亦知之，然今一別，永無後期。子將畏我為鬼而禍子乎？欲誠所奉，寧不相信。」重感其言，送之還家。玉與之飲燕，留三日三夜，盡夫婦之禮。臨出，取逕寸明珠以送重曰：「既毀其名，又絕其願，復何言哉！時節自愛。若至吾家，致敬大王。」重既出，遂詣王自說其事。王大怒曰：「吾女既死，而重造訛言，以玷穢亡靈，此不過發冢取物，托以鬼神。」趣收重。重走脫，至玉墓所，訴之。玉曰：「無憂。今歸白王。」王妝梳，忽見玉，驚愕悲喜，問曰：「爾緣何生？」玉跪而言曰：「昔諸生韓重來求玉，大王不許，玉名毀義絕，自致身亡。重從遠還，聞玉已死，故齎牲幣，詣冢弔唁。感其篤，終輒與相見，因以珠遺

之，不為發家。願勿推治。」夫人聞之，出而抱之。玉如煙然。

夫差（？至前四七三），姬姓，吳氏，姑蘇（今江蘇省蘇州市）人，春秋時期吳國第二十五任君主，也是最後一任君主，吳王闔閭之子。前四九四年，吳王夫差在夫椒之戰大敗越國，攻破越國首都會稽（今紹興市），迫使越國投降。此後，又於艾陵之戰打敗齊國。前四八二年，夫差於黃池之會與中原諸侯歃血為盟。夫差好戰，連年興師，造成國力空虛。勾踐不忘會稽之恥，臥薪嘗膽，國力逐漸恢復。他趁夫差赴黃池之會時，乘虛而入，殺死吳太子。夫差與晉國爭霸成功，奪得霸主地位後趕回。前四七三年，越國再次興兵，吳國被滅，夫差自刎，吳亡。相傳夫差有女名紫玉。此條講述紫玉早逝，化成輕煙的故事。部分內容和後來頗多戲曲的內容（例如《牡丹亭》）相似。後來，「紫玉成煙」成了少女早逝的成語。

卷十八〈陸敬叔〉：

吳先主時，陸敬叔為建安太守，使人伐大樟樹，下數斧，忽有血出，樹斷，有物，人面，狗身，從樹中出。敬叔曰：「此名『彭侯』。」乃烹食之。其味如狗。《白澤圖》曰：「木之精名『彭侯』，狀如黑狗，無尾，可烹食之。」

《白澤精怪圖》又名《白澤圖》，是中國古代一本記錄妖怪的百科全書。《白澤精怪圖》在中古時期幾乎到了家手一冊的程度。書中記有各種神怪的名字、相貌和驅除的方法，並配有神怪的圖畫，人們一旦遇到怪物，就會按圖索驥加以查找。《白澤精怪圖》已失傳，今只存敦煌殘卷，記錄了妖怪一百九十九種。

「白澤」為神獸，能言。宋朝道家經典《雲笈七籤・軒轅本紀》謂「帝巡狩東至海，登桓山，於海濱得白澤神獸，能言，達於萬物之情。因問天下鬼神之事，自古精氣為物，遊魂為變者，凡萬物一千五百二十種，白澤言之，帝令以圖寫之以示天下，帝乃作《祝邪之文》以祝之。」此條謂建安太守陸敬叔知道從樹中出來的人面狗身怪物為「木之精，名彭侯」，《白澤圖》謂「可烹食之」，於是乃依書指引「烹食之」，味道和狗肉一樣。

卷二十〈猿母猿子〉：

臨川東興有人入山，得猿子，便將歸。猿母自後逐至家。此人縛猿子於庭中樹上以示之。其母便搏頰向人，欲乞哀狀，直是口不能言耳。此人既不能放，竟擊殺之。猿母悲喚，自擲而死。此人破腸視之，寸寸斷裂。未半年，其家疫死，滅門。

類同此條的記載見於南朝劉義慶《世說新語・黜免第二十八・桓公入蜀》條，講述了東晉永和二年（三四六）荊州刺史桓溫西征成漢政權時，軍中有人捉到小猿，母猿跟着軍隊行進，直至肝腸寸斷死在船上的故事。文章彰顯了母愛的偉大與桓溫的賞罰分明。全文是：「桓公入蜀，至三峽中，部伍中有得猿子者。其母緣岸哀號，行百餘里不去，遂跳上船，至便即絕。破其腹中，腸皆寸寸斷。公聞之怒，命黜其人。」成語「肝腸寸斷」由此而來。更早的記載見於漢朝劉向所編的《戰國策・燕策三・張醜為質於燕》，有「吾要且死，子腸亦且寸絕」的文字。

西京雜記

《西京雜記》是一部記載西漢（前二〇二至八）奇聞軼事的筆記小說。「西京」指的是西漢首都長安。此書的作者有劉歆（前五〇？至二三）、葛洪（二八三至？）、吳均（四六九至五二〇）、蕭賁（？至五五二）及無名氏之說，頗有爭議，以葛洪說最為可信。

晚唐博物學家、詩人、官員段成式的《酉陽雜俎．語資》借庾信語，謂《西京雜記》乃「吳均語」，《四庫提要》指此「別無他證」，「亦未見於他書」。至於蕭賁說，據《南史．齊武諸子傳》，他曾作《西京雜記》六十卷，其卷數與歷代著錄的《西京雜記》僅一卷、二卷或六卷者相去甚遠，蕭賁之作應是同名之作而已。無名氏說亦無甚支持者。是早著錄《西京雜記》的《隋書．經籍志》於史部舊事類著錄為「《西京雜記》二卷」，未署撰者名。但支持此說的似未再見。

以上三說同意者少，爭議主要集中於劉歆和葛洪兩者之間。

劉歆，字子駿，後因避漢哀帝諱改名劉秀。他是漢朝宗室，西漢末年及新朝官員及學者，協助王莽（前四五至二三）篡位，出任新朝高職「羲和官」，號稱國師。晚年因兒子被殺及誤信預言，謀叛，事敗後自殺。劉歆博覽圖書，精通經學，提倡古文經學，推動把《左傳》及《古文尚書》等古文經列於學官，引發漢代今古文經學之爭。他曾與父親劉向（前七七至前六）一同校閱宮庭藏書，編成目錄學的重要著作《別錄》及《七略》。

劉歆年輕時便精通《詩經》及《尚書》，獲漢成帝召見，授官黃門侍郎。約前二七年受詔，與父親劉向一同校閱宮中藏書。前二二年，王莽亦擔任黃門侍郎，劉歆受到王莽的器重。前七年，劉歆獲王莽推薦，出任侍中，晉升光祿大夫，並承繼父親劉向的事業，教授五經，編成宮中藏書目錄《七略》。前六年，劉歆爭取請求朝廷設立《左傳》、《毛詩》、《逸禮》及《古文尚書》的學官，撰文批評太常博士抱殘守缺，開罪了當時的執政大臣與儒生，自請離開京師，出任河內太守。前一年，王莽執政，劉歆獲召回京師，出任右曹太中大夫，進升為中壘校尉。公元一年，劉歆出任羲和官，公元五年封侯。公元九年，王莽篡位，劉歆是王莽的心腹，號稱國師。公元一〇年，劉歆的兩名兒子劉棻、劉泳牽涉入「甄尋怨謗」一案，被捕而死。新朝末年各地動亂，公元二三年，道士西門君惠預言劉歆上應天象，將復興漢朝，劉歆相信了此預言，又怨恨王莽殺害他的兒子，於是和衛將軍王涉、大司馬董忠合謀叛變，機密洩漏事敗，劉歆自殺。

劉歆承繼父親劉向校定宮中藏書的事業，撰成目錄《七略》，著錄圖書六〇三家，一三二一九卷。《七略》體製嚴密，著錄了重要的文化典籍，是《史記》以外西漢史學上的最大成就。劉歆又把西漢前期的太初曆改編為三統曆，後來收錄在《漢書．律曆志》。音律方面，劉歆作《鐘律書》，綜合西漢末年音律家的意見，此書內容保存在《漢書．律曆志》中。

在宋代，劉歆被司馬光、洪邁等學者懷疑偽造《周禮》一書。清末今文經學者康有為撰《新學偽經考》，指劉歆偽造古文經《左傳》和《周禮》，以協助王莽篡位。他斷定劉歆割裂左丘明所作的《國語》，分附於《春秋》經的各條之下，形成《左傳》，此外又偽造《爾雅》。民國時，許多學者如錢玄同、顧頡剛等都認為劉歆偽造經籍。一九二九年，錢穆發表《劉向歆父子年譜》一文，駁斥了康有為之說。這篇論文得到多數專家肯定，結束了清末以來今古文經的爭論。（此後仍有少數學者堅持劉歆偽造之說。）

謂劉歆乃《西京雜記》之作者，見於葛洪的《西京雜記跋》：「洪家世有劉子駿《漢書》一百卷，無首尾題目，但以甲乙丙丁紀其卷數，先父傳之。歆欲撰《漢書》，編錄漢事，未得締構而亡，故書無宗本，止雜記而已。失前後之次，無事類之辨。後好事者以意次第之，始甲終癸，為十帙，帙十卷，合為百卷。洪家具有其書，試以此記考校班固所作，殆是全取劉書，有小異同耳。并固所不取，不過二萬許言。今抄出為二卷，名曰《西京雜記》，以裨《漢書》之闕。」葛洪的跋，指出劉歆寫了《漢書》，但未完稿而去世，後有好事者編輯其書而成百卷，葛洪家中藏有此書。對照班固（三二至九二）的《漢書》，葛洪發現其書皆取之劉歆的《漢書》，僅有二萬餘字未被采用。後，葛洪將這二萬餘字抄錄成書，名之為《西京雜記》。也就是說劉歆是《西京雜記》的作者，葛洪只是抄錄、編集者。雖然認同此書為劉歆所作的後人頗多，但認為此書為葛洪所作的漸成主流。

葛洪，字稚川，自號抱朴子，丹陽郡句容（今江蘇句容市）人，東晉道教理論家、著名煉丹家和醫藥學家，所著《抱朴子》繼承和發展了東漢以來的煉丹法術，對之後道教煉丹術的發展具有很大影響。葛洪還撰有醫學著作《玉函方》一百卷（已佚），《肘後備急方》三卷，其中有世界上最早治天花等病的記載。《正統道藏》和《萬曆續道藏》收有其著作十餘種。

葛洪出身江南士族，三國時孫吳方士葛玄（一六四至二四四）之侄孫。十三歲時父親葛悌去世，家境漸貧，在勞作之餘努力學習。鄉人因而稱其為抱朴之士，他遂以「抱朴子」為號。葛玄曾師從煉丹家左慈（？至？）學道，號葛仙公，以煉丹秘術傳於弟子鄭隱（？至？）。葛洪約十六歲時拜鄭隱為師。鄭隱的神仙、遁世思想對葛洪一生影響很大。西晉惠帝永興元年（三〇四），葛洪加入吳興太守顧秘的軍隊，任將兵都尉，與石冰（？至三〇四）的農民起義軍作戰有功，被封為「伏波將軍」。次年辭官往洛陽搜尋煉丹製藥之書，但因陳敏盤據江東作亂，歸途斷絕，遂流落在徐、豫、荊、襄、江、廣諸州之間。後葛洪絕棄世務，服食養性，拜南海太守鮑靚（字太玄）（？至？）為師，學習煉丹術，受《石室三皇文》。鮑靚對他很器重，以擅長灸法的女兒鮑姑許配給他。愍帝建興二年（三一四），葛洪返回家鄉，隱居深山繼續從事《抱朴子》的創作。

東晉開國，朝廷念其舊功，賜爵關內侯，食句容二百邑。成帝咸和（三二六至三三四）初，司徒王導（二七六至三三九）召葛洪補州主簿，轉司徒掾，遷諮議參軍。咸和二年（三二七），葛洪聽聞交趾郡（今越南）出產丹砂，自行請求出任勾漏（今廣西北流縣）令。赴任途經廣州，刺史鄧嶽表示願供他原料在羅浮山煉丹，葛洪遂決定中止赴任的行程，隱居於羅浮山。他在朱明洞前建南庵，修行煉丹，著書講學。因從學者日眾，又增建東西北三庵（東庵九天觀、西庵黃龍觀、北庵酥醪觀）。葛洪晚年在杭州葛嶺（葛嶺因此得名）結廬煉丹，現當地仍有抱朴道院。

葛洪一生著述頗豐，《抱朴子》是其代表作。該書分內、外兩篇。內篇論述神仙方藥、養生延年、禳邪卻禍之事，總結晉代前的神仙方術。外篇論述人間得失，世事臧否，闡明其社會政治觀點，開融合儒、道兩家哲學思想體系之先河。全書原共一百一十六卷，今本已亡佚四十餘卷。另有《碑頌詩賦》百卷，《軍書檄移章表箋記》三十卷，《神仙傳》十卷，《隱逸傳》十卷；又抄經史百家之言、方技雜事三百一十卷。另有《金匱藥方》百卷，《肘後備急方》四卷，惟多亡佚，《正統道藏》和《萬曆續道藏》共收其著作十三種。葛洪精曉醫學和藥物學，主張道士兼修醫術。「古之初為道者，莫不兼修醫術，以救近禍焉」，他認為修道者如不兼習醫術，一旦「病痛及己」，便「無以攻療」，不僅不能長生成仙，甚至連自己的性命也難保。

關於葛洪的卒年，有數種說法。第一說，《晉書．葛洪傳》說他年八十一歲，據此，他卒於東晉哀帝興寧元年（三六三）。葛洪所著《神仙傳》中曾記載，平仲節於晉穆帝永和元年（三四五）五月一日去世，因此葛洪去世應晚於三四五年，可作旁證。第二個說法來自《太平寰宇記》引袁彥伯《羅浮記》稱，葛洪卒時年六十一，亦即東晉康帝建元元年（三四三）。《晉書．葛洪傳》記載，他曾在死前致書鄧嶽，自稱將遠行，鄧嶽前往時他已經過世。據清萬斯同的《東晉方鎮年表》，鄧嶽卒於建元二年（三四四），據此說，葛洪應卒於建元元年。第三個說法是民國錢穆作《葛洪年歷》，考訂葛洪年紀應不到六十歲。

他一生的主要活動是從事煉丹和醫學，既是一位儒道合一的宗教理論家，又是一位從事煉丹和醫療活動的醫學家。葛洪閱讀大量醫書，在行醫實踐中，他總結心得，搜集民間醫療經驗，以此為基礎，完成了百卷著作《玉函方》。由於卷帙浩繁，難於攜帶檢索，便將其中有關臨床常見疾病及其治療方法，摘要簡編而成《肘後備急方》三卷，使醫者便於攜帶，以應臨床急救之用，故此書可說是中醫史上第一部臨床急救手冊。

劉向、劉歆父子曾續寫《史記》，事詳《漢書．班彪傳》李賢注和《史通．古今正史篇》，但無論是正史或野史，都並無言及他們著有百卷本的《漢書》，唯葛洪《西京雜記跋》除外。他們父子用了二十餘年的時間整理官藏典籍來撰作中國第一部圖書目錄《七略》。他們又是朝中重臣，政務煩忙，不大可能再去寫一部卷帙多達百卷的《漢書》。班固曾用過他們的文字，但只有《漢書．高祖紀贊》引用了劉向的《高祖頌》及《藝文志》以《七略》為藍本而加以編輯採用。

關於《西京雜記》的作者，於正史上，最早見於後晉劉昫的《舊唐書．經籍志》，明確指出是晉葛洪撰。《新唐書．藝文志》亦然。唐代史官劉知幾（六六一至七二一）的《史通．雜述篇》指出「昔和嶠

《汲冢紀年》、葛洪《西京雜記》，此之謂逸事者也」。由徐堅（六五九至七二九）等編集的唐代官修類書《初學記》卷二十「賞賜」目下注明引文出自「葛洪《西京雜記》」。晚唐出自「三相張家」的張彥遠（？至？）《歷代名畫記》僅引《西京雜記》「畫工棄市」一條，謂是葛洪作。宋代《太平御覽》引書目中列有「葛洪《西京雜記》」。《冊府元龜》卷五五五謂「葛洪選為散騎常侍，領大著作，固辭不就。撰《神仙傳》十卷，《西京雜記》一卷。」

東漢時期，由於皇室的鼓勵，撰史之風很盛行。然而東漢末，受政爭與戰亂的影響，史書多有流失。魏晉人見到漢代傳下來的典籍文物，均十分重視，也助長了編輯、鈔撮甚至編造兩漢典籍之風。在這背景下，葛洪鈔撰而成《西京雜記》就不足為怪了。他喜歡創作，也喜歡鈔書，「鈔《五經》、《史》、《漢》、百家之言，方技雜事三百一十卷」。他冒名劉歆，原因之一是此書並非他本人自撰，乃雜取西漢舊聞，與自己的文風不合。原因之二是因此書內容「雜」，非出於正史，作者亦無從考究，故託古人之名，易見成效。

作為軼事體筆記的早期作品，《西京雜記》有很高的史學價值。最早引用此書內容的是南朝齊梁時殷芸，他奉梁武帝命，把凡撰通史所不錄的事別集為《小說》，凡十卷。其中直接或間接引用《西京雜記》內容的共十二條。同時代的北魏人賈思勰的《齊民要術》也引用了《西京雜記》「樂遊苑」和「上林名果異木」條中的內容。據統計，《四庫全書》的正文及注釋中提及《西京雜記》超過五千次。此書有些內容非常準確，例如未央宮周回長度、「八月飲酎」記錄的皇家祭祀制度、「甘泉鹵簿」描述的皇室出行的輿駕制度等。此書有些記載比正史內容更加完整，例如「相如死於消渴疾」中描述司馬相如和卓文君返成都後的生活、「哀帝為董賢起大第」中描述漢哀帝為佞臣董賢所起的大宅等。《西京雜記》有些內容在正史中不見，亦有些與正史記載不同的。我們將此書與正史同觀，當可更加瞭解西漢的皇室及社會。

《西京雜記》的文學價值甚為可觀。魯迅《中國小說史略》說此書「若論文學，則此在古小說中固亦意緒秀異，文筆可觀者也。」《四庫全書總目提要》曰：「其中所述，雖多為小說家言，而摭采繁富，取材不竭。李善注《文選》，徐堅作《初學記》，已引用其文。杜甫詩用事謹嚴，亦多采其語。詞人沿用數百年，久成故實，固有不可遽廢者焉。」《西京雜記》不少敘事多為片段，但也有頗多敘事完整清晰、描述細膩的篇章，例如「畫工棄市」、「相如死於消渴疾」、「匡衡勤學能說詩」、「戚夫人侍兒言宮中事」等。

本書原作二卷，至宋人分為六卷，成通行形式。全書共有一百三十二條。今轉錄十六條給大家賞讀。

卷一〈戚夫人歌舞〉：

高帝戚夫人善鼓瑟擊筑。帝常擁夫人倚瑟而絃歌，畢，每泣下流漣。夫人善為翹袖折腰之舞，歌《出塞》、《入塞》、《望歸》之曲，侍婦數百皆習之。後宮齊首高唱，聲入雲霄。

戚夫人（?至前一九四），又稱戚姬。出身秦末定陶（今山東定陶），是漢高祖劉邦（?至前一九五）的寵妃。劉邦做漢王時娶戚姬，十分寵愛，戚姬生劉如意（前二〇七至前一九四）。太子劉盈（前二一一或二一〇至前一八八）為人仁愛懦弱，高祖認為他不像自己，常常打算改立如意。戚姬經常跟從皇上出征關東，經常哭泣，希望冊立自己的兒子為太子。而皇后呂雉（?至前一八〇）常常留守在關中，很少見到皇上。如意被封為趙王，留居長安，有好幾次幾乎被立為太子，但公卿大臣反對，到了叔孫通進諫時，呂后採用留侯張良（？至前一八六）的計策，才沒有更換太子。高祖駕崩，劉盈即位，是為惠帝。呂后大權在握，把戚夫人囚於永巷，剃其頭髮，使戴枷鎖、穿赭紅囚衣，罰其舂米、服勞役。戚夫人因而作《永巷歌》自嘆：「子為王，母為虜。終日舂薄暮，常與死相伍。相離三千里，誰當使告汝。」呂后聞之大怒，設計毒殺了如意。

如意死後，呂后使人挖去戚夫人的雙眼、熏聾其耳、灌藥致啞、斷其手足，然後丟進茅房裏，命名為「人彘」，意思即如豬之人。呂后故意命太監引惠帝去看，惠帝看見後悲痛大哭，大病一場，派人對呂后說：「此非人所為。臣為太后子，終不能復治天下。」此後，惠帝日夜飲酒作樂，不聽政事，在位七年便駕崩。由於戚夫人最後慘死於茅房，因此在中國的秦、豫和冀等省不少民眾視之為廁神，每逢上元節、中元節，有在家中廁所外祭祀戚夫人的習俗。明馮應京《月令廣義》正月令，記載：「元宵請戚姑之神。蓋漢之戚夫人死於廁，故凡請者詣廁請之。今俗稱七姑，音近是也。」

卷一〈縊殺如意〉：

惠帝嘗與趙王同寢處，呂后殺之而未得。後帝早獵，王不能夙興，呂后命力士於被中縊殺之。及死，呂后不之信。以綠囊盛之，載以小軿車，入見，乃厚賜力士。力士是東郭門外官奴。帝後知，腰斬之，后不知也。

此條講述呂后謀害趙王劉如意的經過。

司馬相如初與卓文君還成都，居貧愁懣，以所着鷫鸘裘就市人陽昌貰酒，與文君為歡。既而文君抱頸而泣曰：「我平生富足，今乃以衣裘貰酒。」遂相與謀於成都賣酒。相如親著犢鼻褌滌器，以恥王孫。王孫果以為病，乃厚給文君，文君遂為富人。文君姣好，眉色如望遠山，臉際常若芙蓉，肌膚柔滑如脂。十七而寡，為人放誕風流，故悅長卿之才而越禮焉。長卿素有消渴疾，及還成都，悅文君之色，遂以發痼疾。乃作《美人賦》，欲以自刺，而終不能改，卒以此疾至死。文君為誄，傳於世。

司馬相如（約前一七九至前一一七），本名犬子，因慕戰國人藺相如，故更名相如，字長卿，蜀郡（今四川）成都人。西漢著名辭賦家。其代表作為《子虛賦》、《上林賦》等。作品詞藻華麗，結構宏大，後人稱之為賦聖。司馬相如少年時喜愛讀書與劍術。漢景帝（前一八八至前一四一）時，任武騎常侍。景帝不好辭賦，梁孝王劉武（？至前一四四）來朝，司馬相如才得以結交鄒陽（約前二〇六至前一二九）、枚乘（約前二一〇至前一三八）、莊忌（約前一八八至前一〇五）等辭賦家。後來他因病退職，前往梁地與這些作家朋友交往，期間作《子虛賦》。梁孝王卒，他回到故里，投靠臨邛令。這段期間發生了「琴挑文君」之事。

後《子虛賦》被漢武帝（前一五六至前八七）讀到。武帝驚嘆司馬相如的才華，狗監官楊得意剛好是相如的同鄉，於是報出了相如的名號。武帝召見相如。相如作《上林賦》。《子虛賦》和《上林賦》是漢賦的頂峰作品，其鋪陳的描寫達到了極致，顯示出高度的修辭技巧。幾年後，唐蒙通夜郎，因濫用民力，引起蜀地民眾驚恐。武帝令相如責之，並安撫民眾。於是相如作《喻巴蜀檄》。隨後武帝又派相如出使西南夷。其後相如被任命為中郎將，持節出使，但不久被人告發涉嫌受賄，遂遭免官。稍被重新啟用，仍為郎官。死後遺下《封禪書》勸漢武帝進行封禪。

相傳司馬相如患有消渴症，也就是今日的糖尿病。《漢書．藝文志》載司馬相如有賦二十九篇，今存《子虛賦》、《上林賦》、《大人賦》、《長門賦》、《美人賦》、《哀二世賦》六篇，其中《長門賦》與《美人賦》的作者仍有爭論。後人輯有《司馬文園集》。

卓文君（前一七五至前一二一），原名文後，原籍邯鄲冶鐵家卓氏。卓家以冶鐵致富，秦始皇滅趙後，強迫趙國富戶遷移到川峽等地，邯鄲城卓氏被遷臨邛（今四川省邛崍市）。卓文君為臨邛巨商卓王孫之女，姿色嬌美，通音律，善彈琴，有文名。文君十六歲時出嫁，但丈夫不久過世。文君返娘家寡居。司馬相如到卓王孫家裏赴宴，得知卓文君新寡，彈奏了一曲《鳳求凰》，傾吐愛慕之情。文君當夜與相如私奔，到了成都。為了謀生，夫婦二人回臨邛開小酒店為生，生活清苦。卓王孫得知後，在朋友勸諫下資助他們，使他們的生活有所改善。傳說後來司馬相如與卓文君生下一個女兒，名為琴心，因正月初一生，故皇后賜名元春。

卷二〈趙后淫亂〉：

慶安世年十五，為成帝侍郎。善鼓琴，能為《雙鳳》、《離鸞》之曲。趙后悅之，白上，得出入御內，絕見愛幸。常著輕絲履，招風扇，紫綈裘，與后同居處。欲有子，而終無胤嗣。趙后自以無子，常託以祈禱，別開一室，自左右侍婢以外，莫得至者，上亦不得至焉。以軿車載輕薄少年，為女子服，入後宮者日以十數，與之淫通，無時休息。有疲怠者，輒差代之，而卒無子。

此條說趙飛燕淫亂後宮之事，甚駭人聽聞。趙飛燕（?至前一），西漢漢成帝（前五一至前七）第二任皇后，漢哀帝（前二六至前一）時皇太后。她貌美，體態輕盈，能歌善舞，受漢成帝專寵二十年，所謂「燕瘦環肥」講的便是她和楊玉環（七一九至七五六）。正史上對她的記載很少，然而關於她和她妹妹趙昭儀（野史稱趙合德）的故事卻很多，尤以《西京雜記》、《飛燕外傳》最為影響深遠。成帝寵愛趙氏姐妹，許皇后、班婕妤等人皆失寵。成帝鴻嘉三年（前一八）趙飛燕告發許皇后等人蠱詛他人，禍及皇帝。皇太后王政君（前七一至一三）下令徹查，許皇后因此被廢。之後漢成帝欲立趙飛燕為皇后，但皇太后王政君認為她出身卑微，不同意。太后的外甥侍中淳于長多次在太后面前為成帝立趙飛燕為皇后一事說情，終於得到了太后的認可。成帝永始元年（前一六）四月，成帝先封趙飛燕的父親趙臨為成陽侯。六月，封趙飛燕為皇后，封趙合德為昭儀。

趙飛燕成為皇后後，成帝對她的寵愛卻漸漸不如以往，反而最為寵愛她的妹妹趙合德。趙飛燕姐妹雖然相繼專寵後宮十多年，但都沒有子嗣。《飛燕外傳》中的解釋是姐妹二人為駐顏而使用息肌丸以致不孕。成帝綏和元年（前八），定陶王劉欣來長安，其祖母傅太后賄賂趙飛燕姐妹，打通關節，在她們的幫助下，一直沒有子嗣的漢成帝立劉欣為太子。第二年春，成帝突然去世，趙昭儀被眾人追究，因此自殺。劉欣即位，是為漢哀帝，他感念趙飛燕當初擁立之功，尊趙飛燕為皇太后，封趙飛燕的弟弟趙欽為新成侯、趙飛燕的侄兒趙訢為成陽侯，趙氏一門兩侯，地位顯赫。元壽二年（前一）六月，哀帝崩。與哀帝不睦的王氏外戚集團東山再起，哀帝寵臣和外戚遭到了嚴厲的打擊，趙太后也沒能例外。王莽挾太皇太后王政君下詔曰「前皇太后與昭儀俱侍帷幄，姊妹專寵錮寢，執賊亂之謀，殘滅繼嗣以危宗廟，悖天犯祖，無為天下母之義。貶皇太后為孝成皇后，徙居北宮。」一個月後王莽（前四五至二三）又下詔將趙皇后和哀帝傅皇后一起貶為庶人，趕去看守自己丈夫的陵園，當天二人一同自殺。

卷二〈揚雄著《太玄》〉：

揚雄讀書，有人語之曰：「無為自苦，《玄》故難傳。」忽然不見。雄著《太玄經》，夢吐鳳凰，集《玄》之上，頃而滅。

此條「有人」者，其實是劉歆。《漢書・揚雄傳》說劉歆嘗觀揚雄寫《太玄》，謂雄曰：「空自苦。今學者有祿利，然尚不能明《易》，又如《玄》何?吾恐後人用覆醬瓿也。」雄笑而不應。《西京雜記》所述，將之神化。揚雄（前五三至一八），字子雲，蜀郡成都（今四川成都郫都區）人，西漢哲學家、文學家、語言學家。後人，例如清朝經學、訓詁家段玉裁（一七三五至一八一五）認為他的家族本姓楊。至於何時、何故改為揚姓，有不同說法。

揚雄為人口吃，相貌平凡、身裁偏矮，不能劇談，但專心於思考。早年傾慕司馬相如，模仿司馬相如的《子虛》、《上林》等賦，常作辭賦，名聲遠播，如《蜀都賦》。此賦開啟了京都一派題材，班固《兩都賦》、張衡《二京賦》以及晉代左思《三都賦》皆受其影響。大司馬車騎將軍王音召為門下史。後經蜀人楊莊推薦，漢成帝命他隨侍左右。他先後作《甘泉賦》、《羽獵賦》、《長楊賦》，內容對成帝的鋪張奢侈有所諷諫。他和王莽、劉歆等為同僚。

揚雄後來認為辭賦為「雕蟲篆刻」，「壯夫不為」，轉而研究哲學。他仿《論語》作《法言》。在人性論上，揚雄於《法言・修身》說：「人之性也，善惡混，修其善，則為善人；修其惡，則為惡人。」

他又模仿《易經》作《太玄》。提出以「玄」作為宇宙萬物根源之學說。王莽當政，拉攏揚雄，任他為中散大夫。他寫過《劇秦美新》一文，指斥秦朝、美化新朝，但此文是主動投靠王莽還是避禍之作，還有爭論。後在天祿閣校書，寫作，進行語言學研究。曾著《方言》，敘述西漢時代各地方言。但是因弟子劉棻牽連，有人前來逮捕揚雄，揚雄恐懼而跳樓，未死，後得免。後召為大夫，默默無聞而終。

卷二〈揚雄論為賦〉：

或問揚雄為賦，雄曰：「讀千首賦，乃能為之。」

「或問」解作「有人問」。任何一門學問，任何一種技能，要達到精通的境界，必須要下苦功去鑽研方能有成。王國維（一八七七至一九二七）在《人間詞話》中，引用詞句表示追求學問的三種境界「立」、「守」及「得」。第一種境界是晏殊（九九一至一〇五五）《蝶戀花·檻菊愁煙蘭泣露》中的「昨夜西風凋碧樹。獨上高樓，望盡天涯路。」第二種境界是柳永（九八七至一〇五三）《蝶戀花·佇倚危樓風細細》中的「衣帶漸寬終不悔。為伊消得人憔悴。」第三種境界是辛棄疾（一一四〇至一二〇七）《青玉案·元夕》中的「眾裏尋他千百度。驀然回首，那人卻在燈火闌珊處。」第二境界的那個「伊」，可指「在水一方」的佳人君子，亦可延伸指美好的願景。揚雄所說的「讀千首賦，乃能為之」是第二種境界。沒有經過千百度的追求探索，就沒有那第三境界「驀然回首」的頓悟。

匡衡字稚圭，勤學而無燭。鄰舍有燭而不逮，衡乃穿壁引其光，以書映光而讀之。邑人大姓文不識，家富多書，衡乃與其傭作，而不求償。主人怪，問衡，衡曰：「願得主人書遍讀之。」主人感歎，資給以書，遂成大學。衡能說《詩》，時人為之語曰：「無說《詩》，匡鼎來；匡說《詩》，解人頤。」鼎，衡小名也。時人畏服之如是，聞者皆解頤歡笑。衡邑人有言《詩》者，衡從之，與語質疑，邑人挫服，倒屣而去。衡追之曰：「先生留聽，更理前論。」邑人曰：「窮矣！」遂去不返。

匡衡，生卒年不詳，字稚圭，東海郡承縣（今山東省棗莊市嶧城區）人。西漢經學家，元帝時位至丞相。匡衡父親務農。衡幼時家貧，晚上沒有燈燭，竟在牆壁上鑿孔，引鄰居光源來讀書，是為「鑿壁偷光」之典故。此條更謂有邑人「文不識」先生，家富多書，衡乃與他做工，不求償，原因是「願得主人書遍讀之。」匡衡學習刻苦，對《詩經》有很高的成就。後來匡衡通過甲科考試，曾任平原文學掾。時有不少學者上書推薦匡衡，認為應該將他調至京都。然而漢宣帝不喜歡起用儒家，所以匡衡仍在地方任職。

元帝即位，大司馬車騎將軍史高擔任尚書，向元帝推薦匡衡，遂擔任郎中，又遷博士、給事中。元帝建昭三年（前三六），代韋玄成為丞相，封樂安侯，食邑六百戶。元帝時，與當時宦官石顯不和，成帝即位後，匡衡與御史大夫甄譚上疏彈劾石顯。司隸校尉王尊卻上章彈劾匡衡和甄譚，直言丞相、御史以前對石顯曲意迎合，實為一黨。因成帝荒淫，匡衡又上《戒妃匹勸經學威儀之則》的奏疏：「願陛下詳覽得失盛衰之效，以定大基，采有德，戒聲色，近嚴敬，遠技能。」

匡衡之長子匡昌為越騎校尉，因酒醉殺人而入獄。對此天子未對匡衡追究事責。成帝建始四年（前二九），匡衡因「專地盜土」遭彈劾，被貶為庶人回鄉。最終匡衡於家鄉去世。匡衡次子匡咸，字子期，繼承其父匡衡之儒學，舉明經，位歷九卿。漢平帝元始三年（三），匡咸繼承張嘉擔任左馮翊。以後匡家世代多以通儒經為博士。

此條有「無說《詩》，匡鼎來」之句。又謂「鼎，衡小名也。」《漢書》本傳亦有「無說《詩》，匡鼎來」之句，其注引用服虔語謂「鼎猶言當也，若言匡且來也。」又引應劭語謂「鼎，方也。」初唐經學家、史學家，注《漢書》的顏師古（五八一至六四五）同意服、應二人的說法。服、應二人均為東漢末著名學者，其不言「鼎」為匡衡之字，甚為可信。

卷二〈精弈棋裨聖教〉：

杜陵杜夫子善弈棋，為天下第一。人或譏其費日，夫子曰：「精其理者，足以大裨聖教。」

此條中的杜夫子，名不詳，生平無考。東漢許慎（生卒年不詳）所作的文字工具書《說文解字》謂：「弈，圍棋也。」記載上古帝王、諸侯和卿大夫家族世系的史籍《世本》謂：「堯造圍棋。」《大英百科全書》認為圍棋在公元前二三五六年左右起源於中國。

西漢末、東漢初的學者桓譚所著《新論》曰：「世有圍棋之戲，或言兵法之類也。」劉邦擅長將將，相傳和他頗精於圍棋有關。《西京雜記》卷三〈戚夫人侍兒言宮中事〉記載劉邦和戚夫人於百子池畔下圍棋之事。一九五二年河北望都一號漢墓出土有東漢棋盤，石質，十七道，和今天普世所用的十九道棋盤不同。漢朝人對圍棋已有不同的看法。賈誼（前二〇〇至前一六八）說圍棋「失禮迷風」。很多人認為下棋廢時失事。但圍棋在漢朝及以後的朝代都很流行。

《漢書》作者班固所著的《弈旨》曰：「北方之人謂棊為弈。弘而說之，舉其大略，厥意深矣。局必方正，象地則也；道必正直，神明德也；棊有黑白，陰陽分也；駢羅列布，效天文也；四象既陳，行之在人，蓋王政也；成敗臧否，為仁由己，道之正也。」又曰：「上有天地之象，次有帝王之治，中有五霸之權，下有戰國之事。覽其得失，古今略備。」又曰：「至於發憤忘食，樂以忘憂，推而高之，仲尼概也。樂而不淫，哀而不傷，質之詩書，關雎類也。紕專知柔，陰陽代至，施之養性，彭祖氣也。」班固將弈棋的精粹和儒教的綱常倫理相提並論。這也是本條中杜夫子所說的「精其理者，足以大裨聖教。」

卷三〈淮南王好方士〉：

又說：淮南王好方士，方士皆以術見，遂有畫地成江河，撮土為山巖，噓吸為寒暑，噴嗽為雨霧。王亦卒與諸方士俱去。

淮南王劉安承襲父親劉長的爵位。劉長（前一九八至前一七四），沛郡豐縣（今江蘇徐州豐縣）人，漢高祖劉邦的第七子，漢惠帝劉盈、漢文帝劉恆異母弟，母趙姬。西漢初年諸侯王。力能扛鼎。於前一九六年被封淮南王。文帝時，驕縱跋扈，常與帝同車出獵；在封地不用漢法，自作法令。前一七四年，與匈奴、閩越首領聯絡，圖謀叛亂，事泄被拘。朝臣議以死罪，文帝赦之，廢王號，謫徙蜀郡嚴道邛郵（嚴道縣，今四川雅安），途中絕食而死，謚號厲王。劉長死後，漢文帝依照列侯的禮節在雍縣葬了他，並賜予三十戶人家幫他守墳、掃墓。劉長的三個兒子都封王，並由長子劉安繼任淮南王的爵位。

劉安（前一七九至前一二二）在中國文學史上有重要貢獻。他好讀書鼓琴，善為文辭，不喜歡嬉遊打獵，很注意撫慰百姓，流譽天下。曾招致賓客方術之士數千人，其中有蘇非、李尚、左吳、陳由、雷被、毛周、伍被、晉昌及大山、小山等等，在其主持下編寫《鴻烈》（後來稱《淮南鴻烈》，也稱《淮南子》）。當時漢武帝喜好文學，對父輩劉安較為尊重。每次給予書信，常召司馬相如等文士看過草稿才發出。劉安入朝獻上新作，往往為漢武帝喜愛而收藏。但後來，劉安謀反。武帝元狩元年（前一二二），漢武帝以「陰結賓客，拊循百姓，為叛逆事」等罪名捉拿劉安，劉安自殺身亡，其餘親屬被族滅。淮南國涉及謀反的列侯、遊俠等數千人都伏誅。淮南國除。但亦有謂劉安是道士，時常煉丹，因此而「得道成仙」，而且他沒服完的仙丹被家裏的雞犬吃了，以致「一人得道，雞犬升天」。（見《藝文類聚・卷第七十八・靈異部上・仙道》）劉安和眾門客著成《淮南子》有《內篇》二十一篇、《外篇》三十三篇、《道訓》二篇，二十餘萬字。著詩歌《淮南王賦》八十二篇、《羣臣賦》四十四篇、《淮南歌詩》四篇、《淮南雜星子》十九卷、《淮南萬畢術》等。相傳劉安發明豆腐，故業者奉之為行業神。

卷三〈鄧通錢與吳王錢〉：

文帝時，鄧通得賜蜀銅山，聽得鑄錢，文字肉好，皆與天子錢同，故富侔人主。時吳王亦有銅山鑄錢，故有吳錢，微重，文字肉好，與漢錢不異。

鄧通，男，蜀郡南安（今四川省樂山市）人，漢文帝寵臣，憑藉與漢文帝的親密關係，開銅礦，制「鄧通錢」，曾富甲天下，官至上大夫。漢景帝時被免官，坐罪下獄，落魄而死。鄧通會持棹搖船，在宮中當「黃頭郎」（管理船的小吏，一說因其戴黃帽而得名，一說船頭有黃旄而得名）。文帝曾作夢要上天，不能上，有一黃頭郎推他上了天，回頭看見那個人腰下的衣背穿了個洞。文帝夢醒後就到漸台去，尋找推他上天的那個黃頭郎，看見了鄧通，他的衣服後面也穿了個洞。得知他姓「鄧」，與「登」音近，非常高興。文帝賞賜鄧通錢財，封他為官至上大夫，常到鄧通家「玩耍」，但鄧通沒有其他本領，不能推薦什麼人才。但他很謹慎侍奉文帝。文帝派一個會看相的人（一說是許負）給鄧通看相，相士說他可能因貧窮飢餓而死。文帝把蜀郡的銅山賞賜給鄧通，准許鄧通自己鑄錢。「鄧通錢」流佈全國。文帝曾經身上長癰，鄧通經常替他吸吮膿水。文帝問鄧通道：「天下誰最愛我？」鄧通說：「應當沒有誰比得上太子。」太子劉啟（日後的景帝）進來探病，文帝就讓他吮癰，太子雖然按要求，但面有難色。後來聽說鄧通經常替文帝吮癰，太子內心慚愧，從此怨恨鄧通。

文帝駕崩，太子劉啟即位，是為景帝。鄧通被免官，在家閒居。不久，有人告發鄧通曾偷到境外鑄錢，景帝把鄧通下獄審問定案，把鄧通家的財產全部沒收，還欠債幾億萬錢。文帝和竇皇后的女兒館陶長公主劉嫖賞賜鄧通一些東西，官吏就隨即沒收那些東西。館陶長公主派人給予衣食，讓他勉強能餬口。鄧通最終「不名一錢」，死在所寄居的人家。事見《史記．卷一二五．佞幸列傳．鄧通》。

卷三〈傅介子棄觚〉：

傅介子年十四，好學書，嘗棄觚而歎曰：「大丈夫當立功絕域，何能坐事散儒！」後卒斬匈奴使者，還拜中郎。復斬樓蘭王首，封義陽侯。

傅介子（?至前六五）為西漢時期的大臣、外交官。漢昭帝年間，因當時龜茲、樓蘭二國多次殺害漢朝的官員和使者，傅介子奉命出使西域，藉賞賜財寶給諸國的名義，在酒席上刺殺樓蘭王安歸（?至前七七），返國後以功受封為義陽侯。傅介子於宣帝元康元年（前六五）去世後，他的兒子傅敞因為有罪而不能繼承爵位，封國被廢除。平帝元始年間，重新續封功臣的後代，傅介子的曾孫傅長再次被封為義陽侯，王莽敗亡後，義陽侯的爵位才斷絕襲封。

南朝劉宋史學家范曄（三九八至四四五）的《後漢書．班超傳》記載東漢名將、外交家班超（三二至一〇二）於明帝永平五年（六二），因為兄長班固被召詣校書郎，他與母隨至洛陽。家貧，常為官傭書以供養。久勞苦，嘗輟業投筆嘆曰：「大丈夫無他志略，猶當效傅介子、張騫立功異域，以取封侯，安能久事筆硯間乎？」這就是「投筆從戎」的典故。歷來，對傅介子的評價有些分歧。例如北宋政治家、文學家、史學家司馬光（一〇一九至一〇八六）在《資治通鑑》上說：「王者之於戎狄，叛則討之，服則捨之。今樓蘭王既服其罪，又從而誅之，後有叛者，不可得而懷矣。必以為有罪而討之，則宜陳師鞠旅，明致其罰。今乃遣使者誘以金幣而殺之，後有奉使諸國者，復可信乎！且以大漢之強而為盜賊之謀於蠻夷，不亦可羞哉！論者或美介子以為奇功，過矣！」這段文字，表示司馬光不欣賞傅介子。清末民初歷史演義作家、歷史學家蔡東藩（一八七七至一九四五）同意司馬光的評語，他說：「介子以百人入虜廷，取番王首如拾芥，似屬奇聞。然以堂堂中國，乃為此盜賊之謀，適足貽外人之口實，後有出使外夷者，其誰肯輕信之乎！宋司馬溫公之譏，吾亦云然。」但，明末清初大儒王夫之（一六一九至一六九二）卻說：「樓蘭王陽事漢而陰為匈奴間，傅介子奉詔以責而服罪。夷狄不知有恥，何惜於一服，未幾而匈奴之使在其國矣。信其服而推誠以待之，必受其詐；疑其不服而興大師以討之，既勞師絕域以疲中國，且挾匈奴以相抗，兵挫於堅城之下，殆猶夫宋公之自衄於泓也。傅介子誘其主而斬之，以奪其魄，而寒匈奴之膽，詎不偉哉！故曰；夷狄者，殲之不為不仁，奪之不為不義，誘之不為不信。何也?信義者，人與人相於之道，非以施之非人者也。」

卷三〈《白頭吟》〉：

相如將聘茂陵人女為妾，卓文君作《白頭吟》以自絕，相如乃止。

《白頭吟》是一首古樂府詩。全詩如下：「皚如山上雪，皎若雲間月。聞君有兩意，故來相決絕。今日斗酒會，明旦溝水頭。躞蹀御溝上，溝水東西流。悽悽復悽悽，嫁娶不須啼。願得一心人，白頭不相離。竹竿何嫋嫋，魚尾何簁簁。男兒重意氣，何用錢刀為。」此詩最早見於《玉臺新詠》，題作《皚如山上雪》。另《宋書．樂志》載晉樂所奏歌辭，內容大致相同，後者篇幅較長，似經樂官配樂時增入不少字句。《樂府詩集》一併載入《相和歌．楚調曲》。另據《宋書．樂志》看來，它與《江南可採蓮》一類樂府古辭，都同屬漢代的「街陌謠謳」。《樂府詩集》和《太平御覽》也都把它作為「古辭」。

《西京雜記》指《白頭吟》為卓文君所作以自絕之說，但卻未著錄歌辭。清人馮舒在《詩紀匡謬》中也力辯其偽。因而這或許是一首來自民間的作品，或許卓文君另有別篇。後世對此詩的評價甚高。明代徐師曾：「其格韻不凡，託意婉切，殊可諷詠。後世多有擬作，方其簡古，未有能過之者。」（《樂府明辨》）清初陳祚明：「明作決絕語，然語語有冀望之情焉，何其善立言也！錢刀以比顏色，將意氣二字責之。」（丁福保《漢詩菁華錄箋註》）清初王夫之：「亦雅亦宕，樂府絕唱。……必謂漢人樂府不及三百篇，亦紙窗下眼孔耳。饜興不厭，天才，欲比文園之賦心。」（《古詩評選》卷一）清代張玉穀：「悽悽四句，蓋終冀其變兩意為一心，而白頭相守也。妙在從人家嫁娶時悽悽啼哭，憑空指點一婦人同有之願，不着己身說而己身已在裏許。用筆能於占身分中，含得勾留之意，最為靈警。」（《古詩賞析》）

卷三〈文章遲速〉：

枚皋文章敏疾，長卿制作淹遲，皆盡一時之譽。而長卿首尾溫麗，枚皋時有累句，故知疾行無善跡矣。揚子雲曰：「軍旅之際，戎馬之間，飛書馳檄，用枚皋；廊廟之下，朝廷之中，高文典冊，用相如。」

枚皋（？至？），字少孺，淮陰（今江蘇淮安）人，西漢辭賦家枚乘（？至前一四〇）的庶子。枚乘為著名文學家，以辭賦名世，其中以《七發》最有名。為梁孝王門客時，娶小妾，生枚皋。枚乘東歸，枚皋隨母親留在梁國。枚皋善辭賦，十七歲時上書梁共王，得召為郎。曾為梁共王使，因被人讒言毀謗，家室被抄沒，枚皋逃到長安。遇到大赦，枚皋上書漢武帝，說自己是枚乘的兒子。武帝把他召入宮中，拜為郎。枚皋曾出使匈奴、從武帝巡幸甘泉宮、雍城、河東等地及參與封禪泰山。枚皋雖不精通經術，但善寫辭賦。他個性詼諧，不拘禮節，所以難以陞官，為郎而已，時人比之東方朔，漢武帝視他如倡優。他下筆敏捷，受詔輒成，故所作頗多，遠超於司馬相如，但是質量不及。班固說他「為文疾，受詔則成，故所賦者多。」他所作之賦著名的有一百二十多篇，《漢書藝文志》有著錄，生平事跡附於《漢書枚乘傳》後。

武帝朝的文壇，是漢代盛世景象的重要組成部分，也成為中國文學史上光輝的一頁。枚皋是漢代文壇最多產的作家。他的作品不以諷諫為宗旨，表現出有別於傳統的情趣和文學觀。然其作品因多匆促而就，缺少錘鍊，故後世罕有流傳。淮陰人引以為豪的「馬上文，胯下武」者，是指枚皋、韓信二人。在那個年代，還有「枚速馬遲」、「馬工枚速」的說法，顯示司馬相如和枚皋二人作賦的風格有所不同。

卷四〈勁超高屏〉：

江都王勁捷，能超七尺屏風。

此條所說的人物是劉非（前一六八至前一二七）。他是漢景帝劉啟的第五子，母程姬。他和武帝劉徹為同父異母之兄弟，長劉徹十二年，景帝二年（前一五五）立為汝南王。前一五四年，吳楚七國叛亂，他上書自請擊吳，被任為將軍。吳破，徙為江都王，治故吳王所屬之地。《漢書》說他「好氣力，治宮館，招四方豪傑，驕奢甚。」此條說他能跳過七尺高的屏風。漢一尺相當於今二十三釐米至二十三點六釐米之間，即此七尺約在一米六一至一米六五左右，很不錯。漢武帝元光年間，匈奴入邊，又上書願擊匈奴，不許。在位二十七年死。

劉非是西漢少數得以善終的諸侯，他的陵墓位於今江蘇省盱眙縣東陽大雲山，在西漢時代的規模非常大。這反映了當時西漢的社會在武帝時已經很富裕。守江都時，劉非知道當時的江都相董仲舒（前一七九至前一〇四）是個大儒，並能用儒家大禮匡正他的過錯，所以對他非常敬重，採納他提出的「獨尊儒術」等一系列治國方略，不僅一改過去王室成員狂妄驕奢、不軌圖謀，而且盡守臣職，忠君效祖。劉非之子劉建（？至前一二一）從小在王宮長大，養尊處優，放蕩不羈，父死後，他認為江都國就是他的天下，更加為所欲為。他聯絡不滿朝廷的劉安等人，企圖謀反。丞相府長史在他的住處查出了武器、印璽、綬帶、使節和地圖等準備反叛的大量物證，立報漢武帝。武帝派掌管王室親族事務的宗正和掌管刑獄的廷尉前往廣陵查辦。劉建情知罪不可赦，於武帝元狩二年（前一二一）自縊身亡。武帝於元封六年（前一〇五），以劉建的女兒江都公主劉細君（前一三〇至前一〇一）為和親公主，下嫁烏孫國王昆莫獵驕靡，以和烏孫結為兄弟之邦，共制匈奴，因此也被稱為烏孫公主。她是歷史上第一位留下姓名的女詩人及和親公主。

卷五〈賈誼鵩鳥賦〉：

賈誼在長沙，鵩鳥集其承塵。長沙俗以鵩鳥至人家，主人死。誼作《鵩鳥賦》，齊死生，等榮辱，以遣憂累焉。

此條記載之事，亦見於干寶的《搜神記》卷九。讀者可參看本書評介《搜神記》篇。

卷六〈漢太史公〉：

漢承周史官，至武帝置太史公。太史公司馬談，世為太史，子遷，年十三，使乘傳行天下，求古諸侯史記，續孔子古文，序世事，作傳百三十卷，五十萬字。談死，子遷以世官復為太史公，位在丞相下。天下上計，先上太史公，副上丞相。太史公序事如古《春秋》法，司馬氏本古周史佚後也。作《景帝本紀》，極言其短及武帝之過，帝怒而削去之。後坐舉李陵，陵降匈奴，下遷蠶室。有怨言，下獄死。宣帝以其官為令，行太史公文書事而已，不復用其子孫。

司馬遷（前一四五？至？）字子長，龍門（今陝西韓城，另說是今山西河津市）人，是西漢時期著名的史學家和文學家。司馬遷所撰寫的《史記》被公認為是中國史書的典範，首創的紀傳體撰史方法為後來歷代正史所傳承，被後世尊稱為史聖，又因曾任太史令，故自稱太史公。司馬遷生於景帝、武帝年間，其父司馬談（？至前一一〇）是太史令，所以司馬遷在十歲時已能誦習古文《尚書》、《左傳》、《國語》等書。司馬遷早年受學於孔安國、董仲舒等大儒，並暢遊全國各地，採集傳聞。武帝元封元年（前一一〇），司馬談去世。三年之後，司馬遷承襲父職，任太史令，同時也繼承父親遺志，準備撰寫一部通史。

漢武帝太初元年（前一〇四），司馬遷與唐都、落下閎等共同定立了「太初曆」，該曆法改變了秦代使用的顓頊曆以十月為歲首的習慣，而改以正月為歲首。從而奠定了其後兩千年來所尊奉的曆法基礎。之後司馬遷開始了《史記》的寫作，開創紀傳體史學。早在司馬遷撰寫《史記》時，漢武帝翻閱《孝景本紀第十一》和《今上本紀第十二》後，認為司馬遷的敘述有意貶損自己，大怒，命人削去了書簡上的字，並把這些書簡扔掉了，可見當時漢武帝對司馬遷的不滿。武帝天漢二年（前九九），「飛將軍」李廣的孫子李陵（？至前七四）請纓出擊匈奴，兵敗被俘，漢武帝震怒。滿朝文武都認為李陵投降，全家當誅。而在這時，身為太史令的司馬遷卻為李陵辯護。武帝將司馬遷投入牢獄，以「誣罔」的罪名判處死刑。想到文王拘於囚室而推演《周易》，仲尼困厄之時著作《春秋》，屈原放逐才賦有《離騷》，左丘失明乃有《國語》，孫臏遭臏腳之刑後修兵法，呂不韋被貶蜀地才有《呂氏春秋》傳世，韓非被囚秦國，作《說難》和《孤憤》，《詩》三百篇，大概都是賢士聖人發泄憤懣而作。終於，司馬遷毅然選擇了以腐刑贖身死。

歷史上沒有明確記載司馬遷的卒年，死因也眾說紛紜。有史料認為司馬遷一直到漢昭帝年間善終，有人認為司馬遷完成《史記》之後，便隱居山野，不知所終，故無從稽考。東漢衛宏《漢舊儀》：「司馬遷作《景帝本紀》極言其短，及武帝過，武帝怒而削去之，後坐舉李陵，陵降匈奴，故下遷蠶室，有怨言，下獄死。」指司馬遷最終仍因口出怨言被下獄而死。

司馬遷有一個女兒嫁給楊敞。楊敞在漢昭帝時曾官至宰相，與司馬遷之女生有二子楊忠、楊惲。楊惲自幼聰穎好學，他的母親把自己珍藏着的《史記》拿出來給他閱讀。楊惲愛不釋手，非常用心地把它讀完。楊惲成年之後，還把它讀了好幾遍。在漢宣帝的時候，楊惲被封為平通侯，這時候他看到當時朝政清明，就上書漢宣帝，把《史記》獻了出來，從此天下人得以讀到這部偉大的史學鉅著。

《史記》記載由上古傳說中黃帝的時期到漢武帝太初年間共二千五百多年的歷史。全書一百三十篇，五十二萬六千五百餘字，包括十二本紀、三十世家、七十列傳、十表和八書，是《廿四史》之首，和《資治通鑑》並稱為「史學雙璧」。歷來讚揚司馬遷的文史學者很多。班固是漢代系統評論司馬遷的第一人。《漢書》中有《司馬遷傳》。班固在讚語中說：「自劉向、揚雄博極羣書，皆稱遷有良史之材，服其狀況序事理，辯而不華，質而不俚，其文直、其事核，不虛美、不隱惡，故謂之實錄。」唐朝文學家及古文運動推行者韓愈（七六八至八二四）十分推崇司馬遷的文學才華。他說：「漢朝人莫不能文，獨司馬相如、太史公、劉向、揚雄之為最。」他認為司馬遷作品的風格是「雄深雅健」。明末清初文壇領袖錢謙益（一五八二至一六六四）在《牧齋有學集》中說：「司馬氏以命世之才、曠代之識、高視千載，創立《史記》。」明末清初文學批評家金聖歎（一六〇八至一六六一）把《史記》作為「六才子書」之一，評論《史記》序贊九十多篇。他在評《水滸傳》、《西廂記》中多次讚揚司馬遷。清朝史學家、思想家章學誠（一七三八至一八〇一）在史學理論名著《文史通義》中說：「夫史遷絕學，《春秋》之後一人而已。」他認為《史記》一書「範圍千古、牢籠百家」，《史記》是「經緯乎天人之際」的一家之言。清朝文學家、史學家趙翼（一七二七至一八一四）在《廿二史札記》中說：「司馬遷參酌古今，發凡起例，創為全史。本紀以序帝王，世家以記侯國，十表以系時事，八書以詳制度，列傳以專人物。然後一代君臣政事賢否得失，總彙於一篇之中。自此例一定，歷代作史者，遂不能出其範圍，信史家之極則也。」這個「五體結構」的史學框架，一經創立，即為經典。趙翼稱之為「史家之極則」，十分恰當。近代作家、新文化運動領袖之一魯迅（一八八一至一九三六）在《漢文學史綱要》一書中有專篇介紹司馬遷。魯迅認為：「武帝時文人，賦莫若司馬相如，文莫若司馬遷。」司馬遷寫文章「不拘於史法，不囿於字句，發於情，肆於心而為文」，因而《史記》不失為「史家之絕唱，無韻之《離騷》」。

拾遺記

《拾遺記》十卷，又名《拾遺錄》、《王子年拾遺記》，為五胡十六國時代隴西安陽（今甘肅渭源）人王嘉（？至三九〇）所撰。

王嘉，字子年，前秦（三五〇至三九四）著名文學家、小說家。他初隱於東陽谷，鑿崖穴居，有徒弟數百人。由於戰亂，他　下徒弟到長安，隱居於終南山。稍後又遷住倒獸山。前秦宣昭帝苻堅（三三八至三八五）屢次召他出山，他都沒有答應。東晉孝武帝太元九年，即前秦宣昭帝建元二十年（三八四），前秦、西燕、後秦各派使者拉攏王嘉，王嘉選擇協助苻堅。王嘉入長安，和佛教高僧釋道安（三一二至三八五）一起居於前秦宮中外殿。史傳王嘉能言未發生之事，所以前秦的公侯以下，都到王嘉處詢問世事。他深得苻堅信任。前秦高帝苻登太初五年（三九〇），後秦（三八四至四一七）皇帝姚萇（三三〇至三九三）將王嘉殺死。苻登追贈王嘉為太師，謚號為文。

王嘉著有《牽三歌》和志怪小說《拾遺記》等作品，其中《拾遺記》原書十九卷，二百二十篇。由於十六國之際的戰亂，典章散失。南梁人蕭綺綴拾成文，改編為十卷，共一百一十六篇。這些篇章，在故事情節、人物描寫等方面都頗為完善，已具短篇小說規模。王嘉可說是中國短篇小說的奠基人之一。蕭綺（生卒年不詳）是南朝梁小說家，蘭陵（今江蘇省常州市）人。他在某些篇章後加有以「錄曰」為形式的批評性文字，主要是對《拾遺記》內容的補證、發揮和評價。蕭綺為此書所寫的序說：「《拾遺記》者，晉隴西安陽人王嘉字子年所撰，凡十九卷，二百二十篇，皆為殘缺。當偽秦之季，王綱遷號，五都淪覆，河洛之地，沒為戎墟，宮室榛蕪，書藏堙毀。荊棘霜露，豈獨悲於前王；鞠為禾黍，彌深嗟於茲代！故使典章散滅，釁館焚埃，皇圖帝冊，殆無一存，故此書多有亡散。文起羲、炎已來，事訖西晉之末，五運因循，十有四代。王子年乃搜撰異同，而殊怪必舉，紀事存樸，愛廣尚奇。憲章稽古之文，綺綜編雜之部。《山海經》所不載，夏鼎未之或存，乃集而記矣。辭趣過誕，意旨迂闊，推理陳跡，恨為繁冗。多涉禎祥之書，博採神仙之事，妙萬物而為言，蓋絕世而弘博矣！世德陵夷，文頗缺略。綺更刪其繁紊，紀其實美，搜刊幽秘，捃採殘落，言匪浮詭，事弗空誣。推詳往跡，則影徹經史；考驗真怪，則葉附圖籍。若其道業遠者，則辭省樸素；世德近者，則文存靡麗。編言貫物，使宛然成章。數運則與世推移，風政則因時回改。至如金繩鳥篆之文，玉牒蟲章之字，末代流傳，多乖曩跡，雖探研鐫寫，抑多疑誤。及言乎政化，訛乎禎祥，隨代而次之。土地山川之域，或以名例相疑；草木鳥獸之類，亦以聲狀相惑。隨所載而區別，各因方而釋之，或變通而會其道，寧可採於一說。今搜檢殘遺，合為一部，凡一十卷，序而錄焉。」

在此序中，蕭綺指出了《拾遺記》的三個特點：一是「殊怪必舉」、二是「紀事存樸」、三是「愛廣尚奇」。

現從此書轉錄十餘條給大家賞讀。

卷一〈顓頊〉：

帝顓頊高陽氏，黃帝孫，昌意之子。昌意出河濱，遇黑龍負玄玉圖。時有一老叟謂昌意云：「生子必叶水德而王。」至十年，顓頊生，手有文如龍，亦有玉圖之像。其夜昌意仰視天，北辰下，化為老叟。及顓頊居位，奇祥衆祉，莫不總集，不稟正朔者，越山航海而皆至也。帝乃揖四方之靈，群后執珪以禮，百辟各有班序。受文德者，錫以鐘磬；受武德者，錫以干戈。有浮金之鐘，沉明之磬，以

羽毛拂之，則聲振百里。石浮於水上，如萍藻之輕，取以為磬，不加磨琢。及朝萬國之時，及奏含英之樂，其音清密，落雲間之羽，鯨鯢游湧，海水恬波。有曳影之劍，騰空而舒，若四方有兵，此劍則飛起指其方，則剋伐；未用之時，常於匣里如龍虎之吟。

顓頊（生卒年不詳）是我國歷史傳說人物，為五帝之一。父親是黃帝與嫘祖的次子昌意，因德才不足以承大位，被封為諸侯於若水，娶蜀山氏之女昌僕為妻，生顓頊。顓頊性格有謀略，十五歲時輔佐少昊，治理九黎地區，封於高陽（今河南杞縣東），故又稱其為高陽氏。黃帝死後，因顓頊有聖德，立為帝，居帝丘（今河南濮陽市東南），時年二十歲。後來顓頊將帝位傳給侄兒帝嚳，即高辛氏。（五帝為五位部落首領或部落聯盟首領，因有功蹟，被後世追尊為帝。他們是黃帝、顓頊、帝嚳、堯及舜。）少昊死後，打敗爭奪帝位的共工氏，成為部落聯盟首領，號「高陽氏」，始都窮桑，後遷都商丘。《史記・五帝本紀》記載顓頊：「靜淵以有謀，疏通而知事」。顓頊生子窮蟬，是舜的天祖。據說他在位七十八年，活到九十八歲逝世，葬於濮陽。而春秋戰國時的楚國君主為其後裔，屈原在《離騷》中自稱為顓頊之後。屈原與楚國君主為同族。此條記載有關顓頊的異事，作者想像力豐富，提及的「曳影劍」頗似今日的「導彈」。

卷一〈唐堯〉：

帝堯在位，聖德光洽。河洛之濱，得玉版方尺，圖天地之形。又獲金璧之瑞，文字炳列，記天地造化之始。四凶既除，善人來服，分職設官，彝倫攸敘。乃命大禹，疏川瀦澤。有吳之鄉，有北

之地，無有妖災。沉翔之類，自相馴擾。幽州之墟，羽山之北，有善鳴之禽，人面鳥喙，八翼一足，毛色如雉，行不踐地，名曰青鸐，其聲似鐘磬笙竽也。《世語》曰：「青鸐鳴，時太平。」故盛明之世，翔鳴藪澤，音中律呂，飛而不行。至禹平水土，棲於川岳，所集之地，必有聖人出焉。自上古鑄諸鼎器，皆圖像其形，銘讚至今不絕。堯登位三十年，有巨查浮於西海，查上有光，夜明晝滅。海人望其光，乍大乍小，若星月之出入矣。查常浮繞四海，十二年一周天，周而復始，名曰貫月查，亦謂掛星查，羽人棲息其上。群仙含露以漱，日月之光則如冥矣。虞、夏之季，不復記其出沒。遊海之人，猶傳其神偉也。西海之西，有浮玉山。山下有巨穴，穴中有水，其色若火，晝則通曨不明，夜則照耀穴外，雖波濤灌蕩，其光不滅，是謂「陰火」。當堯世，其光爛起，化為赤雲，丹輝炳映，百川恬澈。遊海者銘曰「沉燃」，以應火德之運也。堯在位七十年，有鸞雛歲歲來集，麒麟遊於藪澤，梟鴟逃於絕漠。有秖支之國獻重明之鳥，一名「雙睛」，言雙睛在目。狀如雞，鳴似鳳。時解落毛羽，肉翮而飛。能搏逐猛獸虎狼，使妖災群惡不能為害。飴以瓊膏。或一歲數來，或數歲不至。國人莫不掃灑門戶，以望重明之集。其未至之時，國人或刻木，或鑄金，為此鳥之狀，置於門戶之間，則魑魅醜類自然退伏。今人每歲元日，或刻木鑄金，或圖畫為雞於牖上，此之遺像也。

此條記載堯帝期間的奇異事物。最奇怪的是「貫月查」及「羽人」的記載，使人感覺好像是今天我們說的「不明飛行物體」及「外星人」。堯（生卒年未有定論），祁（耆）姓，名放勳，國號陶唐氏，都平陽（今山西臨汾市襄汾縣陶寺遺址）。相傳廿三歲登帝位，在位七十年遜位。《史記・五帝本紀》記載：帝嚳有兩個兒子摯和放勳。帝嚳死後，以大兒摯繼承帝位，為帝摯。堯好學而能幹，十三歲時就受命輔佐帝摯。帝摯才幹平庸，未能妥善管理國家。而堯仁慈愛民，盛德聞名天下。於是各部族首領紛紛背離帝摯，而歸附於堯。帝摯自覺不如堯之聖明，在繼位九年以後，將帝位禪讓於堯。堯以平陽為都，以火德為帝，人稱赤帝。堯仁慈、聰明、勤樸。為了管治天下，制定法度，禁止欺詐。他關心百姓，輕徭薄賦，因此百姓都擁戴他。堯任命羲和掌管天文，制定曆法，授民農時。分派羲仲、羲叔、和仲、和叔分住四方，負責觀察日月星辰萬物生靈，以通報氣候變化，使百姓能及時下種和收割。堯年老以後，到處都出現洪水，堯聽從了四岳的意見，讓鯀治水，鯀花了九年時間，沒有成功。他在位七十年後，將帝位禪讓給舜。但，也有別的記載。在西晉時出土的編年體古書《竹書紀年》中記載，舜將堯放逐到平陽囚禁，先立其子丹朱為帝，後奪取其帝位。

卷三〈周穆王〉：

穆王即位三十二年，巡行天下。馭黃金碧玉之車，傍氣乘風，起朝陽之岳，自明及晦，窮寓縣之表。有書史十人，記其所行之地。又副以瑤華之輪十乘，隨王之後，以載其書也。王馭八龍之駿：一名絕地，足不踐土；二名翻羽，行越飛禽；三名奔霄，夜行萬里；四名超影，逐日而行；五名逾輝，毛色炳耀；六名超光，一形十影；七名騰霧，乘雲而奔；八名挾翼，身有肉翅。遞而駕焉，按轡徐行，以匝天地之域。王神智遠謀，使迹轂遍於四海，故絕異之物，不期而自服焉。

周穆王（約前一〇二七至約前九二二），又作周繆王，姬姓，周氏，名滿，周昭王之子，西周第五代天子。在位時間約為五十五年（夏商周斷代工程定為前九七六至前九二二，一說前一〇〇一至前九四七）。據汲縣戰國墓所出土的《穆天子傳》記載，周穆王喜好遊歷，曾於穆王十三年至十七年駕八駿之乘驅馳九萬里，西行至「飛鳥之所解羽」的崑崙之丘，觀黃帝之宮。又設宴於瑤池，與西王母做歌相和。公元前五三八年，楚國的大夫椒舉向追求霸業的楚靈王提到歷史上夏王啟、商湯、周武王、周成王、周康王、周穆王、齊桓公和晉文公這「六王二公」之功業。他提到周穆王有「塗山之會」的功業。近代學者楊伯峻（一九〇九至一九九二）指出塗山在今安徽省懷遠縣東南八里，淮河東岸。周穆王時期，國力強盛，周王朝在西部的影響已擴展到偏遠的地區。後來穆王也致力於向東南方發展。關於穆王的神話傳說，尚見於其他子部書之中。《列子》周穆王篇記載：「穆王不恤國是，不樂臣妾，肆意遠遊，命駕八駿之乘……遂賓於西王母，觴於瑤池之上，西王母為天子瑤，王和之，其辭哀焉。」《太平御覽》卷七十四引《抱朴子》：「周穆王南征，一軍盡化。君子為猿為鶴，小人為蟲為沙。」韓愈《送區弘南歸詩》：「穆昔南征軍不歸，蟲沙猿鶴伏似飛。」

《史記》中記載周穆王五十歲繼位，在位五十五年，壽命高達一百零五歲，但是此記載備受質疑。晚唐詩人李商隱（約八一三至約八五八）有一首七絕《瑤池》：「瑤池阿母綺窗開，黃竹歌聲動地哀。八駿日行三萬里，穆王何事不重來。」晚唐迷信神仙之風極盛，好幾個皇帝因服丹藥妄求長生而喪命。這首詩是借周穆王西遊的神話，譏諷皇帝求仙的虛妄。西王母盼不到周穆王重來，是暗示穆王已故，顯示了追求長生不老只是妄想。

卷三〈周靈王〉：

周靈王立二十一年，孔子生於魯襄公之世。夜有二蒼龍自天而下，來附徵在之房，因夢而生夫

子。有二神女，擎香露於空中而來，以沐浴徵在。天帝下奏鈞天之樂，列以顏氏之房。空中有聲，言天感生聖子，故降以和樂笙鏞之音，異於俗世也。又有五老列於徵在之庭，則五星之精也。夫子未生時，有麟吐玉書於闕里人家，文云：「水精之子，繫衰周而素王。」故二龍繞室，五星降庭。徵在賢明，知為神異。乃以繡紱繫麟角，信宿而麟去。相者云：「夫子繫殷湯，水德而素王。」至敬王之末，魯定公二十四年，魯人鋤商田於大澤，得麟，以示夫子。繫角之紱，尚猶在焉。夫子知命之將終，乃抱麟解紱，涕泗滂沱。且麟出之時，及解紱之歲，垂百年矣。二十三年，起「昆昭」之台，亦名「宣昭」。聚天下異木神工，得崿谷陰生之樹。其樹千尋，文理盤錯，以此一樹，而台用足焉。大幹為桁棟，小枝為栭桷。其木有龍蛇百獸之形。又篩水精以為泥。台高百丈，升之以望雲色。時有萇弘，能招致神異。王乃登台，望雲氣蓊鬱。忽見二人乘雲而至，鬚髮皆黃，非謠俗之類也。乘遊龍飛鳳之輦，駕以青螭。其衣皆縫緝毛羽也。王即迎之上席。時天下大旱，地裂木燃。一人先唱：「能為雪霜。」引氣一噴，則雲起雪飛，坐者皆凜然，宮中池井，堅冰可琢。又設狐腋素裘、紫羆文褥，羆褥是西域所獻也，施於台上，坐者皆溫。又有一人唱：「能使即席為炎。」乃以指彈席上，而暄風入室，裘褥皆棄於台下。時有容成子諫曰：「大王以天下為家，而染異術，使變夏改寒，以誣百姓。文、武、周公之所不取也。」王乃疏萇弘，而求正諫之士。時異方貢玉人、石鏡，此石色白如月，照面如雪，謂之「月鏡」。有玉人，機戾自能轉動，萇弘言於王曰：「聖德所招也。」故周人以萇弘幸媚而殺之，流血成石，或言成碧，不見其屍矣。

此條述及孔子（前五五一至前四七九）出生及在世時一些異事。孔丘，子姓，孔氏，名丘，字仲尼，後代敬稱孔子或孔夫子。生於魯國陬邑，祖先為宋國貴族，東周春秋末期魯國的教育家與哲學家，曾在魯國擔任官府要職。孔子為儒家創始人，其思想對後世有深遠的影響。孔子父親叔梁紇（前六二三至前五四九）居於魯昌平鄉郰邑，為郰邑大夫。叔梁紇與原配施氏連出九個女兒，因望子心切，續娶一妾，得一子名孟皮，卻腳有殘疾。叔梁紇在七十二歲時三度娶妻，娶了十八歲的顏徵在（前五六八至前五三五），由於婚姻不合禮制，被史書稱為野合。顏徵在曾私下至尼丘山祭祀尼丘山神以求子，故兒子取名丘，字仲尼。

萇弘（?至前四九二），又作長紅、萇宏，字叔，蜀（今四川資陽市雁江區）人，東周學者、政治家，少年時喜歡讀書，通曉天文、曆數，精通音律、樂理。《史記．封禪書》載：「萇弘以方事周靈王。」至周景王時仍任大夫。周敬王即位（前五一九），因參謀遷都輔佐興邦有功，升任內史大夫，執掌朝政。周敬王二十四至二十五年間（前四九六至前四九五），孔子曾訪萇弘，請教音樂與天文知識。二十八年，因支持晉國的范氏，被晉國權臣趙鞅逼殺。據傳三年後，其血化為碧玉。此條末段所記述之「玉人」，頗像今天之「機械人」。

卷四〈秦始皇〉第二條：

始皇好神仙之事，有宛渠之民，乘螺舟而至。舟形似螺，沉行海底，而水不浸入，一名「淪波舟」。其國人長十丈，編鳥獸之毛以蔽形。始皇與之語，及天地初開之時，瞭如親睹。曰：「臣少時躡虛卻行，日遊萬里。及其老朽也，坐見天地之外事。臣國在咸池日沒之所九萬里，以萬歲為一日。俗多陰霧，遇其晴日，則天豁然雲裂，耿若江漢。則有玄龍黑鳳，翻翔而下。及夜，燃石以繼日光。

此石出燃山，其土石皆自光澈，扣之則碎，狀如粟，一粒輝映一堂。昔炎帝始變生食，用此火也。國人今獻此石。或有投其石於溪澗中，則沸沫流於數十里，名其水為焦淵。臣國去軒轅之丘十萬里，少典之子採首山之銅，鑄為大鼎。臣先望其國有金火氣動，奔而往視之，三鼎已成。又見冀州有異氣，應有聖人生，果有慶都生堯。又見赤雲入於酆鎬，走而往視，果有丹雀瑞昌之符。」始皇曰：「此神人也。」彌信仙術焉。

此條記述秦始皇時期一些異事。能「沉行海底，水不浸入」之「淪波舟」，不就是今日的潛水艇嗎？秦始皇（前二五九至前二一〇），嬴姓，趙氏，名政，時稱趙政（或趙正），祖籍嬴國（今山東濟南市萊蕪區），生於趙國首都邯鄲（今河北邯鄲市），是秦莊襄王之子，商朝重臣惡來的第三五世孫。出土《北京大學藏西漢竹書》第三卷中稱其為趙正。唐代司馬貞在《史記索隱》引述《世本》稱其為趙政。曹植《文帝誄》最早稱始皇帝為嬴政，後世通稱嬴政，亦被某些文學作品稱為「祖龍」。他是戰國末期秦國君主，十三歲即位，三十九歲時夷平六國，建立秦朝，自稱「始皇帝」，五十歲出巡時駕崩，在位三十七年。

秦始皇是中國史上第一位使用「皇帝」稱號的君主。統一天下後，秦始皇繼承了商鞅變法的郡縣制度和中央集權，統一度量衡及典章法制，奠定了中國政治史上兩千餘年之專制政治格局。但另一方面，秦始皇在位期間修築長城、阿房宮、驪山陵等，令人民徭役過重，是秦朝在他死後三年迅速滅亡的重要原因。

卷五〈前漢上〉第三條：

漢武帝思懷往者李夫人，不可復得。時始穿昆靈之池，泛翔禽之舟。帝自造歌曲，使女伶歌之。時日已西傾，涼風激水，女伶歌聲甚遒，因賦《落葉哀蟬》之曲曰：「羅袂兮無聲，玉墀兮塵生。虛房冷而寂寞，落葉依於重扃。望彼美之女兮安得，感余心之未寧！」帝聞唱動心，悶悶不自支持，命龍膏之燈以照舟內，悲不自止。親侍者覺帝容色愁怨，乃進洪梁之酒，酌以文螺之卮。卮出波祇之國。酒出洪梁之縣，此屬右扶風，至哀帝廢此邑，南人受此釀法。今言「雲陽出美酒」，兩聲相亂矣。帝飲三爵，色悅心歡，乃詔女伶出侍。帝息於延涼室，臥夢李夫人授帝蘅蕪之香。帝驚起，而香氣猶著衣枕，歷月不歇。帝彌思求，終不復見，涕泣洽席，遂改延涼室為遺芳夢室。初，帝深嬖李夫人，死後常思夢之，或欲見夫人。帝貌憔悴，嬪御不寧。詔李少君，與之語曰；「朕思李夫人，其可得見乎？」少君曰：「可遙見，不可同於帷幄。暗海有潛英之石，其色青，輕如毛羽。寒盛則石溫，暑盛則石冷。刻之為人像，神悟不異真人。使此石像往，則夫人至矣。此石人能傳譯人言語，有聲無氣，故知神異也。」帝曰：「此石像可得否？」少君曰：「願得樓船百艘，巨力千人，能浮水登木者，皆使明於道術，賫不死之藥。」乃至暗海，經十年而還。昔之去人，或昇雲不歸，或託形假死，獲反者四五人。得此石，即命工人依先圖刻作夫人形。刻成，置於輕紗幕裏，宛若生時。帝大悅，問少君曰：「可得近乎？」少君曰：「譬如中宵忽夢，而晝可得近觀乎？此石毒，宜遠望，不可逼也。勿輕萬乘之尊，惑此精魅之物！」帝乃從其諫。見夫人畢，少君乃使舂此石人為丸，服之，不復思夢。乃築靈夢臺，歲時祀之。

漢武帝劉徹（前一五六至前八七），西漢第七位皇帝，是我國歷史上享負盛名的皇帝之一。孝武皇后李氏（前二世紀至前一〇〇年代），名不詳。出身中山（今河北省定縣），為武帝夫人。生昌邑王劉髆。兄長李延年、李廣利，弟弟李季。元鼎六年（前一一一），李氏的兄長李延年因擅長音律，得到武帝的接見。一日李延年為武帝獻歌，歌詞稱：「北方有佳人，絕世而獨立，一顧傾人城，再顧傾人國。寧不知傾城與傾國，佳人難再得！」武帝聞得此曲，慨嘆世間沒有那種佳人。武帝的姊姊平陽公主告訴武帝，歌中的佳人就是指李延年的妹妹。李氏隨後得武帝召見及寵幸。李夫人逝世後，李延年及夫人之弟李季皆因淫亂後宮罪被誅殺，滅族。李廣利因在攻伐大宛，未被誅殺。他回到漢朝後，武帝已將李氏家族滅族。後來武帝可憐其家，於太初四年（前一〇一）封李廣利為海西侯。後李廣利投降匈奴，李氏家族再次被滅。武帝去世後，霍光追封她為孝武皇后，配饗武帝，葬於茂陵。

卷六〈後漢〉第四條：

靈帝初平三年，遊於西園。起裸遊館千間，採綠苔而被階，引渠水以繞砌，周流澄澈。乘船以遊漾，使宮人乘之，選玉色輕体者，以執篙楫，搖漾於渠中。其水清澄，以盛暑之時，使舟覆沒，視宮人玉色。又奏《招商》之歌，以來涼氣也。歌曰：「涼風起兮日照渠，青荷晝偃葉夜舒，惟日不足樂有餘。清絲流管歌玉鳧，千年萬歲喜難逾。」渠中植蓮，大如蓋，長一丈，南國所獻。其葉夜舒晝卷，一莖有四蓮叢生，名曰「夜舒荷」。亦云月出則舒也，故曰「望舒荷」。帝盛夏避暑於裸遊館，長夜飲宴。帝嗟曰：「使萬歲如此，則上仙也。」宮人年二七以上，三六以下，皆靚妝，解其上衣，惟著內服，或共裸浴。西域所獻茵墀香，煮以為湯，宮人以之浴浣畢，使以餘汁入渠，名曰「流香渠」。又使內豎為驢鳴。於館北又作鷄鳴堂，多畜鷄，每醉迷於天曉，內侍競作鷄鳴，以亂真聲也。乃以炬燭投於殿前，帝乃驚悟。及董卓破京師，散其美人，焚其宮館。至魏咸熙中，先所投燭處，夕夕有光如星。後人以為神光，於此地立小屋，名曰「餘光祠」，以祈福。至魏明末，稍掃除矣。

從此條我們可見漢靈帝的敗壞。漢靈帝劉宏（一五六至一八九）是東漢第十二位皇帝，在位二十二年。他還是侯爵時，生活貧苦，到當了皇帝後，常常譏笑桓帝不懂經營家產。他大肆賣官鬻爵，將所得作為私房錢使用。光和元年（一七八），靈帝在西園設官邸，開始賣官鬻爵。光和三年，漢靈帝興建畢圭苑、靈昆苑。光和四年，靈帝在皇宮之中擴建西園，修建集市供自己享樂。總體而言，靈帝統治時期朝政敗壞，激起了大量民變，東漢從此走向滅亡之路。

卷六〈後漢〉第五條：

獻帝伏皇后，聰惠仁明，有聞於內則。及乘輿為李傕所敗，晝夜逃走，宮人奔竄，萬無一生。至河，無舟楫，后乃負帝以濟河，河流迅急，惟覺腳下如有乘踐，則神物之助焉。兵戈逼岸，后乃以身擁遏於帝。帝傷趾，后以綉拭血，刮玉釵以覆於瘡，應手則愈。以淚湔帝衣及面，潔靜如浣。軍人嘆伏：雖亂猶有明智婦人。精誠之至，幽祇之所感矣。

漢獻帝劉協（一八一至二三四），字伯和，是東漢第十四任，亦是最後一任皇帝。他是靈帝劉宏的兒子，漢少帝劉辯的庶弟，母親是王美人王榮（五官中郎將王苞的孫女）。伏壽（?至二一四）是獻帝第一任皇后。伏皇后是西漢大司徒伏湛的八世孫，父親是學者伏完。本條稱她「聰惠仁明，有聞於內則。」獻帝建安十九年（二一四），權傾天下的曹操（一五五至二二〇）逼獻帝廢伏后，後來更殺了她。建安二十五年（二二〇）正月，曹操去世。十月，獻帝在繁陽的受禪臺之上將帝位「禪讓」給曹丕（一八七至二二六），東漢滅亡。

卷六〈後漢〉第六條：

何休木訥多智，《三墳》、《五典》，陰陽算術，河洛讖緯，及遠年古諺，歷代圖籍，莫不咸誦也。門徒有問者，則為注記，而口不能說。作《左氏膏肓》、《公羊廢疾》、《穀梁墨守》，謂之「三闕」。言理幽微，非知機藏往，不可通焉。及鄭康成鋒起而攻之，求學者不遠千里，贏粮而至，如細流之赴巨海。京師謂康成為「經神」，何休為「學海」。

何休（一二九至一八二），字邵公，東漢任城樊（鄰近曲阜）人。父何豹，曾任九卿之中的少府，何休依據漢代官員子弟可蔭任為中低層官吏的制度開始任官。何休學問淵博，精研六經，當時的帝師陳蕃邀請何休擔任幕僚。後來陳蕃在宮廷鬥爭中失敗，何休在「黨錮之禍」中被禁錮，不可任官，遂返家鄉。在被禁錮在家時，開始註解經書，目前僅存的是他歷時十七年才寫成的《春秋公羊解詁》。

鄭玄（一二七至二〇〇），字康成，是何休同時代的著名學者，也遭到黨錮之禍。在禁錮期間他讀何休寫的《公羊墨守》、《穀梁廢疾》、《左氏膏肓》，不同意何休的見解，也寫了三本書反駁，史稱「發《墨守》，針《膏肓》，起《廢疾》」。何休看了感嘆說：「康成入吾室，操吾戈，以伐我乎！」

卷七〈魏〉第三條：

任城王彰，武帝之子也。少而剛毅，學陰陽緯候之術，誦《六經》、《洪範》之書數千言。武帝謀伐吳、蜀，問彰取便利行師之決。王善左右射，學擊劍，百步中髭髮。時樂浪獻虎，文如錦斑，以鐵為檻，梟殷之徒，莫敢輕視。彰曳虎尾以繞臂，虎弭耳無聲。莫不服其神勇。時南越獻白象子在帝前，彰手頓其鼻，象伏不動。文帝鑄萬斤鐘，置崇華殿，欲徙之，力士百人不能動，彰乃負之而趨。四方聞其神勇，皆寢兵自固。帝曰：「以王之雄武，吞併巴蜀，如鴟銜腐鼠耳！」彰薨，如漢東平王葬禮。及喪出，空中聞數百人泣聲。送者皆言，昔亂軍相傷殺者，皆無棺槨，王之仁惠，收其朽骨，死者歡於地下，精靈知感，故人美王之德。國史撰《任城王舊事》三卷，晉初藏於秘閣。

曹彰（一八九至二二三），字子文，曹操的第四子，卞氏所生的第二子，魏文帝曹丕之弟，妻為孫賁之女。曹彰降服遼東後，曹操拉着他的鬍子稱他為「黃鬚兒」。曹彰年少時善於射箭與駕車，膂力過人，能與猛虎搏鬥，不避險阻。自小就立志為將。在作戰得勝時，會將功勞歸於其他將領。文帝黃初二年（二二一），進爵為公。三年，立為任城王。黃初四年，曹彰到洛陽朝見皇帝，六月甲戌，在京城突然去世。

卷八〈吳〉第六條：

呂蒙入吳，吳主勸其學業，蒙乃博覽群籍，以《易》為宗。常在孫策座上酣醉，忽臥，於夢中誦《周易》一部，俄而驚起。衆人皆問之。蒙曰：「向夢見伏羲、周公、文王，與我論世祚興亡之事，日月貞明之道，莫不窮精極妙。未該玄旨，故空誦其文耳。」衆座皆云：「呂蒙囈語通《周易》。」

呂蒙（一七八至二二〇），字子明，汝南富陂（今安徽阜南東南）人是三國時代吳國的名將。呂蒙出身貧苦，年少時未曾受過甚麼教育便參軍打仗。其姊夫鄧當是孫策（一七五至二〇〇）親信，呂蒙後來先後受到孫策、孫權（一八二至二五二）的提拔。呂蒙勇武，屢建戰功，且因受孫權勸學，力學不倦，遍讀群書（《孫子》、《六韜》、《左傳》、三史等書），逐漸成為一位有國士之風、智勇兼備的將領。魯肅病逝後接掌前線軍務並擔任孫吳勢力的軍督，後世將周瑜（一七五至二一〇）、魯肅（一七二至二一七）、呂蒙、陸遜（一八三至二四五）合稱為四大都督。陳壽在《三國志・卷五十四・周瑜魯肅呂蒙傳》末評曰：「呂蒙勇而有謀斷，識軍計，譎郝普，擒關羽，最其妙者。初雖輕果妄殺，終於克己，有國士之量，豈徒武將而已乎！」魯肅曾讚揚呂蒙勤學有進境：「呂子明，吾不知卿才略所及乃至於此也。」裴松之注引西晉史書《江表傳》，載魯肅語云：「吾謂大弟但有武略耳，至於今者，學識英博，非復吳下阿蒙。」而呂蒙則說：「士別三日，則更刮目相待。」

卷八〈蜀〉第一條：

先主甘后，沛人也，生於微賤。里中相者云：「此女後貴，位極宮掖。」及后長，而體貌特異，至十八，玉質柔肌，態媚容冶。先主召入綃帳中，於戶外望者，如月下聚雪。河南獻玉人，高三尺，乃取玉人置后側，晝則講說軍謀，夕則擁后而玩玉人。常稱玉之所貴，德比君子，況為人形，而不可玩乎？后與玉人潔白齊潤，觀者殆相亂惑。嬖寵者非惟嫉於甘后，亦妒於玉人也。后常欲琢毀壞之，乃誡先主曰：「昔子罕不以玉為寶，《春秋》美之；今吳、魏未滅，安以妖玩經懷。凡淫惑生疑，勿復進焉！」先主乃撤玉人，嬖者皆退。當斯之時，君子議以甘后為神智婦人焉。

昭烈皇后（？至二一〇）甘氏，又稱甘皇后、甘夫人。《夔州府志》名為甘梅。沛縣（今屬江蘇省）人，是劉備（一六一至二二三）當初在徐州小沛居住時的妾室。甘氏在荊州過世後，蜀漢章武二年（二二二），被追謚皇思夫人，並準備遷葬回到蜀，靈柩還沒有到達蜀時，劉備就在白帝城過世了。丞相諸葛亮與太常賴恭等人商議後上奏，追謚為昭烈皇后，與劉備合葬。劉備曾先後娶了好幾任嫡室夫人，都過世或失散，所以甘氏經常代理正室主持家務。甘氏跟隨劉備到荊州後，在東漢建安十二年（二〇七）生下後主劉禪。這條記載甘氏「態媚容冶」，應是一位美人。但說她告誡劉備謂「吳、魏未滅，安以妖玩經懷」，應該不實。因為她去世時，孫權及曹丕尚未稱帝。

卷八〈蜀〉第二條：

糜竺用陶朱計術，日益億萬之利，貲擬王家，有寶庫千間。竺性能賑生恤死，家內馬廄屋仄有古家，中有伏屍，夜聞涕泣聲。竺乃尋其泣聲之處，忽見一婦人袒背而來，訴云：「昔漢末妾為赤眉所害，叩棺見剝，今袒在地，羞晝見人，垂二百年。今就將軍乞深埋，並弊衣以掩形體。」竺許之，即命之為棺槨，以青布為衣衫，置於家中，設祭既畢。歷一年，行於路曲，忽見前婦人，所著衣皆是青布，語竺曰：「君財寶可支一世，合遭火厄，今以青蘆杖一枚長九尺，報君棺槨衣服之惠。」竺挾杖而歸。所住鄰中常見竺家有青氣如龍蛇之形。或有人謂竺曰：「將非怪也？」竺乃疑此異，問其家僮。云：「時見青蘆杖自出門閭，疑其神，不敢言也。」竺為性多忌，信厭術之事，有言中忤，即加刑戮，故家僮不敢言。竺貨財如山，不可算計，內以方諸盆瓶，設大珠如卵，散滿於庭，謂之「寶庭」，而外人不得窺。數日，忽青衣童子數十人來云：「糜竺家當有火厄，萬不遺一，賴君能恤斂枯骨，天道不辜君德，故來禳卻此火，當使財物不盡。自今以後，亦宜防衛！」竺乃掘溝渠周繞其庫。旬日，火從庫內起，燒其珠玉十分之一，皆是陽燧旱燥自能燒物。火盛之時，見數十青衣童子來撲火，有青氣如雲，覆於火上，即滅。童子又云：「多聚鸛鳥之類，以禳火災；鸛能聚水於巢上也。」家人乃收鵁鶄數千頭養於池渠中，以厭火。竺嘆曰：「人生財運有限，不得盈溢，懼為身之患害。」時三國交鋒，軍用萬倍，乃輸其寶物車服，以助先主；黃金一億斤，錦綉氈罽積如丘壠，駿馬萬匹。及蜀破後，無復所有，飲恨而終。

麋竺（？至二二一），又作糜竺，字子仲，徐州東海朐（今江蘇省連雲港市）人，三國時期蜀漢官吏，官至安漢將軍，在世時是蜀漢待遇最高的臣子。他先祖世代經營墾殖，有食客近萬人，家產十分富裕。徐州州牧陶謙聘他為別駕從事。陶謙病死後，麋竺奉陶謙遺命，迎接在小沛的劉備入主徐州。不久，呂布投靠劉備，但在一九六年，呂布乘劉備與袁術發生戰爭，偷襲下邳，並虜獲劉備的妻子。劉備逃到廣陵郡海西縣。麋竺特意將妹妹麋氏嫁給劉備，並贈送大量金銀與奴僕給劉備。後來曹操想表麋竺為嬴郡太守，其弟麋芳為彭城相，但兄弟二人不接受，決意追隨劉備。二一四年，劉備入主益州，拜麋竺為安漢將軍，待遇在軍師諸葛亮之上，為蜀漢眾臣中最高，因當年曾資助家產給劉備。之後他與群臣一起力勸劉備稱帝。二一九年，麋竺弟麋芳在關羽北伐時（樊城之戰）投降吳國，害關羽兵敗被擒殺。他得知弟弟叛變，羞愧難當，自縛向劉備請罪，劉備反過來安慰他，對他禮敬如初。一年多後，糜竺憂憤而卒。此條末謂他在「蜀破後，無復所有，飲恨而終」，應該有誤。蜀漢在二六三年被魏滅，但糜竺在蜀亡前四十二年已去世。

幽明錄

《幽明錄》，南朝宋劉義慶（四〇三至四四四）撰。

劉義慶，彭城郡彭城縣（今江蘇省徐州市）人，劉宋宗室，武帝劉裕（三六三至四二二）之侄，為著名文學家、政治家。他本是長沙王劉道鄰之子，過繼給劉裕另一弟弟劉道規，世襲臨川王。武帝永初元年（四二〇）封臨川王，徵為侍中。文帝元嘉年間，歷仕秘書監、丹陽尹、尚書左僕射、中書令、荊州刺史等。

義慶為人恬淡寡慾，愛好文史，他招納了不少文人雅士集其門下。當時名士如袁淑、陸展、何長瑜、鮑照等人都曾受到他的禮遇。他和滙集的門客，撰作著述頗多作品，包括《徐州先賢傳》、《幽明錄》、《宣驗記》、《世說新語》等。其中《世說新語》一書，大傳於世。梁代劉孝標為《世說新語》作注，引書四百多種，與《世說新語》並行。

《幽明錄》，亦作《幽冥錄》、《幽冥記》，是一部志怪小說集。《周易．繫辭》「是故知幽明之故。」注稱「幽明，有形無形之象。」書中所記鬼神靈怪之事，變幻無常，合於此意，故取此名。原書三十卷，已散佚，魯迅從文獻中輯得本書佚文共二百六十五則，收入《古小說鈎沉》。書中不少故事與《列異傳》、《搜神記》、《搜神後記》、《異苑》等相同。此書內容中有頗多戰爭、死亡、疾病、飢餓、人鬼戀、佛道、玄學等題材。書中故事的體裁有地理博物體、雜史雜傳體、談佛論道體幾種。多數作品都短小簡潔，細節不多，但文筆頗細膩。

《幽明錄》對後世影響很大，如劉晨、阮肇入天台山遇仙的故事曾廣為流傳。龐阿與石氏女魂相遇故事和唐人《離魂記》的情節相似。廣平太守徐玄方女復活故事即《牡丹亭》本事的雛型。唐人編纂《晉書》時亦曾採取其中的資料。

現轉錄十餘條給大家賞讀。

第廿八條：

漢武見物如牛肝，入地不動，問東方朔。朔曰：「此積愁之氣，惟酒可以忘愁，今即以酒灌之，即消。」

漢武帝劉徹（前一五六至前八七），是西漢（前二〇二至八）第七位皇帝，是我國歷史上享負盛名和對後世具影響力的皇帝。他在十五歲登基，在位長達五十三年，正式謚號為「孝武皇帝」，後世省略「孝」字稱「漢武帝」，是清聖祖康熙以前在位最長的皇帝。他是首先使用年號的皇帝，年號多達十一個。初期，因國家休養了七十多年，國力富強，貿易鼎盛。武帝透過推行「推恩令」成功把漢朝由「郡國制」過渡至「郡縣制」，執行中央集權。武帝擺脫自「白登之困」以來的「和親」政策，多次主動北伐匈奴，南平越陀，開拓西域，令此段時間國家的疆土到達了西漢之巔峰。他用「罷黜百家，獨尊儒術」和「外儒內法」的國策，成為後世國家及民間的主要思想。

然而長年累月的窮兵黷武，也對人民造成了負擔。中年後，武帝性情變得迷信多疑，最後致使巫蠱之禍發生，削弱了朝廷的根基。他也對臣下用權，打壓司馬遷和李陵的家族。武帝駕崩前兩年，下《輪台詔》，重拾文景之治時期的與民生息的政策，有悔過之意，使後來的昭、宣二帝能韜光養晦，延續漢朝的盛世。西漢之盛至元帝時才結束。武帝崩前令其最寵愛幼子劉弗陵繼位，並賜死其母親，命霍光攝政，匡扶幼主。但後來霍光操控朝政，開啟了外戚干政之先例。

東方朔（約前一六一至前九三），字曼倩，平原郡厭次縣（今山東省惠民縣）人，是西漢時期著名文學家。武帝即位，徵辟四方士人。東方朔上書自薦，拜為郎。後任常侍郎中、太中大夫等職。他性格詼諧，言詞敏捷，滑稽多智，常在漢武帝面前談笑取樂，論政治得失。漢武帝始終視之為俳優之言，甚少採用。東方朔一生著述甚豐，有《答客難》、《非有先生論》等名篇。亦有後人假託其名作文。明朝張溥匯為《東方太中集》。

第三十三條：

董仲舒嘗下帷獨詠，忽有客來，風姿音氣，殊為不凡，與論《五經》，究其微奧。仲舒素不聞有此人而疑其非常。客又曰：「欲雨。」因此戲之曰：「巢居知風，穴居知雨。卿非狐狸，即是鼷鼠！」客聞此言，色動形坏，化成老狸，蹶然而走。

董仲舒（前一七九至前一〇四），廣川（今屬河北省）人，西漢哲學家、政治家。他在景帝時任博士，授《公羊春秋》。武帝元光元年（前一三四），下詔征求治國方略，董仲舒在著名的《舉賢良對策》中把儒家思想與當時社會需要相結合，建立了一個以儒學為核心的思想體系，深得武帝的讚賞。他提出了「天人感應」、「大一統」學說，主張「罷黜百家，獨尊儒術」。這使儒學成為社會正統思想，影響了後世。後來，董仲舒出任江都易王劉非國相十年；元朔四年（前一二五），任膠西王劉端國相，四年後辭職回家，著書立說。在此之後，朝廷每有大事，皇帝命會下令使者和廷尉前去董家聽取他的意見。

董仲舒一生歷經三朝，度過了西漢極盛時期，公元前一〇四年病逝，享年七十五歲。死後被賜葬於長安下馬陵。董仲舒有一百多篇文章及詞賦傳世，但是今日除了《天人三策》、《士不遇賦》之外大多散佚。《隋書．經籍志》所著錄《春秋繁露》據說是董仲舒作品，這個說法學界普遍承認。由於該書內容頗雜蕪，無法完全證實是董氏之主張。宋代程大昌《演繁露》與近代仍有學者認為《春秋繁露》是偽書。

第三十八條：

漢明帝永平五年，剡縣劉晨、阮肇共入天台山取穀皮，迷不得返。經十三日，糧食乏盡，飢餒殆死。遙望山上有一桃樹，大有子實，而絕岩邃澗，永無登路。攀援藤葛，乃得至上。各啖數枚，而飢止體充。復下山，持杯取水，欲盥漱，見蕪菁葉從山腹流出，甚鮮新，復一杯流出，有胡麻飯糝，相謂曰：「此知去人徑不遠。」便共沒水，逆流二三里，得度山出一大溪。溪邊有二女子，姿質妙絕，見二人持杯出，便笑曰：「劉、阮二郎，捉向所失流杯來。」晨、肇既不識之，緣二女便呼其姓，如似有舊，乃相見忻喜。問：「來何晚邪？」因邀還家。其家筒瓦屋，南壁及東壁下各有一大床，皆施絳羅帳，帳角懸鈴，金銀交錯。床頭各有十侍婢，敕云：「劉、阮二郎，經涉山岨，向雖得瓊實，猶尚虛弊，可速作食。」食胡麻飯、山羊脯、牛肉甚甘美。食畢行酒，有一群女來，各持五三桃子，笑而言：「賀汝婿來。」酒酣作樂，劉、阮忻怖交併。至暮，令各就一帳宿，女往就之，言聲清婉，令人忘憂。十日後，欲求還去，女云：「君已來是，宿福所牽，何復欲還邪？」遂停半年。氣候草木是春時，更懷悲思，求歸甚苦。女曰：「罪牽君，當可如何？」遂呼前來女子有三四十人，集會奏樂，共送劉、阮，指示還路。既出，親舊零落，邑屋改異，無復相識。問訊得七世孫，傳聞上世入山，迷不得歸。至晉太元八年，忽復去，不知何所。

漢明帝劉莊（二八至七五），原名劉陽，字子麗，是東漢第二位皇帝，在位十八年。其正式謚號為「孝明皇帝」，後世省略「孝」字稱「漢明帝」，廟號顯宗。他是漢光武帝劉秀的第四子，母親為光烈皇后陰麗華。此條記述在明帝永平五年（六二），劉晨、阮肇二人上天台遇仙的故事。二人在仙家盤桓半載，再返人間，原來人間已經歷了七世，約三百餘年。此故事後來在後世的文學、戲曲作品中經常被引用。

第四十七條：

漢末大亂，潁川有人將避地他郡。有女七八歲，不能涉遠，勢不兩全。道邊有古冢穿敗，以繩繫女下之。經年餘還，於家尋覓，欲更殯葬。忽見女尚存，父大驚，問女得活意，女云：「冢中有一物，於晨暮徐輒伸頭翕氣，為試效之，果覺不復飢渴。」家人於冢尋索此物，乃是大龜。

此條記述東漢末年，天下大亂，民不聊生的慘況。

第五十條：

魏武帝猜忌晉宣帝子非曹氏純臣。又嘗夢三匹馬，在一槽中共食，意尤憎之。因召文、明二帝，

告以所見，並云：「防理自多，無為橫慮。」帝然之。後果害族移器，悉如夢焉。

魏武帝曹操（一五五至二二〇）猜忌司馬懿（一七九至二五一）並非良好的臣子。他夢見「三馬食槽」，於是召見文帝曹丕（一八七至二二六）及明帝曹叡（二〇四至二三九），告訴他們夢中所見。曹操懷疑有三個姓馬的人對他們曹家不利，曾想過可能是馬騰（？至二一二）、馬超（一七六至二二二）及馬岱（二一二至二三五）。歷史告訴我們，謀奪曹魏政權的原來是司馬懿、司馬師（二〇八至二五五）及司馬昭（二一一至二六五）父子三人。後來司馬昭的兒子司馬炎（二三六至二九〇）迫魏元帝曹奐（二四六至三〇二）禪位於他。

第六十一條：

有人相羊叔子父墓，有帝王之氣，叔子於是乃自掘斷墓。後相者又云：「此墓尚當出折臂三公。」祜工騎乘，有一兒五六歲，端明可喜。掘墓之後，兒即亡，羊時為襄陽都督，因盤馬落地，遂折臂。於時士林咸嘆其忠誠。

羊祜（二二一至二七八），字叔子，泰山郡南城縣（今山東省新泰市）人。曹魏末、西晉初軍事家、政治家、文學家。他也是一代名將。羊祜出身泰山名門望族羊氏家族，家族人才輩出，東漢名臣蔡邕為其外祖父，他的祖父羊續曾任南陽太守，父親羊衜曾任上黨太守；其胞姊羊徽瑜為晉景帝司馬師的皇后。據《晉書》所載，羊祜容貌敦雅不俗，鬚眉秀長濃密而整潔。羊祜在曹魏時代歷任中書侍郎、秘書監、相國從事中郎等官職。司馬炎稱帝後，羊祜深得司馬家信任，升任尚書左僕射、車騎將軍，官至征南大將軍。去世後被追認為「太傅」。

吳軍統帥陸抗（二二六至二七四）也曾稱讚羊祜的德行度量，「雖樂毅、諸葛孔明不能過也」。二者對峙期間最有名的事件是陸抗曾經送酒給羊祜，羊祜不多疑直接享用。又陸抗重病，羊祜派人送去良藥，部下怕藥中下毒，勸陸抗不要吃，陸抗服之不疑，並說：「羊祜豈鴆人者。」西晉武帝晉咸寧四年（二七八），羊祜病重臨死之前推舉杜預擔任鎮南將軍。杜預果真不負羊祜舉薦，在其後的滅吳戰爭中擔任西線統帥，計取江陵，招降交、廣。晉滅吳後，武帝流著淚說：「此羊太傅之功也。」

羊祜也是出色的文學家，喜愛山水。他長期的政治、軍事生涯，也寫有大量的表、疏等文章。但由於他為人謹慎，很多手稿都被付之一炬。已知他的作品有《老子傳》二卷，文集《羊祜集》二卷等。流傳至今的只有《雁賦》、《讓開府表》、《請伐吳表》、《再請伐吳表》等八篇，其中的《讓開府表》可與諸葛亮的《出師表》相提並論。《晉書・羊祜傳》說：「祜樂山水，每風景必造。峴山置酒言詠，終日不倦。」他有一句名言：「天下不如意事，恆十居七八」。

第八十九條：

石勒問佛圖澄：「劉曜可擒，兆可見不？」澄令童子齋七日，取麻油掌中研之，燎旃檀而咒。有頃，舉手向童子，掌內晃然有異。澄問：「有所見不？」曰：「唯見一軍人，長大白晳，有異望，以朱縛其肘。」澄曰：「此即曜也。」其年，果生擒曜。

後趙（三一九至三五一）明帝石勒（二七四至三三三），字世龍，原名　，小字匐勒，上黨武鄉（今山西榆社）羯人，是五胡十六國時代後趙的開國君主。石勒初期投靠漢趙（即前趙）（三〇四至三二九）開國君主劉淵（?至三一〇），之後卻與漢趙國決裂，分裂出去。石勒在他的謀臣，漢人張賓（?至三二二）輔助下以襄國（今河北邢台）為根據地，陸續消滅了王浚、邵續、段匹磾等西晉於北方的勢力，繼而又消滅曹嶷，進侵東晉以及消滅劉曜（?至三二九）領導的前趙，又北征代國，率領後趙成為當時北方最強盛的國家。他厚待來自西域的佛教僧侶佛圖澄（二三二至三四八），對當時佛教的傳播也有貢獻。

佛圖澄，又稱竺佛圖澄、佛圖磴、浮圖澄，本姓帛，西域人，是西晉至十六國時期高僧。他少年時在烏萇國出家，後至罽賓從學。他深入經藏，深明佛理，同時又擅長方技咒語。晉懷帝永嘉四年（三一〇），他到西晉首都洛陽，原準備在此建立寺院，但因為發生永嘉之亂（三一一）而不能成功。永嘉六年（三一二），石勒屯兵葛陂，準備南攻建康。其部下郭黑略為佛圖澄弟子，引佛圖澄見石勒。佛圖澄得到石勒的信任。他勸石勒少行殺戮。當時石勒本擬殺戮之人，大多獲救。石勒、石虎等人都尊重佛圖澄，並諮以國事。後趙建武十四年（三四八），佛圖澄於鄴宮寺圓寂。

佛圖澄據傳可以通過在手掌上塗上油和灰即可洞察千里以外的事情，同時還能夠聽佛塔上的鈴聲來預言。例如在建平四年（三三三）四月，無風的一天，佛塔只有一個鈴鐺發聲，便預言道「國有大喪，不出今年矣。」當年，石勒病死。

第九十八條：

王輔嗣註《易》，輒笑鄭玄為儒，云「老奴甚無意。」於時夜分，忽然聞門外閣有著屐聲。須臾

進，自云鄭玄，責之曰：「君年少，何以輕穿文鑿句，而妄譏誚老子邪？」極有忿色，言竟便退。輔心生畏惡，經少時，遇厲疾卒。

《異苑》卷六「山陽王輔嗣」條記載西晉的文學家陸機或陸雲兄弟遇上三國時代著名經學家、易學家王弼（二二六至二四九）之異事。此條則記載王弼遇上東漢著名經學家鄭玄（一二七至二〇〇）之異事。王弼為《道德經》及《易經》作註解，對後世影響深遠。鄭玄則遍注群經，是經學的集大成者。

第九十九條：

謝安石當桓溫之世，恒懼不全。夜忽夢乘桓輿行十六里，見一白雞而止，不得復前，莫有解此夢者。溫死後，果代居宰相，歷十六年，而得疾。安方悟云：「乘桓輿者，代居其位也；十六里者，得十六年也；見白雞住者，今太歲在酉，吾病殆將不起乎？」少日而卒。

謝安（三二〇至三八五），字安石，陳郡陽夏（今河南省太康縣）人，東晉政治家，軍事家。曾隱居東山，歷任吳興太守、侍中兼吏部尚書兼中護軍、尚書僕射兼領吏部加後將軍、揚州刺史兼中書監兼錄尚書事、都督五州、幽州之燕國諸軍事兼假節、太保兼都督十五州軍事兼衛將軍等職，死後追贈太傅，謚曰文靖，追封廬陵郡公。世稱謝東山、謝安石、謝相、謝公。他做事有自己的準則，當政的時，處處以大局為重，調和了東晉內部矛盾。在淝水之戰（三八三）中擊敗前秦苻堅，並於北伐奪回了大片領土。他北伐勝利後，急流勇退，不戀權位，被後世人視為良相的代表。

桓溫（三一二至三七三），字元子，譙國龍亢（今安徽懷遠縣龍亢鎮）人，東晉重要權臣、軍事家、政治家，官至大司馬、錄尚書事。他曾領兵消滅成漢（三〇四至三四七），又三次領導北伐，掌握朝政，曾想謀奪帝位，但終因最後一次北伐大敗而令聲望受損，受制於朝中王氏和謝氏勢力，未能如願。因桓溫謚號宣武，故《世說新語》稱其為「桓宣武」。其子桓玄（三六九至四〇四）後來一度篡奪東晉帝位，建立一個短暫的政權桓楚（四〇三至四〇四）。按謝安及桓溫的卒年計，謝安在桓溫死後十二年去世，所以此條的「溫死後，果代居宰相，歷十六年」可能有誤。

第一百零二條：

晉左軍瑯邪王凝之夫人謝氏，頓亡二男，痛惜過甚，銜淚六年。後忽見二兒俱還，並著械，慰其母曰：「可自割，兒並有罪謫，宜為作福。」於是得止哀，而勤為求請。

此條所錄之事亦載於《異苑》卷六「亡兒慰母」條。王凝之（三三四至三九九），字叔平，東晉書法家王羲之（三〇三至三六一）次子。他亦是名書法家，工草書、隸書。王凝之歷任江州刺史、左將軍、會稽內史等職，但迷信五斗米道，才幹不高。晉安帝隆安三年（三九九），一樣信奉五斗米道的孫恩（？至四〇二）造反，兵臨會稽城下，王凝之不攻不守，竟說已向神明借得數萬天兵，不用擔心反賊。孫恩攻陷會稽，王凝之顧不得妻子謝道韞，只帶了親生子女們逃跑，在會稽城外被叛軍捉拿，與子女一起被殺，而謝道韞與外孫等非王姓族人被孫恩放過。

謝道韞（生卒年不詳），又作謝道蘊，字令姜，東晉時人，詩人，是宰相謝安（三二〇至三八五）的姪女，安西將軍謝奕（？至三五八）的女兒，名將謝玄（三四三至三八八）的長姊。謝道韞留下來的事蹟不多，其中最著名的軼事，載於《世說新語》中：謝安在一個下雪天向子侄們問及怎樣比喻飛雪。謝安的侄子謝朗說道「撒鹽空中差可擬」，道韞則說：「未若柳絮因風起」。她這個比喻受到眾人的稱許。因為這個著名的故事，她與東漢的班昭（約四九至約一二〇）、蔡琰（一七七至二四九）等，成為中國古代才女的代表人物，而「詠絮之才」也成為後來用來稱讚才女的詞語。《三字經》云「蔡文姬，能辨琴。謝道韞，能詠吟。」

謝道韞嫁王凝之為妻，婚姻並不幸福。《晉書·列女傳·王凝之妻謝氏》：「（謝道韞）初適凝之，還，甚不樂。安曰：『王郎，逸少子，不惡，汝何恨也？』答曰：『一門叔父，有阿大（謝尚）、中郎（謝據）。群從兄弟復有「封、胡、羯、末」，不意天壤之中乃有王郎！』」封是指謝韶，胡是謝朗，羯是謝玄，末是謝淵，都是謝家兄弟的小字。謝道韞抱怨說謝家兄弟都傑出，但王凝之卻是個庸才。

第一百五十六條：

晉兗州刺史沛國宋處宗，嘗買一長鳴雞，愛養甚至，恆籠著窗間。雞遂作人語，與處宗談論，極有言致，終日不輟。處宗因此言功大進。

此條所錄之事亦載於《異苑》卷三「雞作人語」條。宋處宗與雞相對論談，談的可能是魏晉時期流行的玄學。

第二百零五條：

廣平太守馮孝將男馬子，夢一女人，年十八九歲，言：「我乃前太守徐玄方之女，不幸早亡。亡來四年，為鬼所枉殺。按生籙，乃壽至八十餘。今聽我更生，還為君妻，能見聘否？」馬子掘開棺視之，其女已活，遂為夫婦。

後世以死後還魂為情節的小說及戲曲頗多，作者們可能曾從此記所載之事得到靈感。最著名的是明代戲曲家湯顯祖（一五五〇至一六一六）所作的戲曲傳奇《牡丹亭》。《牡丹亭》，原名《還魂記》，又名《杜麗娘慕色還魂記》，講述南安太守杜寶之獨生女杜麗娘死後還魂復生，和書生柳夢梅結為夫婦的生死戀故事。

第二百一十七條：

豫章太守賈雍有神術，出界討賊，為賊所殺，失頭，上馬回營，胸中語曰：「戰不利，為賊所傷，諸君視有頭佳乎？無頭佳乎？」吏涕泣曰：「有頭佳。」雍云：「不然，無頭亦佳。」言畢遂死。

此條所記之事甚慘烈，在《搜神記》、《錄異傳》等書亦有記載。這位豫章太守賈雍據說是漢武帝期間人物。

第二百二十二條：

巨鹿有龐阿者，美容儀。同郡石氏有女，曾內睹阿，心悅之。未幾，阿見此女來詣阿，阿妻極妒，聞之，使婢縛之，送還石家，中路遂化為煙氣而滅。婢乃直詣石家，說此事。石氏之父大驚，曰：「我女都不出門，豈可毀謗如此？」阿婦自是常加意伺察之。居一夜，方值女在齋中，乃自拘執以詣石氏。石氏父見之，愕眙曰：「我適從內來，見女與母共作，何得在此？」即令婢僕於內喚女出，向所縛者，奄然滅焉。父疑有異，故遣其母詰之。女曰：「昔年龐阿來廳中，曾竊視之。自爾彷彿即夢詣阿，及入戶，即為妻所縛。」石曰：「天下遂有如此奇事！」夫精神所感，靈神為之冥著，滅者，蓋其魂神也。既而女誓心不嫁。經年，阿妻忽得邪病，醫藥無征，阿乃授幣石氏女為妻。

後世唐朝代宗大曆年間陳玄祐所作的傳奇小說《離魂記》有同類情節，收於《太平廣記》，也是一個靈魂出竅分身的故事。元代作家鄭光祖（約一二六〇至約一三二〇）將此改編為雜劇《倩女離魂》。

第二百五十一條：

焦湖廟祝有柏枕，三十餘年，枕後一小坼孔。縣民湯林行賈，經廟祈福，祝曰：「君婚姻未？可就枕坼邊。」令林入坼內，見朱門、瓊宮、瑤臺，勝於世見。趙太尉為林婚，育子六人，四男二女，選林秘書郎，俄遷黃門郎。林在枕中，永無思歸之懷，遂遭違忤之事。祝令林出外間，遂見向枕，謂枕內歷年載，而實俄忽之間矣。

後世唐朝李公佐（生卒年不詳）的傳奇小說《南柯太守傳》、沈既濟（生卒年不詳）的傳奇小說《枕中記》均有同類情節。明代戲曲家湯顯祖改編《枕中記》為戲曲傳奇《邯鄲記》。從這些作品中，衍生了「南柯一夢」、「黃粱一夢」、「邯鄲一夢」這幾個成語，都是用來指出人間的種種富貴功名皆是虛幻的，就像是一場夢。

世說新語

《世說新語》，南朝宋劉義慶（四〇三至四四四）等撰。關於作者生平，可參看本書評介《幽明錄》篇。

注釋《世說新語》的劉孝標（四六二至五二一），徵引繁博嚴密，引用當時的史書、地志、家傳、譜牒等多達四家餘種。這些書今多已失傳，賴此書可見其吉光片羽。劉孝標，名峻，本名法武，字孝標，以字行，平原郡平原縣（今山東德州平原縣）人，南朝梁文學家，以注釋劉義慶編撰的《世說新語》而聞於世，他的文章在當時亦很著名。他出生於秣陵縣，幼時因世亂，與家人失散，被賣到富人劉實（一作寶）家中。他好學，常日夜苦讀。清河崔慰祖謂之「書淫」。宋明帝泰始五年（四六九），北魏佔青州，劉孝標遷至平城（今山西省大同市）出家，不久還俗。齊武帝永明四年（四八六）返江南，曾參加翻譯佛經。他注《世說新語》，被後世視為注書之圭臬。《梁書》、《南史》皆有傳。《隋書·經籍志》著錄其詩文集六卷，今多已散佚。據《隋志》所載，他另有《漢書注》一百四十卷，還編撰《類苑》一百二十卷，惜二注均已散佚。他曾在東陽紫巖山（今浙江省金華市金華山）講過學。生平坎坷，不得志。死後門人謚曰玄靜先生。他的文章在南朝頗著名，代表作有《廣絕交論》和《辨命論》等，在當時的駢文中頗引人注目。

《世說新語》內容主要記載兩漢、三國、兩晉士宦階層之言行及軼聞，由南朝宋劉義慶召集門下依內容撰寫，共分三十六門（類），分別是德行、言語、政事、文學、方正、雅量、識鑑、賞譽、品藻、規箴、捷悟、夙惠、豪爽、容止、自新、企羨、傷逝、棲逸、賢媛、術解、巧藝、寵禮、任誕、簡傲、排調、輕詆、假譎、黜免、儉嗇、汰侈、忿狷、饞險、尤悔、紕漏、惑溺、仇隙。全書原分八卷，劉注本分十卷，今已不見。今世所傳分上、中、下三卷，共一千一百三十三則，每則文字長短不一。此書《宋書》本傳不載，《隋志》及《南史》但稱《世說》。宋黃伯思《東觀餘論》說：「《世說》之名，肇於劉向，其書已亡，故義慶所集名《世說新書》，段成式《酉陽雜俎》引王敦澡豆事，尚作《世說新書》，可證，不知何人改為《新語》。」「新書」、「新語」二名，唐初並行。今人見解以為《新語》之名，當始於五代。

漢代郡國舉士，注重鄉評。魏晉士大夫好清談、尚容止。常有文人將士人言行記錄下來，裴啟的《語林》、郭澄的《郭子》等，就是此一類書。《世說新語》較後出，其中內容，有部分是從這些書中轉錄的。經過短暫的三國混戰時期，到了西晉，表面上是統一了，但不久王族之間有矛盾，爆發了「八王之亂」。再加上外族入侵，西晉只歷四帝五十一年便迅速滅亡。東晉偏安江左，較為穩定，維持了一百零三年，但權臣王敦、蘇峻、桓溫桓玄父子，均有謀朝篡位的野心，最後劉裕篡位，建立南朝第一個朝代劉宋，結束了司馬氏的政權。由曹魏年代至東晉期間，不論王族、士大夫及平民，都需要有些精神上的東西來填補生活上的空虛，所以《老莊》及佛學思想日趨盛行。東晉初，寫《搜神記》的干寶在《晉紀總論》中形容那段時期說：「風俗淫僻，恥尚失所。學者以莊老為宗，而黜《六經》，談者以虛薄為辯，而賤名檢，行身者以放濁為通，而狹節信，進仕者以苟得為貴，而鄙居正，當官者以望空為高，而笑勤恪。……其倚杖虛曠，依阿無心者，皆名重海內。……由是毀譽亂於善惡之實，情慝奔於貨慾之塗，選者為人擇官，官者為身擇利。而秉鈞當軸之士，身兼官以十數。大極其尊，小錄其要，機事之失，十恆八九。而世族貴戚之子弟，陵邁超越，不拘資次，悠悠風塵，皆奔競之士，列官千百，無讓賢之舉。……國之將亡，本必先顛，其此之謂乎！」《世說新語》的作者們藝術手法高明，通過一些短小的描述，把人物身處的世代及他們的內心世界，刻劃出來，言語雋永，但不加議論或批判。此書除了文學及史學價值外，對後世的小說寫作，影響深遠。《唐語林》、《續世說》、《何氏語林》、《今世說》、《明語林》等都是仿《世說新語》之作，稱為「世說體」。

現從此書轉錄二十條給大家賞讀。

上卷・德行・第十三：

華歆、王朗俱乘船避難，有一人欲依附，歆輒難之。朗曰：「幸尚寬，何為不可？」後賊追至，王欲捨所攜人。歆曰：「本所以疑，正為此耳。既已納其自託，寧可以急相棄邪？」遂攜拯如初。世以此定華王之優劣。（華嶠《譜敘》曰：「歆為下邽令，漢室方亂，乃與同志士鄭太等六七人避世。自武關出，道遇一丈夫獨行，願得與俱。皆哀許之。歆獨曰：『不可。今在危險中，禍福患害，義猶一也。今無故受之，不知其義，若有進退，可中棄乎？』眾不忍，卒與俱行。此丈夫中道墮井，皆欲棄之。歆乃曰：『已與俱矣，棄之不義。』卒共還，出之而後別。」）

從此條中我們可見華歆比王朗人格較完整些。華歆（一五七至二三二），字子魚，東漢時期平原高唐（今山東省禹城市）人。華歆是漢獻帝禪讓帝位給曹丕的過程主要參與者之一，在曹魏官至司徒、太尉。王朗（?至二二八），本名嚴，字景興，東海郡郯縣（今山東省臨沂市郯城縣）人。漢末至三國曹魏時期重臣、經學家。王朗博學多聞，校注儒家經典，很有名氣。王朗有文集三十卷，著有《周易傳》、《春秋傳》、《孝經傳》、《周官傳》等。歷史有記載謂王朗很多時會學華歆的處事方法。《三國演義》中，王朗是被諸葛亮（一八一至二三四）罵死的。當然，這只是小說家之言。

上卷・德行・第廿八：

鄧攸始避難，於道中棄己子，全弟子。（《晉陽秋》曰：「攸字伯道，平陽襄陵人。七歲喪父母及祖父母，持重九年。性清慎平簡。」鄧粲《晉紀》曰：「永嘉中，攸為石勒所獲，召見，立幕下與語，說之，坐而飯焉。攸車所止，與胡人鄰轂，胡人失火燒車營，勒吏案問胡，胡誣攸。攸度不可與爭，乃曰：『向為老姥作粥，失火延逸，罪應萬死。』勒知遣之。所誣胡厚德攸，遺其驢馬，護送令得逸。」王隱《晉書》曰：「攸以路遠，斫壞車，以牛馬負妻子以叛，賊又掠其牛馬。攸語妻曰：『吾弟早亡，唯有遺民。今當步走，儋兩兒盡死，不如棄己兒，抱遺民。吾後猶當有兒。』婦從之。」《中興書》曰：「攸棄兒於草中，兒啼呼追之，至莫復及。攸明日繫兒於樹而去，遂渡江，至尚書左僕射，卒。弟子綏服攸齊衰三年。」）**既過江，取一妾，甚寵愛。歷年後訊其所由，妾具說，是北人遭亂，憶父母姓名，乃攸之甥也。攸素有德業，言行無玷，聞之哀恨終身，遂不復畜妾。**

鄧攸（?至三二六），字伯道，平陽襄陵（今山西襄汾東北）人，兩晉時期官員，太子中庶子鄧殷之孫。西晉永嘉之亂時被石勒俘虜，授為參軍。逃離後依附豪強李矩。東晉建立後，鄧攸渡江南下，歷任太子中庶子、吳郡太守、侍中、吏部尚書、護軍將軍、會稽太守、太常、尚書左僕射等職。他為官清廉，在吳郡太守任上深受百姓愛戴。成帝咸和元年（三二六）病逝，追贈金紫光祿大夫，並以少牢之禮進行祭祀。鄧攸為養亡弟之子鄧綏而棄養親子，自謂日後可以再生育，不過後來妻子沒有再懷孕。在東晉，鄧攸曾經納過一位妾侍，但當問及其家人時，鄧攸發現那妾侍原來是他的外甥女。鄧攸對此甚為悔恨，以後再無納妾。鄧攸無嗣而終，當時人都哀嘆：「天道無知，使伯道無兒。」後人常用「伯道無兒」、「鄧攸無子」、「伯道之憂」等表示對他人無子的嘆息。

上卷・德行・第三十六：

謝公夫人教兒，問太傅：「那得初不見君教兒？」答曰：「我常自教兒。」（《謝氏譜》曰：「安娶沛國劉耽女。」按：太尉劉子真，清潔有志操，行己以禮。而二子不才，並黷貨致罪。子真坐免官。客曰：「子奚不訓導之？」子真曰：「吾之行事，是其耳目所聞見，而不放效，豈嚴訓所變邪？」安石之旨，同子真之意也。）

謝安（三二〇至三八五），字安石，陳郡陽夏（今河南省太康縣）人，東晉名臣。曾隱居東山。歷任吳興太守、侍中兼吏部尚書兼中護軍、尚書僕射兼領吏部加後將軍、揚州刺史兼中書監兼錄尚書事、都督五州、幽州之燕國諸軍事兼假節、太保兼都督十五州軍事兼衛將軍等職，死後追贈太傅，追封廬陵郡公。世稱謝東山、謝太傅、謝相、謝公等。此條謝安謂「我常自教兒」，真正的意思是他用「以身作則」的訓兒方法，行「不言之教」。

上卷・言語・第三：

孔文舉（融也）**年十歲，隨父到洛。時李元禮有盛名，為司隸校尉，詣門者皆雋才清稱，及中表親戚乃通。文舉至門，謂吏曰：「我是李府君親。」既通，前坐。元禮問曰：「君與僕有何親？」**

對曰：「昔先君仲尼與君先人伯陽，有師資之尊；是僕與君奕世為通好也。」元禮及賓客莫不奇之。太中大夫陳韙後至，人以其語語之。韙曰：「小時了了，大未必佳！」文舉曰：「想君小時，必當了了！」韙大踧踖。（《續漢書》曰：「孔融字文舉，魯國人，孔子二十四世孫也。高祖父尚，鉅鹿太守。父宙，泰山都尉。」《融別傳》曰：「融四歲，與兄食梨，輒引小者。人問其故？答曰：『小兒，法當取小者。』年十歲，隨父詣京師。河南尹李膺有重名，融欲觀其為人，遂造之。膺問：『高明父祖，嘗與僕周旋乎？』融曰：『然。先君孔子與君先人李老君，同德比義，而相師友。則融與君累世通家也。』眾坐莫不歎息，僉曰：『異童子也！』太中大夫陳韙後至，同坐以告。韙曰：『人小時了了者，長大未必能奇。』融應聲曰：『即如所言，君之幼時，豈實慧乎？』膺大笑，顧謂融曰：『長大必為偉器。』」）

孔融（一五三至二〇八），字文舉，魯國曲阜人，建安七子之一，孔子二十代孫，高祖父孔尚，鉅鹿太守。父孔宙，泰山都尉。由於曾任北海相，亦稱孔北海，後因得罪曹操，遭誣陷叛亂罪處死，並株連一家。據《後漢書．鄭孔荀列傳》，孔融有一子一女（兄九歲妹七歲），在孔融被捕後被曹操所殺。但在《世說新語．言語》中記載他有兩個兒子。孔融另有一女嫁給了羊　，有子羊發，羊發的異母弟是羊祜。李膺（？至一六九），字元禮。潁川襄城（今河南省襄城縣）人。李膺舉孝廉出仕，後被司徒胡廣徵辟，歷任青州刺史、漁陽、蜀郡太守等。任內公正嚴明。後因公事而被免官，回到綸氏縣居住，教授的學生常達千人。李膺的訪客很多，但李膺只見「清流之士」，被李膺接見的訪客都受寵若驚，時謂「登龍門」。此條記述十歲時的孔融登門拜訪李膺的軼事。

過江諸人，每至美日，輒相邀新亭，藉卉飲宴。（《丹陽記》曰：「新亭，吳舊立，先基崩淪。隆安中，丹陽尹司馬恢之徙創今地。」）**周侯**（顗也。）**中坐而嘆曰：「風景不殊，正自有山河之異。」皆相視流涕，唯王丞相**（導也。）**愀然變色曰：「當共戮力王室，克復神州，何至作楚囚相對邪？」**（《春秋傳》曰：「楚伐鄭，諸侯救之。鄭執鄖公鍾儀獻晉，景公觀軍府，見而問之曰：『南冠而縶者為誰？』有司對曰：『楚囚也。』使稅之。問其族，對曰：『伶人也。』『能為樂乎？』曰：『先父之職，敢有二事。』與之琴，操南音。范文子曰：『楚囚，君子也。樂操土風，不忘舊也。君盍歸之？以合晉楚之成。』」）

本條述及「新亭對泣」的軼事。後來，這成語用來比喻懷念故國或感時憂國的悲憤心情。南宋詩人陸游《初寒病中有感》詩：「新亭對泣猶稀見，況覓夷吾一輩人。」王導及周顗，均是東晉初期的名臣。王導（二七六至三三九），字茂弘，琅邪臨沂（今山東省臨沂縣）人。歷仕元帝、明帝和成帝三代。他與堂兄王敦（二六六至三二四）及其家族隨元帝南渡，積極聯結南方士族以支持晉室，又團結北來僑姓氏族，讓元帝得以在南方立足並在西晉亡後建立東晉。後王敦發起叛亂，但王導仍然支持晉室。亂平後身居高位，獲明帝、成帝以及朝中大臣倚重。

周顗（二六九至三二二），字伯仁，汝南安城（今河南省汝南縣東南）人，西晉安東將軍周浚之子，《晉書・列傳三十九》名句「我不殺伯仁，伯仁卻因我而死」的主角。《晉書・列傳三十九》記載：「初，敦之舉兵也，劉隗勸帝盡除諸王，司空導率羣從詣闕請罪，值顗（字伯仁）將入，導呼顗謂曰：『伯仁，以百口累卿！』顗直入不顧。既見帝，言導忠誠，申救甚至，帝納其言。顗喜飲酒，致醉而出。

導猶在門，又呼顗。顗不與言，顧左右曰：『今年殺諸賊奴，取金印如斗大系肘。』既出，又上表明導，言甚切至。導不知救己，而甚銜之。敦既得志，問導曰：『周顗、戴若思南北之望，當登三司，無所疑也。』導不答。又曰：『若不三司，便應令僕邪？』又不答。敦曰：『若不爾，正當誅爾。』導又無言。導後料檢中書故事，見顗表救己，殷勤款至。導執表流涕，悲不自勝，告其諸子曰：『吾雖不殺伯仁，伯仁由我而死。幽冥之中，負此良友！』」

上卷・言語・第九十一：

王子敬云：「從山陰道上行，（《會稽土地志》曰：「邑在山陰，故以名焉。」）**山川自相映發，使人應接不暇。若秋冬之際，尤難為懷。」**（《會稽郡記》曰：「會稽境特多名山水，峰嶸隆峻，吐納雲霧。松栝楓柏，擢幹竦條，潭壑鏡徹，清流瀉注。王子敬見之曰：『山水之美，使人應接不暇。』」）

王獻之（三四四至三八六），字子敬，琅邪郡臨沂縣（今山東省臨沂市），王羲之第七子，官至中書令，與其父並稱為「二王」。王獻之自幼聰明好學，在書法上專攻草書隸書，亦擅長繪畫。他以行書和草書聞名，而楷書和隸書亦有深厚功底。據說因為他的作品並未受唐太宗之賞識，使得他的作品未如其父之作大量留存。據《晉書》記載，王獻之卒後，無子，以五兄王徽之（三三八至三八六）子王靜之為嗣，晉時官至義興太守，至劉宋時，官至司徒左長史。王獻之欣賞山陰道上的風景，留下了「山陰道上，應接不暇」的評語。山陰位於今之浙江紹興，境內山水美景甚多。後人用這八個字比喻事物繁多，使人忙於接應。

何晏為吏部尚書，有位望，時談客盈坐，（《文章敘錄》曰：「晏能清言，而當時權勢，天下談士，多宗尚之。」《魏氏春秋》曰：「晏少有異才，善談《易》、《老》。」）**王弼未弱冠，往見之。晏聞弼名，**（《弼別傳》曰：「弼字輔嗣，山陽高平人。少而察惠，十餘歲便好《莊》《老》。通辯能言，為傅嘏所知。吏部尚書何晏甚奇之，題之曰：『後生可畏。若斯人者，可與言天人之際矣！』以弼補臺郎。弼事功雅非所長，益不留意，頗以所長笑人，故為時士所嫉。又為人淺而不識物情。初與王黎、荀融善，黎奪其黃門郎，於是恨黎，與融亦不終好。正始中以公事免。其秋遇癘疾亡，時年二十四。弼之卒也，晉景帝嗟歎之累日，曰：『天喪予！』其為高識悼惜如此。」）**因條向者勝理語弼曰：「此理僕以為極，可得復難不？」弼便作難，一坐人便以為屈，於是弼自為客主數番，皆一坐所不及。**

何平叔注《老子》，始成，詣王輔嗣。見王注精奇，迺神伏，曰：「若斯人，可與論天人之際矣！」因以所注為《道德二論》。（《魏氏春秋》曰：「弼論道約美不如晏，自然出拔過之。」）

何晏（一九六至二四九），字平叔，南陽宛縣（今河南南陽）人，東漢末年大將軍何進（？至一八九）孫，三國時期玄學家，魏晉玄學貴無派創始人，玄學代表人物之一。何晏以俊美著稱，有「傅粉何郎」之語。何晏天資聰慧，勤奮好學。因父親早逝，司空曹操納其母尹氏為妾，他因而被收養，為曹操所寵愛。少年時以才秀知名，喜好老莊之學，娶曹操之女金鄉公主。何晏有文集十一卷。鍾嶸《詩品》稱「平叔鴻鵠之篇，風規見矣。」將何晏詩列入中品。袁宏在《名士傳》中將何晏等稱為正始名士。何晏因才學聞名於世，但為曹丕所忌，僅得閑職。魏明帝曹叡亦不喜其虛浮，未加重用。到正始初年，曹爽（？

至二四九）執政，何晏方得重用，擢為散騎侍郎，遷侍中、吏部尚書。正始十年（二四九），司馬懿發動「高平陵之變」，誅滅曹爽。何晏因佐曹爽秉政，同被滅族。

王弼（二二六至二四九），字輔嗣，山陽郡（現今山東省境內）人。三國時代曹魏的著名經學家、易學家，魏晉玄學的主要代表人物之一。王弼為《道德經》和《易經》寫註，對後世影響甚大。兩漢三國年代《道德經》的注釋本大多失傳，王弼的《道德經注》成了本書流傳至今的最早注釋本。他在年幼時已非常聰明。十餘歲時，好老子，口才出眾，與鍾會（二二五至二六四）齊名。未弱冠時，已為當時的官員、文人所識。正始年間，黃門侍郎未有人擔任，何晏已起用賈充、裴秀、朱整，又商議任用王弼。當時丁謐與何晏爭衡，向曹爽推薦高邑王黎。曹爽起用王黎，以王弼補任臺郎。在上任後，與曹爽見面，王弼只與其論道，於是被曹爽輕視。當時，曹爽專政，任用親信。王弼通達，並不經營名聲。王黎病死後，曹爽以王沈代王黎，王弼於是不得在其門下。曹爽被廢後，王弼亦被免官。同年秋天，以癘疾亡，年僅廿四歲。王弼的家庭祖風對王弼的成長有重大影響。其六世祖王龔，名高天下，官至太尉，位列三公。五世祖王暢為漢末八俊之一，官至司空，亦列三公。其父王業，官至謁者僕射，再加上繼祖王粲的文學地位，都對王弼成長極為有利。王弼人生短暫，但學術成就卓越。他著有《老子注》、《老子指略》、《周易注》、《周易略例》、《論語釋疑》、《周易大衍論》三卷、《周易窮微論》一卷、《易辯》一卷等。其成就，不在於著述數量，而在其質量。他以老子思想解《易》，並闡發自己的哲學觀點，在學術上開了「正始玄風」。

上卷・文學・第十七條：

初，注《莊子》者數十家，莫能究其旨要。向秀於舊注外為解義，妙析奇致，大暢玄風。（《秀別傳》曰：「秀與嵇康、呂安為友，趣舍不同。嵇康傲世不羈，安放逸邁俗，而秀雅好讀書。二子頗以此嗤之。後秀將注《莊子》，先以告康安，康安咸曰：『此書詎復須注？徒棄人作樂事耳！』及成，以示二子。康曰：『爾故復勝不？』安乃驚曰：『莊周不死矣！』後注《周易》，大義可觀，而與漢世諸儒互有彼此，未若隱莊之絕倫也。」《秀本傳》或言，秀遊託數賢，蕭屑卒歲，都無注述。唯好《莊子》，聊應崔譔所注，以備遺忘云。《竹林七賢論》云：「秀為此義，讀之者無不超然，若已出塵埃而窺絕冥，始了視聽之表。有神德玄哲，能遺天下，外萬物。雖復使動競之人顧觀所徇，皆悵然自有振拔之情矣。」）**唯《秋水》、《至樂》二篇未竟而秀卒。秀子幼，義遂零落，然猶有別本。郭象者，為人薄行，有儁才。**（《文士傳》曰：「象字子玄，河南人。少有才理，慕道好學，託志《老》《莊》。時人咸以為王弼之亞，辟司空掾、太傅主簿。」）**見秀義不傳於世，遂竊以為己注。乃自注《秋水》、《至樂》二篇，又易《馬蹄》一篇，其餘眾篇，或定點文句而已。**（《文士傳》曰：「象作《莊子注》，最有清辭遒旨。」）**後秀義別本出，故今有向郭二《莊》，其義一也。**

向秀（二二七至二七二），字子期，中國河內懷縣（今河南武陟）人，魏晉「竹林七賢」之一。向秀好讀書，尤喜老莊之學，山濤（二〇五至二八三）偶然間聽到向秀談《莊子》，驚為天人，兩人遂結為忘年交，山濤更將向秀介紹給嵇康（二二三至二六三）與阮籍（二一〇至二六三）。據《晉書・向秀傳》中所記載，向秀早年曾任地方小吏。嵇康被司馬昭害死後，向秀選擇妥協，到洛陽任散騎侍郎、黃門散騎常侍、散騎常侍。向秀在朝，消極無為。晉武帝泰始八年（二七二），向秀去世。向秀曾為《莊子》作注，初稿完成後嵇康、呂安兩人大為讚賞，但《秋水》、《至樂》兩篇未注完向秀便辭世。又曾著《周易注》，已亡佚。

郭象（二五二至三一二），字子玄，西晉時期哲學家及文學家。早年擔任司徒椽，歷官黃門侍郎、豫州牧長史、太傅主簿。太尉王衍與郭象有交遊，王衍常說：「聽象語，如懸河瀉水，注而不竭。」郭象曾註釋《莊子》一書。郭象本人雖為玄學大師，但頗熱心追求權勢，本傳稱其「任職當權，熏灼內外」。有說謂郭象剽竊向秀，但向秀的作品早佚，今日已無法查證。今日學界大都以為郭象是在向秀的基礎上「述而廣之」，加以發展。也有人說注《莊子》者，郭象以下有數十家，但郭象在某些義理上超越了莊子的範疇。宋朝禪學大師大慧宗杲（一〇八九至一一六三）謂：「曾見郭象注《莊子》，識者云：卻是《莊子》注郭象。」

上卷・文學・第三十二：

《莊子・逍遙篇》，舊是難處，諸名賢所可鑽味而不能拔理於郭、向之外。支道林在白馬寺中，將馮太常共語，（《馮氏譜》曰：「馮懷字祖思，長樂人。歷太常、護國將軍。」）**因及《逍遙》。支卓然標新理於二家之表，立異義於眾賢之外，皆是諸名賢尋味之所不得。後遂用支理。**（向子期、郭子玄《逍遙義》曰：「夫大鵬之上九萬，尺鷃之起榆枋，小大雖差，各任其性。苟當其分，逍遙一也。然物之芸芸，同資有待，得其所待，然後逍遙耳。唯聖人與物冥而循大變，為能無待而常通，豈獨自通而已。又從有待者不失其所待；不失，則同於大通矣。」支氏《逍遙論》曰：「夫逍遙者，明至人之心也。莊生建言大道，而寄指鵬、鷃。鵬以營生之路曠，故失適於體外；鷃以在近而笑遠，有矜伐於心內。至人乘天正而高興，遊無窮於放浪；物物而不物於物，則遙然不我得，玄感不為，不疾而速，則逍然靡不適。此所以為逍遙也。若夫有欲當其所足；足於所足，快然有似天真。猶饑者一飽，渴者一盈，豈忘烝嘗於糗糧，絕觴爵於醪醴哉？苟非至足，豈所以逍遙乎？」此向、郭之注所未盡。）

支道林（三一四至三六六），名遁，字道林，以字行。本為關姓，東晉河南陳留（今河南開封市）人。他出生於一個佛教家庭裏。幼年隨家人南渡到江南。早年曾隱居吳縣（今江蘇蘇州）餘杭山，年二十五出家，其師為西域月支人，遂改姓支。據傳他長相欠佳，「雙眼黯黯明黑」。出家後曾雲遊京師，住白馬寺，潛心研究佛道。他一生交往的名士很多。在《世說新話》中，有關他的軼事有四十多條。他好養名馬，自云：「重其神駿。斯圖也，非彼人之徒歟！」。又朋友贈鶴給他，他說：「爾沖天物，寧為耳目之玩乎。」遂放之。支道林常在白馬寺與劉系之、馮懷等人談論《莊子・逍遙遊》。西晉郭象的註解裏面有一句說：各適性以為逍遙。支遁不這麼認為，他說桀紂以殘害為本性，如果說適性就是逍遙，那麼他們也是很逍遙的了。他注的《逍遙遊》，群儒嘆服。穆帝昇平元年（三五七），他移居剡縣石城山（今新昌縣縣城南郊）棲光寺，勤於著書立說。晉哀帝隆和初（三六二）曾多次派使者請支遁到京城。支遁到京師後，在東安寺講經。朝野士庶、僧侶居士莫不悅服。支遁在京師住了將近三年，又回到東山。臨行前上書給皇上告辭。皇上即下詔准許，並賜給很多錢物，發遣支遁。有文獻記載《神駿圖》畫是講的支遁愛馬的故事。他著有《聖石辯之論》、《道行旨歸》、《學道戒》、《即色遊玄論》等，提出了「即色本空」的思想，創立了般若學即色義，成為當時般若學「六家七宗」中即色宗的代表人物。《廣弘明集》收錄他的古詩二十多首，其中有些也帶著濃厚的老莊氣味。

上卷・文學・第六十八：

左太沖作《三都賦》初成，（《思別傳》曰：「思字太沖，齊國臨淄人。父雍起於筆札，多所掌練，為殿中御史。思蚤喪母，雍憐之，不甚教其書學。及長，博覽名文，遍閱百家。司空張華辟為祭酒，賈謐舉為祕書郎。謐誅，歸鄉里，專思著述。齊王冏請為記室參軍，不起。時為《三都賦》未成也。後數年疾終。其《三都賦》改定，至終乃上。初，作《蜀都賦》云：『金馬電發於高岡，碧鷄振翼而雲披。鬼彈飛丸以礌礉，火井騰光以赫曦。』今無鬼彈，故其賦往往不同。思為人无吏幹而有文才，又頗以椒房自矜，故齊人不重也。」）**時人互有譏訾，思意不愜。後示張公。**（張華，已見。）**張曰：「此二《京》可三，然君文未重於世，宜以經高名之士。」思乃詢求於皇甫謐。**（王隱《晉書》曰：「謐字士安，安定朝那人，漢太尉嵩曾孫也。祖叔獻，灞陵令。父叔侯，舉孝廉。謐族從皆累世富貴，獨守寒素。所養叔母歎曰：『昔孟母以三徙成子，曾父以亨家存教，豈我居不卜鄰，何爾魯之甚乎？修身篤學，自汝得之，於我何有？』因對之流涕，謐乃感激。年二十餘，就鄉里席坦受書，遭人而問，少有寧日。武帝借其書二車，遂博覽。太子中庶子、議郎徵，並不就，終於家。」）**謐見之嗟歎，遂為作敘。於是先相非貳者，莫不斂衽讚述焉。**（《思別傳》曰：「思造張載，問瑁蜀事，交接亦疎。皇甫謐西州高士，摯仲治宿儒知名，非思倫匹。劉淵林、衞伯輿並蚤終，皆不為思賦序注也。凡諸注解，皆思自為，欲重其文，故假時人名姓也。」）

左思（約二五〇至三〇五），字太沖，齊國臨淄（今山東臨淄）人，西晉詩人，亦是著名文學家。原有集五卷，已佚。後人輯有《左太沖集》。左思家世儒學，出生寒微。其父左熹，曾任武帝朝臣。少時曾學書法、鼓琴，皆不成，後來才發憤讀書。左思其貌不揚，口訥，不好交遊，卻才華出眾。晉武帝時，因妹左棻被選入宮，舉家遷居洛陽，任秘書郎。惠帝元康年間依附權貴賈謐（？至三〇〇），成為文人集團

「魯公二十四友」成員。惠帝永康元年（三〇〇），因賈謐被誅，遂退居宜春里，專心著述。後齊王司馬冏召為記室督，不就。惠帝太安二年（三〇三），河間王司馬顒部將張方進攻洛陽，左思移居冀州，兩年後病死。終年五十五歲。左思曾用一年時間寫成《齊都賦》（全文已佚，若干佚文散見《水經注》及《太平御覽》）。他想再寫三都賦，於是就去拜見著作郎張載，向他討教四川的情況。左思自己認為見識不廣，就要求擔任秘書郎一職。等到《三都賦》寫成，當時的人並未重視它。左思認為自己的文章不比班固、張衡等遜色，只擔心因自己地位低微而使自己的文章被埋沒。皇甫謐（二一五至二八二）在洛陽有很高的聲譽，左思前往拜訪，把《三都賦》呈給他看。皇甫謐稱讚賦寫得好，為他的賦寫了序。張載為其中的《魏都賦》作了註釋，劉逵為其中的《吳都賦》、《蜀都賦》作了註釋，併為之作序說。由是，豪門貴族之家爭相傳閱抄寫，使洛陽的紙張供不應求，價格大漲。

起初，陸機（二六一至三〇三）到了洛陽，也想寫三都賦。後來見到左思的作品，陸機從心底歎服，認為自己無法超越他，擱筆不寫了。《晉書・左思傳》載，他用了十年時間寫出《三都賦》。《三都賦》的寫作時間，《晉書・左思傳》和《世說新語・文學》篇注引《左思別傳》的說法很不一致。據今人傅璇琮考證，《三都賦》成於武帝太康元年（二八〇）滅吳之前。左思的詩作現存《詠史》八首、《招隱詩》二首、《嬌女詩》等。《文心雕龍・才略篇》說：「左思其才，業深覃思，盡銳於《三都》，拔萃於《詠史》。」

中卷・方正・第一：

陳太丘與友期行，期日中，過中不至，太丘舍去，去後乃至。元方時年七歲，門外戲。（陳寔及紀，並已見。）**客問元方：「尊君在不？」答曰：「待君久不至，已去。」友人便怒，曰：「非人哉！與人期行，相委而去。」元方曰：「君與家君期日中，日中不至，則是無信；對子罵父，則是無禮。」友人慚，下車引之。元方入門不顧。**

陳寔（一〇四至一八六），字仲弓，東漢潁川許昌（今河南省許昌縣）人。桓帝時，做過太丘縣令，處事公正。卒時會葬者三萬餘人，諡文範先生。陳紀（一二九至一九九），字元方，陳寔長子，與弟陳諶俱以至德稱。他和父親陳寔、弟弟陳諶在當時並稱為「三君」。董卓入洛陽，就家拜五官中郎將。紀不得已而到京師。累遷尚書令。建安元年（一九六），袁紹為太尉，欲讓於紀，紀不受。拜太鴻臚，卒於官。陳諶，字季方，與兄長陳紀一樣道德品行俱佳，其父陳寔曾評論他們倆兄弟說「元方難為兄，季方難為弟」，意思是說兩人難分高下之意。「難兄難弟」的典故也出於此。陳紀有兄弟六人，只有他和陳諶聞名。《後漢書．陳寔傳》記錄了一則陳寔的軼事：時歲荒民儉，有盜夜入其室，止於樑上。寔陰見，乃起自整拂，呼命子孫，正色訓之曰：「夫人不可以不自勉。不善之人未必本惡，習以性成，遂至於此。樑上君子者是矣！」這是成語「樑上君子」的由來。

中卷．雅量．第四：

王戎七歲，嘗與諸小兒遊，看道邊李樹多子折枝，諸兒競走取之，唯戎不動。人問之，答曰：「樹在道邊而多子，此必苦李。」取之信然。（《名士傳》曰：「戎由是幼有神理之稱也。」）

王戎（二三四至三〇五），字濬沖，琅邪臨沂（在今山東省臨沂市北）人。西晉大臣，官至司徒，封安豐侯，人稱「王安豐」。出自魏晉高門士族琅邪王氏，為幽州刺史王雄之孫，涼州刺史王渾之子，司徒王衍之堂兄。王戎是「竹林七賢」中最年少的一位。王戎自幼聰慧。《藝文類聚》卷十七引戴逵《竹林七賢論》：「王戎眸子洞徹，視日而眼明不虧。」中書令裴楷稱其雙目「爛爛如巖下電」。王戎與其父同僚、年長其二十四歲的阮籍（二一〇至二六三）為友。鍾會曾評之曰：「裴楷清通，王戎簡要。」他承襲其父的貞陵亭侯爵位，被司馬昭辟為掾屬，歷仕吏部黃門郎、散騎常侍、河東太守。武帝咸寧二年（二七六），遷荊州刺史，四年改豫州刺史，加建威將軍。咸寧五年（二七九）十一月，晉武帝伐吳，王戎督軍臨江，遣參軍羅尚、劉喬領軍攻武昌（在今湖北鄂州），吳江夏太守劉朗降。吳平，以功進安豐侯，增邑六千戶。後因母喪去職。他在治理荊州時，拉攏士人，頗有成效。後歷任侍中、光祿勳、吏部尚書、太子太傅、中書令、尚書左僕射等職。惠帝元康七年（二九六），升任司徒，位列三公。趙王司馬倫發動政變時，王戎被牽連免官。之後被起用為尚書令，再遷司徒。右將軍張方劫持晉惠帝入長安後，王戎逃奔郟縣。惠帝永興二年（三〇五），王戎去世，時年七十二，謚為「元」。

王戎晚年看到天下將亂，不復以世事為意，有見解認為他故意敗壞自己聲名以求自保。後世對王戎的評價毀譽參半。一般認為竹林七賢中的王戎、山濤二人貪圖高官厚祿，依附於司馬氏，與嵇康、阮籍等人不事權貴或淡泊名利的態度大相徑庭。南朝人顏延之作《五君詠》，以嵇康、阮籍、劉伶、阮咸、向秀五人各成一詩，棄山濤、王戎二人不取。《世說新語》記載王戎為人貪婪吝嗇，書中「儉嗇」一篇只九條，但卻有四條記王戎吝嗇事。《晉書》本傳謂王戎「性好利」，多置園田水碓，聚斂無已，富甲京城。王戎還是有名的孝子。

中卷・雅量・第十九：

郗太傅在京口，遣門生與王丞相書，求女壻。丞相語郗信：「君往東廂，任意選之。」門生歸，白郗曰：「王家諸郎，亦皆可嘉，聞來覓婿，咸自矜持；唯有一郎，在東床上坦腹臥，如不聞。」郗公云：「正此好！」訪之，乃是逸少，因嫁女與焉。（《王氏譜》曰：「逸少，羲之小字。羲之妻，太傅郗鑒女，名璿，字子房。」）

此條是郗鑒選女壻的軼事。郗鑒（二六九至三三九），字道徽，高平金鄉（今山東金鄉）人。東晉重要將領，軍事家。東漢御史大夫郗慮的玄孫。郗鑒歷仕晉元帝、晉明帝、晉成帝三朝，曾協助討平東晉初的王敦之亂和蘇峻之亂。他的「東床快壻」是東晉著名的書法家王羲之（三〇三至三六一）。王羲之，字逸少，原籍琅邪郡臨沂（今屬山東），官拜右軍將軍，人稱「王右軍」，為名臣王導之姪，史稱書聖。其書法師承衛夫人（衛鑠）（一五一至二三〇）。王羲之出身名門望族，祖籍琅邪。琅邪王姓原本出自姬姓，其家史可以追溯到周靈王太子晉的後人。王羲之十七世祖王元為避秦朝亂，由咸陽遷至琅邪。王羲之的曾祖父王覽即是家喻戶曉的「二十四孝」裏的「臥冰求鯉」王祥同父異母的弟弟。王祥於晉武帝時拜太保，王覽亦官至光祿大夫。王羲之的父親是王曠，母親是衛氏。王羲之另有一胞兄王籍之。西晉末年，王羲之隨父母遷居江南。王曠早喪，王羲之靠母兄撫育成人。郗鑒有一女二子。女兒郗璿大概在明帝太寧元年（三二三）、二年（三二四）期間嫁給王羲之，為他生了七子一女。郗璿活到九十多歲。

張季鷹辟齊王東曹掾，在洛，見秋風起，因思吳中菰菜羹、鱸魚膾，曰：「人生貴得適意爾，何能羈宦數千里以要名爵！」遂命駕便歸。俄而齊王敗，時人皆謂為見機。（《文士傳》曰：「張翰字季鷹。父儼，吳大鴻臚。翰有清才美望，博學善屬文，造次立成，辭義清新。大司馬齊王冏辟為東曹掾。翰謂同郡顧榮曰：『天下紛紛未已，夫有四海之名者，求退良難。吾本山林間人，無望於時久矣。子善以明防前，以智慮後。』榮捉其手，愴然曰：『吾亦與子採南山蕨，飲三江水爾！』翰以疾歸，府以輒去除吏名。性至孝，遭母艱，哀毀過禮。自以年宿，不營當世，以疾終於家。」）

張翰（生卒年不詳），字季鷹。吳郡吳縣（今江蘇蘇州）人。西晉文學家。其父親是三國孫吳的大鴻臚張儼。張翰性格放縱不拘，被當時的人看作是阮籍（二一〇至二六三）一類人，所以有「江東步兵」之稱。（阮籍曾任步兵校尉，外號「阮步兵」。）會稽人賀循受徵召要去洛陽任官，經過吳郡時，在船上彈琴，張翰和他交談，知道他要進京，就在沒有告知家人的狀況下，直接與賀循一同進京。惠帝永寧元年（三〇一），齊王司馬冏執政，徵召張翰為大司馬東曹掾。永寧二年，張翰一日見秋風起，想到故鄉吳郡的菰菜、蓴羹、鱸魚膾，說：「人生貴得適志，何能羈宦數千里，以要名爵乎？」因此作歌曰：「秋風起兮佳景時，吳江水兮鱸正肥。三千里兮家未歸，恨難得兮仰天悲。」於是棄官還鄉，這是成語「鱸膾蓴羹」的由來。不久，齊王司馬冏兵敗，張翰因已辭官，得免於難。

南宋豪放派詞人辛棄疾（一一四〇至一二〇七）的《水龍吟·登建康賞心亭》下闋有「休說鱸魚堪膾，盡西風，季鷹歸未」之句。有人對張翰說：「卿乃可縱適一時，獨不為身後名邪！」他答說：「使我有身後名，不如即時一杯酒。」仕北周官至驃騎大將軍，人稱「庾開府」的庾信（五一三至五八一）的《擬咏懷十一》也有「眼前一杯酒，誰論身後名」之句。張翰曾作《首丘賦》，內容大多都失傳了。他部分的詩文被收錄於《昭明文選》、《先秦漢魏晉南北朝詩》和《全上古三代秦漢三國六朝文》等書中。

中卷・夙惠・第三：

晉明帝數歲，坐元帝膝上。有人從長安來，元帝問洛下消息，潸然流涕。明帝問何以致泣？具以東渡意告之。因問明帝：「汝意謂長安何如日遠？」答曰：「日遠。不聞人從日邊來，居然可知。」元帝異之。明日，集羣臣宴會，告以此意，更重問之。乃答曰：「日近。」元帝失色，曰：「爾何故異昨日之言邪？」答曰：「舉目見日，不見長安。」

此條記載東晉明帝司馬紹（二九九至三二五）幼年軼事。司馬紹，字道畿，東晉的第二代皇帝，晉元帝司馬睿（二七六至三二三）長子。母親是豫章郡君荀氏。在位不足三年，但在位期間平定了王敦（二六六至三二四）的叛亂。明帝自小聰慧，甚受司馬睿所寵愛。西晉懷帝永嘉元年（三〇七）隨父親一同移鎮建業（後改建康，今江蘇南京市）。愍帝建興元年（三一三），司馬睿升任左丞相。建興四年（三一六），長安被前趙攻陷，愍帝出降，西晉滅亡。次年，司馬睿稱晉王，建元建武，立司馬紹為晉王太子。三一八年，司馬睿即位稱帝，是為晉元帝，改元太興，司馬紹被立為皇太子。元帝永昌元年（三二二）發生王敦之亂。元帝憂憤成疾，於當年閏十一月己丑日病逝，司馬紹在次日繼位，為晉明帝，並由司空王導輔政。明帝積極準備建康的防護，成功擊敗王敦派來進攻的軍隊，平定了王敦之亂。王敦後來病逝。明帝下令不再問罪於王敦一眾官屬，又分別以應詹為江州刺史、劉遐為徐州刺史、陶侃為荊州刺史、王舒為湘州刺史，重整各州形勢，消除王敦以王氏宗族各領諸州以凌弱帝室的失衡情形。明帝太寧三年（三二五）病逝，年僅二十七歲。

明帝性孝，有文武才略，敬重賢人，當時如王導、庾亮、溫嶠、桓彝、阮放等名臣都親待他。在位時，曾問晉室得天下的事。王導告訴他司馬懿當日發動高平陵之變誅除曹爽，又說道魏帝曹髦被司馬昭親信賈充所命的成濟弒殺一事。明帝聽後，面伏在牀上，說：「若真的像你所說，晉室國祚又怎能夠長遠！」《晉書・宣帝紀》說：「晉明掩面，恥欺偽以成功；石勒肆言，笑奸回以定業。」《世說新語・尤悔》也有記載此事。歷代有很多名人惋惜明帝英年早逝。唐朝名臣虞世南（五五八至六三八）說：「晉自遷都江左，強臣擅命，垂拱南面，政非己出。王敦以磐石之宗，居上流之地，負才矜地，志懷沖問鼎，非明帝之雄斷，王導之忠誠，則晉祚其移於他族矣。若使降年永久，佐任群賢，因洛、澗之遺黎，乘劉、石之衰運，興復中原，不難圖也。」王夫之在《讀通鑑論》中說：「明帝不夭，中原其復矣乎！」

下卷・自新・第一：

周處年少時，兇彊俠氣，為鄉里所患；（《處別傳》曰：「處字子隱，吳郡陽羨人。父魴，吳鄱陽太守。處少孤，不治細行。」《晉陽秋》曰：「處輕果薄行，州郡所棄。」）**又義興水中有蛟，山中有邅跡**（一作「白額」。）**虎，並皆暴犯百姓；義興人謂為「三橫」，而處尤劇。或說處殺虎斬蛟，實冀「三橫」唯餘其一。處即刺殺虎，又入水擊蛟，蛟或浮或沒，行數十里，處與之俱。經三日三夜，鄉里皆謂已死，更相慶。竟殺蛟而出。聞里人相慶，始知為人情所患，有自改意。**（《孔氏志怪》曰：「義興有邪足虎，溪渚長橋有蒼蛟，並大噉人，郭西周，時謂郡中三害。」周即處也。）**乃自吳尋二陸。平原不在，正見清河，具以情告，並云：「欲自修改，而年已蹉跎，終無所成！」清河曰：「古人貴朝聞夕死，況君前途尚可。且人患志之不立，亦何憂令名不彰邪？」處遂改勵，終為忠臣孝子。**（《晉陽秋》曰：「處仕晉為御史中丞，多所彈糾。氐人齊萬年反，乃令處距萬年。伏波孫秀欲表處母老，處曰：『忠孝之道，何當得兩全？』乃進戰。斬首萬計。弦絕矢盡，左右勸退，處曰：『此是吾授命之日。』遂戰而沒。」）

周處（約二四〇至二九七），字子隱，吳郡陽羨（今江蘇宜興）人。西晉大臣、將領，東吳鄱陽太守周魴之子。少時「縱情肆欲，為禍鄉里」。後來改過自新，「除三害」，拜訪名人陸雲（二六二至三〇三），得陸雲鼓勵，浪子回頭，發奮讀書。後拜東觀左丞，遷無難都督，功業勝過父親。晉武帝太康元年（二八〇），晉滅吳。晉軍大將王渾（二二三至二九七）在建業宮中開慶祝酒會，半醉時問底下的吳臣：「你們的國家亡了，不難過嗎？」周處站出來說：「漢朝末年天下分崩，三國鼎立，魏國滅亡於前，吳國滅亡於後，該難過的豈只一人？」曾是魏臣的王渾面有慚色。周處後來出仕西晉，拜新平太守，轉廣漢太守，治境有方。入為散騎常侍，遷御史中丞，剛正不阿，曾得罪梁孝王司馬肜（？至三〇二）。惠帝元康七年（二九七），出任建威將軍，前往關中，討伐氐羌齊萬年叛亂。司馬肜故意讓他戰死於沙場。後來司馬睿當晉王時，打算為周處加封諡號，太常賀循（二六〇至三一九）議論謂「按照諡法，固守仁德而不行邪僻叫做孝。」於是便諡號為「孝」。周處有三個兒子：周玘、周靖、周札。周靖早死，周玘、周札都知名於世。

周處在史學、文學等方面也有建樹，著有《默語》三十篇及《吳書》，惜已散失。另一部《風土記》

則是我國最早的介紹地方歲時節令和風土習俗的著作，對後世有一定影響。後人對周處頗多美評。初唐名臣房玄齡（五七九至六四八）說：「夫仁義豈有常，蹈之即君子，背之即小人。周子隱以跅弛之材，負不羈之行，比兇蛟猛獸，縱毒鄉閭，終能克己厲精，朝聞夕改，輕生重義，徇國亡軀，可謂志節之士也。」中唐士大夫、文學家柳宗元（七七三至八一九）說：「馮婦好搏虎，卒為善士。周處狂横，一旦改節，皆老而自克。」北宋名臣、大文豪蘇軾（一〇三七至一一〇一）說：「歷觀自古奇偉之士，如周處、戴淵之流，皆出於羣盜，改惡修善，不害為賢。」晚清詩人李慈銘（一八三〇至一八九五）說：「若羊祜之厚重，杜預之練習，劉毅之勁直，王濬之武銳，劉弘之識量，江統之志操，周處之忠挺，周訪之勇果，卞壼之風檢，陶侃之幹局，溫嶠之智節，祖逖之伉慨，郭璞之博奧，賀循之儒素，劉超之貞烈，蔡謨之檢正，謝安之器度，王坦之之風格，孔愉之清正，王羲之之高簡，皆庸中佼佼，足稱晉世第一流者，蓋二十人盡之矣。」

下卷・任誕・第三：

劉伶病酒，渴甚，從婦求酒。婦捐酒毀器，涕泣諫曰：「君飲太過，非攝生之道，必宜斷之！」伶曰：「甚善。我不能自禁，唯當祝鬼神，自誓斷之耳！便可具酒肉。」婦曰：「敬聞命。」供酒肉於神前，請伶祝誓。伶跪而祝曰：「天生劉伶，以酒為名，一飲一斛，五斗解酲。（毛公注曰：「酒病曰酲。」）**婦人之言，慎不可聽。」便引酒進肉，隗然已醉矣。**（見《竹林七賢論》。）

劉伶（約二二一至三〇〇），字伯倫，沛國（今安徽宿縣）人，「竹林七賢」之一。曾為建威參軍。

晉武帝泰始初，對朝廷策問，強調無為而治，以無能罷免。平生嗜酒，曾作《酒德頌》。《晉書．列傳十九．劉伶》形容他：「身長六尺，容貌甚陋。放情肆志，常以細宇宙齊萬物為心。澹默少言，不妄交遊，與阮籍、嵇康相遇，欣然神解，攜手入林。初不以家產有無介意。」他的名篇《酒德頌》全文如下：「有大人先生者，以天地為一朝，萬期為須臾。日月為扃牖，八荒為庭衢。行無轍跡，居無室廬。幕天席地，縱意所如。止則操卮執觚，動則挈榼提壺。唯酒是務，焉知其餘。有貴介公子，搢紳處士。聞吾風聲，議其所以。乃奮袂攘襟，怒目切齒。陳說禮法，是非鋒起。先生於是方捧甖承槽，銜杯漱醪。奮髯踑踞，枕麴藉糟。無思無慮，其樂陶陶。兀然而醉，豁爾而醒。靜聽不聞雷霆之聲，熟視不睹泰山之形。不覺寒暑之切肌，利慾之感情。俯觀萬物，擾擾焉如江漢之載浮萍。二豪侍側，焉如蜾蠃之與螟蛉。」這篇韻文辭章奧妙，宣揚了縱酒放誕之情趣及對傳統禮法的輕視。由此亦衍生了「大人先生」、「幕天席地」、「奮袂攘襟」、「怒目切齒」、「其樂陶陶」、「熟視無睹」等成語。後人表示欣賞他的詩文很多。例如中唐詩人姚合（七七七至八四三）：「長羨劉伶輩，高眠出世間。」晚唐詩人皮日休（八三四至八八三）：「他年謁帝言何事，請贈劉伶作醉侯。」北宋名臣范仲淹（九八九至一〇五二）有一首詞《剔銀燈．與歐陽公席上分題》：「昨夜因看蜀志。笑曹操孫權劉備。用盡機關，徒勞心力，只得三分天地。屈指細尋思，爭如共、劉伶一醉。人世都無百歲。少癡騃、老成尪悴。只有中間，些子少年，忍把浮名牽繫。一品與千金，問白髮、如何迴避。」明朝重臣于謙（一三九八至一四五七）：「劉伶好酒世稱賢，李白騎鯨飛上天。」

王子猷居山陰，夜大雪，眠覺，開室，命酌酒。四望皎然，因起仿偟，詠左思《招隱詩》。（《中興書》曰：「徽之任性放達，棄官東歸，居山陰也。」左詩曰：「杖策招隱士，荒塗橫古今。巖穴無結構，丘中有鳴琴。白雪停陰岡，丹葩曜陽林。」）**忽憶戴安道。時戴在剡，即便夜乘小船就之。經宿方至，造門不前而返。人問其故，王曰：「吾本乘興而行，興盡而返，何必見戴？」**

此條記錄王徽之在一個雪夜「乘興而行，興盡而返」的軼事。王徽之（三三八至三八六），字子猷，東晉名士、書法家，王羲之第五子。曾任車騎參軍、大司馬、黃門侍郎等職，但過慣養尊處優的生活，無心工作，後來索性辭官退居山陰縣（今浙江省紹興市）。他也是書法名家，自幼從父學習，有「徽之得其勢」的評價，後世傳帖《承嫂病不減帖》、《新月帖》等。王徽之愛竹，曾說過「何可一日無此君」之語。王徽之與弟弟王獻之感情頗深，後來王獻之身染重病逝世。王徽之奔喪時不哭，拿起獻之生前愛彈的琴來彈，曲不成調，將琴摔在地上，悲慟道「人琴俱亡」。同年他也病逝。《世說新語・任誕》記錄了他雖然不相識善於吹笛的桓伊（字子野），但還邀請路過的桓伊上他的船吹奏。（桓伊不僅對音樂有很高的領悟力，每次聽到清歌就十分感傷。謝安說他「一往有深情」。成語「一往情深」由此而來。）桓伊時已貴顯，但因素聞王名，上船為他吹奏《梅花三弄》。當他吹奏完便離船而去，主客未交一言。他們不以世俗的繁文縟節為意，整個身心都沉浸在悠揚的笛聲之中。晚唐詩人杜牧（八〇三至八五二）《潤州二首其一》追記此事云：「大抵南朝皆曠達，可憐東晉最風流。月明更想桓伊在，一笛聞吹出塞愁。」

下卷·排調·第五十九：

顧長康噉甘蔗，先食尾。人問所以，云：「漸至佳境。」

「倒吃甘蔗」的歇後語是「漸入佳境」，因為倒吃甘蔗，愈吃愈甜。顧愷之（約三四八至四〇五），字長康，東晉晉陵無錫（今江蘇無錫）人。他是一位著名的畫家與官員，以人物畫作品著稱。顧愷之多才，工詩賦，善書法，被時人稱為「才絕、畫絕、痴絕」，他的畫線條流暢，如「春蠶吐絲」。著有《論畫》、《魏晉勝流畫贊（摹搨妙法）》和《畫雲台山記》（唐張彥遠歷代名畫記抄錄以傳），提出「以形寫神」、「盡在阿堵中」的傳神理論。他和陸探微（?至約四八五）、張僧繇（四七九至？）合稱「六朝三大家」，所謂「張得其肉、陸得其骨、顧得其神」。創造了「秀骨清象」的繪畫風格。他的畫跡甚多，有《司馬宣王像》、《謝安像》、《劉牢之像》、《王安期像》、《阮脩像》、《阮咸像》、《晉帝相列像》、《司馬宣王並魏二太子像》、《桂陽王美人圖》、《蕩舟圖》、《虎豹雜鷙鳥圖》、《鳧雁水鳥圖》、《廬山會圖》、《水府圖》、《行三龍圖》、《夏禹治水圖》等。傳世作品有《女史箴圖》、《列女仁智圖》卷、《洛神賦圖》卷。

下卷·尤悔·第一：

魏文帝忌弟任城王驍壯，因在卞太后閤共圍棊，並噉棗。文帝以毒置諸棗蔕中。自選可食者而進，王弗悟，遂雜進之。既中毒，太后索水救之。帝預敕左右毀缾罐，太后徒跣趨井，無以汲。須臾，遂卒。（《魏略》曰：「任城威王彰，字子文，太祖卞太后弟二子。性剛勇而黃須，北討代郡，獨與麾下百餘人突虜而走。太祖聞曰：『我黃須兒可用也！』」《魏志春秋》曰：「黃初三年，彰來朝。初，彰問璽綬，將有異志，故來朝不即得見，有此忿懼而暴薨。」）**復欲害東阿，太后曰：「汝已殺我任城，不得復殺我東阿。」**（《魏志．方伎傳》曰：「文帝問占夢周宣：『吾夢磨錢文，欲滅，而愈更明，何謂？』宣悵然不對。帝固問之，宣曰：『陛下家事，雖欲爾，而太后不聽，是以欲滅更明耳。』帝欲治弟植之罪，逼於太后，但加貶爵。」）

曹操（一五五至二二〇）有二十五位兒子。劉夫人為他誕下長子曹昂（?至一九七）及次子曹鑠（?至?）。曹昂由曹操原配丁氏撫養長大，年輕時曾舉孝廉。因張繡反叛而死於戰亂之中，被弟曹丕追尊為豐悼公，後又追加尊為豐悼王。曹鑠早薨。武宣皇后卞氏（一六一至二三〇）為曹操誕下第三子曹丕（一八七至二二六）、第四子曹彰（一八九至二二三）、第五子曹植（一九二至二三二）及第六子曹熊（?至?）。曹熊早薨。曹彰，字子文，曹魏家族勇武的將領。他降服遼東後，曹操大喜拉著他的鬍子稱其為黃鬚兒。黃初二年，進爵為公。三年，立為任城王。黃初四年（二二三），曹彰和曹植及白馬王曹彪（一九五至二五一）到洛陽朝見皇帝，曹彰在京城突然去世。此條謂曹丕因妒忌任城王驍壯而毒殺他。之後，還欲加害東阿（即曹植），為卞太后阻止。這個記載後人多不相信。而且，曹植受封為「東阿王」是在魏明帝太和三年（二二九），卞太后焉能在魏文帝黃初四年就稱曹植為「東阿」？

搜神後記

《搜神後記》，舊題晉陶潛（三六五至四二七）撰。

陶淵明，字元亮，後來改名陶潛，南朝劉宋詩人顏延之（三八四至四五六）私謚他為「靖節先生」，尋陽郡柴桑縣（今江西省九江市西南）人，中國東晉時期士大夫與詩人。陶淵明出身仕宦之家，曾祖父陶侃在東晉初年位高權重，但到陶淵明出生時已家道中落。陶淵明因早年喪父，曾與母親及妹妹在外祖父孟嘉家中生活。孟嘉是當代名士，「行不苟合，年無誇矜，未嘗有喜慍之容。好酣酒，逾多不亂。至於忘懷得意，傍若無人。」（《晉故征西大將軍長史孟府君傳》）外祖父家裏藏書多，因此他在少年時代閱讀了大量的經史典籍。

陶淵明曾出任江州祭酒。因不喜仕宦生活及江州刺史王凝之（三三四至三九九）的倨傲，僅僅幾個月後他便辭職。後來陶淵明受召為江州主簿，但並未赴任。三九九年陶淵明赴京口任北府兵首領、鎮軍將軍劉牢之的參軍。翌年五月，陶淵明再度辭官。四〇一年，陶淵明赴江陵，於荊州刺史桓玄幕下任職。同年十一月，陶淵明母親孟氏去世，他第三度辭職回到尋陽，為母親服喪。四〇四年服喪完畢，出任建威將軍、江州刺史劉敬宣的參軍。翌年三月，劉敬宣辭任江州刺史，陶淵明亦返回故鄉。同年八月，陶淵明受族人提攜，出任彭澤縣縣令。十一月，妹妹於武昌去世，陶淵明請辭回鄉。從此廿多年，他務農隱居。陶淵明晚年生活貧困。四〇八年，他家中失火，舊屋盡毀，遂移居尋陽城南郊。陶淵明和當地官員有交遊。陶他與江州刺史王弘、安南府長史掾殷景仁、江州刺史後軍功曹顏延之等結識，交往也密切。當時陶淵明與周續之、劉遺民齊名，同稱「尋陽三隱」。陶淵明在晉末時曾被朝廷徵為著作佐郎，但沒有上任。四二〇年，劉裕篡晉，陶淵明對東晉的滅亡感到痛心，所以他的詩文中不用劉宋的年號，只題甲子紀年。四二七年，陶淵明在故鄉去世，享年六十三歲。

陶淵明有詩約一百二十首，絕大部份是五言詩。陶詩風格平和淡遠。陳師道說：「淵明不為詩，寫其胸中之妙爾。」元好問稱讚陶詩「一語天然萬古新，豪華落盡見真淳」。蘇軾曾說陶詩「質而實綺，癯而實腴」。陶詩善於抒情，其詩歌風格與東晉時流行的玄言詩甚為不同。陶詩喜用典，據朱自清統計，陶淵明用《莊子》典故四十九處，《列子》二十一處，《論語》三十七處。很多陶詩都有小序，解釋寫作緣由。陶淵明田園詩讚美隱居生活，自然清新，被視為田園詩的開創者。鍾嶸《詩品》尊稱陶淵明為「隱逸詩人之宗」。陶淵明很多組詩都有自己的主題，《飲酒》詩考慮的是仕與隱的問題，《雜詩》講的是人生短暫無常，《擬古》則涉及對人世滄桑、興亡易代的感慨。人生苦短是陶淵明晚年詩歌常見的主題。在《雜詩》十二首中，他描述時間的無情流逝，人生的短暫無常。陶詩常以自己的日常生活為主題，有種自傳模式。《乞食》是中國詩歌史上第一首以「乞食」為題材的詩。詩人因為饑餓而出門乞食，原本充滿羞愧。但借貸成功後，頓時感到如釋重負，最後抒發感激的心情。《輓歌詩》三首則嘲諷了自己的死亡和親友的反應。

陶淵明《歸去來兮辭》是陶淵明四十一歲時辭官歸故里時所寫的名篇，對過去十多年間宦海浮沉作總結，詠唱歸返田園的喜樂。歐陽修讚賞說：「晉無文章，僅陶淵明《歸去來兮辭》一篇而已。」《五柳先生傳》是陶淵明以第三者的立場為自己寫的自傳，真實描寫其生活，全文約一百七十字，由正文與附於文末的「贊辭」構成，寫出詩人高潔的隱士形象，開創了中國自傳一種嶄新的格式。後世模仿《五柳先生傳》的作品很多。桃花源的故事為後世無數作家帶來靈感。唐代道士司馬承禎把「桃源山洞」列為三十六洞天中的第三十五個洞天。湖南武陵被指為桃花源所在，吸引許多文人墨客的探訪，成為旅遊勝地。陶淵明本人也成為後人繪畫的題材。李公麟等人畫中的陶淵明葛巾道袍，坐於松樹之下，悠然自得。《歸去來兮辭》、《飲酒》、《桃花源記》三者常常被繪成畫卷。

陶淵明在文學史上地位崇高。梁昭明太子蕭統和簡文帝蕭綱特別愛好陶詩。蕭統在《文選》中選入陶淵明《歸去來兮辭》及《飲酒》詩等九篇。但當時，他卻並未被視為第一流的作家。劉勰的《文心雕龍》未有提到陶淵明。在鍾嶸的《詩品》中，陶淵明只被列入中品。到了唐代，陶淵明地位提高，但僅是六朝眾多著名詩人之一。陶淵明的聲譽，在宋代達到極盛。陶淵明深受後世士人重視和敬仰，對其詩文的研究甚多，在中國所有詩人中，歷代注釋家之多僅次於杜甫。

志怪小說《搜神後記》十卷，共一百一十七條。歷來頗多學者懷疑作者並非陶潛。他們認為陶潛曠達，不會拳拳於鬼神事。但，亦有學者指出此書確為陶淵明所作。其實，一位作者在一生中，文章的風格未必沒有變化。寫鬼神的也未必一定相信有鬼神。陶潛可能偽托鬼神，描劃人世種種不尋常的事。陶潛於劉宋文帝元嘉四年（四二七）逝世，但書中有元嘉十四年、十六年事，應是後人對此書之增益。

現從此書選錄十條給大家賞讀。

卷一〈桃花源〉：

晉太元中，武陵人，捕魚為業。緣溪行，忘路遠近。忽逢桃花林，夾岸數百步，中無雜樹，芳華鮮美，落英繽紛。漁人甚異之。漁人姓黃，名道真。復前行，欲窮其林。林盡水源，便得一山。山有小口，彷彿若有光，便捨舟，從口入。初極狹，纔通人，復行數十步，豁然開朗。土地曠空，屋舍儼然。有良田、美池、桑、竹之屬。阡陌交通，雞犬相聞。其中往來種作，男女衣著，悉如外人。黃髮垂髫，並怡然自樂。見漁人，大驚，問所從來，具答之。便要還家，為設酒、殺雞、作食。村中人聞有此人，咸來問訊。自云先世避秦難，率妻子邑人至此絕境，不復出焉。遂與外隔。問今是何世，乃不知有漢，無論魏、晉。此人一一具言所聞，皆為歎惋。餘人各復延至其家，皆出酒食。停數日，辭去。此中人語云：「不足為外人道也。」既出，得其船，便扶向路，處處誌之。及郡，乃詣太守，說如此。太守劉歆，即遣人隨之往，尋向所誌，不復得焉。

此條記錄在東晉孝武帝太元年間的異事，和陶潛名篇《桃花源記》文字上出入不大。明顯不同的是此條中有漁人的名字「黃道真」。可能這是《桃花源記》的一個初稿。

卷二〈吳舍人〉：

吳舍人名猛，字世雲，有道術。同縣鄒惠政迎猛，夜於家中庭燒香。忽有虎來，抱政兒超籬去。猛語云：「無所苦，須臾當還。」虎去數十步，忽然復送兒歸。政遂精進，乞為好道士。猛性至孝，小兒時，在父母傍臥，時夏日多蚊蟲，而終不搖扇。同宿人覺，問其故，答云：「懼蚊蝱去嚙我父母爾。」及父母終，行服墓次。蜀賊縱暴，焚燒邑屋，發掘墳壠，民人迸竄。猛在墓側，號慟不去。賊為之感愴，遂不犯。

吳猛（?至三七四），字世雲，豫章郡分寧縣（今江西省修水縣）人，晉朝著名道士、為《二十四孝》中「忞蚊飽血」的主角，北宋政和二年，追封真人。世稱大洞真君、玄都御史真君，為淨明道西山十二真君之一。他初仕孫吳，擔任西安縣（今修水縣）令。師從於南海太守鮑靚，學習秘法。東晉孝武帝寧康二年（三七四），羽化。「忞蚊飽血」的故事是這樣說的：「晉吳猛，年八歲，事親至孝。家貧，榻無帷帳，每夏夜，蚊多噆膚，忞渠膏血之飽，雖多，不驅之，恐去己而噬其親也。愛親之心至矣！」《二十四孝》詩曰：「夏夜無帷帳，蚊多不敢揮。忞渠膏血飽，免使入親幃。」

卷二〈比邱尼〉：

晉大司馬桓溫，字元子。末年，忽有一比邱尼，失其名，來自遠方，投溫為檀越。尼才行不恒，慍甚敬待，居之門內。尼每浴，必至移時。溫疑而窺之。見尼裸身，揮刀，破腹出臟，斷截身首，支分臠切。溫怪駭而還。及至尼出浴室，身形如常。溫以實問，尼答曰：「若逐凌君上，形當如之。」時溫方謀問鼎，聞之悵然。故以戒懼，終守臣節。尼後辭去，不知所在。

桓溫（三一二至三七三），字元子，譙國龍亢（今安徽懷遠縣龍亢鎮）人。東晉重要將領及權臣、軍事家，譙國桓氏代表人物。官至大司馬、錄尚書事。因領兵消滅成漢而有聲名。曾三次領導北伐，掌握朝政，曾有意奪取帝位，但因最後一次北伐大敗而聲望大損，受制於朝中王氏和謝氏勢力，未能如願。此條謂桓溫見比邱尼「破腹出臟，斷截身首」，而比邱尼更說「若逐凌君上，形當如之」，因此有所戒懼，「終守臣節」，未敢篡位。但其子桓玄（三六九至四〇四）後來一度篡奪晉安帝帝位而建立一個短暫政權桓楚，但很快便兵敗於後來建立劉宋的劉裕（三六三至四二二）手上而被殺。

卷二〈郭璞活馬〉：

趙固常乘一匹赤馬以戰征，甚所愛重。常繫所住齋前，忽腹脹，少時死。郭璞從北過，因往詣之。門吏云：「將軍好馬，甚愛惜。今死，甚懊惋。」璞便語門吏云：「可入通，道吾能活此馬，則必見我。」門吏聞之，驚喜，即啟固。固踴躍，令門吏走往迎之。始交寒溫，便問：「卿能活我馬乎？」璞曰：「我可活爾。」固忻喜，即問：「須何方術？」璞云：「得卿同心健兒二三十人，皆令持竹竿，於此東行三十里，當有邱陵林樹，狀若社廟。有此者，便當以竹竿攪擾打拍之。當得一物，便急持歸。既得此物，馬便活矣。」於是左右驍勇之士五十人，使去。果如璞言，得大叢林，有一物似猴而非，走出。人共逐得，便抱持歸。此物遙見死馬，便跳梁欲往。璞令放之，此物便自走往馬頭間，噓吸其鼻。良久，馬起，噴奮奔迅，便不見此物。固厚貲給，璞得過江左。

郭璞（二七六至三二四），字景純，河東郡聞喜縣（今山西省聞喜縣）人，西晉建平太守郭瑗之子。兩晉時期著名文學家、訓詁學家、風水學者，又是方術大師和《遊仙詩》的祖師。著有《爾雅注》、《方言注》等，是研究晉代漢語、方言、地理的重要文獻。郭璞自少博學，精於古文、天文曆算、占卜等。傳說他有很多奇異的方術。懷帝永嘉之亂時，避亂南下，被宣城太守殷祐及王導徵辟為參軍。元帝時拜著作佐郎，與王隱共撰《晉史》。後為大將軍王敦（二六六至三二四）記室參軍，以卜筮不吉勸阻王敦謀反而遇害。王敦之亂平定後，追贈弘農太守。宋徽宗時追封聞喜伯，元順帝時加封靈應侯。

卷三〈華歆當公〉：

平原華歆，字子魚。為諸生時，常宿人門外。主人婦夜產。有頃，兩吏來詣其門，便相向辟易，欲退，卻相謂曰：「公在此。」因踟躕良久。一吏曰：「籍當定，奈何得住？」乃前向子魚拜，相將入。出，並行共語曰：「當與幾歲？」一人云：「當與三歲。」天明，子魚去。後欲驗其事，至三歲，故往視兒消息，果三歲已死。乃自喜曰：「我固當公。」後果為太尉。

華歆（一五七至二三二），字子魚，東漢曹魏時期平原高唐（今山東省禹城市）人，是三國時期重要人物。華歆是漢獻帝禪位給曹丕過程中主要參與者之一，在曹魏官至司徒、太尉。華歆曾得江東孫策（一七五至二〇〇）重用。孫策後遇刺身亡。曹操（一五五至二二〇）徵召華歆。華歆到洛陽後任議郎，後歷任尚書、侍中、尚書令。獻帝建安十八年（二一三），曹操進攻孫權的重鎮，表華歆為軍師。建安十九年（二一四），曹操逼獻帝廢后，命尚書令華歆領兵入宮捉拿伏皇后。華歆率兵入宮搜捕伏皇后，在牆壁夾層中找到伏后，親自揪后出來。《後漢書》謂「曹操殺皇后伏氏」。獻帝延康元年（二二〇），曹操去世。世子曹丕（一八七至二二六）繼位魏王，華歆任魏國相國，封安樂亭侯。同年，曹丕受禪稱帝，華歆改任司徒。魏文帝黃初六年（二二六），曹丕逝世，太子曹叡繼位，進封華歆為博平侯，後轉拜太尉。明帝太和五年（二三二），華歆逝世，享年七十五，謚敬侯。

華歆雖然在東漢及曹魏朝廷任高職，但他淡薄財物，俸祿和賞賜多數都轉送親友。《魏略》載華歆、邴原和管寧一同游學，結為朋友，時人稱三人為「一龍」：華歆是龍頭，邴原是龍腹，管寧是龍尾。曹丕曾讚他謂：「司徒，國之俊老，所與和陰陽理庶事也。此三公（鍾繇、華歆、王朗）者，乃一代之偉人也，後世殆難繼矣。」曹植讚他「清素寡慾，聰敏特達。存志太虛，安心玄妙。處平則以和養德，遭變則以斷蹈義。」陳壽謂：「鍾繇開達理幹，華歆清純德素，王朗文博富贍，誠皆一時之俊偉也。魏氏初祚，肇登三司，盛矣夫！」但，明末清初著名文學批評家毛宗崗卻謂：「以名士如華歆，而助操為惡至於如此之甚，原其初不過為榮利之心未忘也。拾金而觀之，利未忘也。見乘軒者而視之，榮未忘也。止此貪榮慕利之心，遂成其黨惡助虐之心。管幼安知割席分坐，殆逆料其後歟？」

卷四〈干寶父妾〉：

干寶，字令升，其先新蔡人。父瑩，有嬖妾，母至妒。寶父葬時，因生推婢著藏中。寶兄弟年小，不之審也。經十年而母喪，開墓，見其妾伏棺上，衣服如生。就視猶暖，漸漸有氣息。輿還家，終日而蘇。云寶父常致飲食，與之寢接，恩情如生。家中吉凶，輒語之，校之悉驗。平復數年後方卒。寶兄嘗病氣絕，積日不冷，後遂寤，云見天地間鬼神事，如夢覺，不自知死。

此條記載《搜神記》作者干寶奇異的家事。據說因為父妾及兄長死而復活的事，引起他對鬼神事的興趣，後來才有《搜神記》之作。

卷五〈白水素女〉：

晉安帝時，侯官人謝端，少喪父母，無有親屬，為鄰人所養。至年十七八，恭謹自守，不履非法。始出居，未有妻，鄰人共愍念之，規為娶婦，未得。端夜臥早起，躬耕力作，不捨晝夜。後於邑下得一大螺，如三升壺，以為異物，取以歸，貯甕中。畜之十數日。端每早至野，還，見其戶中有飯飲湯火，如有人為者，端謂鄰人為之惠也。數日如此，便往謝鄰人。鄰人曰：「吾初不為是，何見謝也？」端又以鄰人不喻其意，然數爾如此，後更實問。鄰人笑曰：「卿已自取婦，密著室中炊爨，而言吾為之炊耶？」端默然心疑，不知其故。後以雞鳴出去，平早潛歸，於籬外竊窺其家中。見一少女，從甕中出，至灶下燃火。端便入門，逕至甕所，視螺，但見殼。乃到灶下問之曰：「新婦從何所來，而相為炊？」女大惶惑，欲還甕中，不能得去，答曰：「我天漢中白水素女也。天帝哀卿少孤，恭慎自守，故使我權相為守舍炊烹。十年之中，使卿居富得婦，自當還去。而卿無故竊相窺掩，吾形已見，不宜復留，當相委去。雖然，爾後自當少差。勤於田作、漁採、治生。留此殼去，以貯米穀，常可不乏。」端請留，終不肯。時天忽風雨，翕然而去。端為立神座，時節祭祀。居常饒足，不致大富耳。於是鄉人以女妻之，後仕至令長云。今道中素女祠是也。

這個美麗的民間故事《田螺姑娘》最初源頭來自西晉文學家束皙（?至三〇〇）所撰《發蒙記》一書。文字很簡單：「侯官謝端，曾於海中得一大螺。中有美女，云：『我天漢中白水素女。天矜卿貧，令我為卿妻。』」同樣的故事，亦見於南梁文學家任昉（四六〇至五〇八）的《述異記》，文字也是簡單的：「晉安郡有一書生謝端，為性介潔，不染聲色。嘗於海岸觀濤，得一大螺，大如一石米斛。割之，中有美女，曰：『予天漢中白水素女，天帝矜卿純正，令為君作婦。』」在《搜神後記》中，這個故事被擴展為有詳細內容及優美辭藻的篇章。

卷九〈放伯裘〉：

宋酒泉郡，每太守到官，無幾輒死。後有渤海陳斐見授此郡，憂恐不樂，就卜者占其吉凶。卜者曰：「遠諸侯，放伯裘。能解此，則無憂。」斐不解此語，答曰：「君去，自當解之。」斐既到官，侍醫有張侯，直醫有王侯，卒有史侯、董侯等，斐心悟曰：「此謂諸侯。」乃遠之。即臥思「放伯裘」之義，不知何謂。至夜半後，有物來斐被上。斐覺，以被冒取之，物遂跳踉，訇訇作聲。外人聞，持火入，欲殺之。魅乃言曰：「我實無惡意，但欲試府君耳。能一相赦，當深報君恩。」斐曰：「汝為何物，而忽干犯太守？」魅曰：「我本千歲狐也。今變為魅，垂化為神，而正觸府君威怒，甚遭困厄。我字伯裘，若府君有急難，但呼我字，便當自解。」斐乃喜曰：「真『放伯裘』之義也。」即便放之。小開被，忽然有光，赤如電，從戶出。明夜，有敲門者，斐問是誰，答曰：「伯裘。」問：「來何為？」答曰：「白事。」問曰：「何事？」答曰：「北界有賊，奴發也。」斐按發，則驗。每事先以語斐，於是境界無毫髮之奸，而咸曰聖府君。後經月餘，主簿李音共斐侍婢私通。既而懼為伯裘所白，遂與諸侯謀殺斐。伺傍無人，便與諸侯持杖直入，欲格殺之。斐惶怖，即呼：「伯裘來救我！」即有物如曳疋絳，劃然作聲。諸侯伏地失魂，乃以次縛取。考詢皆服。云：「斐未到官，音已懼失權，與諸侯謀殺斐。會諸侯見斥，事不成。」裴即殺音等。伯裘乃謝裴曰：「未及白音奸情，乃為府君所召。雖效微力，猶用慚惶。」後月餘，與斐辭曰：「今後當上天去，不得復與府君相往來也。」遂去不見。

這個有關千歲狐狸的故事內容有懸疑性，文字也很生動。

卷十〈斫雷公〉：

吳興人章苟者，五月中，於田中耕。以飯置菰裏，每晚取食，飯亦已盡。如此非一。後伺之，見一大蛇偷食。苟遂以鈌斲之，蛇便走去。苟逐之，至一坂，有穴，便入穴。但聞啼聲云：「斫傷我矣。」或言：「當何如？」或云：「付雷公，令霹靂殺奴。」須臾，雲雨冥合，霹靂覆苟上。苟乃跳梁大罵曰：「天公！我貧窮，展力耕懇。蛇來偷食，罪當在蛇，反更霹靂我耶？乃無知雷公也！雷公若來，吾當以鈌斫汝腹！」須臾，雲雨漸散，轉霹靂向蛇穴中，蛇死者數十。

這篇微型小說刻畫了一個勤勞正直、敢於同惡勢力鬥爭的農民形象。當他覺得雷公不講理，連雷公也敢罵。後來，雷公也不得不同意他的見解。

卷十〈放龜〉：

晉咸康中，豫州刺史毛寶戍邾城。有一軍人，於武昌市見人賣一白龜子，長四五寸，潔白可愛，便買取持歸，著甕中養之。日漸大，近欲尺許。其人憐之，持至江邊，放江水中，視其去。後邾城遭石季龍攻陷，毛寶棄豫州，赴江者莫不沉溺。於時所養龜人，被鎧持刀，亦同自投。既入水中，覺如墮一石上，水裁至腰。須臾，游出，中流視之，乃是先所放白龜，甲六七尺。既抵東岸，出頭視此人，徐游而去。中江，猶回首視此人而沒。

在正史中夾雜些異聞，是述異小說的風格。此條亦不例外。後趙武帝石虎（二九五至三四九），字季龍，上黨武鄉（今山西榆社）人。他是五胡十六國時代後趙的第三位君主。石虎是後趙開國君主石勒（二七四至三三三）的侄兒。石虎生性殘暴好色。死後兒子爭奪王位，後趙很快便滅亡。東晉成帝咸康五年（三三九），即後趙武帝建武五年，石虎派遣石鑑、夔安、李菟等率軍五萬進犯邾城，東晉將領毛寶（?至三三九）當時和西陽太守樊峻守城，向征西將軍，兼領江、荊、豫三州刺史，都督七州諸軍事的庾亮（二八九至三四〇）求救。庾亮認為邾城城池堅固，沒有及時派兵，城池很快被攻陷。毛寶、樊峻等率左右突圍出城，投江而死者六千人，毛寶也溺水而死。庾亮很悲慟，疾病發作，於次年去世。

異苑

《異苑》十卷，南朝宋劉敬叔撰。

劉敬叔，彭城（今江蘇徐州）人。生卒年不詳。少穎敏，有異才，最早任司徒掌記，中兵參軍。東晉末拜南平國郎中令，以事忤劉毅，為毅所奏，免官。劉毅伏誅後，召為征西長史。晉安帝義熙十三年（四一七）為宋長沙景德鎮王驃騎將軍劉道鄰參軍，因功封南平郡公。南朝宋景帝元嘉三年（四二六）為給事黃門郎。後因病免官。宋明帝泰始中期卒於家。《隋書．經籍志》著錄：「《異苑》十卷，宋給事劉敬叔撰。」並著錄《續異苑》十卷，不著撰人姓氏。《舊唐書》以下各史志無目。明萬曆中胡震亨於臨安獲宋本，與友人沈汝納校定百餘字，刻入秘冊匯函，遂得流傳於世。後《津逮秘書》、《學津討原》、《說庫》、《古今說部叢書》皆收之。《四庫全書》收入子部小說家類異聞之屬。

《異苑》收錄古今怪異之事三百八十三則。上起晉文公、秦始皇，下迄劉裕、劉毅等。明末清初著名藏書家、刻書家毛晉（一五九九至一六五九）說：「余嘗以古今怪異之事，不可勝記。及讀劉敬叔《異苑》，幾備矣。」《四庫總目提要》稱「其書皆言神怪之事」，「其詞旨簡澹，無小說家猥瑣之習」，且全書「大致尚為完整，與《博物志》、《述異記》全出後人補綴者不同」，「斷非六朝以後所能作」。

唐劉知幾《史通》稱《晉書》載惠帝元康五年武庫火，漢高祖斬蛇劍穿屋飛去之怪事，即據本書卷二〈武庫火〉條載入。卷五〈廁神後帝〉條、〈紫姑神〉條，最早記錄廁神後帝（即紫姑神）的來歷及民間正月十五迎廁神的習俗，為《荊楚歲時記》、《初學記》、《太平御覽》等書籍所引用，可見此書對於民俗學研究有珍貴的史料價值。

現從此書選錄十餘條給大家賞讀。

卷一〈武溪石穴〉：

元嘉初，武溪蠻人射鹿，逐入石穴，才容人，蠻人入穴，見其旁有梯，因上梯，豁然開朗，桑果蔚然，行人翺翔，亦不以怪。此蠻於路斫樹為記，其後茫然，無復彷彿。

此條記載宋文帝元嘉（四二四至四五三）初之事，與東晉、劉宋時文學家陶潛（三六五至四二七）的《桃花源記》記載相似。大抵在文人思想中，總想盼有一個世外桃源。

卷二〈洛鐘鳴〉：

魏時，殿前大鐘無故大鳴。（或作不扣自鳴。）**人皆異之，以問張華。華曰：「此蜀郡銅山崩，故鐘鳴應之耳。」尋蜀郡上其事，果如華言。**

張華（二三二至三〇〇）字茂先，范陽方城（今河北固安縣）人。他是曹魏、西晉時期的文學家、詩人、政治家。張華在范陽郡太守鮮于嗣推薦下任職太常博士，又屢遷佐著作郎、長史兼中書郎等職。西晉取代曹魏後，又屢遷黃門侍郎，封廣武縣侯，官至司空。晉惠帝時，遭司馬倫殺害。此條記載張華談及聲音共鳴現象。

卷三〈馬度苻堅〉：

苻堅為慕容沖所襲，堅馳騧馬，墮而落澗。追兵幾及，計無由出。馬即踟躕臨澗，垂鞍與堅。堅不能及，馬又跪而受焉。堅援之得登岸，而（一作西。）**走廬江。**

苻堅（三三八至三八五），字永固，一名文玉，略陽臨渭（今甘肅秦安）人，氐族，苻雄之子，苻洪之孫，苻健之侄，是十六國時期前秦（三五〇至三九四）的君主，稱大秦天王。初封東海王，後發動政變推翻堂兄苻生而即位，在位期間重用漢人王猛，亦推行一系列政策，加強生產，終令國家強盛，接著以軍事力量消滅北方多個獨立政權，成功統一北方，並攻佔了東晉領有的蜀地，與東晉南北對峙。苻堅於三八三年發動戰爭意圖消滅東晉，但在「淝水之戰」中，敗給謝安、謝石、謝玄領導的北府兵，國家亦陷入混亂，各民族紛紛叛變獨立，苻堅最終亦遭羌人姚萇殺害。慕容沖（三五九至三八六），小字鳳皇，十六國時期西燕（三八四至三九四）君主，鮮卑人，前燕帝慕容儁之子，慕容暐之弟，母親是皇后可足渾氏。前燕時期慕容儁在位時曾被封為中山王、大司馬。此條記載苻堅被慕容沖所襲時的一件異事。

卷三〈蔣山精〉：

吳孫皓時，臨海得毛人。《山海經》云：山精如人而有毛，此蔣山精也。故《抱朴子》曰：山之精，形如小兒而獨足。足向後，喜來犯人。其名曰蚑。知而呼之，即當自卻耳。一名曰超空。可兼呼之。又或如鼓，赤色，一足，其名曰渾。又或如人，長九尺，衣裘戴笠，名曰金累。又或如龍，有五色赤角，名曰飛龍。見之皆可呼其名，不敢為害。《玄中記》：山精如人，一足，長三四尺，食山

蟹，夜出晝藏。

「山精」是傳說中山間的怪獸，在《山海經》、《淮南子》、《抱朴子》、《玄中記》等古書中均有記載。此條記述在孫吳末代君王孫皓（二四二至二八四）時期「臨海得毛人」。這被認為是不吉利的。

卷四〈數世天子〉：

孫鍾，富春人，堅父也。與母居，至孝篤性。種瓜為業。忽有三年少，容服妍麗，詣鍾乞瓜。鍾為設食出瓜，禮敬殷勤。三人臨去曰：「我等司命郎。感君接見之厚，欲連世封侯？欲數世天子？」鍾曰：「數世天子，故當所樂。」因為鍾定墓地，出門悉化成白鵠。一云：孫堅喪父，行葬地。忽有一人曰：「君欲百世諸侯乎？欲四世帝乎？」笑曰：「欲帝。」此一因指一處，喜悅而沒。堅異而從之。時富春有沙漲暴出，及堅為監丞，鄰黨相送於上。父老謂曰：「此沙狹而長，子後將為長沙矣。」果起義兵於長沙。

孫鍾是孫堅的父親。孫堅（一五五至一九一），字文臺，亦作文台，吳郡富春縣（今浙江省杭州市富陽區）人，東漢末年軍閥諸侯將領，是孫吳勢力的首創者，奠基者孫策（一七五至二〇〇）和建國者孫權（一八二至二五二）的父親，漢破虜將軍、封烏程侯、領豫州刺史、長沙太守。在討伐董卓期間建立許多戰功，如斬殺華雄、敗呂布、率先進入洛陽、董卓被迫求和等。據《三國志》記載，他自稱是大軍事家孫武的後裔。後在軍閥混戰中陣亡。東吳第二任皇帝是孫權的第七子孫亮（二四三至二六〇）。第三任皇帝是孫權的第六子孫休（二三五至二六四）。第四任，亦是最後一位皇帝是孫權第三子孫和（二二四至二五三）的長子孫皓（二四二至二八四）。

卷四〈巾箱中鼓角〉：

晉孝武太元末，帝每聞手巾箱中有鼓吹鼙角之音。於是請僧齋會。夜見一臂長三丈許，手長數尺，來摸經案。是歲帝崩，天下大亂。晉室自此而衰。

此條記述東晉孝武帝司馬曜（三六二至三九六）太元末年的異事。廿四年後，東晉恭帝司馬德（三八六至四二一）被迫禪位於劉裕。

卷五〈樗蒲仙〉：

昔有人乘馬山行，遙望岫裏有二老翁相對樗蒱。遂下馬造焉，以策注地而觀之。自謂俄頃，視其馬鞭，摧然已爛。顧瞻其馬，鞍骸枯朽。既還至家，無復親屬。一慟而絕。

此條所記之事，頗似梁朝時文學家任昉（四六〇至五〇八）所著《述異記》中寫晉朝人王質「觀棋爛柯」事。

卷六〈山陽王輔嗣〉：

晉清河陸機初入洛，次河南之偃師。時久結陰，望道左若有民居，因往投宿。見一年少，神姿端遠，置《易》投壺。與機言論，妙得玄微。機心服其能，無以酧抗；乃提緯古今，總驗名實，此年少不甚欣解。既曉便去，稅驂逆旅，問逆旅嫗。嫗曰：「此東數十里無村落，止有山陽王家塚爾。」機乃怪悵。還睇昨路，空野霾雲，拱木蔽日。方知昨所遇者，信王弼也。一說陸雲獨行，逗宿故人家，夜暗迷路，莫知所從。忽望草中有火光，雲時飢乏，因而詣前。至一家，牆院甚整，便寄宿。見一年少，可二十餘，豐姿甚嘉，論敘平生，不異於人，尋共說《老子》，極有辭致。雲出，臨別語云：「我是山陽王輔嗣。」雲出門，回望向處，止是一塚。雲始謂俄頃已經三日，乃大怪悵。

此條記載西晉陸機或陸雲遇上曹魏時人王弼之異事。陸機（二六一至三〇三）字士衡，吳郡（今江蘇省蘇州市及上海市松江區等地）人，與其弟陸雲（二六二至三〇三）合稱「二陸」，是西晉文學家。兩人後來死於「八王之亂」，被夷三族。陸機曾歷任平原內史、祭酒、著作郎等職。世稱「陸平原」。陸雲曾任清河內史，故世稱「陸清河」。王弼（二二六至二四九），字輔嗣，山陽郡（今山東省內）人。三國時代曹魏的著名經學家、易學家，魏晉玄學的主要代表人物之一。他為《道德經》和《易經》撰寫註解，對後世影響甚大。在兩漢三國年代，《道德經》的注釋本大多失傳，王弼的《道德經注》成了本書流傳至今的最早注釋本。

卷七〈礐石塚〉：

魏武北征蹋頓，升嶺眺矚。見一山岡，不生草木。王粲曰：「必是古塚。此人在世服生礐石死，而石氣蒸出外；故卉木焦滅。」即令鑿看，果得大墓，有礐石滿塋。仲宣博識強記，皆此類也。一說粲在荊州，從劉表登障山而見此異。魏武之平烏桓，粲猶在江南。此言為謬。（一作當。）

王粲（一七七至二一七），字仲宣，山陽郡高平縣（今山東省濟寧市微山縣）人。擅長辭賦，建安七子之一，被譽為「七子之冠冕」。他曾投靠荊州牧劉表（一四二至二〇八），不被重用。後曹操（一五五至二二〇）用王粲為丞相掾，賜爵關內侯。後升遷為軍謀祭酒。魏國建國後升為侍中。王粲因博學多識，總能做到對答如流。當時舊禮儀制度廢弛殆盡，需要重新制定，王粲與衞覬等負責除舊佈新，制定新的典章。漢獻帝建安二十一年（二一六）冬天，王粲隨軍隊伐吳，翌於返回鄴城途中病亡，據稱死於痲瘋，年僅四十一歲。明人輯有《王侍中集》。

卷七〈謝客兒〉：

臨川太守謝靈運。初，錢塘杜明師夜夢東南有人來入其館。是夕，即靈運生於會稽。旬日，而謝玄亡。其家以子孫難得，送靈運於杜治養之。十五，方還都。故名客兒。（治音稚。奉道之家靜室也。）

謝靈運（三八五至四三三），浙江會稽人，原籍陳郡陽夏縣（今河南省周口市太康縣），南北朝著名詩人，主要成就在於山水詩。由謝靈運始，山水詩乃成中國文學的一大流派。他的祖父謝玄（三四三至三八八）為東晉將領，是淝水之戰的英雄。其母親是王羲之與郗璿的獨女王孟姜的女兒。謝靈運小時，在錢塘道士杜子恭的道館中寄養，十五歲回建康，故小名「客兒」。靈運「博覽群書，文章之美，江左莫逮。」十八歲襲封康樂公，稱謝康公、謝康樂、謝公，與同族後輩另一位著名詩人謝朓（四六四至四九九）分別被稱為「大謝」及「小謝」。在文學方面，他是為名家，但為官卻放蕩殘虐、役使百姓。

謝靈運在六朝以來極富盛名，被《詩品》一書中譽為「永嘉之雄」，曾與顏延之並稱為「顏謝」，與陶潛並稱為「陶謝」，與鮑照並稱為「鮑謝」等，在南朝、唐代皆有極地位。但明清以來，「南朝第一詩家」的地位漸被陶潛取代。他的詩注重字句的鍛鍊，「名章迥句，處處間起；曲麗新聲，絡繹奔發。」（鍾嶸《詩品》）他曾說道：「天下才共一石，曹子建獨得八斗，我得一斗，自古及今共用一斗。」可見他對曹植的欣賞，也展現出他自負的性情。他曾任撫軍（劉毅）記室參軍、太尉（劉裕）參軍、中書黃門侍郎等職。劉宋建立後，降封康樂縣侯，歷任散騎常侍，太子左衛率、永嘉太守、秘書監、臨川太守。宋文帝元嘉十年（四三三），以「叛逆」罪處死，時年四十九歲。

卷九〈鄭康成〉：

後漢鄭玄字康成，師馬融，三載無聞。融鄙而遣還。玄過樹陰假寢。夢一老父，以刀開腹心，傾墨汁著內，曰：「子可以學矣。」於是寤而即返，遂精洞典籍。融歎曰：「《詩》、《書》、《禮》、《樂》，皆已東矣。」潛欲殺玄，玄知而竊去。融推式以算玄，玄當在土木上，躬騎馬襲之。玄入一橋下，俯伏柱上。融踟躕橋側，云：「土木之間，此則當矣。有水，非也。」從此而歸。玄用免焉。一說玄在馬融門下，三年不相見。高足弟子傳授而已。常算渾天不合，問諸弟子。弟子莫

能解。或言玄，融召令算，一轉便決。衆咸駭服。及玄業成辭歸，融心忌焉。玄亦疑有追者，乃坐橋下，在水上據屐。融果轉式逐之，告左右曰：「玄在土下水上而據木，此必死矣。」遂罷追。玄竟以免。

鄭玄（一二七至二〇〇），字康成，北海高密（今山東省高密市）人，東漢經學家、預言家。曾拜大司農。《拾遺記》稱鄭玄為「經神」。少時習《易經》、《公羊傳》，有「神童」之稱，十八歲，任鄉嗇夫。晉為鄉佐。受北海國相杜密器重，漢桓帝永壽三年（一五七），薦入太學，學習今文經學。桓帝延熹三年（一六〇），與盧植同拜馬融為師，學習古文經學，又嘗遊學於幽、並、兗、豫諸州。因黨錮事件而被禁，專心著述，遍注群經，乃為漢代集經學之大成者，世稱「鄭學」。善飲酒，可飲一斛。

馬融（七九至一六六），字季長，扶風茂陵（今陝西興平東北）人。東漢時期著名經學家，東漢名將馬援的從孫。歷任校書郎、郡功曹、議郎、大將軍從事中郎及武都、南郡太守等職，後因得罪大將軍梁冀而被剃髮流放，途中自殺未遂，得以免罪召還。再任議郎，又在東觀校勘儒學典籍，後因病離職。延熹九年（一六六），馬融去世，享年八十八歲。唐代時配享孔子，宋代時被追封為扶風伯。馬融一生注書甚多，注有《孝經》、《論語》、《詩》、《周易》、《三禮》、《尚書》、《列女傳》、《老子》、《淮南子》、《離騷》等書，皆已散佚，清人編的《玉函山房叢書》、《漢學堂叢書》都有輯錄。明人輯有《馬季長集》。他尤長於古文經學。設帳授徒，門人常有千人之多。本條記載馬融欲謀害鄭玄。《世說新語》（卷上文學第四）亦有類似的記載。但後來頗多學者不認同有此事。

卷十〈田文五月生〉：

田文母嬖也，五月五日生文。父敕令勿舉。母私舉文，長成童，以實告之。遂啟父曰：「不舉五月子，何也？」父云：「生及戶，損父。」文曰：「受命於天，豈受命於戶？若受命於戶，何不高其戶？誰能至其戶耶？」父知其賢，立為嗣。齊封為孟嘗君。俗以五月為惡月，故忌。

孟嘗君（？至前二七九），嬀姓，田氏，名文，字孟，戰國四公子之一，齊國宗室大臣。其父死後，田文繼位薛公於薛城（今山東滕州東南），故亦稱薛文。他廣招賓客、有食客三千人。其父靖郭君田嬰是齊威王的兒子、齊宣王的異母弟弟，曾於齊威王時擔任要職，於齊宣王時擔任宰相，封於薛，人稱薛公。靖郭君有子四十餘人。一小妾生田文，出生之日是五月初五，根據齊國的風俗，這日出生的小孩若長至與門楣同高，會危害父母，其父田嬰於是命令拋棄他，但田文的母親不忍心，將他暗中養大成人，還安排他認父。靖郭君很生氣。田文卻說人生下來，是受命於天，不是受命於門戶的。若受命於門戶的，只要加高門戶便可。相信他父親也很欣賞他的識見。

續齊諧記

《續齊諧記》一卷，南朝吳均（四六九至五二〇）撰。

吳均，字叔庠，吳興故鄣（今浙江安吉）人。他生於南朝劉宋明帝泰始五年（四六九），雖家境清寒，但勤奮好學。梁武帝天監初年，柳惲任吳興郡太守，召為郡主簿。後得臨川王蕭宏推薦，受梁武帝重用。他曾私撰《齊春秋》，書成奉呈武帝。因書中謂武帝曾是齊明帝之臣，武帝不悅，下令將書燒毀，並將吳均免職。

吳均史學著作甚豐，但多已散佚。他為文清拔，工於寫景，尤以小品書札見長，時人多法，有「吳均體」之稱。後奉詔修《通史》，上起三皇五帝，下訖南朝齊。武帝普通元年（五二〇），書未成而卒。《隋書·經籍志》錄有《吳均集》二十卷，已佚。明人張溥輯有《吳朝請集》，收在《漢魏六朝百三家集》中。吳均曾注《後漢書》九十卷、《廟記》十卷、《十二州記》十六卷、《錢塘先賢傳》五卷、《續文釋》五卷等，已佚。現存志怪小說《續齊諧記》一卷。

《莊子·逍遙遊》謂：「《齊諧》者，志怪者也。」南朝劉宋人東陽無疑曾著《齊諧記》。吳均的《續齊諧記》今本只有十七條。此書文辭優美，人物生動，其中不少故事在後世民間廣為流傳，如田真兄弟三人分荊、張華識別斑貍精、九月九日桓景登高避災、七月七日織女渡河會牛郎、五月五日作糉祭屈原等。魯迅謂此書「卓然可觀」。

現從此書轉錄數條給大家賞讀。

第二條〈田氏兄弟〉：

京兆田真兄弟三人，共議分財。生資皆平均，惟堂前一株紫荊樹，共議欲破三片。明日，就截之，其樹即枯死，狀如火然。真往見之，大驚，謂諸弟曰：「樹本同株，聞將分斫，所以憔悴。是人不如木也。」因悲不自勝，不復解樹。樹應聲榮茂，兄弟相感，合財寶，遂為孝門。真仕至太中大夫。（陸機詩云：「三荊歡同株。」）

此條指出兄弟之間應該彼此團結，和睦相處。西晉文學家陸機（二六一至三〇三）有一首古風《豫章行》，全詩是：「泛舟清川渚，遙望高山陰。川陸殊途軌，懿親將遠尋。三荊歡同株，四鳥悲異林。樂會良自古，悼別豈獨今。寄世將幾何，日昃無停陰。前路既已多，後途隨年侵。促促薄暮景，亹亹鮮克禁。曷為復以茲，曾是懷苦心。遠節嬰物淺，近情能不深。行矣保嘉福，景絕繼以音。」「三荊同株」的意思是荊樹雖三杈而同一株幹，比喻同胞兄弟實同根而生。

第八條〈陽羨書生〉：

陽羨許彥於綏安山行，遇一書生，年十七八，臥路側，云腳痛，求寄鵝籠中。彥以為戲言。書生便入籠，籠亦不更廣，書生亦不更小，宛然與雙鵝並坐，鵝亦不驚。彥負籠而去，都不覺重。前行息樹下，書生乃出籠，謂彥曰：「欲為君薄設。」彥曰：「善。」乃口中吐出一銅奩子，奩子中具諸餚饌，珍饈方丈。其器皿皆銅物，氣味香旨，世所罕見。酒數行，謂彥曰：「向將一婦人自隨，今欲暫邀之。」彥曰：「善。」又於口中吐一女子，年可十五六，衣服綺麗，容貌殊絕，共坐宴。俄而書生醉臥，此女謂彥曰：「雖與書生結妻，而實懷怨。向亦竊得一男子同行，書生既眠，暫喚之，君幸勿言。」彥曰：「善。」女子於口中吐出一男子，年可二十三四，亦穎悟可愛，乃與彥敘寒溫。書生臥欲覺，女子口吐一錦行障，遮書生。書生乃留女子共臥。男子謂彥曰：「此女子雖有心，情亦不甚，向復竊得一女人同行，今欲暫見之，願君勿洩。」彥曰：「善。」男子又於口中吐一婦人，年可二十許，共酌，戲談甚久。聞書生動聲，男子曰：「二人眠已覺。」因取所吐女人，還內口中。須臾，書生處女乃出，謂彥曰：「書生欲起。」乃吞向男子，獨對彥坐。然後書生起，謂彥曰：「暫眠遂久，君獨坐，當悒悒邪？日又晚，當與君別。」遂吞其女子，諸器皿悉內口中。留大銅盤，可二尺廣，與彥別曰：「無以藉君，與君相憶也。」彥大元中為蘭臺令史，以盤餉侍中張散。散看其銘題，云是永平三年作。

此條所載的故事有豐富的想像力及內涵。六朝志怪改寫佛經故事的並不多，《陽羨書生》是其中一個。故事原從《梵志吐壺》脫胎來的。《梵志吐壺》是佛典《舊雜譬喻經》卷上第十八則的譯文。《續齊諧記》將其故事完全中國化。吳均在作品中寫上人名、地名和年代，最後更加上書生贈許彥銅盤，盤上有東漢明帝永平年代「銘題」的情節，使故事更富真實性及中國化。最早發現吳均這故事是脫胎於佛典《舊雜譬喻經》的人是唐朝的詩人、博物學家段成式（？至八六三）。他在《酉陽雜俎續集》卷四〈貶誤篇〉寫道：「釋氏《雜譬喻經》云：『昔梵志作術，吐出一壺，中有女子與屏，處作家室。梵志少息，女復作術，吐出一壺，中有男子，復與共臥。梵志覺，次第互吞之，柱杖而去。』余以吳均嘗覽此事，訝其說以為至怪也。」

但，《舊雜譬喻經》所載的「梵志吐壺」一事，原來源於他經。魯迅在他的《中國小說史略》．中說：「而此一事，則復有他經為本，如《觀佛三昧海經》卷一說觀佛苦行時白毫毛相云：『天見毛內有百億光，其光微妙，不可具宣。於其光中，現化菩薩，皆修苦行，如此不異。菩薩不小，毛不更大。』當又為《梵志吐壺》之淵源矣。」吳均卒於西元五二〇年。印度《梵志吐壺》的故事於三世紀中葉來華，至吳均演化為其佳作，其間經過一百五十多年。《陽羨書生》這故事中，一雙雙男女看似生死相守，但彼此各有所吞，各有所吐，極盡無窮的虛偽，道盡了人與人之間的矛盾及不真誠。主角陽羨人士許彥就像一個旁觀者。

第九條〈重九登高〉：

汝南桓景隨費長房遊學累年，長房謂曰：「九月九日，汝家中當有災。宜急去，令家人各作絳囊，盛茱萸，以繫臂，登高飲菊花酒，此禍可除。」景如言，齊家登山。夕還，見鷄犬牛羊一時暴死。長房聞之曰：「此可代也。」今世人九日登高飲酒，婦人帶茱萸囊，蓋始於此。

我國民間有在重九登高的風俗。此日稱重陽節。重陽節與除夕、清明、盂蘭三節也是中國傳統節日裏祭祖的四大節日。此習俗之由來有謂本吳均這則之記載。唐代徐堅（六五九至七二九）、張說（六六七至七三一）等所編的《初學記》和宋代的《太平御覽》等多種重要類書都轉述了吳均《續齊諧記》裏的這個故事，並認為九月九日登高喝菊花酒，婦女在胳膊上帶茱萸囊辟邪去災的習俗由此而來。另一說謂《西京雜記》記載：漢高祖劉邦的愛妾戚夫人被呂后害死後，戚夫人的侍女賈佩蘭被驅逐出宮，嫁給扶風人段儒，閒談時曾提到她在宮廷時，每年九月九日佩茱萸，食蓬餌，飲菊花酒，以辟邪延壽。

第十三條〈端午糉〉：

屈原五月五日投汨羅水，楚人哀之，至此日，以竹筒子貯米投水以祭之。漢建武中，長沙區曲忽見一士人，自云「三閭大夫」，謂曲曰：「聞君當見祭，甚善。常年為蛟龍所竊，今若有惠，當以楝葉塞其上，以彩絲纏之。此二物，蛟龍所憚。」曲依其言。今五月五日作糉，並帶楝葉、五花絲，遺風也。

屈原（約前三四〇至前二七八），芈姓，屈氏，名平，字原，戰國時代楚國人，自稱是古帝高陽氏的後裔，其先祖屈瑕受楚武王封於屈地，因以屈為氏。官拜左徒。屈原受楚懷王信任，也有楚國第一詩人的美稱，任三閭大夫。他主張楚國與齊國聯合，共同抗衡秦國，反對楚懷王與秦國交好。在秦昭王扣留楚懷王之後，屈原繼續輔佐楚頃襄王。楚頃襄王六年（前二九三），楚頃襄王擬再與秦國講和，屈原斥責楚頃襄王和子蘭，楚頃襄王大怒，上官大夫於頃襄王前說屈原的不是，屈原被驅出郢都，流放到偏遠的江南，歷時十八年。在流放期間，屈原廣泛地接觸了人民群眾及楚國民間文化，寫下了千古絕唱的長詩《離騷》。

楚頃襄王二十一年（前二七八），秦武安君白起率軍攻破郢都，楚頃襄王被迫遷都。屈原雖思念郢都，卻因被放逐而不能回朝，十分痛苦，行吟長江邊，作《懷沙》一賦，後抱石投入汨羅江而死。後世相傳端午節吃糉子是為紀念屈原的。

端午節是東亞的傳統節日，定在每年農曆五月初五。因屈原於這一日投江自盡，後有人稱此日為詩人節。聯合國教科文組織將其列入《人類非物質文化遺產代表作名錄》。

端午節常被視為紀念屈原與吳國忠臣伍子胥（？至前四八四）的節日，但不少習俗在此之前已流傳，且不少學者如聞一多等考證在屈原投江前，吳越一帶已有端午節存在，認為這個習俗可能起源自吳越族。如果從時間和史籍上考證，則首推紀念伍子胥說。最直接的記載是東漢曹娥碑上的記載的當地鄉民五月紀念伍子胥的活動：「漢安二年五月，時迎伍君，逆濤而上……」。「端」字即「開端」，「初始」的意思，因此「端五」就是「初五」。而按照曆法看，五月正是「午」月，因此「端五」也就漸漸演變成了現在的「端午」。清代富察敦崇（一八五五至一九二六）的《燕京歲時記》記載：「京師謂端陽為五月節，初五日為五月單五，蓋端字之轉音也。每屆端陽以前，府第朱門皆以糉子相饋貽，並副以櫻桃、桑椹、荸薺、桃、杏及五毒餅、玫瑰餅等物。其供佛祀先者，仍以糉子及櫻桃、桑椹為正供。亦薦其時食之義。按，《續齊諧記》：屈原以五月初五日投汨羅江，楚人哀之，至此日，以竹筒子貯米，投水以祭之，以楝葉塞其上，以彩絲纏之，不為蛟龍所竊。是即糉子之原起也。」

第十七條〈清溪廟〉：

會稽趙文韶為東宮扶侍，坐清溪中橋，與尚書王叔卿家隔一巷，相去二百步許。秋夜嘉月，悵然思歸，倚門唱《西夜烏飛》，其聲甚哀怨。忽有青衣婢，年十五六，前曰：「王家娘子白扶侍，聞君歌聲，有門人逐月遊戲，遣相聞耳。」時未息，文韶不之疑，委曲答之，亟邀相過。須臾，女到，年十八九，行步容色可憐，猶將兩婢自隨。問：「家在何處？」舉手指王尚書宅，曰：「是聞君歌聲，故來相詣，豈能為一曲邪？」文韶即為歌《草生盤石》，音韻清暢，又深會女心。乃曰：「但令有瓶，何患不得水？」顧謂婢子：「還取箜篌，為扶侍鼓之。」須臾至，女為酌兩三彈，泠泠更增楚絕。乃令婢子歌《繁霜》，自解裙帶繫箜篌腰，叩之以倚歌。歌曰：「日暮風吹，葉落依枝。丹心寸意，愁君未知。歌《繁霜》，侵曉幕。何意空相守，坐待繁霜落。」歌闋，夜已久，遂相佇燕寢，竟四更別去。脫金簪以贈文韶，文韶亦答以銀碗白琉璃匕各一枚。既明，文韶出，偶至清溪廟歇，神坐上見碗，甚疑；而委悉之屏風後，則琉璃匕在焉，箜篌帶縛如故。祠廟中惟女姑神像，青衣婢立在前，細視之，皆夜所見者，於是遂絕。當宋元嘉五年也。

這篇描寫了一個人神戀愛的故事，與以前的同類故事相比，不再是簡單的相遇歡合，而是描寫兩人因為音樂而引為知音，彼此相悅。此則敘述文辭委婉動人。關於「清溪廟女神」的故事，流傳甚廣。《搜神後記》卷五有〈青溪廟神〉一則。《異苑》卷五〈青溪小姑〉云此女神「是蔣侯第三妹」，她曾對彈殺廟中鳥的謝慶進行報復，使其經日而卒，顯然是性情暴烈的女神。吳均所記的女神則是個婉約多情的少女之神。六朝祭神的樂府民歌中，有《青溪小姑》曲，其一是：「開門白水，側近橋樑。小姑所居，獨處無郎。」其二是：「日暮風吹，葉落依枝。丹心寸意，愁君未知。」關於「清溪小姑」與趙文韶相戀的故事，後來有頗多同類的記載。

教坊記

《教坊記》一卷，唐崔令欽著。

崔令欽，博陵（今河北定州）人，合州刺史崔班之子，生卒年不詳，大約是唐玄宗至唐德宗時人，兩《唐書》無傳。崔令欽於玄宗開元年間以父蔭為左金吾倉曹參軍，後嘗任丹徒令。玄宗天寶中，遷禮部員外郎，後轉著作佐郎。肅宗時，改官倉部郎中，又轉主客郎中。代宗大曆初，出任萬州刺史，任滿後返回長安。終國子司業。崔令欽於天寶年間，因避安史之亂，曾寓居潤州（今江蘇鎮江），師事鶴林寺徑山大師。《教坊記》乃他在當時追憶往日長安生活而作。作者還有《庾信哀江南賦注》一卷，已佚。

唐代很早便有掌管女樂的「教坊」。玄宗時，設左右教坊，負責歌舞、伎藝、百戲等活動，與太常禮樂之司所典的雅樂區分。作者在《教坊記序》中說：「開元中，余為左金吾倉曹，武官十二三是坊中人。每請祿俸，每加訪問，盡為余說之。今中原有事，漂寓江表，追思舊遊，不可復得，粗有所識，即復疏之，作《教坊記》。」可見本書記事可信，故全書雖僅二千八百餘字，卻具有較高的文獻價值。

本書記述開元時代教坊制度、人物、軼聞等，著錄教坊曲名三百二十四（其中一般曲二百七十八，大曲四十六），談及部分樂曲之內容及起源，保存了大量唐朝樂曲的原始資料，對研究我國音樂史、戲曲史及詞史等都很有意義。這些曲的名字也隱約反映出當年盛唐的文治、武功及民情。

現錄本書五條給大家賞讀。

〈蘇五奴〉：

蘇五奴妻張少娘，善歌舞，亦姿色，能弄《踏謠娘》。有邀迓者，五奴輒隨之前。人欲得其速醉，多勸酒。五奴曰：「但多與我錢，雖喫䭔子亦醉，不煩酒也。」今呼鬻妻者為「五奴」，自蘇始。

這個小人物蘇五奴，十分可鄙，竟用其妻之色藝作搖錢樹。宋元時人多用「五奴」以稱龜奴。五，為烏龜之「烏」的借音。宋末元初文人周密（一二三二至一二九八）《癸辛雜識續集．打聚》云：「闤闠瓦市，專有不逞之徒，以掀打衣食戶為事，縱告官治之，其禍益甚。五奴輩苦之。」元代戲曲家張國賓（一作張國寶）的雜劇《羅李郎大鬧相國寺》第一折：「我將皇城叩，索共那五奴虔婆出頭。」

〈蘭陵王〉：

《大面》出北齊。蘭陵王長恭性膽勇，而貌若婦人。自嫌不足以威敵，乃刻木為假面，臨陣著之。因為此戲，亦入歌曲。

高長恭（五四一？至五七三），本名高肅，字長恭，渤海郡蓨縣（今河北省景縣）人。北齊宗室、名將，神武帝高歡（四九六至五四七）的孫子，文襄帝高澄（五二一至五四九）第四子，中國古代四大美男之一。史稱他溫良敦厚，貌柔心壯，音容兼美，治軍躬勤。累遷　州刺史，受封樂陵縣公。廢帝高殷即位後，晉封蘭陵王。歷任尚書令、大司馬、太保、太尉等。

在對北周的邙山之戰（五六四）中，他擔任中軍將軍，頭戴面具，率領五百騎兵突破北周包圍，成功解圍金墉城，威名大振，受到士兵謳歌讚頌。因屢立戰功，為北齊後主所忌，乃託疾居家，終被鴆死，謚號忠武。晚唐文學家、音樂家段安節謂：「戲有代面，始自北齊。神武帝有膽勇，善鬥戰，以其顏貌無威，每入陣即着面具，後乃百戰百勝。」《蘭陵王入陣曲》，又名《大面》，是邙山之戰後北齊人歌頌高長恭所創作的舞樂，仿效高長恭指揮作戰、用武器刺殺敵人的姿態。《蘭陵王入陣曲》在唐朝發展為歌舞戲，唐玄宗在皇宮中設置教坊來演奏此曲。據說北宋名將狄青（一〇〇八至一〇五七）在宋夏戰爭中多作先鋒，每戰披頭散髮，也戴上銅面具作戰，凡四年，前後二十五戰，立功無數。

〈《烏夜啼》〉：

《烏夜啼》：宋彭城王義康、衡陽王義季，帝囚之潯陽，後宥之。使未達，衡王家人扣二王所囚院曰：「昨夜烏夜啼，官當有赦。」少頃，使至，故有此曲，亦入琴操。

彭城王劉義康（四〇九至四五一）及衡陽王劉義季（四一五至四四七）分別為南朝宋武帝劉裕（三六三至四二二）的第四子及第七子。宋文帝劉義隆（四〇七至四五三）則為武帝第三子。劉義康在劉裕稱帝後受封彭城王，多次在外任刺史，後入朝以司徒掌政，因宋文帝多病，故朝事一度由劉義康獨掌。然而義康行事不顧君臣禮節，文帝最終除去其黨眾，將他調至江州任官。後義康因涉及孔熙先等謀反之事而被貶為庶人。公元四五一年北魏大舉南侵，兵臨長江北岸，宋文帝擔心義康又被人趁機擁立而下令殺死義康。劉義季嗜酒。劉義康被廢後，劉義季為求自保，縱情酗酒，少有清醒之日。元嘉二十四年

（四四七），劉義季在彭城去世，時年三十三歲，追贈侍中、司空，謚文王。

此條謂《烏夜啼》這首教坊曲乃為二王得釋而作的。之後《烏夜啼》亦被用作詞牌，雙調四十七字，前後段各四句，兩平韻。唐朝李白、白居易等人有同名詩作《烏夜啼》，但不是詞。

現錄數首《烏夜啼》詞給大家欣賞。南唐後主李煜（九三七至九七八）的《烏夜啼》是：「昨夜風兼雨，簾幃颯颯秋聲。燭殘漏斷頻攲枕，起坐不能平。世事漫隨流水，算來一夢浮生。醉鄉路穩宜頻到，此外不堪行。」北宋文豪歐陽修（一〇〇七至一〇七二）的《聖無憂》，其實即是《烏夜啼》：「世路風波險，十年一別須臾。人生聚散長如此，相見且歡娛。好酒能消光景，春風不染髭鬚。為公一醉花前倒，紅袖莫來扶。」北宋官員、文學家趙令畤（一〇五一至一一三四）的《錦堂春》也即是《烏夜啼》：「樓上縈簾弱絮，牆頭礙月低花。年年春事關心事，腸斷欲棲鴉。舞鏡鸞衾翠減，啼珠鳳蠟紅斜。重門不鎖相思夢，隨意繞天涯。」

郭茂倩《樂府詩集》有清商曲《烏夜啼》，本為六朝及唐人古今詩體，與此不同。

〈《安公子》〉：

《安公子》：隋隋大業末，煬帝幸揚州。樂人王令言以年老，不去，其子從焉。其子在家彈琵琶，令言驚問：「此曲何名？」其子曰：「內裏新翻曲子，名《安公子》。」令言流涕悲愴，謂其子曰：「爾不須扈從，大駕必不回。」子問其故，令言曰：「此曲宮聲往而不返。宮為君，吾是以知之。」

《教坊記》記錄大曲四十六首，《安公子》為其中之一。《碧雞漫志》云：「據《理道要訣》，唐時《安公子》在太簇角。今已不傳，其見於世者，中呂調有《安公子近》，般涉調有《安公子慢》。」

《安公子》後被用作詞牌。茲錄兩首《安公子》詞給大家欣賞。北宋詞人晁端禮（一〇四六至一一一三）的《安公子》：「漸漸東風暖。杏梢梅萼紅深淺。正好花前攜素手，卻雲飛雨散。是即是、從來好事多磨難。就中我與你才相見。便世間煩惱，受了千千萬萬。回首空腸斷。甚時與你同歡宴。但得人心長在了，管天須開眼。又只恐、日疏日遠衷腸變。便忘了、當本深深願。待寄封書去，更與丁寧一遍。」南宋詩人、詞人陸游（一一二五至一二一〇）的《安公子》：「風雨初經社。子規聲裏春光謝。最是無情，零落盡、薔薇一架。況我今年，憔悴幽窗下。人盡怪、詩酒消聲價。向藥爐經卷，忘卻鶯窗柳榭。萬事收心也。粉痕猶在香羅帕。恨月愁花，爭信道、如今都罷。空憶前身，便面章臺馬。因自來、禁得心腸怕。縱遇歌逢酒，但說京都舊話。」

〈《春鶯囀》〉：

《春鶯囀》：高高宗曉聲律，聞風葉鳥聲，皆蹈以應節。嘗晨坐，聞鶯聲，命樂工白明達寫之，遂有此曲。

《春鶯囀》是唐代著名的舞蹈曲之一。「囀」的意思是美妙的歌聲。白明達是當時龜茲（今新疆庫車）著名的音樂家。詩人元稹《法曲》一詩中所描寫的證實了該曲為胡曲。詩曰：「自從胡騎起煙塵，毛毳腥膻滿咸洛。女為胡婦學胡妝，伎進胡音務胡樂。火鳳聲沈多咽絕，春鶯囀罷長蕭索。」詩中云及的

《火鳳》，是北魏流傳下來的舞曲。唐朝詩人張祜有《春鶯囀》一詩，「內人已唱春鶯囀，花下傞傞軟舞來」，描寫了宮中表演該歌舞的意態。

安祿山事迹

《安祿山事迹》三卷，唐姚汝能撰。

關於姚汝能，歷史記載不多。他曾作過華陰縣尉。唐武宗會昌五年三月十四日，「右內率府長史、軍器使推官」趙文信去世，姚汝能為他寫墓誌，署名為「鄉貢進士姚汝能撰」。從這篇墓誌可以看出幾點：姚汝能可能早在唐文宗後期或武宗會昌年間中了進士，後來才作了華陰縣尉。唐武宗會昌元年（八四〇）比唐玄宗天寶元年（七四二），晚了約一百年。右內率府是太子官署，趙文信是「右內率府長史、軍器使推官」，職位不低，也是官宦世家。姚汝能能為其撰寫墓誌，說明姚汝能與趙家關係不一般。從這篇墓誌的行文來看，姚汝能文采不錯，的確是進士之才。

關於姚汝能為官為政，在史書中沒有其他的記載了。讓他留名的就是這部《安祿山事迹》。此書分三卷共有六十二條。上卷講述安祿山（七〇三至七五七）由出生到受唐玄宗寵遇，止於天寶十一年（七五二）。中卷講述天寶十三、四年（七五四至七五五）安祿山由受寵到造反起事。下卷講述安祿山稱帝、被殺，和安慶緒、史思明、史朝義等人事，記述到唐代宗寶應元年十二月（七六三年初）。

「安史之亂」（七五五至七六三）長達八年，是中國歷史上重大事件。記載這次事件的史籍甚多，如《舊唐書》、《新唐書》、《玄宗實錄》、《肅宗實錄》、《明皇幸蜀記》、《唐曆》、《薊門紀亂》、《河洛春秋》、《西齋錄》、《天寶遺事》、《天寶亂離西幸記》、《安 山事迹》等等。但這些書，除兩《唐書》外，保存下來的雜史只有《安祿山事迹》，因此甚為可貴。此書分綱列目，兼有論議，較正史記述更詳細。唐朝自高祖武德元年（六一八）開國，至玄宗先天元年（七一二）登基，經過約一百年的發展，已達到了空前的繁榮。當時國家國力充實，社會安定，出現了很多著名的科學家、文學家、史學家和詩人。但，這樣一個強大的帝國，經安史之亂後，竟然就此走下坡了。安史之亂使唐朝的經濟及政權轉弱，出現了藩鎮割據的局面，是唐朝由盛轉衰的轉折點。

姚汝能是唐朝人，作此書時，距離安史之亂的年代不遠。他在華陰為縣尉，而華陰地處京畿道，接近潼關，是受兵災最嚴重的地方之一，因此，他所記載安祿山的事迹十分真確，有很高的史料價值。

現從此書轉錄十條給大家賞讀。

卷上第一條：

安祿山，營州雜種胡也，小名軋犖山。母阿史德氏，為突厥巫，無子，禱軋犖山神，應而生焉。是夜赤光傍照，羣獸四鳴，望氣者見妖星芒熾落其穹廬。怪兆奇異不可悉數，其母以為神，遂命名軋犖山焉。少孤，隨母在突厥中。母後嫁胡將軍安波注兄延偃。

此條記述安祿山出生之異象。中國歷來的史書都有此類的記載，正史野史都是這樣的。

卷上第三條：

開元二十一年，守珪令祿山奏事，中書令張九齡見之，謂侍中裴光庭曰：「亂幽州者，必此胡也。」

此條謂在玄宗開元二十一年（七三三），即在「安史之亂」前二十二年，張九齡已指出亂幽州者，必是安祿山。

張九齡（六七八至七四〇），字子壽，一名博物，韶州曲江（今廣東省韶關市曲江區）人。唐代唯一由嶺南書生進身的宰相。詩人。卒謚文獻。人稱「張曲江」。有《張曲江集》。

張九齡聰明敏捷，善於屬文。中宗景龍初年，進士及第，授校書郎。唐玄宗即位，遷右補闕。得到宰相張說（六六七至七三〇）獎拔，拜中書舍人，復遷中書令，後貶荊州長史。他是賢相，正直敢言。據《開元天寶遺事》，玄宗欲以李林甫（六八三至七五三）為相，召九齡問可否，九齡直說將來要「禍延宗社」，玄宗不悅。時人認為開元二十四年（七三六）罷張九齡而相李林甫，是政局由治轉亂的主要原因。

張九齡的詩情緻深婉，《唐音癸籤》評為「首創清淡之派」。開元二十五年（七三七），九齡在貶荊州長史期間，作《感遇》十二首。《唐詩三百首》選了其中兩首作為卷一〈五言古詩〉的第一及第二首。現將這兩首詩抄下給各位欣賞：「蘭葉春葳蕤，桂華秋皎潔。欣欣此生意，自爾為佳節。誰知林棲者，聞風坐相悅。草木有本心，何求美人折。」「江南有丹橘，經冬猶綠林。豈伊地氣暖，自有歲寒心。可以薦嘉客，奈何阻重深。運命惟所遇，循環不可尋。徒言樹桃李，此木豈無陰。」張九齡的五律《望月懷遠》亦是唐詩中的名篇。全詩是：「海上生明月，天涯共此時。情人怨遙夜，竟夕起相思。滅燭憐光滿，披衣覺露滋。不堪盈手贈，還寢夢佳期。」此詩語言自然，意境秀麗，感人至深。

開元四年（七一六），張九齡辭官返回家鄉供養母親，途中看到家鄉父老翻越南嶺山脈十分艱難，決心打通南嶺，改善進出嶺南的交通。於是上奏玄宗，提出鑿山修路，得到了允許。開鑿梅關通道的工程非常艱巨，所開鑿的道路也就是現在距離南雄市區北面約三十公里的梅嶺頂部的梅關驛道。

卷上第十三條：

玄宗春秋漸高，託祿山心膂之任。祿山每探其旨，常因內宴承歡，奏云：「臣蕃戎賤臣，受主寵榮過甚，臣無異材為陛下用，願以此身為陛下死。」玄宗不對，私甚憐之，因命皇太子見之。祿山見太子不拜，左右曰：「何為不拜？」祿山曰：「臣蕃人，不識朝儀，不知太子是何官？」玄宗曰：「是儲君。朕百歲之後，傳位於太子。」祿山曰：「臣愚，比者只知陛下，不知太子，臣今當萬死。」左右令拜，祿山乃拜。玄宗尤嘉其純誠。時貴妃太真寵冠六宮，祿山遂請為養兒。每對見，先拜太真，玄宗問之，奏曰：「蕃人先母後父耳。」玄宗大悅。祿山恩寵寖深，上前應對，雜以諧謔，而貴妃常在座，詔楊氏三夫人約為兄弟。由是，祿山心動。

此條記載玄宗漸寵祿山，楊貴妃（七一九至七五六）也收他為養兒。

卷中第二條：

三月一日，祿山將拜官也，玄宗以宰相處之，命太常卿、翰林學士張垍草詔。既而楊國忠諫曰：「祿山不識文字，命之為相，恐四夷輕中國。」乃止。將行也，玄宗命高力士送之於長樂坡。力士歸，玄宗謂曰：「祿山喜乎？」對曰：「恨不得宰相，頗怏怏。」楊國忠曰：「此張垍所洩也。」玄宗大怒，黜垍瀘谿郡司馬。

此條記述天寶十三年（七五四），玄宗欲以祿山為相，被楊國忠勸止。祿山對楊國忠自然怨恨。

卷中第十六條：

祿山雖盜據河朔，百姓怨其殘暴，所在叛去，累其兵力不能進尺寸之地。乃遣其黨史思明、蔡希德以平盧步騎五千攻常山，顏杲卿力屈而城陷。思明執杲卿及袁履謙送於祿山，怒縛於洛水橋柱。杲卿詬罵之聲，至死不絕。履謙性剛狷，詬賊尤甚。賊怒之，先截其舌，履謙以血噴賊面，遂臠割之，路人皆不忍視。

顏杲卿（六九二至七五六），籍貫琅琊臨沂。天寶十五（七五六），安祿山叛軍圍攻常山，安祿山俘虜其子顏季明，藉此逼迫顏杲卿投降，但顏杲卿不肯屈服，還大罵安祿山，季明被斬。不久城為史思明所破，顏杲卿被押到洛陽，見到安祿山，顏杲卿瞋目怒罵，被鈎斷舌頭，最後處死，顏氏一門三十餘口被害。唐肅宗乾元元年（七五八），其堂弟顏真卿（七〇九至七八五）命人至河北尋得顏杲卿子顏季明頭顱後，揮淚寫下《祭姪文稿》，被譽為「天下三大行書字帖」之一。

卷下第一條：

十五載正月乙卯朔，祿山遣東都耆老緇黃勸進，遂偽即帝位，國曰大燕，自稱雄武皇帝，改元曰聖武元年，置丞相已下官，封其子慶緒為王，以達奚珣為侍中，張通儒為尚書，其餘文武悉備署之。以范陽為東都，復其百姓終身，署其城東隅私第為潛龍宮。

此條記述安祿山於天寶十五年（七五六）正月稱帝。

卷下第七條：

十六日癸卯，玄宗幸蜀。（鑾駕自延秋門出，百官尚未知。明日亦未有來朝者。已而宮嬪亂出，驢馬入殿，輦運庫物。上過渭橋後，楊國忠令燒斷其路。上知之，使高力士走馬至橋，止之曰：「今百姓蒼惶，各求生路，何得斷絕！」令力士撲滅了來。上止望賢宮，從官告飢，乃命殺馬，拆行宮木煮肉遺之。入宮，憩於樹下，惘然有棄海內之思。高力士覺之，遂抱上足嗚咽。上曰：「朕之作后，無負黎元，今朔胡負恩，宗廟失守，竟無一人勤王者。朕負宗社，敢不自勉！唯爾知我，更復何言。」即使中官入縣宣告。咸陽官吏、百姓更無一人至者。午時，上猶未餐。良久，有村叟來獻蜜麨，上對之慘然。既而尚食令人舁御膳至，分散從官。發至金城宿。是夜，王思禮自潼關至，奏哥舒翰敗沒之狀。十八日，至馬嵬，從官韋見素及男諤、楊國忠及男暄、魏方進及男元向等六人入驛起居，纔出，有吐蕃二十餘騎，接國忠曰：「某等異域蕃人，來遇國難，請示歸路。」國忠方與語，眾軍傳介曰：「楊國忠與吐蕃同反，魏方進亦連。」一時帶甲圍驛，國忠曰：「祿山已為梟獍，逼迫君父，汝等更相傚傚邪？」眾軍曰：「爾是逆賊，更道何人？」騎士張小敬先射國忠落馬，便即梟首，屠割其屍。魏方進及兩男、吐蕃同時遇害。見素為亂兵所傷，腦血塗地。曰：「莫損韋相公父子。」乃得免。上令壽王以藥封瘡，兵猶圍驛不散。王召從官，唯見素父子二人。上策杖躡履，自出驛門，令各收軍，軍人不應。行在都虞候陳玄禮領諸將三十餘人，帶仗奏曰：「國忠父子既誅，太真不合供奉。」上曰：「朕即當處置。」乃迴步入驛，倚迴久之不進，韋諤極言，乃引步前行。高力士乃請先入見太真，具述事勢，太真曰：「今日之事，實所甘心，容禮佛。」遂縊於佛堂，舁置驛庭中。令玄禮等觀之，玄禮等免冑謝焉，軍人乃悅。然議鑾駕所詣，上意欲幸蜀中，中使常清以國忠久在劍南，恐其中連謀生意，不如幸太原，百姓望幸多時，地安可駐。中官郭師太謀幸朔方，曰：「彼蕃漢雜處，父子成章，自來地名忠孝。」中官駱休詳請幸隴西，曰：「姑臧一部曾王五涼，士厚地殷，實堪巡幸。」各陳所見，都十餘輩，上皆不可，顧謂力士曰：「卿意如何？」力士曰：「太原雖近，地與賊連，先屬祿山，人心難測；朔方近塞，全是蕃戎，教之甚難，不達人意；西涼地遠，沙塞蕭條，大鸞巡幸，人馬不少，既無備擬，立見悽惶；劍南雖小，土富人強，表裏山河，內外險固。以臣所見，幸蜀為宜。」上然之。即日幸蜀。皇太子為百姓所留，尋幸靈武。）

此條詳盡記述玄宗在天寶十五年（七五六）因為避亂而入蜀，途中經馬嵬驛，軍士殺楊國忠及玄宗被逼縊死楊貴妃的經過。

卷下第十條：

禄山先患眼疾，日加昏昧，殆不見物，又性轉嚴酷，事不如意，即加箠撻，左右給侍微過，便行斧鉞。特寵段氏，常欲以段氏所生慶恩代長子慶緒為嗣。慶緒每懼見廢，嚴莊亦慮禄山眼疾轉甚，恐宮中事變之後將不利，遂夜與慶緒及禄山左右閹豎李豬兒等同謀。莊謂慶緒曰：「殿下聞大義滅親乎？臣子之閒事不得已而為者，不可失也。」慶緒小胡，性又怯懦，憂懼之際，遂應之曰：「兄之所為，敢不從命。」又謂豬兒曰：「汝事皇帝，鞭笞寧可數乎？汝不行大事，死無日矣。」二年正月五日，遂相與謀殺禄山。嚴莊、慶緒執兵立於帳外，豬兒執大刀直入帳下，以刀斬其腹，左右懼不敢動。禄山眼無所見，牀頭常著佩刀，始覺難作，捫刀不得，但以手撼帳竿大呼云：「賊由嚴莊。」須臾，腹已數斗血流出。掘牀下地，以氈裹其屍埋之，戒宮中勿令泄。莊明日宣言於外，稱禄山疾亟，偽詔立慶緒為皇太子，軍國事大小並決之於慶緒。偽即位，尊禄山為太上皇。慶緒常兄事嚴莊，每事必咨之。（豬兒，契丹之降口也，年十歲餘，事祿山頗謹。宮刑之時，流血數斗，殆死，數日方蘇，幼時祿山最信之。祿山腹大，每著衣服，令三四人擎腹，豬兒頭戴之，始得繫衣帶。玄宗賜祿山華清宮浴，豬兒得入宮與祿山解著衣裳。然祿山性殘暴，鞭撻豬兒最多，遂有割腹之禍。）

此條記載在肅宗至德二年（七五七），安祿山被次子安慶緒（七二三至七五九）殺死的經過。操刀的是安祿山的「左右閹豎」李豬兒。

卷下第十二條：

慶緒自至德二年殺祿山自立，至乾元二年己亥為史思明所殺，其後併於思明。思明復稱大燕，以祿山為偽燕，令偽史官稷一撰祿山、慶緒墓誌，而祿山不得其屍，與妻康氏並招魂而葬，諡祿山曰光烈皇帝，降慶緒為進剌王。其墓誌敘述兇逆，語非典實，所紀亦無可取，故略也。

此條記載在肅宗乾元二年（七五九），安慶緒被史思明（七〇三至七六一）殺死，史思明復稱大燕。

卷下第十三條：

安、史二兇羯，相繼亂於范陽，安祿山以天寶十四載乙未十一月犯順，史思明男朝義至寶應元年壬寅十二月為李懷仙所殺，二胡共擾中原凡八年，幽、燕始平。

史思明之長子史朝義（?至七六三）於肅宗上元二年（七六一）發動兵變，殺史思明，三月十四日即位，年號顯聖，又派散騎常侍張通儒等至范陽，殺皇后辛氏、太子史朝興等數十人。代宗寶應元年（七六二），唐軍借回紇兵之助開始反攻，攻破史朝義首都洛陽，他北逃往莫州（今河北任丘一帶），後眾叛親離，尤其主要將領田承嗣、李懷仙等均叛去，勢單力孤。此條總結安史之亂「共擾中原凡八年」，謂史朝義為李懷仙所殺。但歷史謂史朝義是自殺而死的。

劉賓客嘉話錄

《劉賓客嘉話錄》，是唐宣宗大中十年（八五六）韋絢（生卒年不詳）整理唐穆宗長慶年間劉禹錫（七七二至八四二）談話的記錄。

韋絢，字文明，京兆人，屬京兆韋氏龍門公房。父親韋執誼（七六五至八〇七），字宗仁，曾為同中書門下平章事（宰相），參與永貞改革，失敗後，成為被流放的八司馬之一。韋執誼被貶後的第二年便在貶所崖州（今海南海口）去世。韋絢娶中唐詩人元稹（七七九至八三一）女兒元保子為妻。文宗大和中（八三一年前後）為李德裕（七八七至八四九）從事，其後任校書郎、吏部員外郎、司封員外郎等職。大中十年（八五六）為江陵少尹，起居舍人，官至義武軍節度使。

穆宗長慶元年（八二一），韋絢在夔州白帝城從劉禹錫學習。劉禹錫對韋絢非常關愛，韋絢「晨昏與諸子起居，或因宴命坐與語論」。劉禹錫是一個健談的人，據《大唐傳載》所記，他和一位朋友同處三年，沒有說過重復的話。他在自己的孩子和子侄輩的韋絢面前，暢所欲言，談話內容「大抵根於教誘」，話題十分廣泛。他部分談話內容是知識性的，有時也述及一些異聞奇事及當時達官文士的軼聞、掌故。絢嘗記劉禹錫所談，為《劉賓客嘉話錄》一卷。又記李德裕所談，為《戎幕閒談》一卷，並傳於世。

有關劉禹錫生平，可參看本書評介《幽閒鼓吹》篇。

據韋絢的自序，《劉賓客嘉話錄》原名《劉公嘉話錄》，他書徵引又或作《劉禹錫佳話》、《嘉話》、《賓客佳話》等。今之傳本有一百七十多條，其中有頗多條原出《尚書故實》、《隋唐嘉話》及《續齊諧記》等書。可確認是本書原文的僅有四十五條。

現選錄十條給大家賞讀。

第四條〈宇文融官前定〉：

永徽中，盧齊卿暴死。及蘇，說見其舅李某為冥司判官，有吏押案，曰：「宇文融合為宰相。」舅曰：「宇文融豈堪作宰相？」吏曰：「天符已下，數日多少即由判官。」舅乃判一百日。既拜，果百日而罷。公因曰：「官不前定，何名真宰？」

此條所記之事甚奇異。宇文融（?至七三〇），京兆萬年（今陝西西安市長安縣）人。他是唐朝宰相，侍中宇文節（?至六五四）之孫。他喜交朋黨，有吏才。早年為富平縣（今陝西富平縣）主簿。玄宗開元初年任監察御史。出京為魏州刺史。開元十四年（七二六）劾奏張說（六六七至七三一）「引術士王慶則夜祠禱解，其親吏市權招賄」等罪狀。次年二月，兩人彼此攻擊，帝令張說致仕。開元十六年（七二八），擔任鴻臚卿，兼戶部侍郎。開元十七年（七二九）六月拜黃門侍郎，同中書門下平章事，推薦宋璟（六六三至七三七）為右丞相、裴耀卿（六八一至七四四）為戶部侍郎、許景先（六七七至七三〇）為工部侍郎。至九月，在相位僅百日即罷為汝州刺史，流放崖州（在今海南省三亞），卒於途中。贈台州刺史。

第八條〈玄宗相德宗〉：

德宗降三日，玄宗立於高階上，肅宗次之，代宗又次之，保母繈抱德宗來呈，色不白晳，耳僕

前，肅宗、代宗不悅。二帝以手自下遞傳呈上，玄宗一顧之，曰：「真我兒也。」謂肅宗曰：「汝不及他。」又謂代宗曰：「汝亦不及他，彷彿似我。」既而在位二十七年，壽六十三。肅宗登位五年，代宗登位十五年，是不及也。後明皇帝幸蜀，至中路，曰：「岩郎亦一遍到此來裏。」及德宗幸梁，是驗也。乃知聖人應天受命，享國綿遠，豈徒然哉！

唐德宗李适（七四二至八〇五）生於唐玄宗李隆基（六八五至七六二）天寶元年四月十九日（七四二年五月二七）。《劉賓客嘉話錄》謂「玄宗皇帝以天降至寶，因改年號為天寶」。李适是代宗李豫（七二六至七七九）的長子。李豫是肅宗李亨（七一一至七六二）的庶長子。李亨是玄宗的第三子。所以，玄宗是德宗的曾祖父。四代同堂的玄宗當然很高興。玄宗認為肅宗及代宗均不及德宗。後來，德宗做了二十七年皇帝，享壽六十三，果然為肅宗及代宗所不及。

德宗在大曆十四年（七七九）三十七歲時即位。次年，為了改善財政，採納宰相楊炎（七二七至七八一）建議，廢除庸調制，頒行「兩稅法」。執政前期，改代宗朝姑息藩鎮的弊政，堅決削弱藩鎮割據，加強中央集權。德宗建中四年（七八三），因朝廷賞賜不公平，激起涇原兵變，德宗出逃到奉天（今陝西乾縣）。早年入朝面聖卻被軟禁在京城的前盧龍節度使朱泚（七四二至七八四）在軍士的擁護下稱帝，改國號為秦。長期討逆伐叛的朔方節度使李懷光（七二九至七八五）因奸臣盧杞（？至七八五）挑撥而見疑於德宗，加入了叛亂陣營。唐中興名將李晟（七二七至七九三）經歷艱難，終於擊破朱泚及李懷光的聯軍，德宗才得以重返長安。

德宗前期信用文武百官，嚴禁宦官干政，頗有一番中興氣象。但涇原兵變後，文官武將的相繼失節，使德宗徹底放棄了以往的觀念。改元貞元後，德宗委任宦官為禁軍統帥，宦官監軍的制度也開始確立。晚年的德宗變得貪婪自私，導致民怨日深。德宗在位時期，對外聯合回紇、南詔，打擊吐蕃，成功扭轉對吐蕃的戰略劣勢，為唐憲宗的元和中興創造了較為有利的外部環境。

第九條〈宋之問乞劉希夷詩〉：

劉希夷詩曰：「年年歲歲花相似，歲歲年年人不同。」其舅宋之問苦愛此兩句，知其未示人，懇乞，許而不與。之問怒，以土袋壓殺之。宋生不得其死，天報之也。

宋之問（約六五六至七一二），字延清，一名少連。汾州（今山西省汾陽市）人。唐朝詩人。著有《宋之問集》。宋之問弱冠即有文名，是劉希夷（六五一至六七九）的舅舅。唐高宗上元二年（六七五）舅甥雙雙進士及第。但傳說之問因為想抄襲劉希夷所寫《代悲白頭翁》詩中的「年年歲歲花相似，歲歲年年人不同」詩句，向劉詢問，劉一開始答應，不久又反悔。宋之問大怒，就用土袋將劉希夷活埋。

宋之問歷任洛州參軍、尚方監丞、左奉宸內供奉。他長得一表人才，寫得一手好詩，卻因口臭不能當男寵。他曾為張易之（？至七〇五）兄弟手捧溺器，而「天下醜其行。」。在京時期，他與沈佺期（六五六至七一四）並稱為「沈宋」，與陳子昂、盧藏用、司馬承禎、王適、畢構、李白、孟浩然、王維、賀知章稱為「仙宗十友」，和陳子昂及楊炯、駱賓王、杜審言等有交往。武則天時因附張易之，連坐，降官為瀧州（今廣東羅定縣）參軍，宋之問與兄長宋之遜暗中逃回洛陽。中宗神龍二年（七〇六）三月，張仲之與王同皎等人密謀暗殺武三思（？至七〇七）。之問為了立功，派使兄長宋之遜之子宋曇、外甥李悛同給事中冉祖雍向武三思告密。不久以功升為鴻臚主簿，官至吏部考功員外郎，修文館學士，史稱「宋考功」。後因諂事太平公主（六六五至七一三），以知貢舉時貪賄，中宗景龍三年（七〇九），貶越州長史。唐睿宗即位，被流放到欽州（今廣東欽縣）。玄宗先天初年，被賜死於桂州驛站。他和沈佺期是近體詩定型的代表詩人。他的作品多是歌功頌德之應制詩，對初唐律詩之定型頗有貢獻。在貶謫之後，詩句意境逐漸遼闊，開盛唐氣象。錢木庵《唐音審體》說：「律詩始於初唐，至沈宋而其格始備。」

劉希夷，字延芝，一說名庭芝，汝州（今河南省汝州）人。劉希夷少時很有文采，行事不拘常格。喜歡飲酒，又愛好音樂，善彈琵琶。幼年喪父，隨母在外祖父家居住至二十歲。他是宋之問的外甥，但二人年齡相差不多。他不喜為官，獨自一人遊巴蜀、三峽、揚州等地，死時才廿八歲。劉希夷善作從軍閨情詩，意旨悲苦，當時不為人重。後來孫昱撰《正聲集》，以希夷詩為集中之最，由是得到大家的稱賞。

第十四條〈杜佑自污〉：

大司徒杜公在維揚也，嘗召賓幕閑語：「我致政之後，必買一小駟八九千者，飽食訖而跨之，著一粗襴衫，入市看盤鈴傀儡，足矣。」又曰：「郭令公位極之際，常慮禍及，此大臣之危事也。」司徒深旨，不在傀儡，蓋自污耳。司徒公後致仕，果行前志。諫官上疏，言三公不合入市。公曰：「吾計中矣。」計者，即自污耳。

此條記述杜佑（七三五至八一二）在致仕（即退休）前談及日後自己致仕後將會過的生活。他深明在致仕後，不在其位，不謀其政，遠離險惡的政壇，是明哲保身之道。可惜他這樣的生活只過了五個多月便去世。杜佑，字君卿，唐代政治家、史學家，京兆萬年縣（在今中國陝西省西安市境）人，官至宰相，著有《通典》。杜佑出自中古名族京兆杜氏，杜預次子杜尹之後。他是詩人杜牧（八〇三至八五二）的祖父。杜佑年十八時以父蔭補官，歷任濟南參軍、剡縣丞，後入潤州（今江蘇鎮江）刺史韋元甫（七一〇至七七一）幕，歷官容管經略使、水陸轉運使、嶺南淮南諸鎮節度使、戶部侍郎判度支等。杜佑認為「百姓頗困，加賦攸難」，主張裁減官吏，撰《省官議》獻給德宗。奸相盧杞出杜佑為蘇州刺史，以母老改任饒州刺史。最後十年，官至宰相兼度支使、鹽鐵使，歷唐順宗、唐憲宗兩朝。拜司徒，封岐國公。元和七年（八一二）六月，以光祿大夫、太保之職致仕。同年十一月病卒，享年七十八歲，追贈太傅，謚安簡。

杜佑身經安史之亂，他「以富國安人之術為己任」，在唐代宗大歷初年（約七六六）開始撰寫《通典》，至唐德宗貞元十七年（八〇一）上表進書，所著《通典》共二百卷，記錄上起黃虞（黃帝與有虞氏）時代、下迄唐玄宗天寶末年典章制度之沿革，其中於唐代敘述尤詳。本書列為「十通」之一，與《通志》、《文獻通考》合稱「三通」。《通典》目錄分為食貨，選舉、職官、禮、樂、兵、刑法、州郡、邊防，共九門，每門之下又分子目。此書成書費時三十六年，創立史書編纂的新體裁，開創中國史學史的先河，為中國第一部記述典章制度的通史。他另有《理道要訣》十卷、《管子指略》二卷，惜已佚。杜佑雖位及將相，仍常手不釋卷，孜孜不倦。賓客僚佐與他談論時，都佩服他的才識。他們的見解如有錯誤，杜佑也能幫助糾正。

第十七條〈上官昭容〉：

上官昭容者，侍郎儀之孫也。儀有罪，子婦鄭氏填宮，遺腹生昭容。其母將誕之夕，夢人與秤，

曰：「持之秤量天下文士。」鄭氏冀其男也。及生昭容，母視之，曰：「秤量天下，豈是汝耶？」口中嘔啞，如應曰「是」。

此條所記之事亦見於《新唐書》。上官婉兒（六六四至七一〇），唐朝陝州陝縣（今河南三門峽）人，祖籍隴西上邽（今甘肅天水），詩人、政治家，唐高宗時期宰相上官儀（六〇八至六六五）的孫女，唐高宗李治之才人、唐中宗年間拜為昭容，因此又稱「上官昭容」。上官儀獲罪遭誅後，上官婉兒隨母親被發配入掖庭為官婢。母親鄭氏本是太常少卿鄭休遠之姊，有才識，授婉兒詩文，而婉兒亦聰慧好學。十四歲時，得武則天重用出任女官，掌管宮中制誥，有「巾幗女宰相」之名。中宗年間被封為昭容，執掌朝綱，期間大設修文館學士，代朝廷品評天下詩文，一時詞臣多集其門。後在「唐隆之變」時，被李隆基下令處死。她有文集二十卷，張說作序，已佚。《全唐詩》收其遺詩三十二首。

上官婉兒在詩歌方面繼承和發展了祖父上官儀的文風，重視詩的形式技巧。「上官體」也成為了上流社會的創作主流。近人王夢鷗在《初唐詩學著述考》中記載「尤以中宗復位以後，迭次賜宴賦詩，皆以婉兒為詞宗，品第群臣所賦，要以采麗與否為取捨之權衡，於是朝廷益靡然成風」。近代文藝理論家謝無量稱「婉兒承其祖，與諸學士爭務華藻，沈、宋應制之作多經婉兒評定，當時以此相慕，遂成風俗，故律詩之成，上官祖孫之力尤多矣。」唐代小說家段成式在《酉陽雜俎》中記載「今婦人面飾用花子，起自上官昭容，所制以掩黥跡」，說的是上官婉兒違背了武則天的旨意因而被罰在額頭上刻字以示懲戒，之後她為了掩飾這傷疤，在額頭處刺了一朵紅色梅花，宮人紛紛效仿，名曰「紅梅妝」。也有說法是武則天在婉兒額頭上刻的就是梅花，婉兒從額頂梳下一些頭髮遮住印記，稱為「劉海」，也被很多女子效仿而流傳開來。正史多抨擊她淫亂和操控朝綱、私通外臣、攀附韋、武。但據墓誌記載，上官婉兒與太平公主關係密切，並非韋后一夥，有觀點認為李隆基為了免除後患，在倉促之中將婉兒殺害。時人多讚譽其文才和政治才能。張說在《唐昭容上官氏文集序》中說：「敏識聆聽，探微鏡理，開卷海納，宛若前聞，搖筆雲飛，成同宿構，古者有女史記功書過，復有女尚書決事言閥，昭容兩朝兼美，一日萬機，顧問不遺，應接如意，雖漢稱班媛，晉譽左嬪，文章之道不殊，輔佐之功則異。」後世文人則多推崇其文學才華。亦有觀點認為上官婉兒有功於文壇，有恩於詩人。

第廿二條〈蔓菁〉：

公曰：「諸葛所止，令兵士獨種蔓菁者何？」絢曰：「莫不是取其才出甲者可生啗，一也；葉舒可煮食，二也；久居則隨以滋長，三也；棄去不惜，四也；回則易尋而採之，五也；冬有根可劚食，六也；比諸蔬屬，其利不亦博乎？」曰：「信矣。」三蜀之人今呼蔓菁為諸葛菜，江陵亦然。

韋絢記述自己和劉禹錫談論種植「蔓菁」的好處。蔓菁這種植物有很多不同的名字，如蕪菁、葑、諸葛菜、大頭菜、圓菜頭、圓根（雲南）、恰瑪古（新疆）、盤菜（浙江）、碟子蘿蔔或扁蘿蔔（江西）、合掌菜、結頭菜、二月蘭等，最早的種植是在古代中東的兩河流域到印度河平原地區。中國為蔓菁的原產地之一，種植歷史有三千多年。《詩經》中稱為「葑」。蔓菁屬二年生草本植物，塊狀根，形狀有球形，扁球形，橢圓形多種。不耐暑熱，需在陰涼場所栽培，適宜在肥沃的沙壤土上種植。其根、莖及葉都可食用並有中藥用途。種子收集在一起可以用於榨油。相傳中國三國時代蜀漢丞相諸葛亮（一八一至二三四）

擔任軍事中郎將時，因解決糧食問題，向百姓查詢此植物的特性，之後下令士兵種蔓菁，補充軍糧，後世便把這菜稱為「諸葛菜」。

第廿七條〈劉晏啗胡餅〉：

劉僕射晏五鼓入朝，時寒，中路見賣烝胡餅之處，熱氣上騰，使人買之，以袍袖包裙帽底啗之，且謂同列曰：「美不可言，美不可言。」

這條有關劉晏（七一六至七八〇）的軼事把他寫得很有趣。劉晏，字士安，曹州南華（今山東東明）人，歷仕唐玄宗、肅宗、代宗、德宗四朝。劉晏幼年以神童著稱，開元十三年（七二五），唐玄宗封禪泰山，劉晏上《東封書》。玄宗大喜，使中書令張說測試他，竟對答如流。玄宗把他帶回長安，官拜太子正字。玄宗曾經和他開玩笑，問他究竟校正了幾個字。劉晏回應謂天下每一個字他都能校正，只有一個「朋」字他校正不得，意謂朝廷朋黨勢力龐大。南宋王應麟（一二二三至一二九六）編的《三字經》以「唐劉晏，方七歲，舉神童，作正字」說明劉晏此事。

劉晏成年後，先後擔任夏縣縣令及溫縣縣令。安史之亂時，劉晏先是投靠永王李璘的幕府。後永王謀反，劉晏改投奔肅宗。肅宗任命劉晏為戶部度支郎中、兼侍御史，之後歷任彭原（寧州，今甘肅寧縣）太守、隴州（今陝西隴縣）刺史、華州（今陝西華縣）刺史、河南尹、京兆尹、戶部侍郎、兼度支使、鹽鐵使、轉運使等職。代宗時，劉晏任同中書門下平章事、吏部尚書、戶部尚書，繼續兼任鹽鐵轉運使。劉晏疏通大運河，改善漕運，整頓鹽務，控制貨幣，以常平法平抑物價，使唐朝在安史之亂後能夠迅速恢復元氣。劉晏累加官至左僕射。他為官儉樸，深受代宗倚重。德宗即位後，以楊炎（七二七至七八一）為相。楊炎與劉晏不合，誣陷他在代宗時密謀擁立獨孤貴妃的兒子韓王李迥為太子，廢黜當時是太子的德宗李适。雖經宰相崔祐甫、崔寧說情，德宗還是於建中元年（七八〇）藉故將劉晏貶為忠州（今重慶忠縣）刺史。當年七月，劉晏被賜死，享壽六十五歲。死後家中「惟有雜書兩乘，米麥數斛」。淄青節度使李正己（七三二至七八一）為劉晏之死上疏鳴不平。德宗興元初年（七八四），唐德宗許劉晏遺體歸葬。德宗貞元五年（七八九），追贈劉晏鄭州刺史，又加贈司徒。

《資治通鑑．卷二百二十六．唐紀四十二》謂：「初，安、史之亂，數年間，天下戶口什亡八九，州縣多為藩鎮所據，貢賦不入，朝廷府庫耗竭，中國多故，戎狄每歲犯邊，所在宿重兵，仰給縣官，所費不貲，皆倚辦於晏。晏初為轉運使，獨領陝東諸道，陝西皆度支領之，末年兼領，未幾而罷。晏有精力，多機智，變通有無，曲盡其妙。常以厚直募善走者，置遞相望，覘報四方物價，雖遠方，不數日皆達使司，食貨輕重之權，悉制在掌握，國家獲利，而天下無甚貴甚賤之憂。」劉晏死後，其影響力仍在，《舊唐書．劉晏傳》說：「晏沒後二十餘年，韓洄、元秀、裴腆、包佶、盧徵、李衡，繼掌財賦，皆晏故吏。其部吏居數千里之外，奉教令如在目前。」《全唐詩》收有其詩作二首。《全唐文》收有其文章二篇。

第三十六條（杜鴻漸父子名似兄弟）：

公曰：杜相鴻漸之父，名鵬舉，父子而似兄弟之名，蓋有由也。鵬舉父嘗夢有所之，見一大碑，云是宰相碑，已作者金填其字，未作者刊名於上。杜問曰：「有杜家兒否？」曰：「有，任自看之。」記得姓下是鳥偏傍、曳腳，而忘其字，乃名子為鵬舉，而謂之曰：「汝不為相，即世世名鳥邊

而曳腳也。」鵬舉生鴻漸，而名字亦前定矣，況其官與壽乎？

此條謂杜鵬舉、杜鴻漸兩父子的名字好像是兄弟的名字的原因是因為鵬舉的父親夢見一「宰相碑」的事。杜鵬舉（生卒年不詳），唐代濮州（今河南濮陽）人。初，與范陽盧藏用（六六四至七一三）同隱白鹿山，因母有疾，與崔沔從蘭陵蕭亮學醫，故精通醫術。起家修武縣尉，授濟源尉，以正議進入中央政府，拜右拾遺。玄宗開元初年（七一三），始置疏決鹽鐵籬春宮三使，以杜鵬舉為判官。次年，玄宗東行遊獵，他上賦規勸。遷著作佐郎、太子左贊善大夫、都水使者、王府司馬、豐王府和史、中散大夫，官至安州刺史。享年七十歲。妻尉遲氏，為邛州刺史尉遲環女，尉遲恭孫女，封河南郡君，逝世於天寶四年（七四五）。杜鴻漸是他的第三子。

杜鴻漸（七〇九至七六九），字之巽。他出身於濮陽杜氏，進士及第。起家延王（李玢）參軍，遷大理司直，出任朔方軍留後。安史之亂時，參與擁立唐肅宗，授兵部郎中，歷任兵部侍郎、河西和荊南節度使，入為尚書右丞、吏部侍郎、太常卿。負責營建泰陵和建陵，封光祿大夫、衞國公。代宗廣德二年（七六四），杜鴻漸拜相，任兵部侍郎、同中書門下平章事，不久又升任中書侍郎。代宗大曆元年（七六六），出鎮西川，擔任劍南西川節度使，鎮撫崔旰之亂，推行姑息之政。大曆二年（七六七），入為門下侍郎。大曆四年（七六九），病逝，時年六十一歲，追贈太尉，謚號文憲。《全唐文》收錄其文章三篇。《唐文拾遺》則補錄二篇。

第三十九條〈李揆入蕃〉：

盧新州為相，令李揆入蕃，揆對德宗曰：「臣不憚遠使，恐死於道路，不達君命。」上惻然，欲免之，謂盧相曰：「李揆莫老無？」杞曰：「和戎之使，須諳練朝廷事，非揆不可。且使揆去，向後差使小於揆年者，不敢辭遠使矣。」揆既至蕃，蕃長曰：「聞唐家有一第一人李揆，公是否？」揆曰：「非也。他那個李揆，爭肯到此。」恐其拘留，以此誣之也。揆門戶第一，文學第一，官職第一。致仕東都，大司徒杜公罷淮海入洛，見之，言及頭頭第一之說。揆曰：「若道門戶，門戶有所自，承餘裕也。官職，遭遇爾。今形骸凋悴，看即下世，一切為空，何第一之有？」

這條涉及兩位唐朝重臣：盧杞（？至七八五）及李揆（七一一至七八四）。盧杞，字子良，滑州靈昌（今河南滑縣西南）人，出自范陽盧氏北祖第三房。他是唐德宗時的宰相、奸臣。生年沒有記載。祖父盧懷慎（？至七一六）是玄宗開元初年丞相，為官清廉，但才能普通。人稱其為「伴食宰相」。父親盧奕（？至七五五）是御史中丞，在安史之亂中死節。天寶十四年（七五五），安史之亂爆發，洛陽陷落，盧奕讓妻兒帶著官印，從小路逃往長安。他自己穿著朝服，坐在御史台，等待叛軍前來。遇害之時，歷數安祿山的罪狀，被殺之前向西朝長安再拜辭別，一直罵賊不停，安祿山黨羽為之變色。河南尹達奚珣投降，李憕、蔣清和盧奕一起遇害。唐肅宗為他贈官禮部尚書，謚號「貞烈」。盧奕的首級被安祿山派人送到平原郡，臉上全是血跡。平原令顏真卿（七〇九至七八五）不忍用布去擦拭，親自用舌頭把上面的血舔淨。但後來盧奕的兒子盧杞竟陷害顏真卿，讓顏真卿出使淮西李希烈，顏真卿最後被李希烈殺死。盧杞以蔭歷忠州、虢州刺史。建中初，入為御史中丞，升御史大夫。不久又升為門下侍郎、同中書門下平章事。他有口才，但為人狡詐，郭子儀（六九七至七八一）見過盧杞後，說他「形陋而心險」。盧杞忌才，曾先後陷害楊炎、崔寧、張鎰、顏真卿、杜佑等。德宗建中四年（七八三），涇原兵變爆發，叛軍攻打京師的口號是廢除盧杞、趙贊等人定下的苛稅。德宗倉皇逃至奉天（今陝西省乾縣）。朔方節度使李懷光領兵勤王對抗朱泚，欲面聖彈劾盧杞。盧杞心虛，建議德宗不召見懷光，命他乘勝收復京城。寵信盧杞的德宗竟准其所奏，懷光接旨後大怒並起了反意。德宗礙於朝議，於十二月貶盧杞為新州（今廣東新興）司馬。德宗貞元元年（七八五），德宗赦盧杞為吉州長史。後，德宗欲重新任用盧杞為饒州刺史。給事中袁高（七二七至七八六）認為他奸邪，不肯草詔。宰相盧翰、劉從一另外命舍人代為擬詔，袁高上奏德宗，堅持請求德宗中止任命，並得到諫官支持。德宗只得徙盧杞為澧州（今湖南澧縣）別駕，不久盧杞就死於澧州。

李揆，字端卿，鄭州滎陽（今河南省滎陽市）人，祖籍隴西狄道（今甘肅省臨洮縣），唐肅宗年間為宰相。李揆出自隴西李氏姑臧房，是十八學士之一李玄道的玄孫，秘書監、贈吏部尚書李成裕的兒子。年少時聰敏好學，善於作文。玄宗開元末年，李揆中進士，補陳留尉。升右拾遺，轉右補闕、起居郎，知宗子表疏。後遷司勛員外郎、考功郎中，並知制誥。天寶十四年（七五五），安祿山叛亂，李揆隨玄宗逃到劍南軍，被拜中書舍人。皇太子李亨在靈武被擁立為帝，即唐肅宗。玄宗聞訊也只好同意，自稱上皇。後肅宗返回長安。肅宗乾元初年，李揆兼禮部侍郎。他不滿當時科舉主考官出題太過晦澀，選出來的人未必有才，因而在考場留下《五經》、諸史和《切韻》供考生查閱。此舉贏得好評。李揆美風儀，善奏對，奏事都是勸諫。肅宗曾對他說：「你的門第、人材、文章都是當代首推。」因而時稱「三絕」。乾元二年（七五九）三月，肅宗重組宰相班子，罷苗晉卿、王璵，改任李揆、兵部侍郎呂諲、京兆尹李峴和戶部侍郎第五琦為相，任李揆為中書侍郎，加同中書門下平章事。李揆擢盧允為吏部郎中。李揆又為集賢殿崇文館大學士、修國史。李揆為相雖有能力，卻耽於名利。他也是一個忌妒賢能的人。他嫉妒與他同修國史的工部侍郎于休烈，奏為國子祭酒，權留史館修撰，以打壓之。其兄李皆（《新唐書》本傳作李楷）也有能力，但在李揆為相任內卻停留在冗職不得升遷。呂諲（七一二至七六二）在肅宗上元元年（七六〇）五月被罷相出任荊南節度使，贏得佳聲。李揆與呂諲不合，擔心呂諲回京再度拜相，上表彈劾呂諲有野心，還秘密派人去荊南尋呂諲過失。呂諲奏明肅宗，肅宗不悅，二年二月，貶李揆為袁州長史員外置同正員，並公示其罪。李揆罷相不到三日，兄李皆即被升為司門員外郎。數年後，李揆稍被起用為歙州刺史。當他為相時，侍中苗晉卿曾推薦元載（七一三至七七七），李揆自恃家世，鄙視出身寒門的元載，元載因此甚恨李揆。代宗年間，元載為權相，奏李揆為試秘書監，命他在江淮養病。李揆缺乏俸祿，也沒有積蓄，生活窮困。他在各州之間流轉。直至代宗大曆十二年（七七七），元載伏誅，李揆才被任為睦州刺史。代宗大曆十四年（七七九）崩，子李适繼位，即唐德宗。六月，以李揆為國子祭酒，留司東都洛陽。德宗建中四年（七八三）七月，以李揆為禮部侍郎，復爵。又用為禮部尚書。

李揆因有才望，為權相盧杞所惡。吐蕃使者區頰贊到長安與唐朝商談重新劃分邊境的和約，和約達成後，盧杞擔心李揆復為德宗所用，教唆德宗任李揆充入蕃會盟使送區頰贊歸國，加御史大夫，拜尚書左僕射。李揆到吐蕃後，吐蕃贊普赤松德贊問他是否唐朝有第一人李揆，李揆害怕被赤松德贊扣留，否認。德宗興元元年（七八四）四月，李揆在歸途中死於鳳州，贈司空，諡恭。

第七十八條〈三詩用茱萸工拙〉：

劉禹錫曰：茱萸二字，經三詩人用，亦有能否。杜甫言「醉把茱萸子細看」，王右丞云「遍插茱

萸少一人」，朱放云「學他年少插茱萸」。三君所用，杜公為優。

劉禹錫提及用「茱萸」二字的詩，是杜甫（七一二至七七〇）的《九日藍田崔氏莊》：「老去悲秋強自寬，興來今日盡君歡。羞將短髮還吹帽，笑倩旁人為正冠。藍水遠從千澗落，玉山高並兩峯寒。明年此會知誰健？醉把茱萸仔細看。」王維（六九二至七六一）的《九月九日憶山東兄弟》：「獨在異鄉為異客，每逢佳節倍思親。遙知兄弟登高處，遍插茱萸少一人。」朱放（？至？）的《九日與楊凝、崔淑期登江上山會有故不得往因贈之》：「欲從攜手登高去，一到門前意已無。那得更將頭上髮，學他年少插茱萸。」無可否認，杜甫的詩最佳。

南宋文學家洪邁（一一二三至一二〇二）在《容齋隨筆》中亦有論及〈詩中用茱萸字〉條。他說，除了杜甫、王維及朱放外，唐人用此者又十餘家：王昌齡「茱萸插鬢花宜壽」，戴叔倫「插鬢茱萸來未盡」，盧綸「茱萸一朵映華簪」，權德輿「酒泛茱萸晚易曛」，白居易「舞鬟擺落茱萸房」，「茱萸色淺未經霜」，楊衡「強插茱萸隨眾人」，張諤「茱萸凡作幾年新」，耿湋「發稀那敢插茱萸」，劉商「郵筒不解獻茱萸」，崔櫓「茱萸冷吹溪口香」，周賀「茱萸城裏一尊前」。這麼多首詩看來都不及杜詩聖的詩。

酉陽雜俎

《酉陽雜俎》，晚唐段成式（八〇三?至八六三）撰。

段成式，字柯古，唐代博物學家、詩人、官員，鄒平（今屬山東濱州鄒平市）人，後隨父徙宜城。段成式博學多聞，尤善於佛學。他亦善於詩歌駢文，與李商隱、溫庭筠齊名，稱為「三十六體」。（段、李、溫均排行十六，故稱）。段成式的詩，多是絕句和律詩，詞采豔麗，風格清麗。晚唐社會不穩，盜賊並起，皇帝仍舊終日宴遊，少理朝政。在這樣的社會環境裏，段成式讀經、飲酒、賦詩唱和，詩中不免有消極情緒。

段成式是唐初凌煙閣二十四功臣之一褒國公段志玄（五九八至六四二）之裔孫。其父段文昌（七七三至八三五）在唐憲宗朝曾出任宰相。青年時期，段成式時隨父親轉徙各地，開拓了生活視野。他苦學，博覽群書，包括官府秘籍在內的大量圖書。段成式和當時的詩人杜牧、溫庭筠、李商隱、李羣玉、周繇等為朋友，這對他的詩文創造產生很深遠的影響。中年時，段成式來到長安，以父蔭就任秘書省校書郎。他自己說：「唐武宗癸亥三年夏，予與張君希復善繼，同官秘書。」當時他大約四十歲。後來他「累官遷尚書郎」，又出任吉州、處州、江州刺史，至「大中中（約八五一至八五六）歸京，仕至太常少卿」。晚年時期，他居長安，「以閒放自適」。

段成式為官期間，曾為故里修七孔拱橋，架通南北之路。鄉人為記念他的功德，將相鄰的段、加、馬、喬四村改名為「段橋」，並刊石立碑。段成式故里在今明集鎮段橋村。清代鄒平著名詩人張實居《長白竹枝詞．十五》寫道：「連年亢旱綠波消，一望平湖種麥苗。舊跡欲尋柯故里，居人遙指段家橋。」據

《舊唐書》的記載，段成式生性散淡，喜歡讀書多於仕途政治。

段成式寓居襄陽時，與溫庭筠有唱和，輯為《漢上題襟集》。溫庭筠的女兒嫁給了段成式的兒子段安節。段安節精於音律，因見《教坊記》所載未盡周詳，於昭宗乾寧元年採其過往見聞編成《樂府雜錄》一書。唐昭宗時任國子司業，官至朝議大夫。

在晚唐文學家中，段成式的文學成就是多方面的。在《全唐詩》中收入他的詩詞三十多首，《全唐文》中收入他的文章十一篇。在詩詞的領域，他的成績比起溫庭筠和李商隱似有不及。他的主要著作是《酉陽雜俎》前集二十卷及續集十卷。他另有《廬陵官下記》二卷，已佚。《說郛》輯得佚文六十餘則。

《酉陽雜俎》分門記事，內容廣博，有自然現象、文籍典故、社會民情、草木蟲魚、方術醫藥、佛家故事、中外文化等等，包羅萬象。所記隕星、化石、礦產之發現及動植物形態特徵等，具有重要科學價值。所記中外傳說，神話故事，多彩多姿，頗有史學及文學價值。《四庫全書總目》評說：「多詭怪不經之談，荒渺無稽之物，而遺文秘籍，亦往往錯出其中，故論者雖病其浮誇，而不能不相徵引。」又謂：「自唐以來，推為小說之翹楚。」魯迅評謂：「或錄秘書，或敘異事，仙佛人鬼，以至動植，彌不畢載，以類相聚，有如類書。雖源或出於張華《博物志》，而在唐時，則猶獨創之作。」又謂：「所涉甚廣，遂多珍異，為世愛玩，與傳奇並驅爭先矣。」酉陽，今沅陵縣二酉山，秦時伏生避秦時亂，藏書千卷至此，至今仍有遺蹟。南朝梁元帝蕭繹為湘東王時，鎮荊州，好聚書，賦有「訪酉陽之逸典」語。《新唐書·段成式傳》稱段成式「博學強記，多奇篇秘籍」，因而以家藏秘籍與「酉陽逸典」相比。又因書的內容駁雜，故以《酉陽雜俎》為名。除了《酉陽雜俎》外，唐朝還誕生了大量的志怪筆記，如《廣異記》、《獨異志》、《玄怪錄》等。這部書是一部上承六朝，下啟宋明以及清初志怪小說的重要著作。施耐庵

（一二九六至一三七二）的《水滸傳》、吳承恩（一五〇六至一五八二）的《西遊記》、袁枚（一七一六至一七九七）的《子不語》、紀昀的《閱微草堂筆記》及蒲松齡（一六四〇至一七一五）的《聊齋誌異》等應該都有從《酉陽雜俎》吸取養分。

現選錄十餘條給大家賞讀。

《前集》卷一〈天咫．修月戶〉：

大和中，鄭仁本表弟，不記姓名，常與一王秀才遊嵩山，捫蘿越澗，境極幽敻，遂迷歸路。將暮，不知所之。徙倚間，忽覺叢中鼾睡聲，披榛窺之，見一人布衣，甚潔白，枕一襆物，方眠熟。即呼之，曰：「某偶入此徑，迷路，君知向官道否？」其人舉首略視，不應，復寢。又再三呼之，乃起坐，顧曰：「來此！」二人因就之，且問其所自。其人笑（一曰言）曰：「君知月乃七寶合成乎？月勢如丸，其影，日爍其凸處也。常有八萬二千戶修之，予即一數。」因開襆，有斤鑿數事，玉屑飯兩裹，授與二人，曰：「分食此。雖不足長生，可一生無疾耳。」乃起，與二人指一支徑：「但由此，自合官道矣。」言已不見。

「天咫」寫的是天文奇觀。此條記載唐文宗大和年（八二七至八三五）期間的異事，內容雖然有些荒誕，但「月勢如丸，其影，日爍其凸處也」卻是真知灼見。十七世紀初，意大利天文學家伽利略用第一架現代天文望遠鏡觀測月球，才發現了月球地面凹凸不平。另外，「八萬二千戶修月」的傳說一直流傳至今。例如北宋名臣王安石的《題畫扇》詩說：「玉斧修成寶月團，月邊仍有女乘鸞。青冥風露非人世，鬢亂釵斜特地寒。」北宋書畫家米芾《中秋登樓望月》詩說：「目窮淮海滿如銀，萬道虹光育蚌珍。天上若無修月戶，桂枝撐損向西輪。」

《前集》卷四〈境異．飛頭〉：

嶺南溪洞中往往有飛頭者，故有飛頭獠子之號。頭將飛一日前，頸有痕，匝項如紅縷，妻子遂看守之。其人及夜狀如病，頭忽生翼，脫身而去，乃於岸泥尋蟹蚓之類食，將曉飛還，如夢覺，其腹實矣。梵僧菩薩勝又言：闍婆國中有飛頭者，其人目無瞳子，聚落時有一人據。《於氏誌怪》：南方落民，其頭能飛。其俗所祠，名曰蟲落，因號落民。晉朱桓有一婢，其頭夜飛。《王子年拾遺》言：漢武時，因墀國使言，南方有解形之民，能先使頭飛南海，左手飛東海，右手飛西澤。至暮，頭還肩上。兩手遇疾風，飄於海水外。

〈境異〉卷記載各地的奇風異俗、奇人奇事。此卷內有頗多「飛頭」的記載。人頭能飛難以令人置信，但這類記載在中國古書中卻有不少。晉朝張華《博物志》卷三有載：「南方有落頭蟲，其頭能飛。其種人常有所祭祀號曰蟲落，故因取名焉。其飛因晚便去，以耳為翼，將曉還，復著體，吳時往往得此人也。」晉朝干寶《搜神記》卷十二記載：「秦時，南方有落頭民，其頭能飛。其種人部有祭祀，號曰蟲落，故因取名焉。吳時，將軍朱桓，得一婢，每夜臥後，頭輒飛去。或從狗竇，或從天窗中出入，以耳為翼，將曉，復還。數數如此，旁人怪之，夜中照視，唯有身無頭，其體微冷，氣息裁屬。乃蒙之以被。至曉，頭還，礙被不得安，兩三度，墮地。噫咤甚愁，體氣甚急，狀若將死。乃去被，頭復起，傅頸。有頃和平。桓以為大怪，畏不敢留，乃放遣之。既而詳之，乃知天性也。時南征大將，亦往往得之。又嘗有覆以銅盤者，頭不得進，遂死。」《南方異物志》云：「嶺南溪峒中，有飛頭蠻，項有赤痕。至夜以耳為翼，飛去食蟲物，將曉復還如故也。」《搜神記》載「吳將軍朱桓一婢，頭能夜飛，即此種也。」類似的記載在《西京雜記》、《太平廣記》、《三才圖會》、《七修類稿》、《星槎勝覽》、《見聞續筆》等書皆有著錄。此條又謂《王子年拾遺記》言「漢武」時「因墀國使言，南方有解形之民，能先使頭飛南海，左手飛東海，右手飛西澤」，段成式記載有誤。「漢武」實為「晉武」。《拾遺記》卷九〈晉時事〉第四條云：「東方有解形之民，使頭飛於南海，左手飛於東山，右手飛於西澤，自臍以下，兩足孤立。至暮，頭還肩上，兩手遇疾風飄於海外，落玄洲之上，化為五足獸，則一指為一足也。其人既失兩手，使傍人割裏肉以為兩臂，宛然如舊也。」

《前集》卷六〈藝絕・水畫〉：

李叔詹嘗識一范陽山人，停於私第，時語休咎必中，兼善推步禁咒。止半年，忽謂李曰：「某有一藝，將去，欲以為別，所謂水畫也。」乃請後廳上掘地為池，方丈，深尺餘，泥以麻灰，日汲水滿之。候水不耗，具丹青墨硯，先援筆叩齒良久，乃縱筆毫水上。就視，但見水色渾渾耳。經二日，拓以緻粧絹四幅，食頃，舉出觀之，古松、怪石、人物、屋木無不備也。李驚異，苦詰之，惟言善能禁彩色，不令沉散而已。

〈藝絕〉卷記載有關各種藝術的見聞。此條記載一范陽山人的「水畫」絕藝。這其實是唐朝出現的一種水墨畫技法，後人稱之為「墨池法」。後人還由此創造出「水拓畫」、「水影畫」等。此條是關於「墨池法」的最早記載。

《前集》卷八〈黥．白舍人行詩圖〉：

荊州街子葛清，勇不膚撓，自頸已下遍刺白居易舍人詩。成式常與荊客陳至呼觀之，令其自解，背上亦能暗記。反手指其札處，至「不是此花偏愛菊」，則有一人持杯臨菊叢。又「黃夾纈林寒有葉」，則指一樹，樹上掛纈，纈窠鎖勝絕細。凡刻三十餘首，體無完膚，陳至呼為「白舍人行詩圖」也。

〈黥〉卷記載的是刺青藝術。此條記載荊州街頭有個人叫葛清，自頸以下，遍刺白居易的詩（多達三十餘首），以致「體無完膚」。後來他得了個綽號叫「白舍人行詩圖」。從〈黥〉卷中及〈荊洲街〉條中我們可見到當時社會上很流行刺青，而白居易的詩亦甚受時人喜愛。

《前集》卷八〈夢．侯君集〉：

侯君集與承乾謀通逆，意不自安，忽夢二甲士錄至一處，見一人高冠奮髯，叱左右：「取君集威骨來！」俄有數人操屠刀，開其腦上及右臂間，各取骨一片，狀如魚尾。因唹囈而覺，腦臂猶痛。自是心悸力耗，至不能引一鈞弓。欲自首，不決而敗。

侯君集（？至六四三），豳州三水（今陝西旬邑北）人，唐朝初期將領。凌煙閣二十四功臣之一。侯君集少時勇武，隋末被李世民引入幕府，因作戰有功，累遷左虞侯、車騎將軍。唐高祖武德九年（六二六）玄武門之變間，他曾為李世民出謀策劃。唐太宗即位後，任左衛將軍，封潞國公，遷右衛大將軍。貞觀四年（六三〇），改任兵部尚書，檢校吏部尚書，實際有宰相之職。貞觀十一年（六三七），改封陳國公。貞觀十二年（六三八），遷吏部尚書。侯君集武士出身，遷吏部尚書後方始讀書。貞觀十三年（六三九）冬，以侯君集為交河道行軍大總管，率兵出擊高昌王麴文泰。十四年八月，進圍高昌時，麴文泰已卒，其子麴智盛投降。太宗以高昌故地置西州。侯君集入高昌時，因為自身私佔錢財，不敢禁制將士盜竊，班師後被人揭發而下獄。後被免罪。貞觀十七年（六四三），洛州都督張亮密告侯君集煽動自己謀反，但太宗以缺乏證據，未予追究。

太子李承乾（六一八至六四五）是太宗的長子，對父親陽奉陰違。因太宗後來殺了他的寵童（名喚稱心），父子徹底交惡。太宗第四子，承乾的同母弟魏王李泰（六二〇至六五三）雅好文學，擅書法，集書萬卷，是當時的書畫鑑賞家。李泰聰敏有才，甚受寵愛，史載「寵冠諸王」。他密謀奪嫡。李承乾與李泰各有黨羽。侯君集親太子。貞觀十七年（六四三），他策劃兵變，欲刺殺太宗。事發被捕。定罪後，太宗於刑前，親往質問，對以「朕因汝從此不登凌煙閣」。太宗念舊，留侯門香火，赦免其妻及一子，侯亦甘心受刑。李承乾被充軍到黔州。太宗於兩年後改立第九子李治（六二八至六八三）為太子。有記載謂侯君集與李承乾謀劃好之後，擔心計劃泄漏，心中不安，常常晚上睡不着。段成式此條記述侯君集在這段時間的一個夢。

《前集》卷十二〈語資·單雄信〉：

單雄信幼時，學堂前植一棗樹。至年十八，伐為槍，長丈七尺，拱圍不合，刃重七十斤，號為寒骨白。嘗與秦王卒相遇，秦王以大白羽射中刃，火出。因為尉遲敬德拉折。

單雄信（五八一至六二一），隋唐時期人，曹州濟陰（今山東菏澤市曹縣）人。在戲曲、小說《說唐全傳》中，是「隋唐十八好漢」之一，排第十八。據《舊唐書》卷五三《李密傳》裏有單雄信的附傳。隋煬帝大業七年（六一一），東郡韋城縣人翟讓在瓦崗發動農民叛亂，單雄信與同郡人徐世勣（五九四至六六九）等一同投奔。單雄信驍勇善戰，能夠馬上使槍，軍中號稱「飛將」。大業十三年（六一七），瓦崗軍發生內訌，翟讓被李密用計殺死，單雄信成為李密部下。十四年（六一八），瓦崗軍被洛陽的王世充打得大敗。單雄信投降王世充，被署為大將軍。唐高祖武德四年（六二一），秦王李世民率軍東征王世充。兩軍在榆窠大戰時，單雄信領軍直奔向李世民的位置，衝擊李世民，被徐世勣喝止，尉遲恭（五八五至六五八）躍馬前往救援，將單雄信刺落馬下。尉遲恭護衛李世民衝出包圍。後單雄信所部被唐軍圍困伏牛山，血戰三天三夜，見勝利無望，單驅馬跳崖未死，被俘押至洛陽，拒不投降。李世民下令將單雄信等一干將領全部處死。（《舊唐書》則稱是李淵下旨處死單雄信。）徐世勣向李世民求情，希望可以免單雄信一死，但遭到拒絕。單雄信安慰徐世勣說他知道自己必定會死。徐世勣表示會在單雄信死後照顧單雄信的家人。徐世勣割下自己一塊肉給單雄信吃下，說自己沒有忘記當初的誓言，單雄信吃下後，慷慨赴死。

明代曹州詩人楊清《詠單雄信墓》詩云：「飄泊殘魂土一丘，斷碑千古共松楸。寒烏啼落陵前月，疑訴當年汗馬愁。」《東京夢華錄》記載，單雄信墓在開封市。清朝文史學者趙翼（一七二七至一八一四）

有詩惋惜單雄信雖是萬人敵，卻未得侍真主。全詩云：「士生搶攘際，托足貴審詳。偽鄭單雄信，挺槊追秦王。偽漢張定邊，直犯明祖航。彼皆萬人敵，瞋目莫敢當。使其事真主，戮力鑿疆場。功豈後褒鄂，名應竝徐常。惜哉失所依，草賊同陸梁。吾欽耿伯昭，王郎勢方張。獨堅勒所部，傾心奉南陽。吾愛趙順平，一見識樓桑。瓚紹皆不就，奮身從危亡。各成佐命勳，姓氏日月光。良鳥能擇木，固異雀處堂。所以聖賢指，欲集先迴翔。」（《偶得九首其九》）清代學者褚人獲所著的《隋唐演義》中，單雄信名通，字雄信，是潞州二賢莊莊主。他是九省五路綠林英雄都頭領，劫富濟貧，曾幫助窘困賣馬的秦瓊（約五七一至六三八）。因李淵曾誤殺單雄信之兄，單雄信與李唐結下深仇，所以他寧死不降唐，被李世民斬於洛陽渚上。據《說唐》的描寫，單雄信被素來與之不和的羅成親手砍死，死後轉世為高句麗大將淵蓋蘇文，以報前世之仇。

《前集》卷十三〈冥迹．顧況喪一子〉：

顧況喪一子，年十七。其子魂遊，恍惚如夢，不離其家。顧悲傷不已，因作詩，吟之且哭。詩云：「老人喪其子，日暮泣成血。心逐斷猿驚，跡隨飛鳥滅。老人年七十，不作多時別。」其子聽之感慟，因自誓：「忽若作人，當再為顧家子。」經日，如被人執至一處，若縣吏者，斷令托生顧家，復都無所知。忽覺心醒，開目認其屋宇，兄弟親滿側，唯語不得。當其生也，已後又不記。年至七歲，其兄戲批之，忽曰：「我是爾兄，何故批我。」一家驚異，方敘前生事，歷歷不誤，弟妹小名悉遍呼之。抑知羊叔子事非怪也。即進士顧非熊。成式常訪之，涕泣為成式言。釋氏《處胎經》言人之住胎，與此稍差。

顧況（約七二五至約八一四），字逋翁，或號華陽真逸、華陽山人，晚年自號悲翁，蘇州海鹽縣恆山人（今在浙江省海寧市），唐代官員、詩人。他是一位富有獨創性的重要詩人，經歷過玄宗、肅宗、代宗、德宗、順宗、憲宗六朝，主要創作活動在代宗大歷至德宗貞元年間。相傳少年時白居易曾向他登門求教。

顧況在肅宗至德二年（七五七）登進士，曾任校書郎、大理司直等職。德宗貞元三年（七八七）擔任宰相韓滉的判官，隨其到江南主持督運錢糧，韓滉死後任著作佐郎，後改任江南郡丞。晚年隱居茅山。《舊唐書》中說顧況敢於嘲笑群貴，喜怒皆形於色及蔑視禮法。顧況詩不避俚俗，繼承杜甫的現實主義傳統，是新樂府詩歌運動的先驅。著有詩集二十卷，《全唐詩》錄有其詩二三九首。他善畫山水，著有《畫評》、《文論》等，已佚。顧非熊（？至約八五四）是顧況七十歲時所生。非熊性格詼諧好辯，受排擠，因此困於考場三十年。武宗會昌五年（八四五）諫議大夫陳商選士，非熊終於進士及第，累官佐使府。有詩集一卷。現錄其詩作之一《題馬儒乂石門山居》給大家欣賞：「尋君石門隱，山近漸無青。鹿跡入柴戶，樹身穿草亭。雲低收藥徑，苔惹取泉瓶。此地客難到，夜琴誰共聽。」

《前集》卷十三〈尸穸．盜發蜀先主墓〉：

近有盜，發蜀先主墓。墓穴，盜數人齊見兩人張燈對棋，侍衛十餘。盜驚懼拜謝，一人顧曰：「爾飲乎？」乃各飲以一杯，兼乞與玉腰帶數條，命速出。盜至外，口已漆矣。帶乃巨蛇也。視其穴，已如舊矣。

〈尸穸〉卷講述喪葬之事。此條記載盜墓賊進入了蜀先主劉備的陵墓後所經歷的異事。劉備的墓史稱「惠陵」，在成都市南郊武侯祠內之正殿西側。章武三年（二二三）四月，劉備病死永安宮（在今四川奉節縣城），五月梓宮還成都，八月葬惠陵。後主從諸葛亮之意，先後將甘、吳兩位夫人合葬於此。陵墓佔地二千平方米，封土高十二米，有一道一八〇米長的磚牆環護。陵前有「漢昭烈皇帝之陵」碑，清乾隆五十三年（一七八八）立。劉備墓現有匾「漢昭烈陵」及對聯：「一抔土尚巍然，向他銅雀荒台何處尋漳河疑冢；三足鼎今安在，剩此石鱗古道令人想漢代宮儀」。三國的開國皇帝中，魏文帝曹丕葬於首陽山，人稱首陽陵（壽陵），蜀漢昭烈帝劉備葬於成都南的惠陵，吳大帝孫權葬於蔣山（今南京鐘山）的蔣陵。三座皇陵之中，唯獨劉備的惠陵至今保存完好。那麼在這接近一千八百年之中，劉備的墓陵為何保存得如此完好，沒有被盜掘呢？原因可能是劉備在四川甚得民心。另外，《三國演義》這部演義小說非常推崇蜀漢政權，同時民間還把關羽封為帝君。劉備是關羽的主公，自然不能去詆毀。還有，惠陵處於市區人煙稠密之處，不方便去下手。亦有人認為惠陵只是衣冠冢或刀劍冢，裏面並沒有甚麼珍貴的陪葬品，不值得去盜掘。

《前集》卷十四〈諾皋記上．妒婦津〉：

相傳言，晉泰始中，劉伯玉妻段氏，字明光，性妒忌。伯玉常於妻前誦《洛神賦》，語其妻曰：「娶婦得如此，吾無憾焉。」明光曰：「君何以水神美而欲輕我？吾死，何愁不為水神。」其夜乃自沉而死。死後七日，托夢語伯玉曰：「君本願神，吾今得為神也。」伯玉寤而覺之，遂終身不復渡水。有婦人渡此津者，皆壞衣枉妝，然後敢濟，不爾風波暴發。醜婦雖妝飾而渡，其神亦不妒也。婦人渡河無風浪者，以為己醜，不致水神怒。醜婦諱之，無不皆毀形容，以塞嗤笑也。故齊人語曰：「欲求好婦，立在津口。婦立水旁，好醜自彰。」

《酉陽雜俎》有篇名〈諾皋〉及〈支諾皋〉，專記怪力亂神之事。這些篇名語出晉朝葛洪《抱朴子．登涉》：「諾皋，太陰將軍。」此條用相傳在晉武帝泰始年間劉伯玉妻段氏因妒忌伯玉常在她面前誦《洛神賦》而自沉而死之事。從此條中，我們可見某些女人畸型的嫉妒心究竟有多可怕。

《前集》卷十四〈諾皋記上．長須國〉：

大足初，有士人隨新羅使，風吹至一處，人皆長須，語與唐言通，號長須國。人物茂盛，棟宇衣冠，稍異中國，地曰扶桑洲。其署官品，有正長、戢波、目役，島邏等號。士人歷謁數處，其國皆敬之。忽一日，有車馬數十，言大王召客。行兩日方至三大城，甲士守門焉。使者導士人入伏謁，殿宇高敞，儀衛如王者。見士人拜伏，小起，乃拜士人為司風長，兼駙馬。其王甚美，有須數十根。士人威勢烜赫，富有珠玉，然每歸見其妻則不悅。其王多月滿夜則大會，後遇會，士人見姬嬪悉有須，因賦詩曰：「花無蕊不妍，女無須亦醜。丈人試遣總無，未必不如總有。」王大笑曰：「駙馬竟未能忘情於小女頤頷間乎？」經十餘年，士人有一兒二女。忽一日，其君臣憂慼，士人怪問之，王泣曰：「吾國有難，禍在旦夕，非駙馬不能救。」士人驚曰：「苟難可弭，性命不敢辭也。」王乃令具舟，命兩使隨士人，謂曰：「煩駙馬一謁海龍王，但言東海第三汊第七島長須國，有難求救。我國絕微，須再三言之。」因涕泣執手而別。士人登舟，瞬息至岸。岸沙悉七寶，人皆衣冠長大。士人乃前，求謁龍王。龍宮狀如佛寺所圖天宮，光明迭激，目不能視。龍王降階迎士人，齊級升殿。訪其來意，士人具說，龍王即令速勘。良久，一人自外白曰：「境內並無此國。」其人復哀祈，言長須國在東海第三汊第七島。龍王復叱使者：「細尋勘速報。」經食頃，使者返，曰：「此島蝦合供大王此月食料，前日已追到。」龍王笑曰：「客固為蝦所魅耳。吾雖為王，所食皆稟天符，不得妄食。今為客減食。」乃令引客視之，見鐵鍋數十如屋，滿中是蝦。有五六頭色赤，大如臂，見客跳躍，似求救狀。引者曰：「此蝦王也。」士人不覺悲泣，龍王命放蝦王一鑊，令二使送客歸中國。一夕，至登州。回顧二使，乃巨龍也。

「大足」是武則天稱帝後第十二個年號，只用了十個月。此條記載大足（七〇一）初，有士人被風吹至「長須國」的異事。《說文》謂：「須，面毛也。」「須」是「鬚」的本字。此條情節奇異有趣。該士人被長須國國王招為駙馬，但他「每歸見其妻則不悅。」原來其妻有須。基本上，整個國家的人都有須。到後來，海龍王告知他是「為蝦所魅」。

《前集》卷十六〈廣動植之一．山上有葱〉：

山上有葱，下有銀。山上有薤，下有金。山上有薑，下有銅錫。山有寶玉，木旁枝皆下垂。

這條記載依照植物的生長指示尋找礦藏。同樣文字的記載亦見於南北朝時期梁朝的礦書《地鏡圖》。

相似的記載在唐朝編撰的《藝文類聚》、《雲仙雜記》也有。這比十八世紀德國的採礦化學家約翰・弗里德里希・漢克爾（Johann Friedrich Henckel）在《含鉛植物》中記載早了九個世紀。採礦的人有以下一些其他的記載：「矮灌木林，其下很可能有石膏。野玫瑰，在它下面多有銅礦的存在。矮生櫻桃和刺扁桃，其下很有可能是石灰岩。忍冬草，在它下面大多有有金、銀礦藏。蛇裟子，在它下面一般有銅、鉛、鋅礦。石松，周圍有鋁礦。車前草，生長茂盛的地方有鋅礦。野苦麻，生長的地方常有鐵礦。紫雲英，在它附近有鈾礦存在的可能。錦葵，在它下面很有可能是鎳礦。紫苜蓿，生長茂盛的地方大多有鉬礦的存在。艾蒿，有可能會有錳礦。」

《續集》卷一〈支諾皋上・李和子〉：

元和初，上都東市惡少李和子，父努眼。和子性忍，常攘狗及貓食之，為坊市之患。嘗臂鷂立於衢，見二人紫衣，呼曰：「公非李努眼子名和子乎？」和子即遽只揖。又曰：「有故，可隙處言也。」因行數步，止於人外，言：「冥司追公，可即去。」和子初不受，曰：「人也，何給言。」又曰：「我即鬼。」因探懷中，出一牒，印窠猶濕。見其姓名，分明為貓犬四百六十頭論訴事。和子驚懼，乃棄鷂子拜祈之，且曰：「我分死，爾必為我暫留，具少酒。」鬼固辭，不獲已。初，將入畢羅肆，鬼掩鼻不肯前，乃延於旗亭杜家。揖讓獨言，人以為狂也。遂索酒九碗，自飲三碗，六碗虛設於西座，且求其為方便以免。二鬼相顧：「我等既受一醉之恩，須為作計。」因起曰：「姑遲我數刻，當返。」未移時至，曰：「君辦錢四十萬，為君假三年命也。」和子諾許，以翌日及午為期。因酬酒值，且返其酒，嘗之味如水矣，冷復冰齒。和子遽歸，貨衣具鑿楮，如期備酹焚之，自見二鬼挈其錢而去。及三日，和子卒。鬼言三年，蓋人間三日也。

中國古書內有無數的記載涉及仙界的時間與人間的時間不同。所謂「天上方一日，地上已千年」。最著名的有「劉阮遇仙」及「觀棋爛柯」。前者講述漢明帝年間，剡縣人劉晨、阮肇共入天台山取穀皮，誤入仙境，過了十天，再返回人間，原來人間已經歷了七世。後者講述晉朝人王質上山打柴，見一童一叟在溪邊下圍棋，於是放下斧頭，駐足觀看。後來發覺自己的斧頭已枯爛。下山後，發現家鄉已經大變。無人認得他，原來已過了幾百年。《新約聖經・彼得後書》謂：「主看一日如千年，千年如一日。」此條借一警世故事，以有趣的文字，說出原來陰間的時間和人間的也不同。「鬼言三年，蓋人間三日也。」

《續集》卷三〈支諾皋下・悟空〉：

衡嶽西原近朱陵洞，其處絕險，多大木、猛獸，人到者率迷路，或遇巨蛇，不得進。長慶中，有頭陀悟空，嘗裹糧持錫，夜入山林，越兕侵虎，初無所懼。至朱陵原，遊覽累日，捫蘿垂踵，無幽不跡。因是胼胝，憩於巖下，長吁曰：「饑渴如此，不遇主人。」忽見前巖有道士，坐繩床。僧詣之，不動，遂責其無賓主意，復告以饑困。道士欻起，指石地曰：「此有米。」乃持钁劚石，深數寸，令僧探之，得陳米升余。即著於釜，承瀑敲火煮飯，勸僧食，一口未盡，辭以未熟。道士笑曰：「君飧止此，可謂薄分。我當畢之。」遂吃硬飯。又曰：「我為客設戲。」乃處木梟枝，投蓋危石，猿懸鳥跂，其捷閃目。有頃，又旋繞繩床，劾步漸趨，以至蓬轉渦急，但睹衣色成規，攸忽失所。僧尋路歸寺，數日不復饑渴矣。

此篇記述唐穆宗長慶年間事，文字優美。「裹糧持錫」、「越兕侵虎」、「捫蘿垂踵」、「無幽不跡」、「處木梟枝」、「猿懸鳥跂」、「蓬轉渦急」等四字句用得很傳神。吳承恩的《西遊記》很多橋段，都借鑒了《酉陽雜俎》。例如，盤絲洞蜘蛛精借鑒了〈蘇湛遇蜘蛛〉之事；車遲國鬥法借鑒了〈羅公遠與不空鬥法〉；另外《酉陽雜俎》中有數條關於玄奘取西經之事，也有數條關於異境猿猴之事。在此條中，出現了「悟空」這個名字。

幽閒鼓吹

《幽閒鼓吹》，晚唐張固（生卒年不詳）撰。

張固，郡望清河（今河北清河縣）人。他大約是晚唐宣宗、懿宗、僖宗期間人。宣宗時為金部郎中。宣宗大中九年至十一年（八五五至八五七）為桂州刺史、桂管觀察使。作者在書中稱宣宗廟號，所以本書應成於懿宗或僖宗年間。

《幽閒鼓吹》只一卷，二十六條。《新唐書．藝文志》、《郡齋讀書志》、《遂初堂書目》、《直齋書錄解趣》等均著錄於子部（類）小說家類，《四庫全書》收於子部小說家類。《四庫全書總目提要》稱《幽閒鼓吹》：「其事多關法戒，非造律虛辭無裨考證者比。唐人小說之中，猶差為切實可據焉。」此書雖然篇幅不多，但所記卻為珍聞，尤以宣宗的故事最多。晚唐五代由於戰亂，史籍不齊全，宣宗事蹟記載不詳。本書所載的五則宣宗的軼事，《資治通鑑》採納了四則。此外，很多唐代的著名人物，均在此書中出現。李德裕與李宗閔交惡、李德裕與宦官楊欽義交往等事，均被《資治通鑑》採用。

現轉錄七條給大家賞讀。

第四條：

宣宗坐朝次對，官趨至，必待氣息平均，然後問事。令狐相進李遠為杭州。宣宗曰：「比聞李遠詩云：『長日惟銷一局棋』，豈可以臨郡哉？」對曰：「詩人之言，不足有實也。」仍薦遠廉察可任，乃俞之。

唐宣宗李忱（八一〇至八五九）是晚唐較有作為的君主。令狐綯（七九五至八七二），字子直，執政於晚唐，身居相位達十年之久。此條記載令狐綯於宣宗大中十二年（八五八）推薦李遠往杭州任職。李遠，字求古，一作承古，夔州雲安（今重慶市雲陽縣）人，文宗大和五年（八三一）進士，官至御史中丞。他善詩文，常與杜牧、許渾、李商隱、溫庭筠等交遊，與許渾齊名，時號「渾詩遠賦」。李遠的作品傳世不多，《全唐詩》載有三十五首及二句殘句。他著有《李遠詩集》、《武孝經》、《龍紀聖異歷》、《歷代鴻名錄》等。《全唐文》錄其文五篇，計序二篇，賦三篇。

李遠的詩賦清麗工穩，極富藝術感染力。筆者很喜歡他的《贈潼關不下山僧》：「與君同在苦空間，君得空門我愛閒。禁足已教修雁塔，終身不擬下雞山。窗中遙指三千界，枕上斜看百二關。香茗一甌從此別，轉蓬流水幾時還。」他在《全唐詩》中留下的殘句是「人事三杯酒，流年一局棋」及「青山不厭三杯酒，長日惟消一局棋」。後兩句其實是他回贈棋友溫庭筠的《寄岳州李外郎遠》詩：「含蘋不語坐持頤，天遠樓高宋玉悲。湖上殘棋人散後，岳陽微雨鳥來遲。早梅猶得回歌扇，春水還應理釣絲。獨有袁宏正憔悴，一樽惆悵落花時。」此條所記的事亦見於宋人趙令畤（一〇六四至二〇一〇）所撰的《候鯖錄》卷七〈弈棋未害治郡〉條。

第七條：

白尚書應舉，初至京，以詩謁顧著作。顧睹姓名，熟視白公曰：「米價方貴，居亦弗易。」乃披卷，首篇曰：「咸陽原上草，一歲一枯榮。野火燒不盡，春風吹又生。」即嗟賞曰：「道得箇語，居即易矣。」因為之延譽，聲名大振。

白居易（七七二至八四六）字樂天，晚號香山居士。祖籍山西太原，生於華州下邽（今陝西省渭南市），是中唐著名詩人。德宗貞元十五年（八〇〇）進士及第。貞元十七年（八〇二）試書判拔萃科及第，與同時及第的元稹（七七九至八三一）訂交，成為一生的好友。貞元十八年（八〇三）授秘書省校書郎，定居於長安。憲宗元和三年（八〇八）任左拾遺。

白居易直言敢諫，頻繁上書言事，並寫大量的反應社會現實的詩篇，憲宗時感不快。元和十年（八一五），宰相武元衡（七五八至八一五）遇刺身亡，白居易上表主張嚴緝兇手，被認為是越職。其後白居易又被誹謗：母親因看花而墜井而亡，白居易卻著有「賞花」及「新井」詩，有害名教。遂以此為理由貶為江州（今江西省九江市）司馬。其實白居易在母親墜井前，早已有許多詠花之詩。「新井」詩作於元和元年（八〇六）左右，而白居易母親五年後才去世，可見此事不能構成罪名。他被貶謫的主因，很可能與他寫的作品而得罪當權者有關。

元和十三年冬，白居易被任命為忠州（今重慶市忠縣）刺史。元和十五年夏，被召回長安，任尚書司門員外郎。元和十三年，白居易的弟弟白行簡（七七六至八二六）曾到江州與白居易相聚。當白居易被任命為忠州刺史時，白行簡與兄長同遊。途中與元稹相遇於黃牛峽，三人相遊之處被稱為三遊洞。在忠州任職的時間，白居易在忠州城東的山坡上種花，並命名此地為「東坡」。穆宗長慶二年（八二二），白居易被任命為杭州刺史。任內有修築西湖堤防、疏浚六井等政績。長慶四年（八二四）任太子左庶子分司東都，秋天至洛陽，在洛陽履道里購宅。後又出任蘇州刺史。在蘇州刺史任內，白居易為了便利蘇州水陸交通，開鑿了一條長七里，西起虎丘，東至閶門的山塘河。山塘河北岸修建道路，稱「山塘街」。文宗大和元年（八二七），白居易至長安任秘書監，後轉任刑部侍郎。大和四年任河南尹。大和七年，因病免河南尹，再任太子賓客分司。大和九年，被任命為同州刺史，辭不赴任，後改任命為太子少傅分司東都，封馮翊縣侯，仍留在洛陽。武宗會昌二年（八四二），以刑部尚書致仕，領取半俸。會昌六年（八四六）去世，贈尚書右僕射。葬於龍門（今在龍門石窟之白園）。

晚年的白居易大多在洛陽的履道里第度過，與劉禹錫（七七二至八四二）唱和，時常遊歷於龍門一帶。白居易是唐朝寫詩最多的詩人。他的詩現存近三千首。唐宣宗曾褒白居易為「詩仙」，故人稱「敕封詩仙」，而李白是後世才由民間從「謫仙人」轉尊為「詩仙」。宋朝詩僧惠洪（一〇七一至一一二八）在《冷齋夜話》記載，白居易每次寫詩，都讓一位老太太先讀。老太太能讀懂，則將詩收錄下來，若不能讀懂，則改寫其文句。關於這一則記事，歷代不少人懷疑其真實性。

顧況（？至約八一四），字逋翁，或號華陽真逸、華陽山人，晚年自號悲翁，蘇州海鹽縣恆山人（今在浙江省海寧市境內），唐肅宗至德二年（七五七）進士。歷肅宗、代宗、德宗、順宗、憲宗五朝。主要創作活動在代宗大歷、德宗貞元年間。本條記載少年時白居易謁見顧況事，也見載於兩《唐書》的《白居易傳》，但據傅璇琮的《唐代詩人叢考》，這並不是事實。

第九條：

李潘侍郎嘗綴李賀歌詩，為之集序，未成，知賀有表兄與賀筆硯之舊者，召之見，託以搜訪所遺。其人敬謝，且請曰：「某盡記其所為，亦見其多點竄者，請得所葺者視之，當為改正。」李公喜，併付之。彌年絕跡，李公怒，復召詰之。其人曰：「某與賀中外，自小同處，恨其傲忽，常思報之，所得兼舊有者一時投於溷中矣。」李公大怒，叱出之，嗟恨良久。故賀篇什流傳者少。

李賀（七九〇至八一六），字長吉，河南府福昌縣昌谷鄉（今河南省宜陽縣）人，祖籍隴西郡。唐朝中期詩人，與李白、李商隱稱為「唐代三李」，後世稱李昌谷。李賀出身唐朝宗室大鄭王（李亮）房，門蔭入仕，授奉禮郎。仕途不順，熱心於詩歌創作。內容多有衰老死亡意象。他的詩作想象豐富，愛用神話傳說，託古寓今，後人譽為「詩鬼」。李賀是繼屈原、李白之後，中國文學史上又一位享盛名的浪漫主義詩人，有「太白仙才，長吉鬼才」之說。

李賀自幼體形細瘦，通眉長爪。他才思聰穎，七歲能詩，又擅長「疾書」。相傳德宗貞元十二年（七九六），李賀正值七歲，韓愈（七六八至八二四）、皇甫湜（七七七至八三五）造訪，李賀援筆立就《高軒過》一詩，韓愈與皇甫湜大吃一驚，李賀從此名揚京洛。年紀稍長，李賀白日騎驢覓句，暮則探囊整理，焚膏繼晷，十分刻苦。事見李商隱作的《李賀小傳》。李賀的詩，據杜牧序，是自己編後交由集賢學士沈子明保存的，凡二三三首。正史所載李賀資料較少。有關他的資料，見於《新唐書》、李商隱的《李賀小傳》及杜牧應沈子明之請所撰的《李長吉集序》。

李賀體弱多病，不到十八歲，頭髮就發白。他自幼閱遍諸子百家的典籍。由於聰慧及好學，詩名很早就傳揚海內。十八歲那年，離開家鄉，踏上求取功名的人生道路。唐憲宗元和二年（八〇七），李賀至東都洛陽準備參加府試，這年韓愈因出任國子博士，受人毀謗，來洛陽上任，李賀慕名拜訪，獲得韓愈的賞識。這年李賀通過府試，接著要去長安應禮部試。李賀因為父親名叫晉肅，和「進士」音近，一些妒忌他的人就以避諱為理由阻止他應考。韓愈激於義憤，為之作《諱辯》，以聖人經典和國家律令為根據，指出「避嫌名」是不合理的，曰：「父名『晉肅』，子不得舉進士，若父名『仁』，子不得為人乎？」回擊毀謗者。

後來李賀落第歸家，閒居昌谷。為求仕進，是要南行投奔節鎮，還是西入長安，為此猶疑不定，最後請巫者占卜，決定西去長安。元和三年（八〇八），李賀進京求仕。按照唐代制度，仕進除應試一途外，還可以由父蔭得官。李賀以「宗孫」、蔭子、儀狀端正等條件，由宗人薦引，經過考試，在元和四年春天，被任命為奉禮郎。奉禮郎是一個從九品上的小京官，因官職卑微，所以很少有人與李賀來往。但，李賀還是有幾個志同道合的朋友，成為他這一時期的重要精神寄託。憲宗元和七年春，李賀辭官，離開長安，返回家鄉昌谷。在昌谷閒居一年後，他出發到潞州（今山西省長治市）。他在友人張徹的薦舉下，做了三年幕僚，為昭義軍節度使郗士美的軍隊服務。元和十一年，因北方藩鎮跋扈，郗士美討叛無功，告病到洛陽休養，友人張徹也返回長安。李賀南下探視正在和州任職的十四兄。回北方時，因道路受阻，李賀趁機南遊吳會。他先後到過金陵、嘉興、吳興等地。最後從江南北歸昌谷。南北遊歷並不能消除李賀胸中鬱結，返家後不久病逝。

此條記載李賀的詩作被表兄毀棄的事，難以令人相信，因杜牧的《李賀詩集序》中明言李賀臨終前，將平生所著詩篇授沈子明，離為四編，與今傳本相合。

第十條：

李賀以歌詩謁韓吏部。吏部時為國子博士分司。送客歸，極困，門人呈卷，解帶旋讀之。首篇《雁門太守行》曰：「黑雲壓城城欲摧，甲光向日金鱗開。」卻援帶，命邀之。

韓愈（七六八至八二四），字退之，河南河陽（今河南孟州）人，自稱郡望昌黎，世稱韓昌黎。晚年任吏部侍郎，又稱韓吏部。謚文，世稱韓文公。唐代文學家，與柳宗元是當時古文運動的推行者，合稱

「韓柳」。蘇軾稱讚他「文起八代之衰，道濟天下之溺，忠犯人主之怒，勇奪三軍之帥。」著作收錄為《昌黎先生集》。李賀的《雁門太守行》全詩是：「黑雲壓城城欲摧，甲光向日金鱗開。角聲滿天秋色裏，塞上燕脂凝夜紫。半卷紅旗臨易水，霜重鼓寒聲不起。報君黃金臺上意，提攜玉龍為君死！」這首古樂府詩可能是寫平定藩鎮叛亂的戰爭。當時是憲宗元和二年（八〇七）。李賀當時十七歲。此詩描繪悲壯慘烈的戰爭場面。全詩意境蒼涼，格調悲壯。

第十二條：

賓客劉公之為屯田員外郎，時事勢稍異，旦夕有騰趠之勢。知一僧有術數極精，寓直日邀之至省，方欲問命，報韋秀才在門外。公不得已，且令僧坐簾下。韋秀才獻卷已，略省之而意色殊倦。韋覺之，乃去。與僧語，不對，吁嗟良久，乃曰：「某欲言，員外必不愜，如何？」公曰：「但言之。」僧曰：「員外後遷，乃本行正郎也。然須待適來韋秀才知印處置。」公大怒，揖出之。不旬日貶官。韋秀才乃處厚相也。後二十餘年在中書，劉轉屯田郎中。

此條記劉禹錫與韋處厚之軼事。劉禹錫（七七二至八四二），字夢得，河南洛陽人。中唐朝著名詩人，有詩豪之稱。因曾任太子賓客，故稱劉賓客，晚年曾加檢校禮部尚書、秘書監等虛銜，故又稱秘書劉尚書。唐德宗貞元九年（七九三年），劉禹錫參與當年度的科舉考試，並與柳宗元（七七三至八一九）同時位列進士榜上。又舉博學宏詞科，被拔擢為太子校書。之後，升任監察御史。

劉禹錫有遠大的政治抱負，與柳宗元等參加主張革新的王叔文（七五三至八〇六）政治集團。貞元二十一年（八〇五），德宗因病駕崩，順宗即位。王叔文集團在皇帝支持下，發動了「永貞革新」。但順宗即位不久，中風病重，宦官俱文珍（七四三至八一三）、劉光琦等聯合西川節度使韋皋（七四五至八〇五）、荊南節度使裴均（七五〇至八一一）等逼宮，順宗無奈禪位予太子李純，史稱「永貞內禪」。李純即位，是為憲宗，王叔文的永貞革新失敗，被賜死。劉禹錫被貶為連州刺史，行至荊南，又改授朗州司馬。與劉禹錫一同被貶的共有八人，史稱「八司馬」。在被貶期間，劉禹錫接觸到大量民間風俗，作《竹枝詞》十餘篇，創作《問大鈞》、《謫九年》等詩賦。

憲宗元和九年（八一五），劉禹錫與柳宗元等被召回長安。劉禹錫在遊覽玄都觀時，作《元和十年自朗州承召至京戲贈看花諸君子》詩，諷刺時政，招致不滿，不久被貶為播州刺史，後經御史中丞裴度（七六五至八三九）以其母年邁為由說情，改授連州刺史。因為精神苦悶，劉禹錫開始以佛法為精神寄託，與僧人多有往來。元和十四年，劉禹錫因母親去世，回洛陽守喪。穆宗長慶元年（八二一）授夔州刺史。長慶四年，調任和州刺史，敬宗寶曆二年（八二六）冬卸任，並於次年春返洛陽，再次遊覽玄都觀，作《再遊玄都觀》詩，表達對權貴的不滿。

劉禹錫於文宗大和二年（八二八）入朝，任東都尚書省主客郎中，因裴度推薦，兼集賢殿學士。大和三年，改官禮部郎中，仍兼集賢殿學士。大和五年，裴度罷知政事，劉禹錫也被外放，任蘇州刺史。後又改任汝州刺史、同州刺史。文宗開成元年（八三六）秋，劉禹錫因患足疾，改任太子賓客，分司東都，與白居易、裴度寫詩唱和。後曾加檢校禮部尚書、秘書監等銜。武宗會昌二年（八四二）秋因病逝世，追贈戶部尚書。臨終前，他寫自傳文章《子劉子自傳》。劉禹錫存詩八百餘首，內容反映人民生活，也有詠史、抒情、描寫山川風景的作品。他的韻文《陋室銘》是韻文中借物抒情的名篇，「山不在高，有仙則名；水不在深，有龍則靈。……」傳誦千古。

韋處厚（七七三至八二九），本名淳，因避唐憲宗李純的諱，改名處厚，字德載，京兆府萬年縣（今陝西省西安市長安區）人。唐朝宰相、文學家、藏書家。監察御史韋萬之子。韋處厚出身京兆韋氏逍遙公房，自少博涉經史。憲宗元和初年（八〇六），舉進士第，又擢才識兼茂科，授集賢校書郎，出為開州刺史。後舉賢良方正科異等，為宰相裴垍（?至八一一）引直史館，補咸陽縣尉。歷仕憲宗、穆宗、敬宗、文宗四朝。他忠厚寬和，耿直無私，官至中書侍郎、同平章事，監修國史，封靈昌郡公。文宗大和二年（八二八），韋處厚因急病逝世，獲贈司空。韋處厚愛好文學，藏書萬餘卷，並且多手自校勘書籍，世稱善本。著有《六經法言》、《德宗實錄》、《憲宗實錄》、《大和國計》、《翰苑集》等，多已散佚。《全唐文》錄有其文章。

第十五條：

李師古跋扈，憚杜黃裳為相，未敢失禮。乃命一幹吏寄錢數千緡，並氈車子一乘，亦直千緡，使者未敢遽送，乃於宅門伺候累日。有綠輿自宅出，從婢二人，青衣襤褸。問何人，曰：「相公夫人。」使者遽歸以告師古，師古折其謀，終身不敢失節。

本條記述李師古跋扈，但因忌憚宰相杜黃裳，終身不敢失節。李師古（?至八〇六），李納之子。李師古以蔭襲累至署青州刺史。德宗貞元八年（七九二），李納病死，李師古繼任。他重用高沐、李公度等人，境內和平。憲宗元和元年（八〇六），師古病逝，朝廷追贈為太傅。

杜黃裳（七三八至八〇八），字遵素，京兆杜陵人，萊國公杜如晦（五八五至六三〇）六世孫。早年，他穿「慘綠」衣服至侍郎潘孟陽（七六六至八四二）家赴宴，潘孟陽母親告訴兒子說：「彼慘綠少年與眾不同，必位至卿相。」杜黃裳遂有「慘綠少年」之稱。他在寶應二年中進士，宰相杜鴻漸（七〇八至七六九）十分器重他。他曾追隨郭子儀（六九七至七八一），任朔方從事，子儀入朝，令杜黃裳主留務於朔方。憲宗元和元年，西川節度使韋臯病逝，西川節度副使劉闢（?至八〇六）作亂，杜黃裳力主聲討，薦名將神策軍將高崇文（七四六至八〇九）為帥，憲宗批准。高崇文連破劉闢軍。劉闢欲投岷江自殺，未遂，被擒返朝中處斬，蜀境遂平。憲宗對杜黃裳說：「時卿之功。」元和二年，兼河中尹。封邠國公，卒謚宣獻。

第廿三條：

相國張延賞將判度支，知有一大獄頗有冤濫，每甚扼腕。及判，使即召獄吏嚴誡之，且曰：「此獄已久，旬日須了明。」明旦視事，案上有一小帖子，曰：「錢三萬貫，乞不問此獄。」公大怒，更促之。明日，帖子復來，曰：「錢五萬貫。」公益怒，命兩日須畢。明日，復見帖子，曰：「錢十萬貫。」公遂止不問。子弟承間偵之，公曰：「錢至十萬，可通神矣。無不可回之事，吾懼及禍，不得不止。」

張延賞（七二六至七八七），本名寶符，字延賞，蒲州猗氏縣（今山西臨猗）人。父親張嘉貞（六六五至七二九）開元初曾任中書令。宰相苗晉卿（六八五至七六五）很賞識張延賞，以女妻之。他歷事玄宗、肅宗、德宗三朝，官至中書侍郎、同中書門下平章事。德宗貞元三年（七八七）卒。謚曰成肅。有子張弘靖

（七六〇至八二四），本名張調，是唐憲宗時期的宰相。女婿是韋皋。另一子張諗，主客員外郎。唐朝父子擔任宰相的不少，祖孫三代都擔任宰相的則只有張延賞之家。在唐朝，張家號稱「三相張家」。

此條記載之事，是「錢可通神」這成語的來源。這位相國的解釋是怕惹禍，而非貪贓。況且，他能向下屬解釋自己的苦衷，還算是一個誠實的人吧。

開元天寶遺事

《開元天寶遺事》，五代王仁裕（八八〇至九五六）撰。

王仁裕，字德輦，唐朝天水人（今甘肅省天水縣）。五代時期的文學家。先世太原人。祖父王義甫任成州軍事判官，出生在西和縣何壩鎮馬寨村，遷居秦州長道縣碑樓川（今禮縣石橋鄉斬龍村）。

王仁裕生於唐僖宗廣明元年（八八〇）。早年不好讀書，以狗馬彈射為樂。二十五歲後，開始就學。唐末為秦州判官。後入四川，擔任前蜀後主王衍的禮部郎中、中書舍人、翰林院學士等職。後唐莊宗同光三年（九二五）前蜀滅亡，王仁裕入後唐任雄武軍節度判官。後歷仕後唐、後晉、後漢。後周時官至戶部尚書、兵部尚書、太子少保，宦海生涯長達四十四年。後周世宗顯德三年（九五六），終老於汴梁。

王仁裕工詩文、精音律，嘗集平生所作詩萬餘首，分為百卷，稱《西江集》，已佚。《宋史藝文志》除著錄了《開元天寶遺事》之外，還著錄了《入洛記》一卷、《南行記》一卷、《見聞錄》三卷、《唐末見聞錄》八卷、《乘輅集》五卷、《紫閣集》五卷、《紫泥集》十二卷、《紫泥後集》四十卷、《詩集》十卷。

《開元天寶遺事》多記載唐玄宗李隆基（六八五至七六二）於開元（七一三至七四一）及天寶（七四二至七五六）年間宮中瑣事及宮內外的民情風俗。南宋洪邁著的《容齋隨筆》卷一曾謂此書為淺妄之書。事實上，此書的記載頗多舛謬，但絕大部分所述史事有相當的可靠性。北宋編《資治通鑑》的司馬光亦有採用《開元天寶遺事》的記載。王仁裕自序云：「詢求事實、採摭民言，開元天寶之中影響如百餘件，去凡削鄙，集異編奇，總成一卷，凡一百五十九條。」歷代編修此書分卷不相同。可能亦有刪去某些條目。

現從此書引錄十條給大家賞讀。

開元卷〈遊仙枕〉：

龜茲國進奉枕一枚，其色如瑪瑙，溫溫如玉，其製作甚樸素。若枕之，則十洲三島、四海五湖，盡在夢中所見。帝因立名為「遊仙枕」。後賜與楊國忠。

唐太宗時，在龜茲國（今新疆維吾爾自治區庫車市）設安西大都護府。楊國忠（？至七五六）乃楊貴妃之堂兄。玄宗因寵楊妃，所以楊國忠也被重用。此條所述之「遊仙枕」事甚神異，未必屬實。

開元卷〈隨蝶所幸〉：

開元末，明皇每至春月，旦暮宴於宮中，使妃嬪輩爭插艷花。帝親捉粉蝶放之，隨蝶所止幸之。後因楊妃專寵，遂不復此戲也。

楊太真（七一九至七五七）原是玄宗十八子壽王李瑁的王妃。天寶四年（七四五），玄宗納她為貴妃。後來，因楊妃專寵，玄宗的其他妃嬪都被冷落了。

天寶卷上〈夢中有孕〉：

楊國忠出使於江浙，其妻思念至深，荏苒成疾，忽晝夢與國忠交因而有孕，後生男名朏。洎至國忠使歸，其妻具述夢中之事。國忠曰：「此蓋夫妻相念，情感所致。」時人無不譏誚也。

此條所記之事甚有趣，不知楊國忠是否真正相信自己的說話。

天寶卷上〈盆池魚〉：

明皇以李林甫為相後，因召張九齡問可否。九齡曰：「宰相之職，四海具瞻，若任人不當，則國受其殃。只如林甫為相，然寵擢出宸衷。臣恐他日之後，禍延宗社。」帝意不悅。忽一日，帝曲宴近臣於禁苑中，帝指示於九齡、林甫曰：「檻前盆池中所養魚數頭，鮮活可愛。」林甫曰：「賴陛下恩波所養。」九齡曰：「盆池之魚，猶陛下任人，他但能裝景致助兒女之戲爾。」帝甚不悅。時人皆美九齡之忠直。

李林甫（六八三至七五三）由開元二十二年（七三四）至天寶十一年（七五二）為相。歷史謂他是不學無術、口蜜腹劍的奸臣。張九齡（六七八至七四〇）是一位由嶺南書生進身為相的賢臣。在這條中，可見李林甫巧言令色，張九齡則出語忠直。很明顯，玄宗較為喜歡聽李林甫的話。

天寶卷上〈依冰山〉：

楊國忠權傾天下，四方之士爭詣其門。進士張彖者，陝州人也，力學有大名，志氣高大，未嘗低折於人。人有勸彖令修謁國忠，可圖顯榮，彖曰：「爾輩以謂楊公之勢，倚靠如泰山，以吾所見，乃冰山也。或皎日大明之際，則此山當誤人爾。」後果如其言，時人美張生見幾。後年張生及第，釋褐授華陰尉。時縣令、太守俱非其人，多行不法。張生有吏道，勤於政事，每舉一事，則太守、令、尹抑而不從。張生曰：「大丈夫有淩霄世之志，而拘於下位，若立身於矮屋中，使人抬頭不得。」遂拂衣長往，歸遯於嵩山。

楊國忠不學無術，因楊妃受寵而平步青雲。有識之士如此條的張生者都知道楊國忠沒有好的下場。玄宗重用他的一個原因是用他牽制李林甫的專權。李林甫死後，他代李林甫為中書令兼文部尚書、集賢院大學士、監修國史、崇元館大學士、太清太微宮使、並身兼四十餘職，封魏國公，徙封衛，冊拜司空。執政期間，曾兩次發動了征討南詔的戰爭，天寶十年（七五一），陣亡六萬人，結果被打敗，南詔投附吐蕃，天寶十三年（七五四）六月，楊國忠又命令李宓攻打南詔，結果又遭慘敗。兩度出兵折損近二十萬人。楊國忠不斷憑藉楊貴妃擴張自己的權力，蒐羅天下奇才，也不斷打擊安祿山，導致安祿山決定提前叛變。天寶十四年（七五五），爆發了安史之亂，安祿山以誅殺楊國忠為名叛變。兵鋒直指長安。次年，唐玄宗帶着楊貴妃與楊國忠逃往蜀中（今四川成都），途經馬嵬驛（今陝西興平市西）時，陳玄禮為首的隨駕禁軍軍士，一致要求處死楊國忠和楊貴妃。楊國忠被軍士亂刀斬死，楊妃被高力士縊死。

天寶卷下〈銷魂橋〉：

長安東灞陵有橋，來迎去送，皆至此橋，為離別之地。故人呼之為「銷魂橋」。

長安東南三十里處，原有一條灞水，漢文帝葬在這裏，所以稱為灞陵。唐代，人們出長安東門相送親友，常常在這裏分手。因此，灞上、灞陵、灞水等，在唐詩裏經常是和離別聯繫在一起的。這些詞本身就帶有離別的色彩。李白有一首古詩《灞陵行送別》：「送君灞陵亭，灞水流浩浩。上有無花之古樹，下有傷心之春草。我向秦人問路歧，云是王粲南登之古道。古道連綿走西京，紫闕落日浮雲生。正當今夕斷腸處，黃鸝愁絕不忍聽。」此詩讀來令人銷魂。

天寶卷下〈金牌斷酒〉：

安祿山受帝眷愛，常與妃子同食，與所不至。帝恐外人以酒毒之，遂賜金牌子繫於臂上。每有王公召宴，欲沃以巨觥，祿山即以牌示之云：「准敕斷酒。」

安祿山（七〇三至七五七）手段狡詐，善於逢迎。此條記載他深得玄宗歡心。玄宗着楊貴妃收他為養子。祿山感念玄宗恩德，本想等衰老的玄宗駕崩後再行叛亂。新任的宰相楊國忠與群臣不和，其中為了爭寵，楊、安兩人關係最惡。又因為之前他為了討好玄宗而得罪太子李亨，深感不安又對帝位抱有幻想的安祿山，於是提早叛唐行動。

天寶卷下〈傳書鸞〉：

長安豪民郭行先，有女子紹蘭，適鉅賈任宗，為賈於湘中，數年不歸，復音書不達。紹蘭目睹堂中有雙鸞戲於梁間，蘭長吁而語於鸞曰：「我聞鸞子自海東來，往復必徑由於湘中。我婿離家不歸數歲，蔑有音耗，生死存亡弗可知也。欲憑爾附書，投於我婿。」言訖淚下。鸞子飛鳴上下，似有所諾。蘭復問曰：「爾若相允，當泊我懷中。」鸞遂飛於膝上。蘭遂吟詩一首云：「我婿去重湖，臨窻泣血書。慇懃憑鸞翼，寄與薄情夫。」蘭遂小書其字，繫於足上，鸞遂飛鳴而去。任宗時在荊州，忽見一鸞飛鳴於頭上。宗訝視之，鸞遂泊於肩上，見有一小封書繫在足上。宗解而視之，乃妻所寄之詩。宗感而泣下，鸞復飛鳴而去。宗次年歸，首出詩示蘭。後文士張說傳其事，而好事者寫之。

此條聽來好像是一個故事，文字優美，情節感人。

天寶卷下〈猧子亂局〉：

一日，明皇與親王棋，令賀懷智獨奏琵琶，妃子立於局前觀之。上欲輸次，妃子將康國猧子放之，令於局上亂其輸贏。上甚悅焉。

此條所說的妃子當是楊妃。她不想明皇因輸棋而不快樂，所以放小狗來搗亂棋局。明皇很高興。此事在唐人段成式的《酉陽雜俎．忠志》篇亦有記載。

天寶卷下〈忍字〉：

光祿卿王守和未嘗與人有爭，嘗於几案間大書「忍」字，至於幃幌之屬，以繡畫為之。明皇知其姓字，非時引對，問曰：「卿名守和，已知不爭，好書『忍』字，尤見用心。」奏曰：「臣聞緊而必斷，剛則必折，萬事之中，『忍』字為上。」帝曰：「善。」賜帛以旌之。

的確，為人處世，不要輕易和別人相爭。以「忍」字為座右銘也不錯。

北夢瑣言

《北夢瑣言》，原三十卷，今存二十卷，五代孫光憲（八九六至九六八）撰。

孫光憲，字孟文，自號葆光子，陵州貴平（今四川仁壽縣東北）人。世業農畝，惟光憲少好學。曾在荊南（十國之一）為官，歷高從誨、高保融、高繼沖三世。累官至檢校秘書監兼御史大夫。宋太祖乾德元年（九六三），使慕容延釗等救朗州之亂，假道荊南，光憲勸繼沖獻三州之地。太祖聞之甚喜悅，授光憲黃州刺史。乾德六年卒。

光憲博通經史，尤擅曲子詞，聚書數千卷，孜孜讎校，老而不廢。著作有《荊臺集》三十卷、《鞏湖編玩》三卷、《筆傭集》三卷、《橘齋集》二卷、《北夢瑣言》三十卷、《蠶書》二卷等。子謂、讜二人並進士及第。

《北夢瑣言》作於他在江陵為官期間，記述晚唐武宗以後至五代史事，包括朝野軼聞、風土民情等，內容廣泛。他寫作態度嚴謹，在自序中說：「每聆一事，未敢孤信，三復參校，然始濡毫。非但垂之空言，亦欲因事勸戒。……鄙從事於荊江之北，題曰《北夢瑣言》，瑣細形言，大即可知也。雖非經緯之作，庶勉後進子孫，俾希仰前事，亦絲麻中菅蒯也。」《北夢瑣言》歷來甚受治史者重視。現轉錄十二條給大家賞讀。

卷一〈日本國王子棋〉：

唐宣宗朝，日本國王子入貢，善圍棋。帝令待詔顧師言與之對手。王子出本國如楸玉局、冷暖玉棋子。蓋玉之蒼者如楸玉色，其冷暖者言冬暖夏涼。人或過說，非也。王子至三十三下，師言懼辱君命，汗手死心始敢落指。王子亦凝目縮臂數四，竟伏不勝，回謂禮賓曰：「此第幾手？」答曰：「其第三手也。」王子願見第一手，禮賓曰：「勝第三，可見第二，勝第二可見第一。」王子撫局嘆曰：「小國之一不及大國之三」。此夷人也，猶不可輕，況中國之士乎。

此條記載唐武宗會昌、宣宗大中年間的翰林院棋待詔顧師言與日本國王子對局的軼事。宋人李逸民編的圍棋棋書《忘憂清樂集》中載有他與棋待詔閻景實爭奪「蓋金花碗」對局，稱他為晚唐第一高手。他和日本國王子是否真的有過交手，歷史不敢肯定。但此事亦見載於唐代京兆武功（今陝西武功西北）人蘇鶚所撰的《杜陽雜編．卷下》。

卷四〈溫李齊名〉：

溫庭雲，字飛卿，或云作「筠」字，舊名岐，與李商隱齊名，時號曰「溫李」。才思艷麗，工於小賦，每入試押官韻作賦，凡八叉手而八韻成，多為鄰鋪假手，號曰「救數人」也。而士行有缺，縉紳薄之。李義山謂曰：「近得一聯句云『遠比召公，三十六年宰輔』，未得偶句。」溫曰：「何不云『近同郭令，二十四考中書』。」宣宗嘗賦詩，上句有「金步搖」，未能對，遣未第進士對之。庭雲乃以「玉條脫」續也，宣宗賞焉。又藥名有「白頭翁」，溫以「蒼耳子」為對，他皆此類也。宣宗愛唱《菩薩蠻》詞，令狐相國假其新撰密進之，戒令勿他泄。而遽言於人，由是疏之。溫亦有言云：「中書堂內坐將軍。」譏相國無學也。宣皇好微行，遇於逆旅，溫不識龍顏，傲然而詰之曰：「公非司馬、長史之流？」帝曰：「非也。」又謂曰：「得非大參、簿、尉之類？」帝曰：「非也。」謫為方城縣尉，其制詞曰：「孔門以德行為先，文章為末。爾既德行無取，文章何以補焉？徒負不羈之才，罕有適時之用。」云云。竟流落而死也。杜豳公自西川除淮海，溫庭雲詣韋曲杜氏林亭，留詩云：「卓氏爐前金線柳，隋家堤畔錦帆風。貪為兩地行霖雨，不見池蓮照水紅。」豳公聞之，遺絹一千匹。吳興沈徽云：「溫舅曾於江淮為親表檟楚，由是改名焉。」庭雲又每歲舉場，多借舉人為其假手。沈詢侍郎知舉，別施鋪席授庭雲，不與諸公鄰比。翌日，簾前謂庭雲曰：「向來策名者皆是文賦託於學士，某今歲場中並無假託學士，勉旃！」因遣之，由是不得意也。

此條記載晚唐著名詩人溫庭筠（約八〇一至八六六）的軼事。溫庭筠在詞史上有極高地位，其詞上承南北朝齊、梁、陳宮體的餘風，下啟花間派的豔體，是民間詞轉為文人詞的重要標誌。後世詞人如馮延巳、李煜、歐陽修、柳永、晏幾道、周邦彥、李清照、陸游、吳文英等都曾受溫庭筠的影響。他亦工於駢文及書法。

溫庭筠創作頗豐，有傳奇《乾巽子》三卷，原本今不傳，部分篇什見於《太平廣記》。有《採茶錄》一卷，不傳。類書《學海》十卷，佚。詩文集《握蘭集》三卷，《金荃集》十卷，詩集五卷，《漢南真稿》十卷，《漢上題襟集》十卷，又有與段成式等人詩文合集《漢上題襟集》十卷，皆佚。今存詩九卷，文一卷。今所見溫庭筠之詩詞，為《花間集》、《全唐詩》、《全唐文》中所保存者。現存詩三百一十多首，有清朝顧嗣立重為校注的《溫飛卿集箋註》以及明朝曾益等人的《溫飛卿詩集箋註》。現存詞有王國維所輯的《金荃詞》七十首，林大春彙集《唐五代詞》錄七十首。

從此條中，可知他雖有「不羈之才」，但未為時用。不得意的原因，和他對人傲慢，「德行無取」頗有關係。

卷六〈以歌詞自娛〉：

先是，李遠以曾有詩云：「人事三杯酒，流年一局棋。」唐宣宗以其非牧人之才，不與郡守。宰相為言，然始俞允。蜀相韋莊應舉時，遇黃寇犯闕，著《秦婦吟》一篇，內一聯云：「內庫燒為錦繡灰，天街踏盡公卿骨。」爾後公卿亦多垂訝，莊乃諱之，時人號「《秦婦吟》秀才」。他日撰家戒，內不許垂《秦婦吟》障子。以此止謗，亦無及也。晉相和凝少年時好為曲子詞，布於汴、洛。洎入相，專託人收拾焚毀不暇。然相國厚重有德，終為艷詞玷之。契丹入夷門，號為「曲子相公」。所謂好事不出門，惡事行千里，士君子得不戒之乎？

此條記載很多文人都會在某些時間，寫下一些後來自己認為不該寫的作品。有時，這些作品可能還會影響自己的前程。

卷七〈孟浩然趙嘏以詩失意〉：

唐襄陽孟浩然，與李太白交遊。玄宗徵李入翰林，孟以故人之分，有彈冠之望。久無消息，乃入京謁之。一日，玄宗召李入對，因從容說及孟浩然，李奏曰：「臣故人也，見在臣私第。」上令急召賜對，俾口進佳句。孟浩然誦詩曰：「北闕休上書，南山歸敝廬。不才明主棄，多病故人疏。」上意不悅，乃曰：「未曾見浩然進書，朝廷退黜，何不云『氣蒸雲夢澤，波動岳陽城』？」緣是不降恩澤，終於布衣而已。宣宗索趙嘏詩，其卷首有《題秦皇》詩，其略云：「徒知六國隨斤斧，莫有群儒定是非。」上不悅。

孟浩然（六八九至七四〇）是中唐的大詩人，屬山水田園派。但他在玄宗面前，竟誦自己的《歲暮歸南山》：「北闕休上書，南山歸敝廬。不才明主棄，多病故人疏。白髮催年老，青陽逼歲除。永懷愁不寐，松月夜窗虛。」一句「不才明主棄」，傳遞的是負面的意識，玄宗不悅。孟浩然好詩甚多，玄宗也欣賞他《望洞庭湖贈張丞相》：「八月湖水平，涵虛混太清。氣蒸雲夢澤，波撼岳陽城。欲濟無舟楫，端居恥聖明。坐觀垂釣者，徒有羨魚情。」可惜孟浩然未有吟誦後詩，否則他的際遇可能會改寫。此條云及李白（七〇一至七六二），一說應是王維（六九二至七六一）才對。

卷八〈顧非熊再生〉：

唐著作郎顧況，字逋翁，好輕侮朝士，貶在江外，多與僧道交遊，時居茅山。暮年有一子，即非熊前身也。一旦暴亡，況追悼哀切，所不忍言，乃吟曰：「老人喪愛子，日暮泣成血。老人年七十，不作多時別。」非熊在冥間聞之，甚悲憶，遂以情告冥官，皆憫之，遂商量卻令生於況家。三歲能言冥間聞父苦吟、卻求再生之事歷歷然。長成應舉，擢進士第。或有朝士問，即垂泣而言之。王定保《摭言》云：「人傳況父子皆有所遇，不知何適？」由此而言，信有之矣。

此條所述有關顧況及其子顧非熊之異事，亦見於晚唐段成式的《酉陽雜俎》前集卷十三，文字大同小異，可參看本書評介《酉陽雜俎》篇。

卷九〈雲芳子魂事李茵〉：

僖宗幸蜀年，有進士李茵，襄州人，奔竄南山民家，見一宮娥，自云宮中侍書家雲芳子，有才思，與李同行詣蜀，具述宮中之事，兼曾有詩書紅葉上，流出御溝中，即此姬也。行及綿州，逢內官田大夫識之，乃曰：「書家何得在此？」逼令上馬，與之前去。李甚怏悵，無可奈何。宮娥與李情愛至深，至前驛，自縊而死。其魂追及李生，具道憶戀之意。迨數年，李茵病瘠，有道士言其面有邪氣。雲芳子自陳人鬼殊途，告辭而去。聞於劉山甫。

此條涉及神異事，不足深信。但「曾有詩書紅葉上，流出御溝中」這種傳說，可能是後來宋人張實寫的傳奇小說《流紅記》的依據。《流紅記》原收入宋人劉斧《青瑣高議》前集卷五，記述唐僖宗時，儒士于祐《紅葉題詩娶韓氏》的故事。此故事亦成了後來的戲曲家津津樂道，歷久不衰的題材。

卷九〈魚玄機〉：

唐女道魚玄機，字蕙蘭，甚有才思。咸通中，為李億補闕執箕帚，後愛衰，下山隸咸宜觀為女道士。有怨李公詩曰：「易求無價寶，難得有心郎。」又云：「蕙蘭銷歇歸春浦，楊柳東西伴客舟。」自是縱懷，乃娼婦也，竟以殺侍婢為京兆尹溫璋殺之。有集行於世。

此條簡介了魚玄機（約八四四至八六八）的生平。她原名魚幼薇，字蕙蘭。懿宗咸通年間為補闕李億妾，以李妻不能容，進長安咸宜觀出家為女道士。她和溫庭筠為忘年交，唱和甚多。後因笞殺女婢綠翹，被京兆尹溫璋處死。魚玄機性聰慧，有才思，好讀書，尤工詩。與李冶、薛濤、劉采春並稱唐代四大女詩人。其詩作現存五十首，收於《全唐詩》。有《魚玄機集》一卷。其事蹟見《唐才子傳》等書。唐滌生先生編的粵劇《火網梵宮十四年》，講述魚玄機的故事，但情節頗多是虛構的。

卷十〈京兆府鴉挽鈴〉：

唐溫璋為京兆尹，勇於殺戮，京邑憚之。一日，聞挽鈴聲，俾看架下，不見有人。凡三度挽掣，乃見鴉一隻。尹曰：「是必有人探其雛而訴冤也。」命吏隨鴉所在捕之。其鴉盤旋引吏至城外樹間，果有人探其雛，尚憩樹下。吏乃執之送府。以禽鳥訴冤，事異於常，乃斃捕雛者而報之。

溫璋（？至八七〇），字號不詳，河內郡溫縣（今河南省溫縣）人，祖籍太原祁縣（今山西省祁縣）人。黎國公溫大雅六世孫，禮部尚書溫造（七六六至八三五）之子。

溫璋憑藉父蔭入仕，授大理寺丞。出任藩鎮幕僚，擔任三郡太守。懿宗咸通初年，接任徐泗節度使。徐州的銀刀軍知溫璋一向嚴苛，陰懷猜忌，於是驅逐溫璋。咸通八年（八六七），溫璋接任京兆府府尹，曾說：「罪無輕重，惡無大小。除惡務盡，犯意方絕，此謂之能治者。」此條謂溫璋見一烏鴉三度挽鈴報案，認為「是必有人探其雛而訴冤也」，於是「命吏隨鴉所在捕之」，發現「果有人探其雛」。溫璋「以禽鳥訴冤，事異於常」，乃斃捕雛者。晚唐女詩人、道士魚玄機因笞殺女婢綠翹，被溫璋處死。

咸通十一年（八七〇）八月，同昌公主得病逝世，懿宗悲痛之下，殺醫官及其家屬，下獄者三百人。溫璋收受賄賂，上書勸諫唐懿宗，以為刑法太深。懿宗大怒，貶溫璋為振州司馬，責令三日內離京。溫璋歎曰：「生不逢時，死何足惜？」當晚服毒自盡。懿宗得知溫璋死訊，認為他「惡貫滿盈，死有餘辜」。

卷十五〈昭宗遇弒〉：

昭宗遷都至洛，左右並是汴人，雖有尊名，乃是虛器，如在籠檻，鬱鬱不樂。朱全忠以諸侯盡有匡復之誌，慮帝有奔幸之謀。時護駕朱友諒等聚兵殿庭，訴以衣食不足。帝方勞諭，友諒引兵升殿。帝顛仆入內，軍士躡而追之。帝叱曰：「反耶？」友諒曰：「臣非敢無禮，奉元帥之令。」帝奔入御廚，以庖人之刀斬數輩，竟為亂兵所害。內人李漸榮、裴正一聞弒帝，投刃而死。又以朱友諒、氏叔琮扇動軍情，誅朱友諒、氏叔琮，以成濟之罪歸之。友諒等臨刑訴天曰：「天若有知，他日亦當如我。」後全忠即位，為子友珪所弒，竟如其言。

後梁太祖朱溫（八五二至九一二）曾參與黃巢之亂，後降唐，獲僖宗賜名朱全忠。僖宗中和三年（八八三），授以宣武節度使。他後來　昭宗，立哀帝，後又廢哀帝自立，建立後梁。晚年他大肆荒淫，強姦兒媳，被三子朱友珪（八八五至九一三）所　。朱友珪，史稱梁郢王、庶人友珪，弒父自立後不得人心，為朱溫的嫡子朱友貞（八八八至九二三）發動政變推翻自殺，死後被追廢為庶人。

卷十八〈娠子能語〉：

後唐明宗皇帝微時，隨蕃將李存信巡邊，宿於雁門逆旅。逆旅媼方娠，帝至，媼慢，不時具食。腹中兒語謂母曰：「天子至，宜速具食。」聲聞於外，媼異之，遽起親奉庖爨，敬事尤謹。帝以媼前倨後恭，詰之。曰：「公貴不可言也。」問其故，具道娠子腹語事。帝曰：「老媼遜言，懼吾辱耳。」後果如其言。

此條所述為異事。後唐的第二任皇帝明宗（八六七至九三三），是河東節度使李克用（八五六至九〇八）的養子，名李嗣源。第一任皇帝莊宗李存勗（八八五至九二六），是李克用的兒子。李存勗滅後梁，建立後唐。後來在「鄴都之變」中，李存勗中流箭而死。群臣擁戴李嗣源。歷史雖有載謂李嗣源是文盲，但他即位後，革除莊宗時的弊政，勵精圖治，興修水利，誅滅宦官，關心百姓疾苦，並撤銷不少有名無實的機關，後唐趨於強盛。

卷十九〈明宗獎馮道〉：

明宗謂侍臣曰：「馮道純儉，頃在德勝寨，所居一茅庵，與從人同器而食，臥則芻藁一束，其心晏如。及以父憂退歸鄉裏，自耕耘樵采，與農夫雜處，不以素貴介懷，真士大夫也！」

馮道（八八二至九五四）有才識，歷事五朝、八姓、十一帝，前後為官四十多年，是官場上的「不倒翁」。從此條中，我們可見明宗是很欣賞馮道的。他重用馮道為端明殿學士，後又升遷他為中書侍郎、刑部尚書平章事，相當於宰相之位。

卷二十〈貌陋心險〉：

吳興沈徽，乃溫庭筠諸甥也。嘗言其舅善鼓琴吹笛，亦云有弦即彈，有孔即吹，不獨柯亭爨桐也。制《曲江吟》十調，善雜畫，每理髮則思來，輒罷櫛而綴文也。有溫顗者，乃飛卿之孫，憲之子。仕蜀，官至常侍。無它能，唯以隱僻繪事為克紹也。中間出官，旋遊臨邛，欲以此獻於州牧，為謁者拒之。然溫氏之先貌陋，時號「鍾馗」。顗之子郢，魁形，克肖其祖，亦以奸穢而流之。

溫庭筠的外甥沈徽也是晚唐的詩人，《全唐詩》收其詩作二首。他談及舅父溫庭筠「善鼓琴吹笛」，「有絃即彈，有孔即吹，不獨柯亭、爨桐也。」柯亭，指柯亭笛，亦稱柯亭竹、桓伊笛、桓郎笛，或簡稱柯亭，是中國古代有名的笛子，相傳由東漢蔡邕所製，與焦尾琴皆為中樂名器。根據《後漢書・蔡邕傳》注引張騭《文士傳》載，相傳東漢才子蔡邕一次經過會稽高遷亭（即柯亭），發現屋椽東間第十六根竹子質地奇特，可以作為製笛的材料。結果蔡邕以此竹料製作笛子，果然能發出優美的笛聲。干寶《搜神記》卷十三亦載：「蔡邕嘗至柯亭，以竹為椽，邕仰盼之，曰：『良竹也。』取以為笛，發聲遼亮。」爨桐，指著名的古琴「焦尾琴」。干寶《搜神記》卷十三：「吳人有燒桐以爨者，邕（蔡邕）聞火烈聲，曰：『此良材也。』因請之，削以為琴，果有美音。」後以「爨桐」指遭毀棄的良材或指焦尾琴。

相傳溫庭筠貌醜，有「溫鍾馗」的外號。他的孫溫顗遊歷臨邛，想給州牧當個門客，但因長相似自己的爺爺，州牧沒有接納。此條謂周顗的兒子郢「魁形克肖其祖」。看來溫庭筠的後人都遺傳了他的長相。

南唐近事

《南唐近事》一卷，宋鄭文寶（九五三至一〇一三）撰。

鄭文寶，字仲賢，一字伯玉，汀州寧化水茜鄉鄭家坊（今屬福建）人。他出生那年是五代末期後周太祖廣順三年（九五三）。宋太宗太平興國八年（九八三），文寶中進士。他師事五代末宋初著名文學家、書法家徐鉉（九一六至九九一），仕南唐為校書郎，歷官陝西轉運使、兵部員外郎等。他善篆書，工琴，以詩名世，風格清麗柔婉，所作多警句，為歐陽修、司馬光所稱賞。著有《江表志》、《南唐近事》、《歷代帝王譜》、《談苑》、《玉璽記》等。鄭文寶的書法留世作品有《嶧山碑》。徐鉉說：「篆字難於小而易於大，文寶的篆書小字勝過李陽冰，大字則與之不相上下。」宋真宗大中祥符六年（一〇一三），文寶於襄城逝世。

據此書自序，此書成於宋太宗太平興國二年（九七七）五月，距離南唐（九三七至九七六）亡國約一年半。當時李後主李煜（九三七至九七八）尚在世。自序又稱南唐烈祖、元宗、後主三世「史籍蕩盡，惜夫前事十不存一」，遂以「耳目所及，志於縑緗，聊資抵掌之談」。《四庫全書總目》謂其「世仕江南，得諸聞見，雖浮詞不免，而實錄終存」。全書所記為南唐三主約四十年間雜事，起南唐烈祖天福二年（九三七）之春，終宋太祖開寶八年（九七五）之冬。由於南唐史籍多毀於兵火，所以此書內容頗為史家重視。南宋陸游（一一二五至一二一〇）撰《南唐書》，引用此書資料約佔十分之五六。

現從此書轉錄十條給大家賞讀。

第一條〈烈祖服藥〉：

烈祖輔吳之初，未踰強仕，元勳碩望，足以鎮時靖亂。然當時同立功如朱瑾、李德誠、朱延壽、劉信、張宗、柴載用、周本、劉金、張宣、崔太初、劉威、韋建、王綰等，皆握強兵，分守方面，由是朝廷用意牢籠，終以跋扈為慮。上雖至仁長厚，猶以為非老成無以彈壓，遂服藥變其髭鬢，一夕成霜。洎歷數有歸，讓皇內禪，諸藩入覲，竟無異圖。

南唐開國君皇唐烈祖李　（八八九至九四三）原名徐知誥，是楊吳權臣徐溫的養子。在吳睿帝楊溥天祚三年（九三七年），強迫吳睿帝讓位，奪得政權，並改國號為「齊」，改年號為「昇元」，以昇州金陵府（建康）為西都，揚州廣陵府（江都）為東都。追尊徐溫為太祖武皇帝。昇元三年（九三九）二月乙亥，徐知誥自認是唐朝宗室，改國號為大唐，改徐溫廟號為義祖。復李姓，初改自名為昂，犯唐文宗名諱，旋改名晃，又與後梁太祖朱溫同名，又改名為旦，犯唐睿宗廟諱。最終改名為　。此條記述他在輔吳時，想扮老成些，竟然服藥使其髭鬢一夕成霜的故事。

第四條〈玄武湖〉：

金陵城北有湖，周迴十數里，幕府、雞籠二山環其西，鍾阜、蔣山諸峰聳其左，名園勝境，掩映如畫，六朝舊跡，多出其間，每歲菱藕罟網之利不下數十千，《建康實錄》所謂玄武湖是也。一日諸閣老待漏朝堂，語及林泉之事。坐間馮謐因舉玄宗賜賀監三百里鏡湖，信為盛事，又曰：「予非敢望此，但賜後湖，亦暢予平生也。」吏部徐鉉怡聲而對曰：「主上尊賢待士，常若不及，豈惜一後湖，所乏者知章爾！」馮大有慚色。

《建康實錄》是唐朝史學家許嵩所撰的六朝史料集。玄武湖位於江蘇南京，六朝前稱桑泊，曾是中國最大的皇家園林湖泊，當代僅存的江南皇家園林，與杭州西湖、嘉興南湖並稱「江南三大名湖」。玄武湖還有很多別名：秣陵湖、蔣陵湖、練湖、後湖、昆明湖等。玄武湖湖岸呈菱形，湖面寬廣，廣植荷花，島堤多柳。湖中有五洲：環洲、櫻洲、菱洲、梁洲、翠洲。自東晉以來為勝地，南朝恆講武於此，湖周四十景，宋以後廢為田，歲久舊跡益堙，惟城北十三里僅存一池，明初復開浚，中有舊洲新洲及龍引、蓮萼等洲。

賀知章（六五九至七四四），字季真，號石窗，晚年號四明狂客，越州永興縣（今浙江蕭山）人，唐朝著名詩人。賀知章早年遷居越州山陰（今浙江紹興）。少時即以詩文知名。唐武后證聖元年（六九五）中狀元，是浙江歷史上第一位有資料記載的狀元。官至禮部尚書。他是三國時東吳名將賀齊的十八世孫。他流傳下來的詩不多，在《全唐詩》中的只有二十首，著名的有《詠柳》、《回鄉偶書》等。

玄宗天寶三年（七四四），賀知章因病恍惚，上疏請度為道士，求還鄉里，捨本鄉家宅為道觀，求周宮湖數頃為放生池。玄宗詔令准許，賜「鑑湖一曲」（即鑑湖的一個角）。玄宗以御製詩贈之，皇太子率百官餞行。他回到山陰五雲門外「道士莊」，住「千秋觀」，建「一曲亭」自娛。其間，寫下《回鄉偶書二首》，為人傳誦。不久病逝，年八十六。

在此條中，南唐諸閣老在「待漏朝堂」時，語及林泉之事。馮謐（生卒年不詳）談及玄宗賜賀知章「鑑湖一曲」的事，言下之意，其實是盼望皇上可賜他玄武湖，使他可「暢其平生」。名臣徐鉉（九一六至九九一）卻說「主上尊賢待士，常若不及，豈惜一後湖？所乏者知章爾。」馮謐聽了，「有大慚色」，想他有自知之明。

馮謐（生辛年不詳），早年名馮延魯，字叔文，是中國五代十國時期南唐官員。祖先來自彭城，唐末南渡，家住新安。馮延巳（九〇三至九六〇）是馮延魯的同父異母的兄長，但他們之間關係一般。馮延魯年輕時以文學聞名。

南唐開國皇帝李　統治期間，他和馮延巳均在李　長子李瑤的元帥府任職。他們在元帥府任職時要求廢除禁止人民販賣兒女的禁令，但李　同意官員蕭儼的建議，反對窮人賣子為奴。李　曾考慮將其調離李瑤身邊。李　病逝後，馮延巳和馮延魯負責代替李　起草遺詔，在其中加入了有關允許販賣兒女為奴的詔令。蕭儼向李瑤上書，指出李　曾反對販兒女為奴。李瑤了解到實際情況確實如蕭儼所說，但卻不從遺詔中刪除該詔令。李璟登基後，將大部分權力交給了陳覺。馮延巳、馮延魯、魏岑和查文徽都與陳有密切聯繫，被時人稱為「五鬼」。馮延魯也從禮部員外郎升為中書舍人、勤政殿學士。

後來，鑑於在作戰中犯錯，李璟下令將陳覺和馮延魯押往金陵，並考慮將他們處死，但後來改將馮延魯流放到蘄州，將陳覺流放到舒州。這引起了徐鉉和韓熙載的反對，他們指出陳覺和馮延魯應該被處死，但李璟沒有聽從徐和韓的意見。後來馮延魯又被召回朝廷擔任少府監。

九五六年，後周將領韓令坤突然襲擊南唐東都江都，並將其攻佔。馮延魯改扮和尚，躲藏在佛寺，防止被後周軍隊發現，但後來還是被後周士兵俘虜。後周皇帝郭榮釋放了他，並任命他為給事中和太常卿。九五八年，南唐將長江以北土地割讓給後周，馮延魯被放回南唐。李璟任命馮為戶部尚書。

李璟於九六一年去世，子李煜繼位。李煜派遣馮延魯（此時已改名為馮謐）攜帶金、銀、絲綢和彩色紡織品前往宋朝，並向宋朝匯報南唐更換新君的消息。回國後，李煜在宮殿舉行了一場盛大的宴會，親自為馮謐倒酒，更為他念詩歌和彈奏樂器。九六二年，馮再次前往宋朝，這一次，他希望趙匡胤能賜給他舒州田宅。趙匡胤同意了。九七一年，李煜派遣其弟李從善前往宋朝，趙匡胤將其扣留在宋都開封，不允許他返回南唐。九七二年，李煜派馮出使開封，希望趙匡胤能釋放李從善回國。然而，馮到達開封後中風，趙匡胤派醫生前去看望他，並將他送回南唐。馮謐返回金陵後不久去世。

第八條〈昇元初〉：

昇元初，許文武百僚觀內藏，隨意取金帛，盡重載而去。惟蔣廷翊獨持一縑還家，餘無所取，士君子以是而多之。終尚書郎。

這條記載在烈祖治國初年，國家庫房充足，許百官參觀及隨意取走金帛。但也有不貪金帛如蔣廷翊者，只取走一縑。皇上從此對他刮目相看，不斷提拔，「終尚書郎」。

第十二條「元宗少躋大位」：

元宗少躋大位，天性謙謹，每接臣下，恭慎威儀，動循禮法，雖布素僚友無以加也。夏日御小殿，欲道服見諸學士，必先遣中使數四宣諭，或訴以小苦，巾裹不及冠褐可乎？常目宋齊丘為子嵩，李建勳為史館，皆不之名也，君臣之間，待遇之禮率類於此。

此條記載南唐中主李璟（九一六至九六一）天性謙謹，對待臣下恭慎循禮。他是其父烈祖李　的長子。烈祖昇元七年（九四三）崩，他繼位時已有二十七歲，所以鄭文寶說他「少躋大位」，有些不合。

李璟，字伯玉，原名徐景通、徐瑤，徐州人。李璟是五代十國時期南唐第二任國主，因此也被稱為李中主。徐知誥建立南唐，改名李　，徐瑤先後改名為李瑤、李璟。

李璟即位後，改變其父李　保守的政策，開始大規模對外用兵。他在位的大部分時間內，南唐疆土最大。但他過度好大喜功，又罷黜先皇時期的元老重臣，任用五個專事諂媚和自己興趣相投的佞臣（馮延巳、馮延魯、魏岑、陳覺、查文徽，史稱「南唐五鬼」）。這些人阿諛奉承、結黨營私，使南唐政治漸趨敗壞。南唐不斷地侵犯周邊國家，陸續攻滅閩、楚。雖然增加新土地，但隨之而來的反抗戰爭，使南唐疲於應付。對後周的兩次戰爭，更消耗了南唐大量庫存。李璟本人也奢侈無度，使政治腐敗，民不聊生。九五七年後周派兵侵入南唐，佔領了南唐大片土地，並長驅直入到長江一帶，迫近金陵，李璟只好向後周世宗柴榮稱臣，去帝號，自稱唐國主，年號由原本的交泰改為後周的顯德。九六一年八月一二日駕崩，時年四十六歲，廟號元宗。

李璟好讀書，多才藝，書法頗佳。他的詞感情真摯，風格清新，常與寵臣韓熙載、馮延巳等唱和。他和其子李後主並稱「南唐二主」，作品被收錄入《南唐二主詞》中。

現錄他的詞作二首給大家欣賞。

《攤破浣溪沙》：「菡萏香銷翠葉殘。西風愁起碧波間。還與容光共憔悴，不堪看。細雨夢回雞塞遠，小樓吹徹玉笙寒。多少淚珠無限恨，倚闌干。」《攤破浣溪沙》：「手捲珠簾上玉鉤。依前春恨鎖重樓。風裏落花誰是主？思悠悠。青鳥不傳雲外信，丁香空結雨中愁。回首綠波三楚暮，接天流。」

第十九條〈孫晟為尚書郎〉：

孫晟為尚書郎，上賜一宅在鳳臺山西岡壟之間。徙居之日，群公萃止，韓熙載見其門卑巷陋，謂孫曰：「湫隘若此，豈稱為相第耶！」舉坐莫喻其旨。明年孫拜御史大夫，旬日之間，果正台席。

此條記載孫晟為相前的軼事。孫晟（？－九五六），初名孫鳳，又名孫忌，封爵魯文忠公，高密（今山東省高密縣）人。他是中國五代十國時期後唐、楊吳、南唐的官員，他在南唐中主李璟時官至宰相。當南唐被後周攻打時，李璟派他作為使者出使後周，以圖說服後周世宗皇帝郭榮結束他的南征，郭榮因為孫晟沒有向他透露南唐的情報，而且對待自己傲慢不恭，於是將他處死。

第二十二條〈劉仁贍鎮壽春〉：

劉仁贍鎮壽春，周師堅壘三戰，蹙而不降。一夕愛子泛舟於敵境，艾夜為小校所擒，疑有叛志，請於贍。贍將行軍法，監軍使懇救不回，復使馳告其夫人。夫人曰：「某即妾最少子，攜提愛育，情若不及，奈軍法至重，不可私也。名義至大，不可虧也。苟屈公議，使劉氏之門有不忠之名，妾與令公何顏以見三軍？」遂促令斬之，然後成其喪禮。戰士無不墮淚。

劉仁贍（九〇〇至九五七），南唐大將。字守惠，彭城（今江蘇徐州）人，劉金之子，曾任五代時期十國之一的楊吳右監門衛將軍。歷黃州、袁州二州刺史。治軍嚴明。

南唐中主元宗李璟即位，讓其掌管親信的部隊。南唐滅楚時，劉仁贍領戰船二百艘沿江而上，於九五一年十月二十五日直取岳州。後來，他擔任清淮軍節度使，鎮壽州。後周來攻時，他率兵固守城池，九五七年正月，其子可能因不能忍受後周軍的長期圍困，想從壽州城裏向外逃跑。被抓獲後劉仁贍不顧所有人的勸阻，依軍法將兒子處以腰斬極刑。此條謂其夫人也認為兒子有罪，不可徇私。

元宗保大十五年（九五七）三月十九日，監軍周廷構、營田副使孫羽等擅自以劉仁贍的名義向後周開城投降。二十一日，後周世宗親臨壽州城北受降，對被抬來的劉仁贍厚加撫慰，令他入城養病，拜官天平軍節度使兼中書令，但劉仁贍已然病入膏肓，不能視事。保大十五年三月辛亥日，授予節度使的制書剛剛下達，劉仁贍便在家中病逝，享年五十八歲。壽州百姓聽說訃訊，都為之落淚，有數十位將校士卒自殺，來為他殉葬。後周世宗聞訊後，派遣使者弔祭，並命內臣負責監護其喪事，追封彭城郡王。元宗聞訊，悔恨慟哭，追贈他為太師、中書令，追封衞王，謚號「忠肅」。南唐後主時期，改贈越王。

劉仁贍年輕時略通儒術，好讀兵書，在江南頗有聲望。《全唐文》錄有其文《袁州廳壁記》。

第二十五條〈韓渥軼事〉：

韓寅亮，渥之子也。嘗為予言渥捐館之日，溫陵帥聞其家藏箱笥頗多，而緘鐍甚密，人罕見者，意其必有珍翫。使親信發觀，惟得燒殘龍鳳燭、金縷紅巾百餘條，蠟淚尚新，巾香猶郁。有老僕泫然而言曰：「公為學士日，常視草金鑾內殿，深夜方還翰苑，當時皆宮妓秉燭炬以送，公悉藏之。自西京之亂，得罪南遷，十不存一二矣。」余丱歲，延平家有老尼，嘗說斯事，與寅亮之言頗同，尼即渥之妾云耳。

「韓渥」，正史上作「韓偓」。鄭文寶《南唐近事》、沈括《夢溪筆談》、周紫芝《書韓承旨別集後》作「韓渥」。韓偓（約八四二至九二三），字致堯，小字冬郎，號玉山樵人，京兆萬年（今陝西西安）人。父韓瞻，進士出身。兄韓儀，官到翰林學士。

韓偓幼聰敏，十歲能詩。姨父李商隱作《韓冬郎即席為詩相送一座盡驚他日余方追吟連宵侍坐裴回久之句有老成之風因成二絕寄酬兼呈畏之員外》：「十歲裁詩走馬成，冷灰殘燭動離情。桐花萬里丹山路，雛鳳清於老鳳聲。」「劍棧風檣各苦辛，別時冰雪到時春。為憑何遜休聯句，瘦盡東陽姓沈人。」他在昭宗龍紀元年（八八九）中進士，佐河中幕府，召拜左拾遺，歷官翰林學士、中書舍人。黃巢軍入長安，昭宗光化三年（九〇〇）十一月，隨昭宗奔鳳翔，升兵部侍郎、翰林承旨。昭宗天復二年（九〇二），拒絕草詔起復在任時受賄賣官後因母喪去職的前宰相韋貽範。後因不附朱全忠，貶濮州（今河南濮陽）司馬，再貶榮懿（今四川中部）縣尉、鄧州（今河南、湖北交界）司馬。

昭宗被殺後，南依閩王王審知，住南安潘山招賢院，又曾寓居九日山延福寺，與弘一大師友好。他擅寫宮詞，多寫艷情，詞藻華麗，有「手香江橘嫩，齒軟越梅酸」（《幽窗》）之句，人稱「香奩體」。其詩集《玉山樵人集》，曾由《四部叢刊》重印傳世；《全唐詩》收錄其詩二八〇多首。今有明汲古閣刻本《韓內翰別集》一卷，附補遺一卷。另《香奩集》有元刊三卷本和《汲古閣》一卷本傳世。但沈括《夢溪筆談》認為《香奩集》是和凝所著。

韓偓的詩寫景抒情，文筆細膩。最有價值的是感時詩篇，寫出了唐朝由衰落走向滅亡的情景。他喜歡用七律寫時事，但多寫上層的動亂，較少言及民生疾苦。

現錄韓偓的七絕三首及七律四首給大家欣賞。

《宮詞》：「繡裙斜立正銷魂，侍女移燈掩殿門。燕子不來花著雨，春風應自怨黃昏。」《已涼》：「碧欄杆外繡簾垂，猩色屏風畫折枝。八尺龍鬚方錦褥，已涼天氣未寒時。」《自沙縣抵龍溪縣值泉州軍過後村落皆空因有一絕》：「水自潺湲日自斜，盡無雞犬有鳴鴉。千村萬落如寒食，不見人煙空見花。」《惜花》：「皺白離情高處切，膩紅愁態靜中深。眼隨片片沿流去，恨滿枝枝被雨淋。總得苔遮猶慰意，若教泥污更傷心。臨軒一醆悲春酒，明日池塘是綠陰。」《息兵》：「漸覺人心望息兵，老儒希覬見澄清。正當困辱殊輕死，已過艱危却戀生。多難始應彰勁節，至公安肯為虛名。暫時胯下何須恥，自有蒼蒼鑒赤誠。」《避地》：「西山爽氣生襟袖，南浦離愁入夢魂。人泊孤舟青草岸，鳥鳴高樹夕陽村。偷生亦似符天意，未死深疑負國恩。白面兒郎猶巧宦，不知誰與正乾坤。」《病中初聞復官二首其二》：「又挂朝衣一自驚，始知天意重推誠。青雲有路通還去，白髮無私健亦生。曾避暖池將浴鳳，却同寒谷乍遷鶯。宦途巇嶮終難測，穩泊漁舟隱姓名。」

據《宣和書譜》記載，韓偓雖不以字譽當世，但行書寫的極好，曾有《僕射帖》、《藝蘭帖》、《手簡十一帖》等傳世，宋明之人認為他的字「八法俱備，淳勁可愛」。

第三十二條〈宋齊丘〉：

宋齊丘微時，相者相之曰：「君貴不可說，然亞夫下獄之相，君實有之。位極之日，當早引退，庶幾保全。」齊丘登相位數載致仕，復以大司徒就徵。保大末，坐陳覺謀干犯事，乃餓死於青陽。

宋齊丘（八八七至九五九），本字超回，改字子嵩，豫章（現南昌）人。南唐謀臣，官至宰相，後得罪李璟，被賜死，諡醜繆。為文有天才，自以為古今獨步，書札亦自矜炫。集六卷，現存詩三首。他登相位數載後致仕，後又復出，最後性命不保。

第三十四條〈元宗嗣位之初〉：

元宗嗣位之初，春秋鼎盛，留心內寵，宴私擊鞠，略無虛日。常乘醉命樂工楊花飛奏《水調詞》進酒，花飛唯歌「南朝天子好風流」一句，如是者數四。上既悟，覆杯大懌，厚賜金帛，以旌敢言。上曰：「使孫、陳二主得此一句，固不當有銜璧之辱也。」翌日，罷諸懽宴，留心庶事，圖閩弔楚，幾致治平。

南唐中主聽了「南朝天子好風流」之句而有所警惕，之後罷諸懽宴，留心庶事，也算是明主了。他說假如三國孫吳末主孫皓（二四三至二八四）及南陳後主陳叔寶（五五三至六〇四）能聽到這句說話，就不會有「銜璧之辱」。（古代君王投降別國時，口中銜璧玉為禮。）唱這句歌詞的亦有謂是在金陵教坊的王感化。

第五十八條〈韓熙載放曠不稽〉：

韓熙載放曠不稽，所得俸錢，即為諸姬分去，乃著衲衣負筐，命門生舒雅執手版，於諸姬院乞食，以為笑樂。使中國作詩云：「我本江北人，去作江南客。舟到江北來，舉目無相識。不如歸去來，江南有人憶。」

韓熙載（九〇二至九七〇），字叔言，五代十國南唐宰相，濰州北海（今山東濰坊）人。後唐莊宗同光四年（九二六）進士。因父被李嗣源所殺而奔楊吳，為校書郎，出為滁、和、常三州從事。南唐烈祖時，召為秘書郎。南唐元宗李璟嗣位，屢遷中書舍人、戶部侍郎。契丹滅亡後晉時，奏請出兵，恢復大唐領土，未被採納，與宋齊丘對立，出任和州司馬。後主李煜即位後，歷任吏部侍郎、秘書監、兵部尚書、勤政殿學士承旨、太子右庶子、分司東都、秘書監、兵部尚書、中書侍郎、光政殿學士承旨。宋太祖開寶三年（九七〇）去世，時年六十九，追贈右僕射、同平章事，謚號「文靖」。

韓熙載博學，善文，史稱「制誥典雅，有元和之風。」工書法，與徐鉉（九一六至九九一）齊名，並稱「韓徐」。他也精通音律。江左稱其為「韓夫子」、「神仙中人」。其所撰詩文頗多，有《擬議集》、《定居集》等，今皆佚失。《全唐文》、《全唐詩》、《全唐詩外編》等存有其詩文。相傳熙載個性放蕩不羈。南唐後主李煜聽說他生活「荒縱」，派顧閎中夜入韓宅，窺看其縱情聲色的場面，目識心記，後畫成《韓熙載夜宴圖》。

江鄰幾雜志

《江鄰幾雜志》一卷，北宋初江休復（一〇〇五?至一〇六〇）撰。

江休復，號鄰幾，開封陳留（今河南開封）人。父江中古，母張氏。宋仁宗天聖二年（一〇二四）登進士第，官至刑部郎中，修起居注。他博覽群書，為文典雅，尤工於詩，與歐陽修、蘇舜欽、王安石、司馬光均有交遊。歐陽修於神宗熙寧四年（一〇七一）為《江鄰幾文集》寫序，說：「陳留江君鄰幾，常與聖俞、子美遊，而又與聖俞同時以卒，余既志而銘之。後十有五年，來守淮西，又於其家得文集而序之。鄰幾，毅然仁厚君子也。雖知名於時，仕宦久而不進，晚而朝廷方將用之，未及而卒。其學問通博，文辭雅正深粹，而論議多所發明，詩尤清淡閒肆可喜。」

江休復另有《唐宜鑑》十五卷、《春秋世論》三十卷及文集二十卷，均佚。

《江鄰幾雜志》共二百五十多條，所載多為唐、五代至作者晚年仁宗嘉祐年間雜事，有《嘉祐雜志》之別名。內容包括典章文物、文壇掌故、民間軼事等。晁公武《郡齋讀書志》稱「其所記精博，絕人遠甚」。

現從此書轉錄十條給大家賞讀。

第二十條：

好事者記：一春好天氣不過二十日。

一年四季，每季大約有九十天。這條謂在春天中，好天氣的日子不過二十日。這個統計頗有趣。也難怪在春天中很多人有「傷春」的情緒。

第四十二條：

真宗宴近臣禁中，語及《莊子》，忽命呼秋水至，則翠鬟綠衣小女童也，誦《秋水》之篇，聞者莫不悚異。

宋真宗愛讀書，又篤信道教，所以他必然熟讀《莊子》。但將身邊「翠環綠衣小女童」命名為「秋水」，且她竟能背誦《秋水》篇，難怪「聞者莫不悚異」。可能真宗身邊有別的小男童、小女童名為「馬蹄」、「至樂」、「達生」等也說不定。

莊子（約前三六九至前二八六），莊氏，名周，一說字子休，約與孟子（前三七二至前四七一）同時，為戰國宋國蒙邑（現菏澤東明縣莊寨）人，曾任漆園吏。他是著名思想家、哲學家、文學家，是道家學派的代表人物，老子（約前五七一至約前四七一）思想的繼承和發展者，後世將他與老子並稱為「老莊」。唐玄宗天寶初，詔封莊周為南華真人，稱其著書《莊子》為《南華經》，在《四庫全書》之中歸類為子部道家類。

據司馬遷《史記》所載，《莊子》有十餘萬言，由漢至晉之間，都為五十二篇。今本所見《莊子》則為三十三篇，七萬餘言，應是郭象（約二五二至三一二）作注時所編定。內篇七篇，乃是郭象所定，一般認為是莊子所著，是莊子思想的核心。內篇每篇的篇目都為三字。外篇十五篇、雜篇十一篇。外、雜篇取各篇篇首兩或三字為題。《史記》中司馬談《論六家要旨》謂：「道家，使人精神專一，動合無形，贍足萬物。其為術也，因陰陽之大順，采儒墨之善，撮名法之要，與時遷移，應物變化，立俗施事，無所不宜。指約而易操，事少而功多。」《莊子》外、雜篇，篇目雖雜，大體包括述莊、黃老、無君等主要內容。

《秋水》篇是外篇中的一篇，主旨借寓言中北海若的說話：「無以人滅天，無以故滅命，無以得殉名。謹守而勿失，是謂反其真。」「天、命、名」都是自然，「人、故、得」都是人為，三句的內涵大致相同，都是說人要服從天，天就是自然。我們不要用人為去毀滅天然，不要用有意的作為去毀滅自然的稟性，不要為獲取虛名而不遺餘力。謹慎地守護自然的稟性而不喪失，這就叫返歸本真。這篇的主旨和內篇中《逍遙游》及《齊物論》相同。全篇三千四百多字，說了七個寓言故事。

《莊子》書中有不少莊子的事跡，但大多是寓言。但在《秋水》篇中有這一段：「莊子釣於濮水，楚王使大夫二人往先焉，曰：『願以境內累矣！』莊子持竿不顧，曰：『吾聞楚有神龜，死已三千歲矣，王巾笥而藏之廟堂之上。此龜者，寧其死為留骨而貴乎？寧其生而曳尾於塗中乎？』二大夫曰：『寧生而曳尾塗中。』莊子曰：『往矣！吾將曳尾於塗中。』」這段文字所說的可能是真事。在《史記・老子韓非列傳》中有「楚威王聞莊周賢，使使厚幣迎之，許以為相。莊周笑謂楚使者曰：『千金，重利；卿相，尊位也。子獨不見郊祭之犧牛乎？養食之數歲，衣以文繡，以入大廟。當是之時，雖欲為孤豚，豈可得乎？子亟去，無污我。我寧遊戲污瀆之中自快，無為有國者所羈，終身不仕，以快吾志焉。』」

第五十四條：

張乖崖知江寧府，僧陳牒出，公據判送司理院勘殺人賊。翌日，群官聚廳，不曉其故，乖崖召僧至，訊云：「作僧幾年？」對：「七年。」復訊之云：「何故額有繫頭巾痕？」僧惶怖服罪，至今案牘尚在。初知益州，斬一猾吏，前後郡吏所倚任者，吏稱無罪，誅，封判令至曹方，讀示之，既聞斷辭，告市人曰：「爾輩得好知府矣。」李順嘗有死罪，繫獄，此吏故縱之也。

張詠（九四六至一〇一五），字復之，號乖崖，濮州鄄城（今屬山東）人，宋太宗太平興國五年（九八〇）進士。此條記述他出任地方官時的軼事，從中可見張詠的處事能力。

第六十九條：

永叔書法最弱，筆濃，磨墨以借其力。

歐陽修（一〇〇七至一〇七二）是北宋大文豪，這條謂他的「書法弱」。但這不代表歐陽修的書法不佳，可能他的成就只是比「蘇黃米蔡」稍遜而已。其實歐陽修的書法亦著稱於世，其書法受顏真卿影響較深。朱熹說：「歐陽公作字如其為人，外若優遊，中實剛勁。」

第八十三條：

藥方中一大兩，即今之三兩，隋合三兩為一兩。

此條記載藥方中「兩」所代表的分量隨時代而變。

第一百一十六條：

李昉相致仕後陪位南郊，病傷寒，卒。子宗諤入翰為玉清昭應宮副使，自齋所得疾，卒。宗諤子昭述右丞，祫享，奏告景靈，得疾，卒。三世皆死於祠祭之所。

李昉（九二五至九九六），字明遠，深州饒陽人（今屬河北）。五代後漢乾祐年進士。他歷仕後漢、後周，為翰林學士，最後歸宋，加中書舍人。曾經三度入仕翰林。宋太宗太平興國八年（九八三）拜同中書門下平章事。太宗端拱元年（九八八），罷為右僕射。太宗淳化二年（九九一），復拜平章事。太宗至道二年（九九六）卒。謚文貞，後避宋仁宗御諱趙禎改謚文正。此條記載他及他兒子李宗諤（九六四至一〇一二）及孫子李昭述（？至一〇五九）三世皆死於祠祭之所。

第二百一十六條：

猴部頭，猿父也，衣以緋優服，常在昭宗側。梁祖受禪，張御筵，引至坐側，視梁祖，忽奔走號，擲褫其冠服，全忠怒，叱令殺之，唐之舊臣無不愧怍。

後梁太祖朱溫（八五二至九一二），曾隨黃巢（八三五至八八四）作反，後歸唐。唐僖宗曾賜他「朱全忠」之名。後，他弒唐昭宗李曄（八六七至九〇四），立哀帝，再廢哀帝，建立後梁。此條記述平日慣在昭宗身邊的猴子見他不似君王而「擲褫其冠服」之奇聞。

第二百三十八條：

詩僧惠崇多剽前制，緇弟作詩嘲之：「河分崗勢司空曙，春入燒痕劉長卿。不是師兄多犯古，古人言語似師兄。」

惠崇（九六五至一〇一七），福建建陽人，北宋九位著名詩僧之一，擅詩、畫。作為詩人，他專精五律，頗為歐陽修等大家稱道。作為畫家，他「工畫鵝雁鷺鷥，尤工小景，善為寒汀遠渚、瀟灑虛曠之象。」（北宋郭若虛語）。蘇軾為惠崇畫作《春江晚景》的題詩：「竹外桃花三兩枝，春江水暖鴨先知」是傳頌千古的佳句。他很滿意自己一首《訪楊雲卿淮上別墅》：「地近得頻到，相攜向野亭。河分崗勢斷，春入燒痕青。望久人收釣，吟餘鶴振翎。不愁歸路晚，明月上前汀。」。但另一詩僧釋文兆作詩嘲諷他，謂「河分崗勢司空曙，春入燒痕劉長卿」，意謂「河分崗勢斷」一句原是抄司空曙的，「春入燒痕青」一句是抄劉長卿的。但，我們在《全唐詩》中，不見有此兩句。

第二百四十二條：

丁崖州雖險詐，然亦有長者，真宗嘗怒一朝士，再三語之，丁崖州輒稍退不答，上作色曰：「如此，叵耐問輒不應。」謂進曰：「雷霆之下，臣更加一言，則齏粉矣。」真宗欣然嘉納。

丁謂（九六六至一〇三七），字謂之，後更字公言，北宋時期蘇州長州（今江蘇蘇州）人。太宗淳化三年（九九二）進士，授大理寺評事、通判饒州事。累官至樞密使、同中書門下平章事、封晉國公。拜相後極力排斥寇準（九六一至一〇二三）。仁宗即位後為真宗山陵使，坐與內侍勾結，貶崖州司戶參軍，徙雷州。後以秘書省監致仕，居光州。仁宗景祐四年（一〇三七）卒。善言談，喜歡作詩，於圖書、博奕、音律無一不精。為人機智多敏，善揣摩人意。其人其事不足稱，而以詩文有聲於後世。其四六文言辭婉約，尤工詩詞，嘗參預西崑派詩人唱酬，風格不全與西崑體相同。一生著述甚富。從此條中，我們可以見到丁謂的確善於言談。

第二百五十二條：

萊公性自矜，惡南人輕巧。蕭貫當作狀元，萊公進曰：「南方下國，不宜冠多士。」遂用蔡齊。出院顧同列曰：「又與中原奪得一狀元。」時為樞密使。

寇準（九六一至一〇二三），字平仲，華州下邽（今陝西渭南）人，與白居易、張仁願並稱「渭南三賢」。真宗景德元年（一〇〇四）拜相，任同平章事，時遼國侵宋，宋有遷都避難之議，寇準力主宋真宗御駕親征，後宋遼雙方訂立「澶淵之盟」。景德三年（一〇〇六），被王欽若等排擠，失去相國之位。真宗天禧元年（一〇一七）再拜相。後遭丁謂等人構陷，貶雷州司戶參軍。仁宗天聖元年（一〇二三），病逝於雷州。追復太子太傅，贈中書令、萊國公，謚忠愍。人稱寇忠湣、寇萊公。

此條記載他不喜歡南方人士。在真宗大中祥符八年（一〇一五），原本蕭貫（九九二至一〇三七）當作狀元的，但因蕭貫是南方人，所以寇準主張以北方人蔡齊（九八八至一〇三九）為狀元。當然，蕭、蔡二人均為才子。蕭貫，字貫之，臨江軍新喻（今江西新余）人。真宗大中祥符八年進士。仁宗即位，進太常丞。仁宗天聖六年（一〇二八）以太常博士、直史館，為京東轉運使。後徙江東，改知洪州。仁宗明道元年（一〇三二），降知饒州。仁宗景祐四年卒。有文集二十卷。蔡齊，字子思，北宋萊州膠水（今山東平度市）人。大中祥符八年中狀元。通判兗州、濰州。知密州時，減免租稅，歷官御史中丞、樞密副使等職。仁宗寶元二年，病逝潁州，贈兵部尚書，謚文忠。

丁晉公談錄

《丁晉公談錄》一卷，是北宋潘汝士筆錄北宋真宗時期權臣丁謂言談的一部筆記。

丁謂（九六六至一〇三七），原字謂之，後改字公言，蘇州長州（今江蘇蘇州）人。太宗淳化三年（九九二）進士，授大理寺評事、通判饒州。累官至樞密使等職。真宗天禧三年（一〇一九）拜相，乾興元年（一〇二二）封晉國公。丁謂有智謀，多才藝，但心術不正，被宋人目為大姦，生前身後俱有惡名。拜相後極力排斥寇準（九六一至一〇二三）。仁宗即位後為真宗山陵使，坐與內侍勾結，貶崖州司戶參軍，徙雷州。後以秘書省監致仕，居光州。仁宗景祐四年（一〇三七）卒。

丁謂善言談，喜作詩，於圖書、博奕、音律無一不精。其人其事不足稱，但詩文則有名於後世。其四六文言辭婉約，尤工詩詞，嘗與西崑派詩人唱酬，但風格不全與西崑體相同。丁謂著作甚豐，有《丁謂集》八卷，《虎丘錄》五十卷、《刀筆集》二卷、《青衿集》三卷、《知命集》一卷，等等，均佚。《丁晉公談錄》有頗多版本，均未著撰人。今人多取李燾在《續資治通鑑長編》卷五十八景德元年十二月庚辰記事中所說《丁晉公談錄》為潘汝士所記。

潘汝士為潘慎修（九三七至一〇〇五）之子。潘慎修，字成德。福建莆田人。其父仕後唐，官至刑部尚書。潘慎修以父蔭，補秘書省正字，先後任水部郎中兼起居舍人、太子右贊善大夫、太常博士，歷知湖州、梓州。潘慎修仕宋太祖、太宗、真宗三朝，於真宗景德二年（一〇〇五）卒。潘汝士時為太廟齋郎，被真宗擢為大理評事。真宗天禧五年（一〇二一），汝士又以太常博士直集賢院，與潘洞、蕭貫等人並直史館，仕至工部員外郎。在此期間，正是丁謂掌政期。因此，《丁晉公談錄》為潘汝士撰之說甚為可信。

因《四庫全書》館臣不齒丁謂其人，所以《四庫全書》只將《丁晉公談錄》列為存目，提要也寫得甚偏頗。但《丁晉公談錄》中也保存了不少有價值的史料。

《丁晉公談錄》共有三十條。現選錄六條給大家賞讀。

第三條〈真宗守法〉：

真宗朝因宴，有一親事官失卻金楪子一片，左右奏云：「且與決責。」上云：「不可。且令尋訪。」又奏云：「只與決小杖。」上云：「自有一百日限，若百日內尋得，只小杖亦不可行也。」帝王尚守法如此，為臣子誠合如何？

真宗趙恆（九六八至一〇二二）在位廿四年多，是一位頗英明寬厚的君主。此條記載他不輕易責難大臣。

第十一條〈慎寬乃傳寫之誤〉：

杜鎬尚書，鴻博之士也，因看孫逖之文集云「慎寬之詔」，沉思良久，曰：「嘗遍閱群書，『慎寬』無所出也，當是『填（音鈿）寬之詔』，出《毛詩》，哀卹之義也。『慎寬』，傳寫之誤耳。」

此條記載杜鎬尚書的博學。杜鎬（九三八至一〇一三），字文周，常州府無錫縣（今江蘇省無錫市）人。出身襄陽杜氏，勤奮好學，博覽經史。宋太宗即位，歷任直秘閣、集賢校理，遷著作佐郎、國子博士，得到宋太宗讚賞，遷駕部員外郎。參修《宋太祖實錄》及《冊府元龜》，拜右諫議大夫、龍圖閣直學士。大中祥符三年（一〇一〇），累遷工部侍郎。博聞強記，治史嚴格，人稱「杜萬卷」。

第十三條〈晉公不言人非〉：

忽一日，真宗問：「馮拯如何？」晉公奏曰：「馮拯在中書密院十年，卻並無是非，實亦公心於國家。」真宗良久不答。又奏，復不答，遂退。尋問掌武曰：「丁某每來朕前保持馮拯，不知馮拯屢來破除伊。」掌武奏曰：「丁某不獨於上前不言人非，於臣處亦未嘗言人之非。」掌武退，謂晉公曰：「今後休於上前保持始平。」公亦別無他語，掌武由是愈器重晉公。

此條記述丁晉公不會說別人的是非。條中所述之馮拯（九五八至一〇二三），字道濟，孟州河陽（今河南孟縣）人。他是宋太宗太平興國三年（九七七）進士，宋仁宗天聖年間的第一位首相。真宗景德二年（一〇〇五）拜參知政事。後以疾歸。大中祥符四年（一〇一一）知河南府。七年，擔任御史中丞，後來因疾病出京知陳州。真宗天禧四年（一〇二〇）拜吏部尚書、同平章事，擔任樞密使。諡文懿。

第二十條〈趙普器度〉：

凡士大夫之必居大位者，先觀其器度，寬厚，則無不中矣。故韓王普在中書，忽命呂公蒙正為參預，趙常潛覘其為事而多之，曰：「吾嘗觀呂公，每奏事，得聖上嘉賞，未嘗有喜；遇聖上抑挫，亦未嘗有懼色。仍俱未嘗形於言，真台輔之器也。」只如太祖初即位，命韓王為相，顧謂趙曰：「汝雖

為相，見舊相班立坐起，也須且讓他。」趙奏曰：「陛下初創業，以臣為相，正欲彈壓四方，臣見舊相，臣須在上，不可更讓也。」太祖嘉之。洎因奏事忤旨，上怒，就趙手掣奏箚子，按而擲之。趙徐徐拾之起，以手展開，近前復奏。上愈怒，拂袖起，趙猶奏曰：「此事合如此，容臣進入取旨。」其膽量也如此。仍忽因大宴，大雨驟至，上不悅。少頃雨不止，形於言色，以至叱怒左右。趙近前奏曰：「外面百姓正望雨，官家大宴何妨？只是損得些少陳設，濕得些少樂人衣裳，但令樂人雨中做雜劇，更可笑。此時雨難得，百姓得雨，快活之際，正好吃酒娛樂。」上於是大喜，宣樂人就雨中奏樂，入雜劇。是日，屢勸近臣、百官、軍員喫酒，盡歡而散。趙之為相，臨時機變，能回聖上之心也如此。又言，趙嘗出鎮河陽、襄、鄧三郡，皆以嚴重肅下，政務自集，唯聖節日即張樂設筵，則豐厚飲饌。凡一巡酒，則遍勸席中喫盡，盡與不盡，但勸至三而止，其雅素也又如此。在相府，或一日，奏太祖曰：「石守信、王審琦皆不可令主兵。」上曰：「此二人豈肯作罪過？」趙曰：「然。此二人必不肯為過。臣熟觀其非才，但慮不能製伏於下。既不能製伏於下，其間軍伍忽有作孽者，臨時不自由耳。」太祖又謂曰：「此二人受國家如此擢用，豈負得朕？」趙曰：「只如陛下，豈負得世宗？」太祖方悟而從之。

此條記載宋太祖及宋太宗均十分器重及信任的宰相趙普的言行。趙普（九二二至九九二），字則平。北宋初年宰相。在陳橋兵變中立功，協助趙匡胤登上帝位，為宋開國功臣。後參與解除禁軍將領兵權的謀劃，並提出了「稍奪其權，制其錢穀，收其精兵」的綱領，解決了長期以來的藩鎮動亂問題，鞏固中央集權。趙普與趙光義曾有齟齬，但在趙光義即位後，趙普幫助趙光義穩定皇位，兩次拜相。趙普曾對宋太宗道：「臣有《論語》一冊，一半可用來助太祖打天下，一半可用來助陛下治理天下。」後人誤傳，說趙普「半部《論語》治天下」。太宗淳化元年（九九〇）正月請求致仕，遂為西京留守、河南尹、太保、中書令。三年（九九二）春，以「老衰久病」三次上表乞骸骨，太宗只好答應，三月，拜太師，封魏國公。同年七月十四日，病卒於洛陽，年七十一。太宗聞訊，痛哭涕泣。贈尚書令，追封真定郡王，謚忠獻。次年二月，葬於洛陽邙山。太宗至道三年（九九七）四月，追封韓王。

第廿一條〈太祖明聖慈惠〉：

太祖明聖慈惠，曆代創業之主不可比也。初，陳橋為三軍擁迫而回，不獲。已而徇其衆懇，乃先與三軍約曰：「汝等入城，不得驚動府庫，不得殺害人民，不得取奪財物，從吾令，則吾不違汝之推戴。」於是三軍皆曰：「不敢違命。」洎即位後，遣王全斌、劉光義為先鋒，王自大散關入，船自夔峽而入，水陸齊攻。曹彬為都監，沈義倫為行營判官，收復西蜀。無何，全斌殺降兵三千人。是時，曹不從命，但收其文案，不署字。王、曹、沈等回，太祖傳宣送中書取勘，左右曰：「方克復西蜀回，然殺降兵亦不可便按劾，今後陛下如何用人？」太祖曰：「不然。今河東、江南皆未歸服，若不勘劾，恐今後委任者轉亂殺人。」但令勘成案。宣令後殿見責，問曰：「如何敢亂殺人？」又曰：「曹彬但退，不干汝事。」曹不退，但叩頭伏罪曰：「是臣同商議殺戮降兵，朝廷問罪，臣首合誅戮。」太祖見曹如此，皆與原之。王授金州節度，餘皆次第進擢也。忽一日，宣曹太尉彬、潘太傅美，曰：「命汝收江南。」又顧曹曰：「更不得似西蜀時亂殺人。」曹徐奏曰：「臣若不奏，又恐陛下未知。曩日西川，元不是臣要殺降卒，緣臣商量，固執不下，臣見收得當日文案，臣元不肯著字。」太祖令取進呈，太祖覽之，又謂曰：「卿既商量不下，為何對朕堅自伏罪？」曰：「臣從初與王全斌等同奉陛下委任，若王全斌等獲罪，獨臣清雪，不為穩便，臣是以一向伏罪。」太祖曰：「卿既自欲當辜如此，又安用此文字？」曰：「臣從初謂陛下必行誅戮，故臣留此文書，令老母進呈陛下，乞全母一身。」太祖尤器遇之。又潛謂曰：「但只要他歸伏，慎勿殺人。是他無罪過，只是自家著他不得。卿切會取。」曹曰：「謹奉詔旨，不敢違越。」晉公曰：「今國家享無疆之休，良由是耳。曹之四子：璨、瑋、珣、琮，皆享豐祿，豈非餘慶乎？」

此條記載宋太祖在統一全國各地的戰爭中，着他的武將不可亂殺人。名將曹彬（九三一至九九九）亦不濫殺。曹家後來一門皆享豐祿。

第廿六條〈一百二十絕詩〉：

盧相多遜在朝行時，將歷代帝王年曆、功臣事蹟、天下州郡圖志、理體事務、沿革典故，括成一百二十絕詩，以備應對。由是，太祖、太宗每所顧問，無不知者，以至踐清途、登鈞席，皆此力耳。

在此條中，可見盧多遜（九三四至九八五）的詩才及學識。盧多遜，懷州河內縣（今河南省沁陽市）人，祖籍范陽郡涿縣（今河北省涿州市）。他博涉經史，聰明強記。五代後周顯德初年進士。北宋太祖開寶元年冬，充翰林學士，奉敕與尚藥奉御劉翰等纂修《開寶本草》。太宗太平興國初，拜中書侍郎、平章事，後任兵部尚書。太平興國六年（九八一），盧多遜告發趙普當初不想立宋太宗，宋太宗因此疏遠了趙普。太平興國七年（九八二），宰相趙普告發盧多遜與秦王趙廷美暗通，圖謀不軌。初判死刑。後念其久事朝廷，下詔奪官，全家發配崖州（今海南島三亞崖城鎮）。詔書規定：「縱更大赦，不在量移之限。」即遇赦不赦。多遜至崖州，謝恩表曰：「流星已遠，拱北極巳不由；海日懸空，望長安而不見。」常年住水南村（崖城鎮水南村），多賦詩譽水南村。太宗雍熙二年（九八五），卒於崖州水南村寓所。仁宗天聖十年（一〇三二）十月，特贈秘書省少監。仁宗景祐三年（一〇三六）三月，詔還懷州所沒田宅。四年（一〇三七）四月，贈工部尚書。

歸田錄

《歸田錄》二卷，北宋歐陽修（一〇〇七至一〇七二）撰。

歐陽修，字永叔，號醉翁、又號六一居士，諡號文忠。吉州廬陵（今江西省吉安市），生於綿州（今四川綿陽）。四歲喪父，隨母親鄭氏往隨州，投靠叔父。仁宗天聖八年（一〇三〇）中進士。被任命為西京洛陽留守推官。開始和當時的名士交遊。仁宗景祐元年（一〇三四），獲召試學士院，授官館閣校勘，移居汴京。仁宗慶曆三年（一〇四三）出任諫官，後擢知制誥。他支持范仲淹（九八九至一〇五二）的新政。慶曆八年（一〇四八）後，出知揚州等地。仁宗至和元年（一〇五四），被召入京，編《新唐書》。仁宗嘉祐二年（一〇五七），陞為翰林學士。曾出使遼國。嘉祐三年（一〇五八），繼包拯出任開封知府。嘉祐五年（一〇六〇），陞為樞密副使。自此至英宗治平三年（一〇六六），與韓琦、富弼一同主政。稍後，曾外放知亳州。神宗熙寧二年（一〇六九），王安石（一〇二一至一〇八六）行新政，歐陽修不贊同。熙寧三年（一〇七〇），知蔡州。晚年多病，患眼疾、齒疾，手足不便。熙寧四年（一〇七一），隱居潁州。熙寧五年（一〇七二）病逝。

歐陽修是北宋出色的文學家、史學家、政治家。在文學方面，他是當時的文壇領袖。他推舉的王安石、曾鞏、蘇洵、蘇軾、蘇轍，及他自己，已佔唐宋古文八大家之六（其餘兩位是唐朝的韓愈、柳宗元）。顧隨的《駝庵詞話》卷五云：「宋代之文、詩、詞，皆自六一。文改駢為散，詩清新，詞開蘇、辛。……歐則奠定宋詞之基礎。蓋以文學不朽論之，歐之作在詞，不在詩文。」他也是文學史上第一個寫詩話的人。

歐陽修著作等身，有《居士集》五十卷、《易童子問》三卷、《外製集》三卷、《內制集》八卷、《奏議集》十八卷、《四六集》七卷、《集古錄跋尾》十卷等。景祐元年（一〇三四），歐陽修寫成《洛陽牡丹記》，論述牡丹的品種與培植，與洛陽人賞花盛況，是現存最早專記花卉的花譜。影響所及，宋代其他士人亦爭先撰寫花譜。《歸田錄》及《六一詩話》是歐陽修晚年最後的著作，都屬筆記體裁，是他古文造詣登峰造極之作。在史學方面，他所著的兩部史書《新唐書》及《新五代史》均列入廿四部正史之中。在政治方面，他是三朝（仁宗、英宗、神宗）元老。他重視儒家的禮樂教化，為人寬厚大量，處理政務也以寬簡為原則。歐陽修晚年以書、酒自娛，自號「六一居士」，六一指書一萬卷、金石佚文一千卷、平日消遣有棋一局、琴一張、酒一壺，加上「吾一老翁」。

《歸田錄》成書於英宗治平四年（一〇六七）。作者在自序中說：「《歸田錄》者，朝廷之遺事，史官之所不記，與夫士大夫笑談之餘而可錄者，錄之以備閒居之覽也。」書中記載了朝廷軼聞、職官制度、人物言行等，都是作者耳聞目睹的，有重要的文史價值。卷一有五十九條，卷二有五十五條。

現從兩卷中各錄數條給大家欣賞。

卷一第八條：

故老能言五代時事者云：馮相（道）、和相（凝）同在中書，一日，和問馮曰：「公靴新買，其直幾何？」馮舉左足示和曰：「九百。」和性褊急，遽回顧小吏云：「吾靴何得用一千八百？」因詬責久之。馮徐舉其右足曰：「此亦九百。」於是烘堂大笑。時謂宰相如此，何以鎮服百僚。

馮道（八八二至九五四）及和凝（八九八至九五五）均是五代時期的五朝元老，可稱政壇「不倒翁」。此條記載兩人之間一件詼諧的事。

卷一第十六條：

太祖建隆六年，將議改元，語宰相勿用前世舊號，於是改元乾德。其後，因於禁中見內人鏡背有乾德之號，以問學士陶穀，穀曰：「此偽蜀時年號也。」因問內人，乃是故蜀王時人。太祖由是益重儒士，而歎宰相寡聞也。

宋太祖改元，不欲重用前世舊號，但不料改元「乾德」後，卻發覺此乃前蜀（九〇七至九二五）亡國君王衍曾用過的年號。他惟有歎惜自己的宰相孤陋寡聞了。

卷一第十七條：

仁宗即位，改元天聖，時章獻明肅太后臨朝稱制，議者謂撰號者取天字，於文為「二人」，以為「二人聖」者，悅太后爾。至九年，改元明道，又以為明字於文「日月並」也，與「二人」旨同。無何，以犯契丹諱，明年遽改曰景祐，是時連歲天下大旱，改元詔意冀以迎和氣也。五年，因郊又改元曰寶元。自景祐初，群臣慕唐玄宗以開元加尊號，遂請加景祐於尊號之上，至寶元亦然。是歲趙元昊以河西叛，改姓元氏，朝廷惡之，遽改元曰康定，而不復加於尊號。而好事者又曰「康定乃謚爾」。明年又改曰慶曆。至九年，大旱，河北尤甚，民死者十八、九，於是又改元曰皇祐，猶景祐也。六

年，日蝕四月朔，以謂正陽之月，自古所忌，又改元曰至和。三年，仁宗不豫，久之康復，又改元曰嘉祐。自天聖至此，凡年號九，皆有謂也。

宋仁宗是北宋一位好皇帝，在位四十一年，共用了九個年號。此條解釋改元的原因及各年號的意義。歷史上，年號最多的是武則天，有十八個。後來，明朝及清朝，每個皇帝只用一個年號。

卷一第四十六條：

曹武惠王（彬），國朝名將，勳業之盛，無與為比。嘗曰：「自吾為將，殺人多矣，然未嘗以私喜怒輒戮一人。」其所居堂室弊壞，子弟請加脩葺，公曰：「時方大冬，牆壁瓦石之間，百蟲所蟄，不可傷其生。」其仁心愛物蓋如此。既平江南回，詣閤門入見，榜子稱「奉敕江南勾當公事回」。其謙恭不伐又如此。

曹彬（九三一至九九九）是北宋名將，嚴於治軍。在滅後蜀及南唐的戰爭中，均不濫殺。此條記載他愛惜生命，為人謙恭。後來，他的女兒成了真宗的皇后，孫女成了仁宗的皇后。他有一位孫，名曹佾，是仁宗皇后的弟弟，據說八仙中的曹國舅便是他。

卷二第七條：

寇萊公在中書，與同列戲云：「水底日為天上日」，未有對，而會楊大年適來白事，因請其對，

大年應聲曰「眼中人是面前人」。一坐稱為的對。

此條記載在真宗朝拜相的寇準（九六一至一〇二三）一則軼事。寇準是名相，能詩善文。楊億（九七四至一〇二〇），字大年，官至工部侍郎，是他的同道中人，是著名詩人，曾編《西崑酬唱集》。

卷二第九條：

處士林逋居於杭州西湖之孤山。逋工筆畫，善為詩，如「草泥行郭索，雲木叫鉤輈」，頗為士大夫所稱。又《梅花詩》云：「疏影橫斜水清淺，暗香浮動月黃昏。」評詩者謂：「前世詠梅者多矣，未有此句也。」又其臨終為句云：「茂陵他日求遺稿，猶喜曾無封禪書。」尤為人稱誦。自逋之卒，湖山寂寥，未有繼者。

此條記載西湖處士林逋（九六七至一〇二八）的詩句。林逋恬淡好古，性孤高，不求名利，終身不仕不娶，自謂「以梅為妻，以鶴為子」，諡號和靖。他詠梅的兩句，卻原來是改寫自南唐詩人江為的殘句「竹影橫斜水清淺，桂香浮動月黃昏」。

卷二第十七條：

錢思公雖生長富貴，而少所嗜好。在西洛時，嘗語僚屬言：「平生惟好讀書。坐則讀經史，臥則讀小說，上廁則閱小辭，蓋未嘗頃刻釋卷也。」謝希深亦言：「宋公垂同在史院，每走廁，必挾書以往，諷誦之聲琅然聞於遠近，其篤學如此。」余因謂希深曰：「余生平所作文章，多在三上，乃馬上、枕上、廁上也。」蓋惟此尤可以屬思爾。

錢惟演（九七七至一〇三四）是吳越末代國王錢俶的十四子。入宋後，曾被重用。他是西崑體的領袖，宗李商隱。上廁讀書或寫文章，原來古已有之。

卷二第五十條：

石曼卿磊落奇才，知名當世，氣貌雄偉，飲酒過人。有劉潛者，亦志義之士也，常與曼卿為酒敵。聞京師沙行王氏新開酒樓，遂往造焉，對飲終日，不交一言。王氏怪其所飲過多，非常人之量，以為異人，稍獻肴果，益取好酒，奉之甚謹。二人飲啖自若，傲然不顧，至夕殊無酒色，相揖而去。明日都下喧傳：王氏酒樓有二酒仙來飲，久之乃知劉、石也。

石延年（九九四至一〇四一），字曼卿，是北宋的文學家及書法家。他也是著名的酒客。此條記載他和劉潛相對豪飲的軼事。

劉潛（生卒年不詳），字仲方，曹州定陶人。少有大志，好古文，以進士起家，為淄州軍事推官。嘗知蓬萊縣。某次過鄆州，與曼卿飲，忽聞母暴疾，急趕歸家。母死，潛一慟而絕，其妻撫潛大哭而死。時人傷之，謂「子死於孝，妻死於義。」

泊宅編

《泊宅編》，宋朝方勺（一〇六六至？）撰。

方勺，字仁聲，婺州金華（今浙江金華縣）人，一說嚴瀨（今在浙江桐廬縣）人。後寓居烏程（今浙江吳興縣）的泊宅村，因號泊宅翁。神宗元豐六年（一〇八三）入太學，受教於朱服（一〇四八至？）。後任虔州（今江西贛州市）管勾常平。哲宗元祐五年（一〇九〇）自江西赴杭州應試不舉，後再無仕進之意，至晚年才又得一官。他曾和當時名士蘇軾、蘇子容、朱服、王漢之、葉夢得、洪興祖、王昇等交遊，所以對當代時事、人物、掌故等多有所聞。高宗紹興十一年（一一四一），他曾赴建康（今南京）拜訪葉夢得，並請求葉氏為其新書《雲茅漫錄》（已佚）作序。

《泊宅編》是方勺一部見聞筆記，書中所記，多為北宋末至南宋初的朝野雜事。此書有十卷本及三卷本兩種版本體系，二者既有重文，亦有差異。三卷本記事一百一十條，雖較十卷本少八十一條，但亦有廿六條為十卷本所不載。歷來對那個版本為原本都有不同的意見。現在普遍認為十卷本是在三卷稿本基礎上，由方勺增刪釐定付梓的版本。

現在，從十卷本中選錄十條給大家欣賞。

卷一〈東坡下御史獄〉：

東坡既就逮下御史獄，一日，曹太皇詔上曰：「官家何事數日不懌？」對曰：「更張數事未就緒，有蘇軾者，輒加謗訕，至形於文字。」太皇曰：「得非軾、轍乎？」上驚曰：「娘娘何自聞

之？」曰：「吾嘗記仁宗皇帝策試制舉人罷歸，喜而言曰：『今日得二文士，然吾老矣，度不能用，將留以遺後人。』二文士蓋軾、轍也。」上因是感動，有貸軾意。

此條記載神宗元豐二年（一〇七九）蘇軾因「烏臺詩案」事下獄。當時的曹太皇太后（一〇一六至一〇七九）和神宗談了幾句，說及仁宗皇帝當年曾謂喜得二文士蘇軾及蘇轍。曹太皇太后是仁宗的皇后，北宋名將曹彬（九三一至九九九）的孫女。蘇軾後來得赦，想和曹太皇太后的說話有關。

卷一〈重刻《醉翁亭記》〉：

歐公作《醉翁亭記》後四十九年，東坡大書重刻於滁州，改「泉洌而酒香」作「泉香而酒洌」，「水落而石出」作「水清而石出」。

歐陽修（一〇〇七至一〇七二）於宋仁宗慶曆五年（一〇四五）被貶滁州，出任太守。《醉翁亭記》作於宋仁宗慶曆六年（一〇四六），當時歐陽修正任滁州太守。歐陽修在滁州發展生產、使當地人生活安定，年豐物阜，政簡刑清。他暫時離開令人煩惱的政治圈子，而滁州也有令人陶醉的山水，這是使歐陽修感到快慰的。《醉翁亭記》作於次年。

《醉翁亭記》格調清麗，富有詩情畫意。這篇散文第一部分主要寫亭，第二部分主要寫遊，以「樂」字貫穿全篇。全文簡練含蓄，寓意深遠。文章內最有趣的是連用了二十一個「也」字及二十五個「而」字，讀來朗朗上口，有一種類似詩歌的韻律美。

此條說了兩件事，一是於歐陽修作《醉翁亭記》後四十九年，東坡大書重刻於滁州。二是改「泉冽而酒香」作「泉香而酒冽」及改「水落而石出」作「水清而石出」。歐陽修作此文後四十九年，是哲宗紹聖二年（一〇九五），當時蘇軾已被貶於惠州，所以他不可能在滁州參與其事。今日我們在歐陽修的文集中所見的《醉翁亭記》，是用「泉香而酒冽」及「水落而石出」的。其實，「冽」字解「寒冷」，例如「凜冽」。唐朝柳宗元《小石潭記》：「伐竹取道，下見小潭，水尤清冽。」明朝孫仁孺《東郭記》第二十二齣：「暮光又早生新月，野曠西風冽。」另外，「泉香」也頗費解。所以經過推敲，似乎用「泉冽而酒香」較合理。

卷一〈韓白詩〉：

韓退之多悲，詩三百六十，言哭泣者三十首。白樂天多樂，詩二千八百，言飲酒者九百首。

韓愈（七六八至八二四），字退之。白居易（七七二至八四六），字樂天。這兩位都是中唐著名詩人。此條所述及的統計頗有趣。

卷二〈宗澤〉：

宗澤，婺州農家子，登進士科，調館陶尉，凡獲逃軍即殺之，邑境為之無盜。時呂大資惠卿帥大名，聞其舉職，因召與語，仍薦之，且誡之曰：「此雖除盜之一策，恨子未閱佛書，人命難得，安可妄殺，況國有常刑乎！」澤靖康中為副元帥，後尹開封卒。

宗澤（一〇五九至一一二八）乃哲宗元祐六年（一〇九一）進士，曾重用岳飛（一一〇三至一一四二）。此條記載他「凡獲逃軍即殺之」的政策。名臣呂惠卿（一〇三二至一一一一）勸誡他不可妄殺。呂惠卿是仁宗嘉祐二年（一〇五七）進士，歷仕仁宗、英宗、神宗、哲宗、徽宗五朝，受到歐陽修、曾公亮、王安石等人的賞識。他精明賢能，不畏權貴，極力推行變法，是「熙寧變法」的第二把交椅。呂惠卿大半生都被捲入新舊黨的爭鬥，宦途也因此非常波折，評價也出現極大分歧。元代修《宋史》，將呂惠卿列入〈奸臣列傳〉，認為他背信棄義、人格低劣。後世對王安石變法重新檢定後，認為他是卓有才能的政治改革家。

卷二〈詩中用「乾坤」字〉：

詩中用「乾坤」字最多且工，唯杜甫。記其十聯：「乾坤萬里眼，時序百年心。」「身世雙蓬鬢，乾坤一草亭。」「江漢思歸客，乾坤一腐儒。」「吳楚東南坼，乾坤日夜浮。」「不眠憂戰伐，無力正乾坤。」「納納乾坤大，行行郡國遙。」「日月籠中鳥，乾坤水上萍。」「胡虜三年入，乾坤一戰收。」「日月低秦樹，乾坤繞漢宮。」「開闢乾坤正，榮枯雨露偏。」

此條記載杜甫（七一二至七七〇）詩中時用「乾坤」二字，並舉其所寫的十聯為例。詩聖工於律詩，所舉的十聯均可給學習寫律詩的詩友參考。

聯句或云起於《柏梁》，非也。《式微》詩曰：「胡為乎泥中？胡為乎中露？」泥中、中露，衛之二邑。劉向以謂此詩二人所作，則一在泥中，一在中露。其理或然，此則聯句之所起也。

「柏梁體」是七言古詩的一種，每句押韻。相傳漢武帝在柏梁臺上和羣臣共賦七言詩《柏梁》，清代學者趙翼（一七二七至一八一四）《陔餘叢考．柏梁體》云：「漢武宴柏梁台賦詩，人各一句，句皆用韻，後人遂以每句用韻者為柏梁體。然《柏梁》以前如漢高《大風歌》、荊卿《易水歌》……可見此體已久有之，不自《柏梁》始也。但聯句之每句用韻者，乃為柏梁體耳。」其實南北朝以前的七言詩大多是句句用韻的，比如曹丕的《燕歌行》。

《詩經．邶風．式微》：「式微，式微，胡不歸？微君之故，胡為乎中露！式微，式微，胡不歸？微君之躬，胡為乎泥中！」全詩只有短短二章，都以「式微，式微，胡不歸」為起調。「式」，是助語詞，「微」，指昏暗。意謂「天黑了，天黑了，為什麼還不回家？」詩人緊接着便交待了原因：「微君之故，胡為乎中露」；「微君之躬，胡為乎泥中」。意思是說，若不是為了君主的事情，怎需要終年在露水和泥漿中奔波勞作。

近現代學者多認為此詩是苦於勞役的人發出的怨詞，表達了服役之人遭受統治者的壓迫，日以繼夜地在外幹活，有家不能歸的怨憤。全詩重章換字，韻律和諧，用詞精巧，兼有長短的句式，節奏短促，充分表達出了服役之人的苦痛心情。

但此條則說「泥中、中露，衛之二邑」，並說西漢學者劉向（前七七至前六）謂此詩乃二人所作，其一在泥中，另一在中露。如果這說法成立，則表示在先秦時代已有聯句的事。

卷六〈東坡謫黃州〉：

東坡謫黃州，元豐五年，因誕日置酒赤壁高峰，與客飲，有進士李委懷笛以進，因獻新曲曰《鶴南飛》，仍求詩。坡醉，信筆贈詩，有「山頭孤鶴向南飛，載我南遊到九疑」之句。蓋南遷之兆，已見於此，七年遠謫，豈偶然哉？

「烏臺詩案」結案後，蘇軾於神宗元豐三年（一〇八〇）被貶到黃州。此條述及他在元豐五年作詩贈李委的軼事。《李委吹笛並引》：「元豐五年十二月十九日東坡生日，置酒赤壁磯下，踞高峯，俯鵲巢。酒酣，笛聲起於江上。客有郭、尤二生，頗知音，謂坡曰：『聲有新意，非俗工也。』使人問之，則進士李委聞坡生日，作新曲曰《鶴南飛》以獻。呼之使前，則青巾紫裘腰笛而已。既奏新曲，又快作數弄，嘹然有穿雲裂石之聲，坐客皆引滿醉倒，委袖出嘉紙一幅曰：『吾無求於公，得一絕句足矣！』坡笑而從之。『山頭孤鶴向南飛，載我南遊到九嶷。下界何人也吹笛，可憐時復犯龜茲。』」

詩中的「九嶷」，是九嶷山，又名九疑山、蒼梧山，是位於中國湖南省永州市寧遠縣與藍山縣一帶，屬於南嶺之萌渚嶺，縱橫二千餘里，南接羅浮山，北連衡嶽。這裏峰巒疊峙，深邃幽奇，海拔千米以上的高峰有九十多個，多為砂頁岩、花崗岩、變質岩組成。九嶷山主峰為畚箕窩，海拔一九八五米。九嶷山素以豐富的文物古蹟、獨特的自然風光，奇異的溶洞和別具一格的民俗風情著稱於世，現今是湖南省新「瀟湘八景」之一。九嶷山得名於舜帝南巡的傳說。九嶷山相傳也是舜帝安葬之地。

「龜茲」是西域「庫車國」的漢代音譯。南朝梁代僧祐撰的《出三藏記集》作「拘夷」，唐朝僧人禮言撰的《梵語雜名》作「歸茲」，唐代高僧玄奘口述，門人執筆編集而的《大唐西域記》作「屈支」，《新唐書》作「丘茲」或「屈茲」，《元史》作「庫徹」，今日作「庫車」。龜茲國以庫車綠洲為中心，最盛時北枕天山，南臨大漠，西與疏勒接，東與焉耆為鄰，相當於今新疆阿克蘇地區和巴音郭楞蒙古自治州部分地區。在極長的歷史時期內，是絲綢之路新疆段塔克拉瑪干沙漠北道的重鎮。

方勻說從「山頭孤鶴向南飛，載我南遊到九嶷」這兩句已見蘇軾有南遷之兆，所以及後的七年遠謫並非偶然。哲宗元祐七年（一〇九二）正月二十八日，蘇軾移知揚州。九月召還朝，以兵部尚書兼翰林侍讀學士，至十一月，又除端明殿學士兼侍讀。元祐八年，言官黃慶基、董敦逸彈劾蘇軾。八九月間，蘇軾出知定州。哲宗紹聖元年（一〇九四），章惇、安燾執政，蘇軾被哲宗貶謫至惠州。從此，他果然一再「南飛」，再沒能返回朝廷。

卷六〈山色有無中〉：

「山色有無中」，王維詩也。歐公《平山堂詞》用此一句，東坡愛之，作《水調歌頭》，乃云：「認取醉翁語，山色有無中。」

王維（六九二至七六一）乃盛唐山水田園派詩人。他的《漢江臨眺》全詩是：「楚塞三湘接，荊門九派通。江流天地外，山色有無中。郡邑浮前浦，波瀾動遠空。襄陽好風日，留醉與山翁。」歐陽修（一〇〇七至一〇七二）的《朝中措．平山堂》詞是：「平山欄檻倚晴空。山色有無中。手種堂前垂柳，別來幾度春風？文章太守，揮毫萬字，一飲千鍾。行樂直須年少，尊前看取衰翁。」蘇軾（一〇三七至一一〇一）的《水調歌頭·黃州快哉亭贈張偓佺》詞是：「落日繡簾卷，亭下水連空。知君為我新作，窗戶溼青紅。長記平山堂上，欹枕江南煙雨，杳杳沒孤鴻。認得醉翁語，山色有無中。一千頃，都鏡淨，倒碧峯。忽然浪起，掀舞一葉白頭翁。堪笑蘭臺公子，未解莊生天籟，剛道有雌雄。一點浩然氣，千里快哉風。」王維的一句「山色有無中」，先被歐陽修化用。蘇軾再用時，謂此是「醉翁語」，對摩詰居士來說，有些不公道呢。

卷八〈橘皮〉：

橘皮寬膈降氣，消痰逐冷，有殊功。他藥多貴新，唯此種貴陳，須洞庭者最佳。外舅莫強中知豐城縣，得疾，凡食已，輒胸滿不下，百方治之不效。偶家人輩合橘紅湯，取嘗之，似有味，因連日飲之。一日，坐廳事，正操筆，覺胸中有物墜於腹，大驚，目瞪，汗如雨，急扶歸。須臾，腹疼利下數塊，如鐵彈子，臭不可聞，自此胸次廓然。蓋脾之冷積也。抱病半年，所服藥餌凡幾種，不知功乃在一橘皮，世人之所忽，豈可不察哉！其方：橘皮去穰，取紅一斤，甘草、鹽各四兩，水五碗，慢火煮乾，焙擣為末點服。又古方：以橘紅四兩、炙甘草一兩，為末湯點，名曰二賢散，以治痰特有驗。蓋痰久為害，有不可勝言者。世醫惟知用半夏、南星、枳實、茯苓之屬，何足以語此。

此條記述陳皮的作用，可給他家作保健之參考。

陳皮是用橘子成熟後的果皮曬乾或烘乾所得。陳皮放置年份愈久愈好，故稱為「陳皮」。根據《本草綱目》記載，陳皮「療嘔噦反胃，時吐清水，痰痞咳瘧，大便閉塞，婦人乳癰。入食料，解魚腥毒。」相傳在宋代，廣東新會已有專門種柑取皮的作業。

陳皮含有橙皮甙、類檸檬苦素、揮發油、維生素B一等成分，陳皮能理氣健脾、燥濕化痰，可治理脾胃氣滯、脘腹脹悶、噁心嘔吐、脾虛泄瀉、咳嗽寒痰等症。年份較短的陳皮經過揀皮、浸漂、保鮮、切皮、醃製、瀝乾、調料、反覆曬制等多個工序製作後，加入白糖等材料，製成「九製陳皮」，可作為零食。

陳皮亦可以入膳，時將一絲絲的陳皮，灑於魚的表面上然後清蒸，可提升食味。另外，以陳皮放進粥米煮成的白粥，可以減少白粥的味寡。在中醫角度，陳皮白粥有順氣開胃，化痰止咳功效。

卷九〈中興野人〉：

有稱中興野人和東坡《念奴嬌》詞，題吳江橋上。車駕巡師江表，過而睹之，詔物色其人，不復見矣。「炎精中否，嘆人才委靡，都無英物。胡虜長驅三犯闕，誰作長城堅壁？萬國奔騰，兩宮幽陷，此恨何時雪！草廬三顧，豈無高臥賢傑？天意眷我中興，吾皇神武，踵曾孫周發。河海封疆俱效順，狂虜何勞灰滅。翠羽南巡，扣閽無路，徒有衝冠髮。孤忠耿耿，劍鋩冷浸秋月。」

這位中興野人，不知何許人也！他和東坡的詞，甚有氣勢。東坡原作是：「大江東去，浪淘盡，千古風流人物。故壘西邊，人道是，三國周郎赤壁。亂石崩雲，驚濤裂岸，捲起千堆雪。江山如畫，一時多少豪傑。遙想公瑾當年，小喬初嫁了，雄姿英發。羽扇綸巾，談笑間，強虜灰飛煙滅。故國神遊，多情應笑我，早生華髮。人生如夢，一尊還酹江月。」

夢溪筆談

《夢溪筆談》廿六卷、《補筆談》三卷、《續筆談》一卷，共三十卷，六百零九條，北宋沈括（一〇三二至一〇九六）著。

沈括，字存中，晚年自號夢溪丈人、夢溪翁、岸老。本籍杭州錢塘縣（今浙江杭州）。他出身於杭州官宦世家，是家中的幼子。父親沈周及伯父沈同均為進士。他自幼勤奮，十四歲前已盡讀家中藏書。後隨父宦遊各地。仁宗皇祐二年（一〇五〇），沈周知明州，沈括借居蘇州母舅家，從舅父許洞的著作及藏書中獲益不少。皇祐三年，父親去世。仁宗至和元年（一〇五四），以父蔭入仕，任海州沭陽縣主簿，治理沭水。仁宗嘉祐八年（一〇六三）中進士。次年，授揚州司理參軍。英宗治平二年（一〇六五），入京，編校昭文館書籍，參與評訂渾天儀，研究天文曆法。神宗熙寧元年（一〇六八），升館閣校勘，得以接觸皇家藏書。後，參與王安石的熙寧變法。熙寧八年（一〇七五），出使遼國。因出使有功，沈括被提拔為淮南、兩浙災傷州軍體量安撫使。次年，王安石罷相。熙寧十年（一〇七七），貶為起居舍人，知宣州。神宗元豐二年（一〇七九），復職龍圖閣待制，知審官院。元豐三年（一〇八〇），改知延州，兼任鄜延路經略安撫使，抵禦西夏。元豐五年（一〇八二），升龍圖閣學士。後，因「議築永樂城，敵至卻應對失當」，貶為筠州團練副使，隨州安置。

元豐八年（一〇八五）三月，神宗崩，哲宗繼位。沈括內遷，改任秀州團練副使，本州安置。秀州地處江南，毗鄰故鄉杭州。沈括在這裏編繪《天下群縣圖》，於哲宗元祐三年（一〇八八）完成，到汴京進呈，得哲宗賞賜。元祐四年（一〇八九），改任朝散郎，守光祿少卿，分司南京，可於外州居住。沈括遷往潤州（今江蘇鎮江）夢溪園，在此隱居，讀書寫作。哲宗紹聖三年（一〇九六），沈括病逝。

根據嘉定《鎮江志》收錄的《夢溪自記》，沈括從三十歲開始就一直做同一個夢，在夢裏他看見一座小山，山下有清澈的流水，水底又有喬木樹蔭投射的一片光影婆娑。沈括心想這便是他未來的歸處。之後，沈括一直沒有見到這樣的景色。他在被貶宣州時偶然從道士手中買下了一間潤州園林。晚年，他調職秀州，到了潤州，終於見到了自己那間園林，發現這正是他夢中的園地，於是把園中山、水命名為「百花堆」、「夢溪」。在這裏，他完成了《夢溪筆談》及農學著作《夢溪忘懷錄》（已佚）、醫學著作《良方》等。期間，熙寧變法被推翻，沈括也被列入新黨罪人之列。沈括還在潤州第一次遇到蘇軾，並贈予石油制墨，蘇軾特意寫《書沈存中石墨》回贈。

根據沈括姻親朱彧在《萍洲可談》的記載，沈括繼室張氏兇悍，常虐待沈括，兒女們抱頭痛哭，跪求張氏息怒。她又驅逐元配之子，在秀州時年年狀告其父子。但張氏去世後，沈括竟鬱鬱寡歡，過揚子江時，一度跳水自尋短見。

沈括學問淵博，在古今人物中，最為出類拔萃。他在數學、物理、化學、天文、地理、醫藥、經濟、軍事、藝文、書畫等範疇，都有出色的成就。他著作繁富，但大部分作品可能在蔡京主政期間遭到銷毀。《宋史》等文獻記載，沈括著作至少達四十多種，遍及經史子集。胡道靜先生在一九五六年出版《夢溪筆談校證》中詳列沈括作品清單，統計現存作品僅餘六種。二〇一一年浙江大學的楊渭生教授則將其花費三十年搜集的沈括作品合編為八十五卷本的《沈括全集》出版。

沈括居隨州期間開始創作《夢溪筆談》，並最終成書於沈括遷居夢溪園之後。此書匯集沈括畢生心血，其科學史料部分佔全書三成以上，在中國乃至世界科學史都佔有重要地位。在宋代文人圈子中，《夢溪筆談》是著名筆記，內容往往為其他筆記著作所採納。英國著名的生物化學家、漢學家李約瑟（一九〇〇至一九九五）視之為「中國整部古代科學史上的座標」，由此可以衡量科技史的成就。書中敘述各種創造與發明，提供第一手資料，具有非凡的價值。書中介紹了仁宗慶曆年間布衣學人畢昇（九七二至一〇五一）的活字印刷術，又記錄了五代末北宋初浙江杭州一帶的工巧匠喻皓的建築術，摘抄了其著作《木經》的部分內容。此書又記述了治理黃河水患時河工「高超巧合龍門」的「三節壓埽法」。《夢溪筆談》全書共分十七門，分別為故事、辯證、樂律、象數、人事、官政、權智、藝文、書畫、技藝、器用、神奇、異事、謬誤、譏謔、雜誌及藥議。

現從此書轉錄二十條給大家賞讀。

第五十三條〈卷三・辯證一〉：

古人藏書辟蠹用芸。芸，香草也，今人謂之七里香者是也。葉類豌豆，作小叢生，其葉極芬香，秋間葉間微白如粉汙，辟蠹殊驗。南人采置席下，能去蚤蝨。余判昭文館時，曾得數株於潞公家，移植秘閣後，今不復有存者。香草之類，大率多異名，所謂「蘭蓀」，蓀，即今菖蒲是也；蕙，今零陵香是也；茝，今白芷是也。

芸，即月橘，別稱七里香、九里香、十里香、千里香、萬里香、滿山香、九秋香、九樹香、千隻眼、千枝葉、小萬年青、青木香、四季香、四時橘、石柃、石芬等，為芸香科九里香屬植物。月橘的花能提煉芳香油，花及熟果可供食用，曬乾後的花可泡茶，月橘的樹皮或樹脂，與雅香同置薰籠中薰香衣服，木材堅硬可作手杖、印章等，亦可栽培作綠籬之用。月橘的花因濃郁而獨特的香味，能飄散往遠處，故而有七里香、九里香、十里香、千里香、萬里香、滿山香等之名。此條沈括謂曾從潞公家得數株芸草。潞公即歷仕仁宗、英宗、神宗、哲宗四朝的賢相文彥博（一〇〇六至一〇九七）。文彥博於仁宗嘉祐三年（一〇五八）曾封潞國公。

第六十六條（卷三・辯證一）：

《莊子》言：「野馬也，塵埃也」，乃是兩物。古人即謂野馬為塵埃，如吳融云：「動梁間之野馬。」又韓偓云：「窗裏日光飛野馬。」皆以塵為野馬，恐不然也。野馬乃田野間浮氣耳，遠望如羣馬，又如水波，佛書謂「如熱時野馬、陽焰」，即此物也。

「野馬也，塵埃也，生物之以息相吹也。」這是《莊子・逍遙遊》中的句子。頗多古人認為「野馬」即「塵埃」。沈括認為「野馬乃田野間浮氣」。

在歷代文人筆下，不乏「野馬」之語。例如辛棄疾《水龍吟》：「回頭落日，蒼茫萬里，塵埃野馬。」劉克莊《賀新郎》：「千古惟傳吹帽漢，大將軍，野馬塵埃也。」吳文英《鳳池吟》：「萬丈巍台，碧罘罳外，袞袞野馬游塵。」吳泳《八聲甘州》：「富貴非吾事，野馬浮埃。」明末清初大儒黃宗羲（一六一〇至一六九五）《仇公路先生八十壽序》：「唐宋以詩賦取士，其時甲賦律詩，當不減近日時文之汗牛充棟，今已化為野馬塵埃，不知焉往。」清末劉鶚（一八五七至一九〇九）的譴責小說《老殘遊記》第九回有「野馬塵埃晝夜馳，五蟲百卉互相吹」之句。在文章或詩詞中，「野馬」與「塵埃」「游塵」「浮埃」等經常連配使用。對「野馬」二字的解釋，意見有些紛歧。《四庫全書．子部》對說：「野馬：形狀如奔馬的游氣。」《辭海》中解釋說：「指浮游的水氣。」清朝經學家孫星衍（一七五三至一八一八）在《一切經音義》中謂「馬，特塺字假音耳。野塺，言野塵也。」聞一多名著《古典新義．莊子內篇校釋》：「野馬字蓋即沙漠之漠……野馬亦塵埃耳。《莊子》蓋以野外者為野馬，室中者為塵埃，故兩稱而不嫌。」他認為「馬」通假「漠」，「野馬」是野外的塵埃。《大智度論》曰：「一切諸行如幻，欺誑小兒，屬因緣，不自在不久住。是故說諸菩薩知諸法如幻如炎者。炎以日光風動塵故，曠野中見如野馬，無智人初見，謂之為水。」《放光般若經》曰：「菩薩行禪，觀色如聚沫，觀痛如泡。觀想如野馬，觀所作行如芭蕉。觀識如幻。」

文人今多以「野馬」為飄浮的雲氣和塵土，或容易消散、紛亂的事物，或當作一種虛幻的自然現象。依據現代科學知識，「野馬」應是一種在視寧度不好的情況下，由於空氣中光的折射產生的一種視覺虛幻的現象。

第七十七條〈卷四．辯證二〉：

世人畫韓退之，小面而美髯，著紗帽。此乃江南韓熙載耳，尚有當時所畫，題誌甚明。熙載謚文靖，江南人謂之「韓文公」，因此遂謬以為退之。退之肥而寡髯。元豐中，以退之從享文宣王廟，郡縣所畫，皆是熙載，後世不復可辯，退之遂為熙載矣。

此條指出世人誤以江南韓熙載之畫像當作韓愈的畫像。韓愈（七六八至八二四），字退之，河南河陽

（今河南孟州）人，自稱郡望昌黎，世稱韓昌黎；晚年任吏部侍郎，又稱韓吏部。謚文，世稱韓文公。唐代文學家，與柳宗元是當時古文運動的推行者，合稱「韓柳」。他亦是唐宋古文八大家之首。著作收錄《昌黎先生集》。

韓熙載（九〇二至九七〇），字叔言，五代十國南唐宰相，濰州北海（今山東省青州市）人。後唐莊宗同光四年（九二六）進士。關於韓熙載的詳細生平，可參看本書評介《南唐近事》篇。

第一百零六條（卷五・樂律一）：

《盧氏雜說》：「韓皐謂嵇康琴曲有《廣陵散》者，以王淩、毋丘儉輩皆自廣陵敗散，言魏散亡自廣陵始，故名其曲曰《廣陵散》。」以余考之，「散」自是曲名，如操、弄、摻、淡、序、引之類。故潘岳《笙賦》：「輟張女之哀彈，流廣陵之名散」，又應璩《與劉孔才書》云：「聽《廣陵》之清散」，知「散」為曲名明矣。或者康借此名以諫諷時事，「散」取曲名，「廣陵」乃其所命，相附為義耳。

嵇康（二二三至二六三），字叔夜，三國魏譙郡銍縣（今安徽省濉溪縣）人，因曾官至曹魏中散大夫，故後世又稱嵇中散。中國古代著名的文學家、思想家、音樂家。為魏晉時期「竹林七賢」之一，與阮籍齊名，並稱「嵇阮」，同為魏末文學界與思想界的代表人物。他抨擊世俗規範，主張順應自然，保全人的天性，在當時有非常高的聲望。後，因捲入朋友呂安的訴訟而入獄。權臣司馬昭（二一一至二六五）忌憚他的言論影響力會威脅司馬氏政權，在鍾會（二二五至二六四）的建議下將其處死。嵇康在獄中反思自己的人生，寫下了《幽憤詩》，又給兒子嵇紹（二五三至三〇四）寫下了《家誡》。臨到行刑那天，嵇康於刑場上顧視日影，向兄長嵇喜要來了一把琴，從容彈奏一曲《廣陵散》，曲罷嘆道：「昔日袁孝尼想跟我學習彈《廣陵散》，我總是不願意傳授，《廣陵散》於今絕矣！」隨後被處斬於洛陽東市。此條解釋「散」原是曲名。

第一百一十條（卷五·樂律一）：

高郵人桑景舒，性知音，聽百物之聲，悉能占其災福，尤善樂律。舊傳有虞美人草，聞人作《虞美人曲》，則枝葉皆動，他曲不然。景舒試之，誠如所傳。乃詳其曲聲，曰：「皆吳音也。」他日取琴，試用吳音制一曲，對草鼓之，枝葉亦動，乃謂之《虞美人操》。其聲調與《虞美人曲》全不相近，始末無一聲相似者，而草輒應之，與《虞美人曲》無異者，律法同管也。其知者臻妙如此。景舒進士及第，終於州縣官。今《虞美人操》盛行於江吳間，人亦莫知其如何為吳音。

《虞美人》的本事是項羽（前二三二至前二〇二）和虞姬淒美的愛情故事。據《情史·情貞類》記載，虞姬和歌之後，「姬遂自刎，姬葬處，生草能舞，人呼為虞美人草」。虞美人葬於何處，史書並無記載。目前國內有兩座虞姬墓，一座在安徽省靈璧縣，一座在安徽省定遠縣。孰真孰假，誰也說不清。而虞姬葬處「生草能舞」，也只是一種傳說。自古以來，人們對這種草究竟為何種植物眾說紛紜，莫衷一是。直到明清時期，才確定為罌粟科罌粟屬的虞美人。

在中國古籍中，有很多關於「虞美人草」的記載。南宋科學家、詩人、詞曲研究家王灼《碧雞漫志》謂按《益州草木記》，雅州名山縣出虞美人草，如雞冠花。葉兩兩相對，為唱《虞美人》曲，應拍而舞，他曲則否。又謂按《賈氏談錄》，褒斜山谷中有虞美人草，狀如雞冠，大葉相對。或唱《虞美人》，則兩葉如人拊掌之狀，頗中節拍。《酉陽雜俎》前集卷十九記載：「舞草，出雅州。獨莖三葉，葉如決明。一葉在莖端，兩葉居莖之半相對。人或近之歌及抵掌謳曲，必動，葉如舞也。」

南宋詞人辛棄疾（一一四〇至一二〇七）將項羽和虞姬淒美的愛情，結合「虞美人草」的傳說，寫了一首《浪淘沙》及一首《虞美人》。《浪淘沙・賦虞美人草》：「不肯過江東。玉帳匆匆。至今草木憶英雄。唱著虞兮當日曲，便舞春風。兒女此情同。往事朦朧。湘娥竹上淚痕濃。舜蓋重瞳堪痛恨，羽又重瞳。」《虞美人・賦虞美人草》：「當年得意如芳草。日日春風好。拔山力盡忽悲歌。飲罷虞兮從此奈君何。人間不識精誠苦。貪看青青舞。驀然斂袂卻亭亭。怕是曲中猶帶楚歌聲。」

第一百六十一條〈卷九・人事一〉：

唐白樂天居洛，與高年者八人遊，謂之「九老」。洛中士大夫至今居者為多，斷而為九老之會者再矣。元豐五年，文潞公守洛，又為「耆年會」，人為一詩，命畫工鄭奐圖於妙覺佛寺，凡十三人：守司徒致仕韓國公富弼，年七十九；守太尉判河南府路國公文彥博，年七十七；司封郎中致仕席汝言，年七十七；朝議大夫致仕王尚恭，年七十六；太常少卿致仕趙丙，年七十五；秘書監劉几，年七十五；衛州防御使馮行己，年七十五；太中大夫充天章閣待制楚建中，年七十三；朝議大夫致仕王慎言，年七十二；宣徽南院使檢校太尉判大名府王拱辰，年七十一；太中大夫張問，年七十；龍圖閣直學士通議大夫張燾，年七十；端明殿學士兼翰林侍讀學士太中大夫司馬光，年六十四。

北宋神宗元豐五年（一〇八二），洛陽的士大夫以文彥博為首，集合十三人成立「耆英會」。他們標榜「尚齒不尚官」，除司馬光外，都是七十歲以上的耆英。他們在資聖院興建大廈，置放諸人畫像，名為「耆英堂」，經常宴會於洛陽名園古剎或林泉勝地。集會時，尚有約定「酒、食、菜」的排場，後世傳頌此為北宋太平之盛事。耆英會中，位列高官聞人有文彥博（一〇〇六至一〇九七）、富弼（一〇〇四至一〇八三）、王拱辰（一〇一二至一〇八五）和司馬光（一〇一九至一〇八六）。其餘席汝言（一〇〇六至？）、王尚恭（一〇〇七至一〇八四）、趙丙（一〇〇八至？）、劉几（一〇〇八至一〇八八）、馮行己（一〇〇八至一〇九一）、楚建中（一〇一〇至一〇九〇）、王慎言（一〇一一至一〇八七）、張問（一〇一三至一〇八七）和張燾（一〇一三至一〇八二），也是北宋名臣。他們在書法、詩賦、音律等，具有相似造詣與愛好，所以俱為同道中人。以上各人，以文潞公文彥博享年九十一為最高。

在那個時期，洛陽還有別的文人集會，例如「同甲會」、「真率會」等。《夢溪筆談》卷十五藝文二有載：「文潞公歸洛日，年七十八，同時有中散大夫程珦、朝議大夫司馬旦、司封郎中致仕席汝言，皆年七十八。嘗為同甲會，各賦詩一首。潞公詩曰：『四人三百十二歲，況是同生丙午年。招得梁園為賦客，合成商嶺采芝仙。清談亹亹風盈席，素髮飄飄雪滿肩。此會從來誠未有，洛中應作畫圖傳。』」

第一百八十六條（卷十・人事二）：

林逋隱居杭州孤山，常畜兩鶴，縱之則飛入雲霄，盤旋久之，復入籠中。逋常泛小艇遊西湖諸寺。有客至逋所居，則一童子出應門，延客坐，為開籠縱鶴。良久，逋必棹小船而歸。蓋嘗以鶴飛為驗也。逋高逸倨傲，多所學，唯不能棋。常謂人曰：「逋世間事皆能之，唯不能擔糞與著棋。」

此條記載北宋隱逸詩人林逋（九六七至一〇二八）的軼事，末句頗有趣。

林逋，字君復。他隱居西湖孤山，終生不仕不娶，惟喜植梅養鶴，自謂「以梅為妻，以鶴為子」，人稱「梅妻鶴子」。逋善為詩，內容大都反映隱居生活，尤擅描寫梅花。蘇軾高度讚揚林逋之詩、書及人品，並詩跋其書：「詩如東野不言寒，書似留臺差少肉。」林逋在宋仁宗天聖六年（一〇二八）去世，仁宗賜諡「和靖先生」。留有《林和靖詩集》。宋代桑世昌著有《林逋傳》。

張岱在《西湖夢尋》說，南宋滅亡後，有盜墓賊挖開林逋的墳墓，只找到一個端硯和一支玉簪。現在杭州西湖孤山面對北山路一側，仍有「放鶴亭」和「林和靖先生墓」，便是紀念林和靖的景勝。

第二百三十一條〈卷十三．權智〉：

王元澤數歲時，客有以一麞、一鹿同籠以問雱：「何者是麞，何者是鹿？」雱實未識，良久，對曰：「麞邊者是鹿，鹿邊者是麞。」客大奇之。

此條記載王安石長子王雱（一〇四四至一〇七六）年幼時的軼事。王雱，字元澤，臨川（今江西撫州）人。英宗治平四年（一〇六七）中進士。神宗熙寧年間任太子中允崇政殿說書，後與呂惠卿同時編修《三經新義》。王安石變法時成為父親的助手。後因推行新法受阻，憂憤成疾，英年早逝，存世的詞作有一首。

第二百三十五條〈卷十三．權智〉：

狄青戍涇原日，嘗與虜戰，大勝，追奔數里。虜忽壅遏山踊，知其前必遇險，士卒皆欲奮擊。青遽鳴鉦止之，虜得引去。驗其處，果臨深澗，將佐皆悔不擊。青獨曰：「不然，奔亡之虜，忽止而拒

我，安知非謀？軍已大勝，殘寇不足利，得之無所加重，萬一落其術中，存亡不可知。寧悔不擊，不可悔不止。」青後平嶺寇，賊帥儂智高兵敗奔邕州，其下皆欲窮其窟穴，青亦不從，以為趨利乘勢，入不測之城，非大將事，智高因而獲免。天下皆罪青不入邕州，脫智高於垂死。然青之用兵，主勝而已。不求奇功，故未嘗大敗。計功最多，卒為名將。譬如弈棋，已勝敵可止矣，然猶攻擊不已，往往大敗。此青之所戒也。臨利而能戒，乃青之過人處也。

此條記載北宋名將狄青（一〇〇八至一〇五七）行軍軼事。狄青，字漢臣，北宋河東路汾州西河（即今山西汾陽）人，出身寒門。他出戰時常戴面具，曾討伐西夏、廣西儂智高等。他驍勇善戰，立下不少戰功，官至樞密使，諡武襄，追贈中書令、尚書令。於民間有着武曲星下凡之說，與「文曲星」包拯共同輔佐仁宗治國安民，是宋朝一代傳奇名臣。由於宋朝重文輕武，且狄青出身寒微，在憑藉軍功升任樞密使成為朝廷的最高武官後，朝廷對他頗猜忌。仁宗嘉祐元年（一〇五六）八月，僅擔任四年樞密使的狄青終於被貶出京，以護國軍節度使、同中書門下平章事，出判陳州事，最後在「驚疑終日」中，在嘉祐二年發病去世。仁宗發哀，贈中書令，諡號武襄。

第二百四十九條（卷十四．藝文一）：

詩人以詩主人物，故雖小詩，莫不埏蹂極工而後已。所謂「旬鍛月煉」者，信非虛言。小說崔護《題城南詩》，其始曰：「去年今日此門中，人面桃花相映紅。人面不知何處去，桃花依舊笑春風。」後以其意未全、語未工，改第三句曰：「人面只今何處在。」至今傳此兩本，唯《本事詩》作

「只今何處在。」唐人工詩，大率多如此，雖有兩「今」字，不恤也，取語意為主耳。後人以其有兩「今」字，只多行前篇。

此條謂崔護的《題城南詩》第三句應為「人面只今何處在」，全詩不但有兩「今」字，還有兩「人面」及兩「桃花」，但不影響此詩為好詩。

崔護（七七二至八四六），唐代詩人。字殷功，唐代博陵（今河北定州市）人。德宗貞元十二年（七九六）進士及第。文宗大和三年（八二九）為京兆尹，同年為御史大夫、嶺南節度使。終嶺南節度使。《全唐詩》存詩六首，以《題都城南莊》流傳最廣，膾炙人口。有目共賞。從該詩產生了「人面桃花」這句成語，為詩人贏得了不朽的詩名。除了詩作，崔護在《全唐文》另有收錄兩篇賦，分別為《屈刀為鏡賦》和《日五色賦》。

崔護所存的詩作雖僅六首，卻因《題都城南莊》一詩而名垂青史。此詩及其故事成為文學典故，被多次引用於文學作品，甚至改編，對後世影響極深。

北宋王安石在《胡笳十八拍十八首》之十七及十八分別為：「燕山雪花大如席，與兒洗面作光澤。悅然天地半夜白，閨中只是空相憶。點注桃花舒小紅，與兒洗面作華容。欲問平安無使來，桃花依舊笑春風。」及「春風似舊花仍笑，人生豈得長年少。我與兒兮各一方，憔悴看成兩鬢霜。如今豈無騕褭與驊騮，安得送我置汝傍。胡塵暗天道路長，遂令再往之計墮眇芒。胡笳本出自胡中，此曲哀怨何時終。笳一會兮琴一拍，此心炯炯君應識。」北宋蘇軾《留別釋迦院牡丹呈趙倅》詩：「年年歲歲何窮已，花似今年人老矣，去年崔護若重來，前度劉郎在千里。」南宋陸游《真珠簾》詞：「側帽燕脂坡下過，料也記、前年崔護。

休訴。待從今須與，好花為主。」南宋袁去華《瑞鶴仙》詞：「縱收香藏鏡，他年重到，人面桃花在否。」南宋石孝友《謁金門》詞：「風又雨，斷送殘春歸去。人面桃花在何處，綠蔭空滿路。」元白樸《清平樂》詞：「桃花門外重重，一言半語相通，縈損題詩崔護，幾回南陌春風。」明楊珽戲曲《龍膏記》第三十出：「燕爾芳年，桃花人面，斗帳盡情歡。」明朝章回小說《水滸傳》第二十九回亦有「儘教崔護去尋漿，疑是文君重賣酒。」一句。清蒲松齡《張視旋悼亡草題詞》：「夫生離死別，能傷壯士之心；人面桃花，且灑情人之涕。」清黃遵憲《不忍池晚遊詩》之七：「鴉背斜陽閃閃紅，桃花人面薄紗籠。」

另外，也有一些比較有趣的改編化用，例如清代徐珂《清稗類鈔》收錄的故事《糟團御史》，敘述了順治年間，吳地一位號稱「鐵面御史」的清官卸任後由一位「好為長夜飲」的御史繼任，便有人模仿崔護的《題都城南莊》作詩譏諷：「去年今日此門中，鐵面糟團大不同。鐵面不知何處去？糟團日日醉春風。」

第二百八十三條〈卷十七．書畫〉：

畫牛、虎皆畫毛，惟馬不畫。余嘗以問畫工，工言：「馬毛細，不可畫。」余難之曰：「鼠毛更細，何故卻畫？」工不能對。大凡畫馬，其大不過盈尺，此乃以大為小，所以毛細而不可畫。鼠乃如其大，自當畫毛。然牛、虎亦是以大為小，理亦不應見毛，但牛、虎深毛，馬淺毛，理須有別。故名輩為小牛、小虎，雖畫毛，但略拂拭而已。若務詳密，翻成冗長，約略拂拭，自有神觀，迥然生動，難可與俗人論也。若畫馬如牛、虎之大者，理當畫毛，蓋見小馬無毛，遂亦不摹，此庸人襲跡，非可與論理也。又李成畫山上亭館及樓塔之類，皆仰畫飛檐，其說以謂自下望上，如人平地望塔檐間，見其榱桷。此論非也。大都山水之法，蓋以大觀小，如人觀假山耳。若同真山之法，以下望上，只合

見一重山，豈可重重悉見，兼不應見其溪谷間事。又如屋舍，亦不應見其中庭及後巷中事。若人在東立，則山西便合是遠境。人在西立，則山東卻合是遠境。似此如何成畫？李君蓋不知以大觀小之法，其間折高、折遠，自有妙理，豈在掀屋角也。

此條論及作畫「以大觀小」之法，甚有妙理。

第三百一十三條〈卷十八．技藝〉：

醫者所論人鬚髮眉，雖皆毛類，而所主五藏各異，故有老而鬚白眉髮不白者，或髮白而鬚眉不白者，藏氣有所偏故也。大率髮屬於心，稟火氣，故上生。鬚屬腎，稟水氣，故下生。眉屬肝，稟木氣，故側生。男子腎氣外行，上為鬚，下為勢。故女子、宦人無勢，則亦無鬚，而眉髮無異於男子，則知不屬腎也。

此條論述人體毛髮與五行及五臟器官之關係，頗有些道理。但毛髮的生長及與身體各器官之關係未必如沈括所說的「一對一」這麼簡單。

毛髮是由皮膚中的毛囊長出的毛，屬於絲狀的蛋白質物質。毛髮是哺乳動物的特徵之一。生長激素及甲狀腺激素可促使毛髮生長，皮質激素可縮短生長期並延長衰老期。貧血、蛋白質不足及慢性消耗性疾病等可妨礙毛髮的生長。毛髮起着保護身體的作用。例如頭皮上的頭髮可以減少頭部熱量損失，保護頭部免受陽光損傷。睫毛和眉毛可使眼睛免受陽光、灰塵以及汗液的傷害。鼻毛可以減少鼻腔對灰塵及其他異物的吸入量。

單說說頭髮。「腎其華在髮，髮又為血之所餘，血盛則髮潤，血虧則髮枯」，這句話說的是中醫所講的腎與血、髮之間的聯繫。頭髮的生長、脫落、潤澤、枯槁，都與人的腎及氣血有關係。進入中老年期後，人的頭髮開始變白了，這是由於肝血不足、腎氣變虛造成的。青少年長白髮，主要是由於血熱內蘊、多憂慮、精神緊張、遺傳因素等所引致。

第三百二十一條〈卷十九·器用〉：

唐人詩多有言吳鈎者。吳鈎，刀名也，刃彎。今南蠻用之，謂之「葛黨刀」。

「吳鈎」是春秋時期流行的一種彎刀，它以青銅鑄成，充滿傳奇色彩，被歷代文人寫入詩詞文章，成為馳騁沙場，盡忠報國的精神象徵。鈎，形似劍而曲。春秋吳國善鑄鈎，故稱。後也泛指利劍。

在唐人詩中言及「吳鈎」的甚多。例如王昌齡《九江口作》：「鷙鳥立寒木，丈夫佩吳鈎。」王維《燕支行》：「麒麟錦帶佩吳鈎，颯踏青驪躍紫騮。」李白《俠客行》：「趙客縵胡纓，吳鈎霜雪明。」。杜甫《後出塞五首》：「少年別有贈，含笑看吳鈎。」李益《邊思》：「腰垂錦帶佩吳鈎，走馬曾防玉塞秋。」

在唐以後的文學作品中，言及「吳鈎」的也很多。南宋辛棄疾《水龍吟·登建康賞心亭》上闋：「楚天千里清秋，水隨天去秋無際。遙岑遠目，獻愁供恨，玉簪螺髻。落日樓頭，斷鴻聲裏，江南遊子。把吳鈎看了，欄杆拍遍，無人會，登臨意。」元楊維楨《吳鈎行》：「吳人殺二子，畔成雙吳鈎。」明高啟《姑蘇雜咏·吳鈎行》：「吳鈎若霜雪，吳人重遊俠。」明王稚登《雪後留徐茂吳宿齋中》：「明日與君同跨馬，要離墓下問吳鈎。」

第三百六十八條〈卷二十一．異事〉：

世有奇疾者。呂縉叔以知制誥知潁州。忽得疾，但縮小，臨終僅如小兒。古人不曾有此疾，終無人識。有松滋令姜愚，無他疾，忽不識字。數年方稍稍復舊。又有一人家妾，視直物皆曲，弓弦界尺之類，視之皆如鈎，醫僧奉真親見之。江南逆旅中一老婦，啖物不知飽。徐德占過逆旅，老婦愬以饑，其子恥之，對德占以蒸餅啖之，盡一竹簣，約百餅，猶稱饑不已，日飯一石米，隨即痢之，饑復如故。京兆醴泉主簿蔡繩，余友人也，亦得饑疾，每饑立須啖物，稍遲則頓仆悶絕，懷中常置餅餌，雖對貴官，遇饑亦便齕啖。繩有美行，博學有文，為時聞人，終以此不幸。無人識其疾，每為之哀傷。

此條談及一些奇怪的疾患，以呂縉叔之「忽得疾，但縮小，臨終僅如小兒」最駭人。呂夏卿（一〇一八至一〇七〇），字縉叔，宋代福建晉江縣（今福建泉州）人。史學家。他是仁宗慶曆二年（一〇四二）進士，授端州高要縣（今廣東）主簿，後改江寧縣尉，直秘閣同知禮院。仁宗嘉祐八年（一〇六三），充史館檢修同起居注，知制誥，出知潁州（今安徽阜陽、潁上一帶），神宗熙寧三年（一〇七〇）卒於任上。

第四百零五條〈卷二十三．譏謔〉：

梅詢為翰林學士，一日書詔頗多，屬思甚苦，操觚循階而行，忽見一老卒，臥於日中，欠伸甚適。梅忽嘆曰：「暢哉！」徐問之曰：「汝識字乎？」曰：「不識字。」梅曰：「更快活也。」

在此條中，翰林學士梅詢「一日書詔頗多」，甚為苦惱，反而羨慕臥於日中，「欠伸甚適」的老卒。當他知道那老卒不識字，梅曰：「更快活也。」蘇軾也有「人生識字憂患始」之語。（見《石蒼舒醉墨堂》：「人生識字憂患始，姓名粗記可以休。何用草書誇神速，開卷惝怳令人愁。我嘗好之每自笑，君有此病何能瘳！自言其中有至樂，適意無異逍遙遊。」）蘇軾著名的《洗兒》詩謂「人皆養子望聰明，我被聰明誤一生。惟願生兒愚且魯，無災無難到公卿。」這詩表達的思想和前詩相似。

梅詢（九六四至一〇四一），字昌言，宣州宣城（今屬安徽）人，原籍吳興（今浙江湖州）。宋太宗端拱二年（九八九）進士，授利豐監判官。宋真宗咸平三年（一〇〇〇），梅詢作為進士考官受到召見，與真宗談論天下大事，極合真宗之意，真宗把他視作奇才，升任集賢院。當時契丹屢次侵犯河北，首領李繼遷又強攻靈州，邊事危急。梅詢上書獻策：將朔方授予吐蕃首領潘羅支，令其從後方牽制，梅詢還主動請纓，真宗讚賞其忠心。梅詢後來擔任太常丞、三司戶部判官，常談戰事，結納豪傑。後因事降通判杭州，歷知蘇、濠、鄂、楚、壽、陝諸州，為兩浙、湖北、陝西轉運使。仁宗天聖六年（一〇二八）直昭文館，知荊南。仁宗明道元年（一〇三二）以樞密直學士知　州。入為翰林侍讀學士，拜給事中，知審官院。仁宗寶元二年（一〇三九）知許州。仁宗康定二年（一〇四一）卒，年七十八。事見《歐陽文忠公集》卷二七《梅公墓誌銘》，《宋史》有傳。

梅詢為人嚴毅修潔，材辯敏明。遊宦四十多年，他的門生部屬有很多擔任宰相等要職。他也很幽默風雅。正所謂「人生煩惱識字始」。梅詢還喜歡焚兩爐香，用公服罩住，灌滿袖中，就坐後打開，滿屋濃香，人稱「梅香」。梅氏詩書傳家，梅詢也善於作詩。梅詢在各地為官，流連山水風物，詩風平淡，對他的侄兒梅堯臣（一〇〇二至一〇六〇）影響很大。如他的《登北高峯塔》詩：「高峯列遠岑，亭亭幾百載。鈴聲答夜風，輪影落蒼海。閒雲伴危級，曙日平煙彩。欲下生暮愁，千山閉輕靄。」《江樓晚眺》：「潮落蚌耕洲，霞天雨盡收。月來山寺候，雲駐海間秋。野鶯馴舟繞，紅魚逐餌遊。欣然乘此興，呼酒醉高樓。」梅詢敬重文士，對子侄友朋輩也能折節下交，獎掖有加。仁宗康定元年（一〇四〇），歐陽修在許州拜見梅詢，梅詢雖衰病，仍和他言談甚洽。梅詢去世後，歐陽修為他撰寫墓誌銘。梅詢生平所作文稿，其子侄編為《許昌集》二〇卷。

第四百二十一條〈卷二十四・雜誌一〉：

鄜、延境內有石油，舊說「高奴縣出脂水」，即此也。生於水際沙石，與泉水相雜，惘惘而出，土人以雉尾裛之，乃采入缶中，頗似淳漆，然之如麻，但煙甚濃，所沾幄幕皆黑。余疑其煙可用，試掃其煤以為墨，黑光如漆，松墨不及也，遂大為之，其識文為「延川石液」者是也。此物後必大行於世，自余始為之。蓋石油至多，生於地中無窮，不若松木有時而竭。今齊、魯間松林盡矣，漸至太行、京西、江南松山大半皆童矣。造煤人蓋未知石煙之利也。石炭煙亦大，墨人衣。余戲為《延州詩》云：「二郎山下雪紛紛，旋卓穹廬學塞人。化盡素衣冬未老，石煙多似洛陽塵。」

此條記載「石油」，並預言「此物後必大行於世」，可見沈括之識見不凡。石油，也稱原油，是一種黏稠的、深褐色（有時有點綠色的）液體，藏在地殼上層部分，由不同的碳氫化合物組成，主要成分是烷烴，此外還含硫、氧、氮、磷、釩等元素。不同油田的石油成分和外貌可以有很大的分別。石油主要被用來作為燃油和汽油。石油也是許多化學工業產品如溶液、化肥、殺蟲劑、潤滑油的礦物油基礎油和塑料等的原料。石油因其價值高昂，又被稱為黑金。

中國古書上有頗多有關石油的記載。晉《博物志》：「酒泉延壽縣南山出泉水，大如筥，注地為溝，水有肥如肉汁，取著器中，始黃後黑，如凝膏，然極明，與膏無異。甚佳，彼方人謂之石漆。」唐《酉陽雜俎》：「高奴縣石脂水，水膩，浮上如漆，采以燃燈極明。」《甘肅新通志》：「石脂水，即石油河，出肅州南山。」唐《元和郡縣誌》：「玉門縣石脂水在縣東南一百八十里，泉有苔，如肥肉，燃極明。水上有黑脂，人以草墨取用，塗鴟夷西囊及膏東。」《乾隆新編肅州志》：「嘉峪關西有石漆，今按赤金東南一百五十里有石油泉，土人取之燃燈」。「石油」一詞首次在宋朝《夢溪筆談》中出現並沿用至今。

第四百三十三條〈卷二十四．雜誌一〉：

溫州雁蕩山，天下奇秀，然自古圖牒未嘗有言者。祥符中，因造玉清宮，伐山取材，方有人見之，此時尚未有名。按西域書，阿羅漢諾矩羅居震旦東南大海際雁蕩山芙蓉峰龍湫，唐僧貫休為《諾矩羅贊》，有「雁蕩經行雲漠漠，龍湫宴坐雨濛濛」之句。此山南有芙蓉峰，峰下芙蓉驛，前瞰大海，然未知雁蕩、龍湫所在。後因伐木始見此山。山頂有大池，相傳以為雁蕩。下有二潭水，以為龍湫。又以經行峽、宴坐峰，皆後人以貫休詩名之也。謝靈運為永嘉守，凡永嘉山水，遊歷殆遍，獨不言此山，蓋當時未有雁蕩之名。余觀雁蕩諸峰，皆峭拔嶮怪，上聳千尺，窮崖巨谷，不類他山，皆包在諸谷中，自嶺外望之，都無所見，至谷中，則森然千霄。原其理，當是為谷中大水衝激，沙土盡去，唯巨石巋然挺立耳。如大小龍湫、水簾、初月谷之類，皆是水鑿之穴，自下望之，則高巖峭壁，從上觀之，適與地平，以至諸峰之頂，亦低於山頂之地面。世間溝壑中水鑿之處，皆有植土龕巖，亦此類耳。今成臯陝西大澗中，立土動及百尺，迥然聳立，亦雁蕩具體而微者，但此土彼石耳。既非挺出地上，則為深谷林莽所蔽，故古人未見，靈運所不至，理不足怪也。

此條記載我國名山「雁蕩山」的地理環境。雁蕩山，簡稱雁山，坐落於浙江省溫州市，分為北雁蕩山、中雁蕩山、南雁蕩山，以北雁蕩山最為有名，一般雁蕩山指北雁蕩山。北雁蕩山總面積四百五十平方千米。最高峰百崗尖海拔一一五〇米。雁蕩山是中國「十大名山」之一，「三山五嶽」之一，素有「海上名山」、「寰中絕勝」之譽，史稱「東南第一山」。雁蕩山西部高峰頂有一湖，舊《浙江通志》載：「雁蕩山在溫州府樂清縣東九十里，高四十里，上有湖，方可十里，水常不涸。春雁歸時多宿於此，故名。」雁蕩山是國家重點風景名勝區，國家首批5A級景區。它形成於一億二千年前，是一座典型的白堊紀流紋質古火山。雁蕩山已被聯合國教科文組織宣佈為世界地質公園。

第五百二十條〈補筆談卷一．辯證〉：

自古言楚襄王夢與神女遇，以《楚辭》考之，似未然。《高唐賦序》云：「昔者先王嘗遊高唐，怠而晝寢，夢見一婦人，曰：『妾巫山之女也，為高唐之客。朝為行雲，暮為行雨。』故立廟，號為朝雲。」其曰「先王嘗遊高唐」，則夢神女者懷王也，非襄王也。又《神女賦序》曰：「楚襄王與宋玉遊於雲夢之浦，使玉賦高唐之事。其夜，王寢，夢與神女遇。王異之，明日以白玉。玉曰：『其夢若何？』對曰：『晡夕之後，精神恍惚，若有所熹，見一婦人，狀甚奇異。』玉曰：『狀如何也？』王曰：『茂矣，美矣，諸好備矣。盛矣，麗矣，難測究矣。瓌姿瑋態，不可勝讚。』王曰：『若此盛矣，試為寡人賦之。』」以文考之，所云「茂矣」至「不可勝讚」云云，皆王之言也。宋玉稱歎之可也，不當卻云「王曰『若此盛矣，試為寡人賦之。』」又曰「明日以白玉」，人君與其臣語，不當稱白。又其賦曰：「他人莫睹，玉覽其狀，望余帷而延視兮，若流波之將瀾。」若宋玉代王賦之若玉之自言者，則不當自云「他人莫睹，玉覽其狀」，即稱「玉覽其狀」，即是宋玉之言也，又不知稱「余」者誰也。以此考之，則「其夜王寢，夢與神女遇」者，「王」字乃「玉」字耳。「明日以白玉」者，「以白王」也。「王」與「玉」字誤書之耳。前日夢神女者，懷王也，其夜夢神女者，宋玉也，襄王無預焉，從來枉受其名耳。

宋玉（公元前二九八至公元前二二二），字子淵，戰國後期楚國辭賦作家，鄢城（今湖北襄陽宜城）人。他是屈原之後最傑出的《楚辭》作家，後世常將兩人合稱為「屈宋」。與潘岳、衛玠、高肅有中國古代四大美男之稱。《神女賦》是宋玉創作的一篇賦。該賦承接《高唐賦》。在賦中，宋玉描述了和巫山神女從夢中遇見到離別的情形，描摹出女神隱身雲煙、姍姍不臨的姿態，描繪出世俗愛戀於脫世守潔之間矛盾而複雜的情感。文章中的「王」和「玉」因版本各異，故而夢遇神女的是楚襄王還是宋玉仍有爭議。沈括解說夢遇神女的應是宋玉。

第五百六十六條〈補筆談卷二・器用〉：

江南府庫中，書畫至多，其印記有「建業文房之印」、「內合同印」。「集賢殿書院印」以墨印之，謂之「金圖書」，言惟此印以黃金為之。諸書畫中，時有李後主題跋，然未嘗題書畫人姓名，唯

鍾隱畫，皆後主親筆題「鍾隱筆」三字。後主善畫，尤工翎毛。或云：「凡言『鍾隱筆』者，皆後主自畫。後主嘗自號鍾山隱士，故晦其名，謂之鍾隱，非姓鍾人也。今世傳鍾畫，但無後主親題者，皆非也。」

南唐後主李煜（九三七至九七八），原名從嘉，字重光，號鍾山隱士、鍾鋒者、白蓮居士、蓮峰居士等。李煜在南唐滅亡後被北宋俘虜，但是卻成為了中國歷史上首屈一指的詞人，後人譽為千古詞帝。李後主原來也精於書畫。宋代郭若虛的《圖畫見聞志》曰：「江南後主李煜，才識清贍，書畫兼精。嘗觀所畫林石、飛鳥，遠過常流，高出意外。」沈括認為凡言「鍾隱筆」的畫，都是李後主的作品。又說世傳鍾隱的畫，如果沒有後主親題的，都不是後主的作品。

第六百條〈續筆談〉：

太祖皇帝嘗問趙普曰：「天下何物最大？」普熟思未答間，再問如前。普對曰：「道理最大。」上屢稱善。

趙普（九二二至九九二），字則平，北宋初年宰相，在陳橋兵變中立功，協助宋太祖趙匡胤登上帝位，為宋開國功臣。這條記述宋太祖和他之間的一則一問一答的軼事，甚有妙味。

東坡志林

《東坡志林》，北宋蘇軾（一〇三七至一一〇一）撰。

蘇軾，字子瞻，號東坡居士，眉州眉山（今四川眉山市）人。南宋時，加賜諡號文忠。

蘇軾是我國北宋期間最多才多藝的人物，集文學家、詩人、書法家、畫家、思想家、政治家於一身。《宋史·卷三三八》謂他「自為舉子至出入侍從，必以愛君為本，忠規讜論，挺挺大節，群臣無出其右。」又稱他「器識之閎偉，議論之卓犖，文章之雄雋，政事之精明，四者皆能以特立之志為之主，而以邁往之氣輔之。故意之所向，言足以達其有猷，行足以遂其有為。至於禍患之來，節義足以固其有守，皆志與氣所為也。」這是對他一生最恰當的評價。在文學上，他的詩與黃庭堅並稱「蘇黃」。其詞與辛棄疾並稱「蘇辛」。其文與歐陽修並稱「歐蘇」，與父蘇洵（一〇〇九至一〇六六）及弟蘇轍（一〇三九至一一一二）合稱「三蘇」，俱入唐宋古文八大家之列。其書法為宋四家「蘇黃米蔡」之首。其畫則開創了湖州畫派。

宋仁宗嘉祐二年（一〇五七），蘇軾與蘇轍同登進士第。在以後的歲月，他或在朝廷為官，或在其他地方為官。神宗初年，王安石變法，蘇軾反對，因此出為杭州通判，繼而轉知密州、徐州及湖州。在神宗元豐二年（一〇七九），他被「以詩作謗訕新政」的罪名詔獄，八月至京，繫於御史臺獄。十二月二十九日結案，責授黃州團練副使，史稱此事件為「烏臺詩案」。在黃州生活的四年多（一〇八〇至一〇八四），蘇軾營地躬耕，稱耕地為「東坡」，從此自號東坡居士。又築「雪堂」，兩遊黃州赤壁，和朋友交往，生活尚算寫意。這段時期，是他創作的高峯期。元豐七年（一〇八四）四月，離黃州，自九江至筠州，訪蘇轍。六月，赴汝州，遊廬山及石鐘山。七月，過金陵，訪王安石。年底到泗州，上表求在常州居住。

元豐八年（一〇八五）三月，神宗崩，子煦嗣位，是為哲宗。太皇太后高氏（英宗的皇后，神宗的母親）臨朝，廢新法。十一月，蘇軾被召還朝。在朝中，朝臣分為朔、蜀、洛三黨，互相攻軋，史稱「洛蜀黨爭」，蘇軾是蜀黨之首。哲宗元祐四年（一〇八九），蘇軾出知杭州。在任內，疏浚西湖，築長堤，後人稱為「蘇堤」。元祐六年（一〇九一）五月返京。八月，知潁州。元祐七年（一〇九二）二月，改知揚州。七月，內調為兵部尚書等職。

元祐八年（一〇九三）六月，蘇軾出知定州。九月，高太皇太后崩，哲宗親政。哲宗紹聖元年（一〇九四）四月，蘇軾以譏諷先朝罪貶知英州，八月，再貶惠州。紹聖三年（一〇九六）四月，蘇軾在惠州營建「白鶴新居」。次年閏二月，責授瓊州別駕。四月，離惠州，六月渡海，七月到達貶所海南島儋州。哲宗元符三年（一一〇〇）正月，哲宗崩，弟端王佶即位，是為徽宗。五月，蘇軾獲大赦，量移廉州。六月渡海，七月到貶所。八月，改舒州團練副史，永州安置。十一月，行至英州。年底，度嶺北歸。

徽宗建中靖國元年（一一〇一）正月，蘇軾抵虔州。五月至當塗、金陵、真州。途上，蘇得病。七月二十八日，卒於常州。

蘇軾為官清正，為民興利除弊。他一生雖然常在流徙的逆境中，但人生觀豁達，「此心安處是吾鄉」，一生寫作不絕，著述甚豐。他留下二千七百多首詩，四千三百多篇散文及三百四十多首詞，又寫下《東坡志林》。《宋史》說蘇軾「渾涵光芒，雄視百代」。清朝趙翼的《甌北詩話》說他「才思橫溢，觸處生春，胸中書卷繁富，又足以供其左旋右抽，無不如志。……此所以繼李杜後為一大家也。……李詩如高雲之游空，杜詩如高嶽之矗天，蘇詩如流水之行地。」

《東坡志林》所載，由神宗元豐至哲宗元符，歷時約二十年，內容豐富。明神宗萬曆年間，趙開美刻《志林》，其父趙用賢寫序，云：「其間或名臣勳業，或治朝政教，或地理方域，或夢幻幽怪，或神僊伎術，片語單詞，諧謔縱浪，無不畢具。而其生平遷謫流離之苦，顛危困厄之狀，亦既略備。然而襟期寥廓，風流輝映，雖當羣口見嫉、投荒瀕死之日，而灑然有以自適其適，固有不為形骸彼我，宛宛然就拘束者矣。」全書內容對於研究宋朝歷史及文學，均足資參考。

《志林》一書，宋時或稱為《東坡手澤》。黃庭堅《豫章集》卷二十九《跋東坡敘英皇事帖》云：「往嘗於東坡見手澤二囊，中有似柳公權、褚遂良數紙，……手澤袋蓋二十餘，皆平生作字，語意類小人不欲聞者，輒付諸郎入袋中，死而後可出示人者。」元符三年蘇軾內徙過廉州，有《與鄭靖老書》，內稱「《志林》竟未成，但草得《書傳》十三卷」，可見蘇軾曾考慮將《志林》各條編輯成書，亦預有用《志林》為書名。

《志林》在宋代已有不同的版本，內容及卷數不一。至明朝，此書有一卷本、五卷本及十二卷本。一卷本有史論而無雜說。十二卷本有雜說而無史論，且頗為蕪雜。萬曆趙刻五卷本前四卷為雜說，第五卷為史論。此本較為精細，故《四庫提要》以之著錄。

《志林》五卷本的卷一內容為記遊、懷古、修養、疾病、夢寐、學問、命分及送別。卷二記祭祀、兵略、時事、官職、致仕、隱逸、佛教、道釋、異事上。卷三記異事下、技術、四民、女妾、賊盜、夷狄。卷四記古迹、玉石、井河、卜居、亭堂、人物。卷五全為論古。

現從五卷本選錄十八則給大家賞讀。

卷一〈記承天夜遊〉：

元豐六年十月十二夜，解衣欲睡，月色入戶，欣然起行。念無與樂者，遂至承天寺尋張懷民，懷民亦未寢，相與步於中庭。庭下如積水空明，水中藻荇交橫，蓋竹柏影也。何夜無月，何處無竹柏，但少閑人如吾兩人耳。

此篇短短不及百字的散文，文筆優美，感情真摯。當時，蘇軾和張懷民同被朝廷謫居黃州，兩人志趣相投。這一夜「月下遊」的情景就活現在我們眼前了。

蘇軾於神宗元豐二年（一〇七九）十一月三十日因烏臺詩案入獄，幾死，因為寫文章向朝廷訣別，太皇太后曹氏、王安禮等人出面力挽，神宗免他一死，貶謫為「檢校尚書、水部員外郎、黃州團練副使，本州安置，不得簽書公事」，由御史台專人押送前往。蘇轍也因為其兄求情而遭貶為監筠州鹽酒務。蘇軾於元豐三年（一〇八〇）二月到達貶所。初居定惠院，後遷城南臨皋亭，築南堂。

張懷民（生卒年不詳），名夢得，字懷民，以字行。又字偓佺。清河郡（今河北省清河縣）人。神宗元豐六年（一〇八三）貶黃州主簿，寓居承天寺（今在湖北省黃岡縣南方）。他與蘇軾、蘇轍為好友。後來，他在長江邊建亭以賞景，蘇軾定名為「快哉亭」，是年十一月，蘇轍寫下《黃州快哉亭記》。《黃州快哉亭記》謂張懷民雖屈居主簿之類的小官，但心胸坦然。公務之暇，以山水怡情悅性，處逆境而無悲慼之容，是一位品格清高的人。

卷一〈遊沙湖〉：

黃州東南三十里為沙湖，亦曰螺師店，予買田其間。因往相田得疾，聞麻橋人龐安常善醫而聾，遂往求療。安常雖聾，而穎悟絕人，以紙畫字，書不數字，輒深了人意。余戲之曰：「余以手為口，君以眼為耳，皆一時異人也。」疾愈，與之同遊清泉寺。寺在蘄水郭門外二里許，有王逸少洗筆泉，水極甘，下臨蘭溪，溪水西流。余作歌云：「山下蘭芽短浸溪，松間沙路淨無泥，蕭蕭暮雨子規啼。誰道人生無再少，君看流水尚能西！休將白髮唱黃鷄。」是日劇飲而歸。

此條記載蘇軾與北宋名醫龐安常的交往。龐安常醫好了蘇軾的疾病。蘇軾和他同遊清泉寺，並寫了《浣溪沙．游蘄水清泉寺》一詞。

龐安常是宋代著名的醫學家，長於針灸，著有《傷寒總病論》等醫學著作。蘇軾對中醫也頗有研究，並且有醫論、醫方存世，著名的《蘇學士方》便是他收集的中醫藥方。後來人們把蘇軾收集的醫方、藥方與沈括的《良方》合編成《蘇沈良方》，至今仍存。

南宋洪邁的名著《夷堅志》甲志卷十有〈龐安常鍼〉條，全之如下：

朱新仲祖居桐城時，親識間一婦人妊娠將產，七日而子不下，藥餌符水，無所不用，待死而已。名醫李幾道，偶在朱公舍，朱邀視之。李曰：「此百藥無可施，惟有鍼法。然吾藝未至此，不敢措手也。」遂還。而幾道之師龐安常，適過門，遂同謁朱。朱告之故，曰：「其家不敢屈先生。然人命至重，能不惜一行救之否？」安常許諾，相與同往。才見孕者，即連呼曰：「不死。」令家人以湯溫其腰腹間。安常以手上下拊摩之。孕者覺腸胃微痛，呻吟間生一男子，母子皆無恙。其家驚喜拜謝，敬之如神，而不知其所以然。安常曰：「兒已出胞，而一手誤執母腸胃，不復能脫，故雖投藥而無益。適吾隔腹捫兒手所在，針其虎口，兒既痛，即縮手，所以遽生，無他術也。」令取兒視之，右手虎口鍼痕存焉。其妙至此。（新仲說。）

卷一〈記遊廬山〉：

僕初入廬山，山谷奇秀，平生所未見，殆應接不暇，遂發意不欲作詩。已而見山中僧俗，皆云：「蘇子瞻來矣！」不覺作一絕云：「芒鞵青竹杖，自掛百錢遊。可怪深山裏，人人識故侯。」既自哂前言之謬，又復作兩絕云：「青山若無素，偃蹇不相親。要識廬山面，他年是故人。」又云：「自昔憶清賞，初遊杳靄間。如今不是夢，真箇是廬山。」是日有以陳令舉《廬山記》見寄者，且行且讀，見其中云徐凝、李白之詩，不覺失笑。旋入開先寺，主僧求詩，因作一絕云：「帝遣銀河一派垂，古來惟有謫仙辭。飛流濺沫知多少，不與徐凝洗惡詩。」往來山南地十餘日，以為勝絕不可勝談，擇其尤者，莫如漱玉亭、三峽橋，故作此二詩。最後與摠老同遊西林，又作一絕云：「橫看成嶺側成峰，到處看山了不同。不識廬山真面目，只緣身在此山中。」僕廬山詩盡於此矣。

廬山，又稱匡山、匡廬，位於中國江西省九江市南郊，形成於第四紀冰川時期，是中國自古以來重要的遊覽勝地。廬山位於長江的南岸，鄱陽湖西北岸，以「雄奇險秀」聞名，被稱為「匡廬奇秀甲天下」。廬山的最高峰漢陽峰，海拔一四七四公尺。瀑布飛流直下，景區風景秀麗，氣候宜人，是中國知名避暑勝地之一。廬山亦是一座文化名山。中國歷代著名的文人和很多政治人物都曾在此留下跡印，歌詠廬山的詩歌辭賦有四千多首。

蘇軾在神宗元豐七年（一〇八四）離開黃州，赴任汝州團練，途中經江州（今江西九江市），曾遊廬山。在此條中，有他遊廬山的詩作五首，其中最著名的是《題西林壁》。此詩第二句在別的版本是「遠近高低各不同」。此條中，蘇軾談及陳令舉的《廬山記》。

陳舜俞（一〇二六至一〇七六），字令舉，自號白牛居士，湖州烏程（今浙江湖州）人。仁宗慶曆六年（一〇四六）乙科進士，授簽書壽州判官，充明州觀察推官、浙江天台從事，與歐陽修、司馬光、蘇軾等有交往。他曾幾度棄官隱居於楓涇白牛村，常與太傅劉凝文遊玩江西廬山，騎白牛，故稱「白牛居士」，撰《海慧院藏經記》、《超果天台教院記》。有《都官集》三十卷，已佚。

蘇軾談及徐凝的廬山詩令他失笑。徐凝（生卒年不詳），是唐朝詩人，稍晚於白居易、元稹。他很喜好在壁上題詩。憲宗元和十年（八一五），徐凝游廬山，寫下了《廬山瀑布》：「虛空落泉千仞直，雷奔入江不暫息。今古長如白練飛，一條界破青山色。」此詩橫看側看均不像是一首好詩。

卷一〈塗巷小兒聽說三國語〉：

王彭嘗云：「塗巷中小兒薄劣，其家所厭苦，輒與錢，令聚坐聽說古話。至說三國事，聞劉玄德敗，顰蹙有出涕者；聞曹操敗，即喜唱快。以是知君子小人之澤，百世不斬。」彭，愷之子，為武吏，頗知文章，余嘗為作哀辭，字大年。

評書，又稱說書，湖北、廣東粵語地區及閩南語地區稱講古，在四川稱為講書，古稱說話，是中國東北、華北、兩廣、湖廣、四川一帶講說的表演形式，在宋代開始流行。各地的說書人以自己的母語對人說不同的故事。北宋汴京人霍四究以「說三分」著名，「不以風雨寒暑，諸棚看人，日日如是」。「說三分」即講三國故事。（宋孟元老《東京夢華錄．京瓦技藝》：「霍四究，《說三分》，尹常賣，《五代史》。」）

事實上如《三國演義》、《水滸傳》最初都是說話的話本。《三國演義》話本為《全相平話三國志》。晚唐詩人李商隱有《驕兒》一詩寫到：「或謔張飛鬍，或笑鄧艾吃。」說明當時喜歡說話這門藝術的百姓非常多。說書雖然以講歷史故事為主，但為了吸引人，很多情節是虛構的。但由於說書面向的是百姓，客觀上起到普及文化的作用。在古代，許多不認識字的人，因常聽說書，都能吟兩句打油詩及了解一些歷史。

說書人在講三國的故事時，多以劉皇叔劉備為振興漢室的英雄人物，以曹操為挾天子以令諸侯的狡詐人物，所以塗巷中小兒聞劉備敗則悲，聞曹操敗則喜。我相信當他們聽到「關雲長敗走麥城」、「諸葛亮病逝五丈原」時，一定會很傷心。

已饑方食，未飽先止。散步逍遙，務令腹空。當腹空時，即便入室，不拘晝夜，坐臥自便，惟在攝身，使如木偶。常自念言：「今我此身，若少動搖，如毛髮許，便墮地獄。如商君法，如孫武令，事在必行，有犯無恕。」又用佛語及老聃語，視鼻端白，數出入息，緜緜若存，用之不勤。數至數百，此心寂然，此身兀然，與虛空等，不煩禁制，自然不動。數至數千，或不能數，則有一法，其名曰「隨」：與息俱出，復與俱入，或覺此息，從毛竅中，八萬四千，雲蒸霧散，無始以來，諸病自除，諸障漸滅，自然明悟。譬如盲人，忽然有眼，此時何用求人指路？是故老人言盡於此。

蘇軾把養生融入生活習慣，他的作品中涉及養生方面的內容頗多，只要我們細心揣摩，當可從中得到啟發。這條他先說「已饑方食，未飽先止。散步逍遙，務令腹空。」短短十六字，實堪借鑑。繼而他談到入室靜坐或臥之攝身方法，並謂若這樣做便「諸病自除，諸障漸滅，自然明悟。」他提出的方法大家亦可參考。

卷一〈記三養〉：

東坡居士自今日以往，不過一爵一肉。有尊客，盛饌則三之，可損不可增。有召我者，預以此先之，主人不從而過是者，乃止。一曰安分以養福，二曰寬胃以養氣，三曰省費以養財。元符三年八月。

這一條是東坡逝世前一年，居海南島時寫的。他當時的生活窮困，但遣詞用句，依然有幽默感。

卷一〈辟穀說〉：

洛下有洞穴，深不可測。有人墮其中不能出，饑甚，見龜蛇無數，每旦輒引首東望，吸初日光嚥之，其人亦隨其所向，效之不已，遂不復饑，身輕力強。後卒還家，不食，不知其所終。此晉武帝時事。辟穀之法以百數，此為上，妙法止於此。能服玉泉，使鉛汞具體，去僊不遠矣。此法甚易知易行，天下莫能行，何則？虛一而靜者，世無有也。元符二年，儋耳米貴，吾方有絕糧之憂，欲與過子共行此法，故書以授之。四月十九日記。

蘇軾被貶到儋州，攜第三子蘇過（一〇七二至一一二三）同行。以上一條所書年分元符二年，是他走到生命盡頭前兩年。文中可見他雖然生活窮困，因「米貴」而有「絕糧之憂」，但不減其幽默堅強的個性，可自嘲、自遣。我們在生活上遇到困難時，應該效法東坡先生，不應長嗟短歎。

卷一〈措大喫飯〉：

有二措大相與言志，一云：「我平生不足惟飯與睡耳，他日得志，當飽喫飯，飯了便睡，睡了又喫飯。」一云：「我則異於是，當喫了又喫，何暇復睡耶！」吾來廬山，聞馬道士善睡，於睡中得妙。然吾觀之，終不如彼措大得喫飯三昧也。

蘇軾此條行文幽默，說兩位措大「相與言志」，聽兩人之志，一位是「當飽喫飯，飯了便睡，睡了又喫飯。」一位是「喫了又喫。」從他們的說話中，估計他們的生活是清苦窮困的。

措大，是對貧寒失意的讀書人的一個輕慢的稱呼，語出《類說》卷四十引唐張鷟《朝野僉載》：「江陵號衣冠藪澤，人言琵琶多於飯甑，措大多於鯽魚。」五代王定保《唐摭言．賢僕夫》：「你何不從之而孜孜事一個窮措大，有何長進！縱不然，堂頭官人，豐衣足食，所往無不克。」張岱的《夜航船》對「措大」的解釋最直接明白，但《辭海》和《漢語大詞典》都沒有收入。他說：「奴婢之稱，有曰斯養、有曰蒼頭、有曰盧兒、有曰奚童，有曰鉗奴、有曰措大。措大者，以其能舉措大事也。」原來所謂「措大」，就是奴僕中能為主人措辦大事的那種，是主人比較親信的一類。此說與《資暇集》說措大：「正言其能舉措大事而已」的說法也是一致的。

卷一〈記六一語〉：

頃歲孫莘老識歐陽文忠公，嘗乘間以文字問之，云：「無它術，唯勤讀書而多為之，自工。世人患作文字少，又嬾讀書，每一篇出，即求過人，如此少有至者。疵病不必待人指擿，多作自能見之。」此公以其嘗試者告人，故尤有味。

此條記載孫莘老向六一居士歐陽修問及文章之事。歐陽修說沒有其他方法，只有勤讀書及多寫文章，文章自然會有長進。這是歐陽修自己個人的體驗。

孫覺（一〇二八至一〇九〇），字莘老，高郵（今屬江蘇）人。仁宗皇祐元年（一〇四九）進士。神宗熙寧二年（一〇六九）召知諫院、審官院。四年，徙知湖州。蘇軾好友。

卷二〈書楊朴事〉：

昔年過洛，見李公簡言：「真宗既東封，訪天下隱者，得杞人楊朴，能詩。及召對，自言不能。上問：『臨行有人作詩送卿否？』朴曰：『惟臣妾有一首云：更休落魄耽盃酒，且莫猖狂愛詠詩。今日捉將官裏去，這回斷送老頭皮。』上大笑，放還山。」余在湖州，坐作詩追赴詔獄，妻子送余出門，皆哭。無以語之，顧語妻曰：「獨不能如楊處士妻作詩送我乎？」妻子不覺失笑，余乃出。

神宗元豐二年（一〇七九）三月，蘇軾由徐州移知湖州。四月二十九日，到湖州任。七月，監察御史何正臣、舒亶、諫議大夫李定、國子博士李宜之等上疏彈劾蘇軾，說他謗訕朝政、愚弄朝廷、妄尊自大。

二十八日，朝廷派遣中使皇甫遵至湖州將蘇軾逮捕。此條蘇軾記載妻子送他出門，他和其妻（王閏之）談及昔年楊朴妻作詩送楊朴出門之趣事。

楊朴（九二一至一〇〇三）是北宋的布衣詩人，字契元，自號東里野民。世居新鄭東里（鄭韓故城內），好學，善詩，天性淡逸，不願作官，常獨自騎牛遊山玩水。曾獨自帶上手杖進入嵩山險絕處，構思成文百多篇。當時的文人多傳誦其詩文。少年時與畢士安、韓丕同學友好。後來，畢士安官居相位，舉薦楊朴於太宗，太宗愛其才，想授官任用，朴堅辭不受，作《歸耕賦》以明志。太宗贈給束帛使他還鄉。真宗西行朝拜先帝諸陵道經鄭州，特遣使贈朴茶、帛，並命其子從妙為官。

楊朴詩作言語質樸，類唐詩人賈島、李涉。著有《東里集》。《直齋書錄解題》著錄有《東里楊聘君集》一卷，《宋史》著錄《楊朴詩》一卷，均佚。北京大學出版社《全宋詩》錄存其詩六首。今錄其《莎衣》詩給大家欣賞：「軟綠柔藍著勝衣，倚船吟釣正相宜。蒹葭影裏和煙臥，菡萏香中帶雨披。狂脫酒家春醉後，亂堆漁舍晚晴時。直饒紫綬金章貴，未肯輕輕博換伊。」

卷二〈改觀音呪〉：

> **《觀音經》云：「呪咀諸毒藥，所欲害身者，念彼觀音力，還著於本人。」東坡居士曰：「觀音，慈悲者也。今人遭呪咀，念觀音之力而使還著於本人，則豈觀音之心哉？」今改之曰：「呪咀諸毒藥，所欲害身者，念彼觀音力，兩家總沒事。」**

《觀世音菩薩普門品》，又被稱為《觀世音經》或《觀音經》，其中謂「呪咀諸毒藥，所欲害身者，念彼觀音力，還著於本人。」所以會「還著於本人」，一方面表示，觀音菩薩解救被害者，另一方面，表示觀音菩薩對謀害者的譴責。如果謀害者，不但不能害人，還害自己，就會因恐懼而改悔，這便是觀音菩薩的教化了。佛菩薩的「慈悲攝受」，或「威德折伏」，都是為了教化。蘇軾宅心仁厚，以為「還著於本人」違背了佛教慈悲的精神，所以就把它改為「兩家總沒事」，好像有些道理，但這乃不知佛法「攝」、「折」二門的意義。又從因果的觀點來說，害人反害自己，乃是必然的道理，所以對於「還著於本人」之偈，其實並沒有不妥善之處。

卷二〈東坡昇仙〉：

吾昔謫黃州，曾子固居憂臨川，死焉。人有妄傳吾與子固同日化去，且云：「如李長吉時事，以上帝召他。」時先帝亦聞其語，以問蜀人蒲宗孟，且有歎息語。今謫海南，又有傳吾得道，乘小舟入海不復返者，京師皆云，兒子書來言之。今日有從黃州來者，云太守何述言吾在儋耳一日忽失所在，獨道服在耳，蓋上賓也。吾平生遭口語無數，蓋生時與韓退之相似，吾命在斗閒而身宮在焉。故其詩曰：「我生之辰，月宿南斗。」且曰：「無善聲以聞，無惡聲以揚。」今謗我者，或云死，或云仙，退之之言良非虛爾。

蘇軾此條寫於晚年被謫海南之時。他追憶自己被謫黃州的那段歲月（一〇八〇至一〇八四），曾鞏（一〇一九至一〇八三）卒於臨川，當時有妄傳說蘇軾和曾鞏「同日化去」。又有人說他在海南儋耳「一日忽失所在」。這些傳聞，或許未必是有惡意的，未必是東坡所說的謗言。畢竟東坡是名人，國人大多都很關心他，所以對他的行止有諸多猜測。

神宗元豐五年（一〇八二），即蘇軾被貶往黃州的第三年，蘇軾寫了一首《臨江仙・夜歸臨皋》：「夜飲東坡醒復醉，歸來彷彿三更。家童鼻息已雷鳴。敲門都不應，倚杖聽江聲。長恨此身非我有，何時忘卻營營。夜闌風靜縠紋平。小舟從此逝，江海寄餘生。」這詞講述他在深秋之夜在東坡雪堂暢飲，醉後返歸臨皋住所的情景。結尾「小舟從此逝，江海寄餘生」，表明作者欲尋求一種心靈不受世事的纏繞，能夠自由自在地漂浮在江海之上。葉夢得的《避暑錄話》謂：「子瞻在黃州，病赤眼，逾月不出。或疑有他疾，過客遂傳以為死矣。有語范景仁於許昌者，景仁絕不置疑，即舉袂大慟，召子弟具金帛，遣人見賙其家。子弟徐言此傳聞未審，當先書以問其安否，得實弔恤之未晚。乃走僕以往，子瞻發書大笑，故後量移汝州，謝表有云：『疾病連年，人皆相傳為已死。』未幾，復與數客飲江上，夜歸，江面際天，風露浩然，有當其意，乃作歌詞，所謂『夜闌風靜縠紋平。小舟從此逝，江海寄餘生』者，與客大歌數過而散。翌日，喧傳子瞻夜作此詞，挂冠服江邊，拏舟長嘯去矣。郡守徐君猷聞之，驚且懼，以為州失罪人，急命駕往謁，則子瞻鼻鼾如雷，猶未興也。然此語卒傳至京師，雖裕陵亦聞而疑之。」從葉夢得此條，可見「虛傳子瞻死訊」或「虛傳子瞻隱去」的事常有，連神宗亦「聞而疑之」。

卷二〈三老語〉：

嘗有三老人相遇，或問之年。一人曰：「吾年不可記，但憶少年時與盤古有舊。」一人曰：「海水變桑田時，吾輒下一籌，爾來吾籌已滿十間屋。」一人曰：「吾所食蟠桃，棄其核於崑崙山下，今已與崑山齊矣。」以余觀之，三子者與蜉蝣朝菌何以異哉？

這則「三老爭年」，我們可以把它當作一則笑話。三位老人家其實不是在鬥誰最年長，而是在鬥誰的吹牛本領最高。這則故事使我想起《韓非子》所說的「鄭人爭年」故事。《韓非子．外儲說左上》：「鄭人有相與爭年者，一人曰：『吾與堯同年。』其一人曰：『我與黃帝之兄同年。』訟此而不決，以後息者為勝耳。」韓非的原意是借「鄭人爭年」影射儒道之爭。所謂爭年，其實是爭資歷之老，淵源之深，這在韓非看來是無意義的。為了爭歷史淵源，儒家託三代先王之名，道家則以黃帝為祖，最後，儒道之爭，看來只能以誰堅持到最後來分勝負。

卷三〈僧相歐陽公〉：

歐陽文忠公嘗語：「少時有僧相我：『耳白於面，名滿天下；脣不著齒，無事得謗。』其言頗驗。」耳白於面，則衆所共見，脣不著齒，余亦不敢問公，不知其何如也。

作為北宋的文壇領袖，歐陽修在詩、詞、文幾方面都有很高的成就。作為一個具有佛教信仰的居士，歐陽修還把文學創作作為弘法手段，創作了大量與佛教有關的詩歌。

歐陽修在為官期間，經常到寺院遊覽，常常即興吟詩。他的《游龍門分題十五首．宿廣化寺》詩云：「橫槎渡深澗，披露採香薇。樵歌雜梵響，共向松林歸。日落寒山慘，浮雲隨客衣。」這首詩是歐陽修遊洛陽龍門，夜宿廣化寺時所作。詩中描寫詩人在夜裏，在深澗中乘着木筏，在夜幕露珠之下采薇菜的情景。歐陽修到了晚年，更堅定了崇尚佛教。葉夢得《避暑錄話》卷上載：「歐陽文忠公平生詆佛老，少作《本論》三篇，於二氏蓋未嘗有別，晚罷政事，守亳將老矣，更罹夏患，遂有超然物外之志。」《佛祖統紀》卷四五《熙寧五年七月》條下注引吳充所撰歐陽修《行狀》云：「歐陽永叔自致仕居潁上，日與沙門遊，因自號六一居士，名其文曰《居士集》。」因為時常閒遊山水，歐陽修還與滁州琅琊寺的智仙和尚結為好友。為便於滁州知府遊覽，智仙和尚帶人在山腰蓋了座亭子。亭子建成那天，歐陽修前去祝賀，為之取名為「醉翁亭」，並寫下了千古傳誦的散文名篇《醉翁亭記》。

從蘇軾此則筆記，可見歐陽修在少年時代就與僧人交往，此僧曾為他看面相，而且歐陽修也承認「其言頗驗」。這是歐陽修與僧人交往的最早記載。

卷四〈臨皋閒題〉：

臨皋亭下八十數步，便是大江，其半是峨嵋雪水，吾飲食沐浴皆取焉，何必歸鄉哉！江山風月，本無常主，閒者便是主人。聞范子豐新第園池，與此孰勝？所以不如者，上無兩稅及助役錢爾。

范子豐名百嘉，是蜀郡公范鎮（一〇〇九至一〇八九）第三子，是蘇軾第三子蘇過（一〇七二至一一二三）的岳丈。朱弁《曲洧舊聞》卷八有范百嘉教訓小偷條：「范百嘉，字子豐，忠文蜀公之子也。識量頗類忠文，嘗宴客，客散熟寢。偷兒入其寢室，酒器滿前。子豐覺之，起坐，呼偷兒曰：『汝迫於貧至此，勿怖也。』以白金盂子二與之。偷兒拜而去。其後事敗，有司盡得其情，子豐猶不肯言，聞者美之。」

臨皋本是黃州的一個驛亭，靠近長江。蘇軾到達黃州後僅在定惠院居住了四個月，就全家遷居臨皋。此後雖然又建造了雪堂，但仍然經常來臨皋居住，因此臨皋是蘇軾在黃州時期生活和創作的重要居所，蘇軾的詩文中也多次提到臨皋。這篇〈臨皋閒題〉就是他在臨皋閒居時寫的一篇小文。我們通過這篇小文，察覺到蘇軾三種不同的心境和況味：懷鄉之愁、風月之閒、時政之憂。這篇文章以「閒」字為題，但文中之意，不是一個「閒」字了得。

在〈臨皋閒題〉中蘇軾謂「雖然我身在臨皋，但我用來沐浴飲食的長江水，其半是家鄉峨眉山的雪水，我和故鄉仍然一脈相連。」蘇軾藉此拉近了他和故鄉的距離，並說服自己不必歸鄉。這看似曠達，卻恰恰反映了詩人內心深處的愁苦。

范子豐那時剛造了一處庭院，東坡拿臨皋亭前的美景與之相較，戲謔性的表示他居住於此不用交兩稅。「兩稅」和「助役錢」，屬於王安石變法中的內容。兩稅即青苗法中的春秋兩稅，助役錢即為免於服役而支付的錢。蘇軾對這一直持反對態度，他認為春秋兩稅增加了百姓的負擔，助役錢則使得原來不用負擔差役的女戶和不成年的丁戶也得繳納一定稅錢，這是不利於民的政策。蘇軾被貶黃州後，曾給神宗上書《到黃州謝表》，表示從今後閉門思過。在《定惠院寓居月夜偶出》詩中，他說：「飲中真味老更濃，醉裏狂言醒可怕。閉門謝客對妻子，倒冠落佩從嘲罵。」雖然他意識到「醉裏狂言醒可怕」，但實際上他還是關心朝政的。這條他通過和范子豐比試宅院來戲謔自嘲，但也含蓄地表達了對新法的不滿。

南懷瑾先生說：「人生的最高境界是佛為心，道為骨，儒為表，大度看世界。技在手，能在身，思在腦，從容過生活。」這對於蘇軾而言，剛好相反，雖然他的思想橫跨儒佛道三家，但始終是「儒為骨，佛道為表」。精研佛道讓他胸懷灑脫，使他在宦海浮沉時可以進退自如。但在這背後他始終沒有忘記儒者的本分，始終未能徹底擺脫由此而帶來的困擾。他在《臨江仙．夜歸臨皋》中發出了「長恨此身非我有，何時忘卻營營」之歎。同樣，他在《行香子．述懷》中也寫道：「何時歸去，作個閒人。」

陸游《讀許渾詩》云：「裴相功名冠四朝，許渾身世落漁樵。若論風月江山主，丁卯橋應勝午橋。」裴度為唐朝名相，於洛陽午橋創別墅，花木萬株，中起涼台暑館，名曰「綠野堂」。許渾乃唐詩人，曾為州刺史，因病退居潤州丁卯橋丁卯莊。陸游謂論風光之美，甲第名園不如江山勝景。若由陸放翁去判斷臨皋亭和范子豐的「新第園池」孰勝，他必會認為「臨皋自是勝多籌」。

卷四〈名容安亭〉：

陶靖節云：「倚南窗以寄傲，審容膝之易安。」故常欲作小軒，以容安名之。

陶淵明（三六五至四二七），又名陶潛，字元亮，號「五柳先生」，友人私謚「靖節先生」。關於他的生平，可參看本書評介《搜神後記》。

東晉安帝義熙元年（四〇五），陶淵明棄官歸田，作《歸去來兮辭》。陶淵明從二十九歲起開始出仕，任官十三年，一直不喜歡官場，嚮往田園生活。他在義熙元年最後一次出仕，做了八十多天的彭澤令便辭官，以後再也沒有出來做官。據《宋書．陶潛傳》和蕭統《陶淵明傳》云，陶淵明歸隱是出於對腐朽現實的不滿。

《歸去來兮辭》對過去十多年間幾度宦海浮沉的生活作總結，詠唱歸返田園之樂和隱居不仕的決心。歐陽修誇張地說：「晉無文章，僅陶淵明《歸去來兮辭》一篇而已。」這篇文章是作者脫離仕途，歸返田園的宣言。全文語言樸素，辭意暢達，感情真摯，結構嚴密。其中謂「引壺觴以自酌，眄庭柯以怡顏。倚南窗以寄傲，審容膝之易安。」「審容膝之易安」是說深知住在陋室中反而容易使人安適。審，深知。容膝，僅能容納雙膝，形容居處狹小。南宋名著《容齋隨筆》的作者洪邁，自號「容齋」，也是說其書齋狹小，僅可容膝。

因為蘇軾居無定所，所以「常欲作小軒，以容安名之」的願望看來未能實現。

卷四〈劉伯倫〉：

劉伯倫常以鍤自隨，曰：「死即埋我。」蘇子曰，伯倫非達者也，棺槨衣衾，不害為達。苟為不然，死則已矣，何必更埋！

劉伶，字伯倫，性嗜酒，是晉代名士，為「竹林七賢」之一。關於劉伶生平，可參看本書評介《世說新語》篇。《晉書．劉伶傳》謂劉伶「常乘鹿車，攜一壺酒，使人荷鍤而隨之，謂曰：『死便埋我。』其遺形骸如此。」

「死便埋我」的典故常用以比喻消極避世，輕視死生的曠達態度。南宋詞人有辛棄疾有《沁園春．將止酒戒酒杯使勿近》：「杯汝來前，老子今朝，點檢形骸。甚長年抱渴，咽如焦釜，於今喜睡，氣似奔雷。汝說劉伶，古今達者，醉後何妨死便埋。渾如此，嘆汝於知己，真少恩哉。更憑歌舞為媒。算合作平居鴆毒猜。況怨無大小，生於所愛，物無美惡，過則為災。與汝成言，勿留亟退，吾力猶能肆汝杯。杯再拜，道麾之即去，招則須來。」

在此條中，蘇軾謂劉伶「非達者也」，因為「死則已矣，何必更埋！」

卷五〈秦廢封建〉：

秦初並天下，丞相綰等言：「燕、齊、荊地遠，不置王無以鎮之，請立諸子。」始皇下其議，群臣皆以為便。廷尉斯曰：「周文、武所封子弟同姓甚衆，然後屬疏遠，相攻擊如仇讎，諸侯更相誅伐，天子不能禁止。今海內賴陛下神靈，一統皆為郡縣，諸子功臣以公賦稅重賞賜之，甚足易制。天下無異意，則安寧之術也，置諸侯不便。」始皇曰：「天下共苦戰鬥不休，以有侯王。賴宗廟天下初定，又復立國，是樹兵也，求其寧息，豈不難哉！廷尉議是。」分天下為三十六郡，郡置守、尉、監。蘇子曰：聖人不能為時，亦不失時。時非聖人之所能為也，能不失時而已。三代之興，諸侯無罪，不可奪削，因而君之雖欲罷侯置守，可得乎？此所謂不能為時者也。周衰，諸侯相並，齊、晉、秦、楚皆千餘里，其勢足以建侯樹屏。至於七國皆稱王，行天子之事，然終不封諸侯，不立強家世卿者，以魯三桓、晉六卿、齊田氏為戒也。久矣，世之畏諸侯之禍也，非獨李斯、始皇知之。始皇既並天下，分郡邑，置守宰，理固當然，如冬裘夏葛，時之所宜，非人之私智獨見也，所謂不失時者，而學士大夫多非之。漢高帝欲立六國後，張子房以為不可，世未有非之者，李斯之論與子房何異？世特以成敗為是非耳。高帝聞子房之言，吐哺罵酈生，知諸侯之不可復，明矣。然卒王韓、彭、英、盧，豈獨高帝，子房亦與焉。故柳宗元曰：「封建非聖人意也，勢也。」昔之論封建者，曹元首、陸機、劉頌，及唐太宗時魏徵、李百藥、顏師古，其後有劉秩、杜佑、柳宗元。宗元之論出，而諸子之論廢矣，雖聖人復起，不能易也。故吾取其說而附益之，曰：凡有血氣必爭，爭必以利，利莫大於封建。封建者，爭之端而亂之始也。自書契以來，臣弒其君，子弒其父，父子兄弟相賊殺，有不出於襲封而爭位者乎？自三代聖人以禮樂教化天下，至刑措不用，然終不能已篡弒之禍。至漢以來，君臣父子相

賊虐者，皆諸侯王子孫，其餘卿大夫不世襲者，蓋未嘗有也。近世無復封建，則此禍幾絕。仁人君子，忍復開之歟？故吾以為李斯、始皇之言，柳宗元之論，當為萬世法也。

秦始皇（前二五九至前二一〇）修直道、築長城，御外敵；書同文、車同軌、行同倫，立標準；從政事、軍事到民生，為後世留下很多功績。其中有一項政令，讓中國早於世界其他文明，提前進入了君主集權的帝國時代，這就是秦始皇實施的「廢封建，行郡縣」的制度。

在秦朝建立之前的商朝和周朝，實行的都是封建制。封建制就是「封土」和「建邦」。當一個朝代建立以後，皇帝會把土地分封給王公大臣，讓這些人在自己的封地，全權管理自己封地的政治、經濟、軍事和民生。封建是源自於中國古代天子依爵位高低將領土分封與宗室或功臣作為食邑的制度。在此制度下，大地主或領主能從土地取得收入，並且在其領地上行使政府職權。

在中國，「封建」最早的出處是《詩經．商頌．殷武》中的「命於下國，封建厥福」，用於指商王朝冊封本族和異族方國諸侯的行為。稍晚一些的出處則是《左傳．僖公二十四年》中的「封建親戚，以藩屏周」，就是把親信分封出去建立諸侯國，用來屏障周王室。只有這種封土建邦，分封割據的狀態，才叫做「封建」。《史記》載，「諸侯咸來賓從」、「諸侯咸尊軒轅為天子」、黃帝「置左右大監，監於萬國」，很可能是在描述早期封建制度的起源。

唐代文學家、政治家柳宗元曾經在《封建論》中推論過封建制的起源，認為是萌芽於部落時代，群長相互競爭，強者威服眾部落，但又沒法完全實施統治，不得不以「分封」形式確立其他群長後代對自己族群的統治，是中國古代統一國家產生的一個必然階段。到了周代，分封制已臻於完善，按後世儒家記載，其與宗法制相結合，依據禮制和五等爵制進行階層劃分，有嚴格的尊卑區別，由王室代表周天子將土地分等，封給宗親、功臣，宣命其為諸侯、准許建制方國，以安定周邊少數民族、拱衛王室。

《封建論》詳盡分析了唐代以前中國歷代政治得失，認為封建制度百害而無一利，並闡發郡縣制之優越。《封建論》說「彼封建者，更古聖王堯、舜、禹、湯、文、武而莫能去之。蓋非不欲去之也，勢不可也。……封建，非聖人意也」。蘇軾評論《封建論》一文稱：「宗元之論出，而諸子之論廢矣，雖聖人復起，不能易也。」但亦有學者批評《封建論》。清代學者李富孫（一七六四至一八四三）說：「柳子之論，直一偏之見，徒知前世之害，而不知前世之為利者大。既昧前世之利而不知後世之為害更深。」

秦朝起加強中央集權，用李斯（前二八四至前二〇八）的主張，推行郡縣制，不再分封土地給功臣，而是使用秦國變法時創立的二十等爵功勳制，用功勳爵來賞賜功臣。後來漢高祖劉邦大封功臣與漢室宗親，建立數百王國、侯國，採取了「郡國並行」的地方管理制度，郡縣制和分封制同時存在於兩漢。西晉短暫的統一後，又因為分封宗室、君主個人素質等原因，最終經歷八王之亂，成為南北對峙的局面。後世郡縣制、三司制、行省制等相繼成為國家管理地方的主要制度，分封制漸漸被形式化、禮儀化的，僅在少數朝代有個別或短暫的分封現象，如清朝初期，封明朝降臣吳三桂為平西王。

龍川略志／龍川別志

《龍川略志》和《龍川別志》，北宋蘇轍（一〇三九至一一一二）撰。蘇轍，字子由，一字同叔，晚年自號潁濱遺老，眉州眉山（今四川眉山市）人，與父蘇洵、兄蘇軾合稱「三蘇」，是宋代著名的文學家、政治家。

蘇轍和兄長蘇軾，於仁宗嘉祐二年（一〇五七）同登進士。在北宋中期的政治鬥爭中，同是重要的人物。英宗治平二年（一〇六五）任大名府留守推官。治平三年（一〇六六）四月，父卒於京師。六月，與兄一起扶喪歸蜀。神宗熙寧二年（一〇六九）二月還朝。及後，因與王安石、呂惠卿不合，轉任地方官。在神宗元豐二年（一〇七九），受兄長「烏臺詩案」影響，責為筠州鹽酒稅。元豐七年（一〇八四），移官績溪令。元豐八年（一〇八五），神宗崩，子煦嗣位，是為哲宗。高太皇太后聽政。哲宗元祐元年（一〇八六），蘇轍返京。曾任中書舍人、戶部侍郎、翰林學士、吏部尚書、尚書右丞等職。元祐八年（一〇九三），太皇太后崩，哲宗親政。哲宗紹聖元年（一〇九四）三月，蘇轍出知汝州，六月降官至袁州，七月貶筠州居住。紹聖四年（一〇九七），貶為化州（今廣東化縣）別駕，雷州（今廣東海康）安置。次年，移居循州（今廣東龍川）。元符三年（一一〇〇），哲宗崩，弟端王佶即位，是為徽宗。向太后聽政，曾布等當政，蘇轍遇赦北歸。二月，蘇轍移永州。四月，岳州居住。徽宗建中靖國元年（一一〇一），向太后崩，徽宗親政。七月，兄長卒於常州。次年，蘇轍和侄子蘇邁及蘇過一起，將靈柩運至汝州郟城縣小峨眉山安葬。蘇轍作墓誌銘。徽宗崇寧三年（一一〇四），蘇轍隱居許州（今河南省許昌市）潁水之濱，自號潁濱遺老，讀書學禪。徽宗大觀二年（一一〇八），恢復朝議大夫，遷中大夫。徽宗政和二年（一一一二）十月，卒於潁川，後與兄合葬於小峨眉山，追復端明學士，謚號文正。

蘇轍著作甚豐，除《欒城》四集共九十六卷外，還有《詩集傳》二十卷、《春秋集解》十二卷、《古史》六十卷、《老子解》兩卷、《應詔集》十二卷、《龍川略志》十卷、《龍川別志》上下卷等。他的文學成就主要在散文方面。他說：「子瞻之文奇，余文但穩耳。」蘇軾卻說：「子由之文實勝僕，而世俗不知，乃以為不如。其人深，不願人知之。其文如其人，故汪洋澹泊，有一唱三嘆之聲，而其秀傑之氣終不可沒。」《宋史．卷三三九》謂「蘇轍論事精確，修辭簡嚴，未必劣于其兄。王安石初議青苗，轍數語梠之，安石自是不復及此，後非王廣廉傅會，則此議息矣。轍寡言鮮欲，素有以得安石之敬心，故能爾也。若是者，軾宜若不及，然至論軾英邁之氣，閎肆之文，轍為軾弟，可謂難矣。元祐秉政，力斥章、蔡，不主調停；及議回河、雇役，與文彥博、司馬光異同；西邊之謀，又與呂大防、劉摯不合。君子不黨，於轍見之。轍與兄進退出處，無不相同，患難之中，友愛彌篤，無少怨尤，近古罕見。獨其齒爵皆優於兄，意者造物之所賦與，亦有乘除於其間哉！」

《龍川略志》和《別志》是蘇轍晚年隱居循州龍川時寫的筆記。《略志》主要記載平生參政時的活動為主，共三十九條。《別志》記錄軼事，共五十條。這些筆記的內容很有史料價值。現從《略志》及《別志》各引錄四條給大家欣賞。

《略志》卷一〈夢中見老子言楊綰好殺高郢嚴震皆不殺〉：

予幼居鄉閭，從子瞻讀書天慶觀。治平初，在京師，夢入三清殿，殿上老子像高三二尺，狀甚異，能與人言，問者非一也。予亦謁而問焉。謂予曰：「子知楊綰乎?」曰：「唐之賢相也。」「子知高郢、嚴震乎？」曰：「郢文臣，震功臣也。」「三人孰賢？」曰：「郢、震雖賢，其不及綰遠矣。」曰：「此人皆終尚書僕射，然綰不至上壽，而郢、震皆耆艾乃死，子知其說乎？」曰：「不知也。」曰：「綰好殺生，而郢、震皆不殺，此其所以異也。子其志之！」予夢中固不詳三人之然否也，起閱《唐書》，三人官秩、壽考皆信，獨不見好殺與否耳。

此條蘇轍借一個他在英宗治平初的一個夢告誡我們謂有好生之德的人較好殺生之人較長壽。有好生之德的人相信也是一個仁人。孔子在《論語‧雍也》中說：「知者樂水，仁者樂山。知者動，仁者靜。知者樂，仁者壽。」

《略志》卷二〈王江善養生〉：

丐者王江，居宛丘，喜飲酒，醉臥塗潦中，不以為苦。嘗大雪，或以雪埋之，其氣勃然，雪輒融液。遊於市中，常髽角戴花，小兒羣聚捽罵之，江嬉笑自若。往往販鬻餅餌，晚不能售，輒呼與共食。入田舍，父老招之食飲，醉飽即睡，婦女在側，江不以自疑，人亦信其無他也。以此陳人敬愛之，至畫其像，事以香火。劉述為京西漕，至陳，欲見江。方入城，江當道大罵，劉亦不知其江也，俾州撻之。明日，召江愧謝。江笑曰：「罵運使受杖，分也。」亦不謝。士大夫知其異，百計欲問其術，輒佯醉極口罵，終莫能問者。熙寧中，予為陳學教授，屢以酒邀之，飲不甚多，曰：「年老氣衰，不能劇飲如往偶矣！」大肉、硬餅亦皆不食。每欲啗，輒中止而嘸，若喉中時有流水者。然畏其罵，不敢問也。一日，言及養生事，江咈然欲罵，予曰：「予以畏罵，久無所問，今日語，適然耳，非欲盜法也。且吾欲學道，開卷求之，雖不盡得，亦過半矣！顧方溺世故，妻孥滿目前，雖使呂公來，其如我何，而況爾耶？」江笑曰：「君言是也。」予因曰：「吾決不問子術。姑告我昔本何人，緣何學道而已。」江曰：「我本考城人，少亦娶，居妻家，不事生業，妻父屢譴我，至加毆箠。一日，閉門不納。我傍待其門者累日，忽發憤棄之而遊。少嘗舉學究，能誦《周易》。」試之，不遺一字。久之，太守陳述古招劍洲李昊，使作符禁。昊為人大言多誕，欲見江。江即逃去，遂不知所在。

這位丐者王江，史書未有言及，若非蘇轍此條之記載，其言行事蹟不會被後世知聞。此條生動地描述了王江之「異」，亦記載了王江也是有學問的。可惜在歷史上，很多此類奇人異士，不為世用，最終「不知所在」。

《略志》卷十〈李昊言養生之術在忘物我之情〉：

李昊來陳時，年八九十歲矣，顏色已衰，然善篆符，人有鬼者，得其符，鬼或去。陳述古官舍多鬼，殆不復安居，昊居其西堂，鬼即為止。予問昊何以能爾，昊曰：「述古多欲，故為鬼所侮；吾斷欲久矣，故鬼不敢見，非他術也。」間問其所以養生者。昊曰：「人稟五行以生，與天地均。五行之運於天地無窮，而人壽不過百歲者，人自害之耳。人生而知物我之辨，內其在我，而外其在物，物我之情，不忘於心。我與物為二，則其所受五行之氣，判然與五行之大分不通，因其所受之厚薄，各盡其所有而止，故或壽或夭，無足怪也。今誠忘物我之異，使此身與天地相通，如五行之氣中外流注不竭，人安有不長生者哉！」

陳襄（一〇一七至一〇八〇），字述古，福州侯官人，乃北宋名士，世稱古靈先生。生於宋真宗天禧元年（一〇一七），與陳烈、周希孟、鄭穆友好，人稱「海濱四先生」。仁宗慶曆二年（一〇四二）進士，初任浦城縣（今屬福建省）主簿，歷知仙居、河陽、蒙陽等縣，因反對新法，曾請求神宗貶斥王安石、呂惠卿以謝天下。神宗時，出知明州。蘇洵曾寫過一篇他的軼事《鐘能辨盜》，此事在沈括的《夢溪筆談．卷十三．權智》中亦有記載，亦見於《宋史．卷三百二十一》。蘇軾曾作《答陳述古二首》：「漫說山東第二州，棗林桑泊負春遊。城西亦有紅千葉，人老簪花卻自羞。」「小桃破萼未勝春，羅綺叢中第一人。聞道使君歸去後，舞衫歌扇總生塵。」

此條記載陳述古官舍多鬼。在李昊這位高人眼中，「述古多欲，故為鬼所侮」，他自己卻「斷欲久矣，故鬼不敢見」。他的養生要道是「忘物我之異，使此身與天地相通」。

《略志》卷十〈費長房以符制服百鬼其後鬼竊其符〉：

成都道士蹇拱辰，善持戒，行天心正法，符水多驗，居京城為人治病，所獲不貲。元祐末，自天壇來，予問之曰：「世傳費長房得符於壺公，以是制服百鬼，其後鬼竊其符，因以殺長房。子為天心正法，亦知此何等符耶？且符既能制百鬼，不免為鬼所竊，何也？」拱辰不能答，反問予曰：「公豈知此符也？」予告之曰：「此非有符。以法救人，而無求於人，此則符也。道士之行法者，必始於廉，終於貪，此長房所以失符而死也。」拱辰稱善。今不見拱辰六年矣，聞其法不衰，豈能信用吾言耶！

費長房，中國東漢時知名的道士，字君陵，汝南（今河南上蔡東南）人，相傳能醫療眾病，鞭笞百鬼。東晉葛洪《神仙傳》謂：「費長房學術於壺公，公問其所欲，曰：『欲觀盡世界。』公與之縮地鞭，欲至其處，縮之即在目前。」《少室山房集》中云：「五城十二樓，高懸鍊金液，朝來費長房，誤入神仙宅。」講的就是費長房修道濟世的起點，而這個在《八仙得道》中被虛化為鐵拐李的人物，在那時被稱為「壺翁」或「藥翁」，傳聞他懸壺濟世，最後將此術傳給費長房。該故事被認為是「懸壺濟世」這成語的起源。

梁人吳均《續齊諧記》有〈九日登高〉云：「汝南桓景隨費長房遊學累年，長房謂曰：『九月九日，汝家中當有災。宜急去，令家人各作絳囊，盛茱萸，以繫臂，登高飲菊花酒，此禍可除。』景如言，齊家登山。夕還，見鷄犬牛羊一時暴死。長房聞之曰：『此可代也。』今世人九日登高飲酒，婦人帶茱萸囊，蓋始於此。」

《後漢書・卷八十二下・方術列傳第七十二下》記載了費長房的故事，並謂費長房「後失其符，為眾鬼所殺。」

在此條中，蘇轍謂：「道士之行法者，必始於廉，終於貪，此長房所以失符而死也。」蘇轍謂世傳費長房得符於壺公的「符」其實是「以法救人，而無求於人」的準則。蘇轍將他的見解和成都道士蹇拱辰分享後，「拱辰稱善」。

蘇軾曾有《留別蹇道士拱辰》詩：「黑月在濁水，何曾不清明。寸田滿荊棘，梨棗無從生。何時反吾真，歲月今崢嶸。屢接方外士，早知俗緣輕。庚桑托雞鵠，未肯化南榮。晚識此道師，似有宿世情。笑指北山雲，訶我不歸耕。仙人漢陰馬，微服方地行。咫尺不往見，煩子通姓名。願持空手去，獨控橫江鯨。」北宋詞人賀鑄有《道士蹇拱辰》詩：「嘗觀妙手御風圖，想像斯人世所無。今識黃冠葆光子，爽氣飄颻畫不如。岷峨東來九千里，眼飽高山與流水。乘春更擬訪天台，晨肇當年偶然耳。葆光子，胡為乎，鼎中龍虎煉成寶，筆下鬼神驅作奴。須君且置是等事，三復玄元皇帝書。」

《別志》卷上〈周高祖柴后〉：

周高祖柴后，魏成安人，父曰柴三禮。本後唐莊宗之嬪御也。莊宗沒，明宗遣歸其家，行至河上，父母迓之。會大風雨，止於逆旅。數日，有一丈夫冒雨走過其門，衣弊破裂，不能自庇。后見之驚曰：「此何人耶？」逆旅主人曰：「此馬鋪卒吏郭雀兒者也。」后召與語，異之，謂父母曰：「此貴人，我當嫁之。」父母恚曰：「汝帝左右人，歸當嫁節度使，奈何嫁此乞人？」后曰：「我久在宮中，頗識貴人，此人貴不可言，不可失也。橐中裝分半與父母，我取其半。」父母知不可奪，遂成婚於逆旅中。所謂郭雀兒，則周祖也。后每資以金帛，使事漢祖，卒為漢佐命。後父柴三禮既老，夜寐輒不覺，晝起常寡言笑。其家問之，不答。其妻醉之以酒，乃曰：「昨見郭雀兒已作天子。」初，周祖兵征淮南，過宋州。宋州使人勞之於葛驛。先有一男子、一女子，不知所從來，轉客於市，傭力以食。父老憐其願也，醵酒食、衣服，使相配為夫婦。及周祖至，市人聚觀，女子於衆中呼曰：「此吾父也。」市人驅之去。周祖聞之，使前，問之，信其女也，相持而泣，將攜之以行。女曰：「我已嫁人矣。」復呼其夫視之，曰：「此亦貴人也。」乃俱挈之軍中，奏補供奉官，即張永德也。及周祖入汴，漢末帝以兵圍其第，今皇建院是也，盡誅其家。惟永德與其妻在河陽為監押，末帝亦命河陽誅之。河陽守呼永德，以敕視之。永德曰：「丈人為德不成，死未晚也。」河陽守見其神色不少變，以

為然，雖執之於獄，所以餽之甚厚，親問之曰：「君視丈人事得成否？」永德曰：「殆必然。」以柴三禮夢所見為驗。未幾而捷報至。周祖親戚盡誅，惟永德夫婦遂極富貴。

周太祖郭威（九〇四至九五四），字文仲，小名「郭雀兒」，籍貫邢州堯山（今天河北省隆堯）。五代時期後周開國皇帝。原為五代後漢的樞密使。隱帝劉承祐（九三一至九五一）疑忌他，將他全家殺害。他怒而起兵，隱帝死於亂軍之中，郭威在黃旗加身的兵變中，建立後周。郭威父親為後晉時的順州刺史郭簡，母王氏。《舊五代史》記載一說，稱其本姓常，隨母改嫁入郭簡家，因而改姓郭姓。《新五代史》稱其母本來是郭簡之妻，後來改嫁常氏。周太祖三任嫡妻及一位妾室，一為皇后三為妃，皆是夫死再嫁的寡婦。清人趙翼在《二十二史劄記》中謂：「統計前後四娶，皆再醮婦，亦不可解也。」

聖穆皇后，姓柴，邢州堯山縣或龍崗縣（皆在今河北省邢臺市境）人，為後周太祖郭威嫡后，納其侄柴榮（九二一至九五九）為養子，後繼為後周世宗。柴氏因貌美，曾被選入宮，為後唐莊宗李存勗（八八五至九二六）妃嬪。唐明宗李嗣源（八六七至九三三）在九二六年繼位後裁減後宮，以減省開支，柴氏因此得以出宮。出宮後，柴氏在回歸家鄉堯山的路途中，遇見了當時任職馬步軍使的郭威，柴氏對郭威一見傾心，執意要當郭威的妻子。柴氏向郭威表白，郭威對姿色秀麗的柴氏也深感滿意，兩人為此結成夫妻。柴氏的父母很生氣，認為女兒是皇帝的妃嬪，改嫁應該嫁節度使這樣的大官。柴氏執意要嫁郭威，並將自己從皇宮帶出的一半金銀首飾留給父母，自己帶著另一半嫁給郭威。此事《宋史．張永德傳》及《東都事略》有載。

柴氏賢淑得體，她對於郭威的酗酒及賭博的惡習經常規勸，郭威也聽從柴氏所言，戒除惡習。後漢時，郭威充當高官要職。柴氏在郭威稱帝前病故。郭威稱帝，建立後周，追謚柴氏為聖穆皇后。《新五代史·周家人傳》謂：「太祖一后三妃。聖穆皇后柴氏，邢州堯山人也，與太祖同里，遂以歸焉。太祖微時，喜飲博任俠，不拘細行，后常諫止之。太祖狀貌奇偉，後心知其貴人也，事之甚謹。及太祖即位，后已先卒，乃下詔：『故夫人柴氏，追冊為皇后，謚曰聖穆。』」

壽安公主是周太祖郭威第四女。此條謂她是柴后之女。其夫張永德（九二八至一〇〇〇）在周世宗末年擔任殿前都點檢。入宋後，張永德甚受太祖、太宗及真宗禮遇。到宋真宗咸平三年（一〇〇〇）去世。

《別志》卷上〈周顯德中〉：

周顯德中，以太祖在殿前點檢，功業日隆，而謙下愈甚，老將大校多歸心者，雖宰相王溥亦陰效誠款。今淮南都園，則溥所獻也。惟范質忠於周室，初無所附。及世宗晏駕，北邊奏契丹入寇。太祖以兵出拒之，行至陳橋，軍變，既入城，韓通以親衛戰於闕下，敗死。太祖登正陽門望城中，諸軍未有歸者，乃脫甲詣政事堂。時早朝未退而聞亂。質下殿執溥手曰：「倉猝遣將，吾儕之罪也。」爪入溥手，幾血出。溥無語。既入見太祖，質曰：「先帝養太尉如子，今身未冷，奈何如此？」太祖性仁厚，流涕被面。然質知事不可遏，曰：「事已爾，無太倉卒，自古帝王有禪讓之禮，今可行也。」因具陳之，且曰：「太尉既以禮受禪，則事太后當如母，養少主當如子，慎勿負先帝舊恩。」太祖揮涕許諾，然後率百官成禮。由此太祖深敬重質，仍以為相者累年。終質之世，太后、少主皆無恙。故太祖、太宗每言賢相，必以質為首。

此條記述范質與王溥兩位由後周入宋的宰相。

范質（九一一至九六四），中國五代後周和北宋初大臣，字文素。入宋後任宰相。自幼好學，九歲能文，十三歲誦五經，博學多聞。後唐明宗長興四年（九三三）進士，官至戶部侍郎。後周太祖郭威自鄴起兵入京，范質為避戰禍，藏匿民間，後來被太祖找到。范質被封為兵部侍郎，樞密副使。周世宗顯德四年（九五七），范質上書朝廷，建議重修法令，編定後周的《顯德刑律統類》。宋代第一部法典《宋刑統》直接來源於此法典。顯德六年（九五九），周世宗病危，臨終託孤，命范質為顧命大臣，輔佐七歲的恭帝柴宗訓（九五三至九七三）。顯德七年（九六〇）正月初一，北漢、契丹聯兵南下。殿前點檢趙匡胤（九二七至九七六）統帥禁軍北上。初三，趙匡胤發動「陳橋兵變」，回到大梁。范質、王溥無奈擁立趙為天子。宋太祖乾德元年（九六三），封范質為魯國公。乾德二年（九六四）正月，與王溥、魏仁浦同日罷相。是年九月去世。臨終時「戒其後勿請謚立碑，自悔深矣」，宋太祖說：「聞范質只有宅第，不置田產，真宰相也。」范質在趙匡胤稱帝後「降階受命」，有負世宗託付，宋太宗說他：「循規矩，慎名器，持廉節，無出質右者。但欠世宗一死，為可惜耳。」著有《范魯公集》、《五代通錄》等。

王溥（九二二至九八二），字齊物，并州祁（今山西祁縣）人，歷任後周太祖、世宗、恭帝、北宋太祖四朝宰相。王溥出生於官宦世家，後漢乾祐元年（九四八）二十六歲甲科進士第一名，任秘書郎，後周太祖廣順三年（九五三）官至宰相，年僅三十二歲。周恭帝時，上表請修《世宗實錄》，與扈蒙、張淡、王格、董敦等共同編修，宋太祖建隆二年八月，書成奏上。

周世宗死，趙匡胤黃袍加身返京，王溥「降階先拜」。趙匡胤曾對左右說：「王溥十年做相，三遷一品，福履之盛，近世未見其比。」宋太祖乾德二年（九六四）正月，罷相，任太子少保。太宗太平興國初年，封祁國公，七年（九八二）八月去世。謚文獻。入宋之後，王溥雖仍為宰相，但基本上被削實權。主要的精力則投入在編修史籍，編著《世宗實錄》、《唐會要》、《五代會要》三部史籍共一百七十卷，開史學「會要」體例之。

此條亦記載范質請求趙匡胤在受禪後，要「事太后當如母，養少主當如子」，趙匡胤「揮涕許諾」，「終質之世，太后、少主皆無恙。」

《別志》卷上〈真宗初即位〉：

真宗初即位，李沆為相。帝雅敬沆，嘗問治道所宜先，沆曰：「不用浮薄新進喜事之人，此最為先。」帝問其人。曰：「如梅詢、曾致堯等是矣。」帝深以為然。故終帝之世，數人者皆不進用。是時梅、曾皆以才名自負，嘗遣致堯副溫仲舒安撫陝西，致堯於閤門疏論仲舒，言不足與共事，輕銳之黨無不稱快。然沆在中書不喜也，因用它人副仲舒，而罷致堯。故自真宗之世至仁宗初年，多得重厚之士，由沆力也。

李沆（九四七至一〇〇四），字太初，洺州肥鄉（今河北省邯鄲市）人。北宋時期名相、詩人。太宗太平興國五年（九八〇）登進士第。真宗咸平初年，任中書侍郎。他秉性亮直，內行修謹，以清靜無為治國，重吏事，有「聖相」之美譽。有《河東先生集》。王夫之稱他為「宋一代柱石之臣」。《別志》此條指出李沆用人不會用「浮薄新進喜事之人」。所以北宋初，因由李沆之主張，朝廷多用「重厚之士」。

《別志》卷下〈英宗皇帝〉：

英宗皇帝，濮王十三子也，故本宮謂之「十三使」，母曰仙遊縣君任氏，或言幼時父兄不以為子弟數。仁宗晚年無子，遣內夫人至濮宮選擇諸子，欲養之禁中。英宗初不預選，選者無一可。既晚，內夫人將登車矣，英宗匍匐屏間，見之驚曰：「獨此兒可耳。」衆皆笑。內夫人獨異之，抱之登車，遂養於慈聖殿中。時宣仁皇后以慈聖外甥，亦為慈聖所養。稍長，將以進御。仁宗曰：「此後之近親，待之宜異，十三長成，可以為婦。」慈聖從之，後卒成婚。英宗在藩邸，恭儉好學，禮下師友，甚得名譽。嘉祐末，仁宗不豫，大臣議選立宗室子。仁宗勉從衆議，立為皇子。然左右近習多不樂者。帝憂懼，辭避者久之。及仁宗晏駕，帝即位，以憂得心疾。大臣議請慈聖垂簾。帝疾甚，時有不遜語，後不樂。大臣有不預立皇子者，陰進廢立之計，惟宰相韓琦確然不變，參知政事歐陽修深助其議。嘗奏事簾前，慈聖嗚咽流涕，具道不遜狀。琦曰：「此病故耳。病已，必不爾。子病，母可不容之乎？」慈聖意不懌，曰：「皇親輩皆笑太后欲於舊渦尋兔兒。」聞者驚懼，皆退數步立，獨琦不動，曰：「太后不要胡思亂量。」少間，修乃進曰：「太后事仁宗數十年，仁聖之德，著於天下。婦人之性，鮮不妒忌者，溫成之寵，太后處之裕如，何所不容，今母子之間而反不能忍耶？」太后曰：「得諸君知此，善矣。」修曰：「此事何獨臣等知之，中外莫不知也。」太后意稍和，修復進曰：「仁宗在位歲久，德澤在人，人所信服，故一日晏駕，天下稟承遺令，奉戴嗣君，無一人敢異同者。今太后一婦人，臣等五六措大耳，舉足造事，非仁宗遺意，天下孰肯聽從？」太后默然久之而罷。後數日，獨見英宗，帝曰：「太后待我無恩。」公曰：「自古聖帝明王不為少矣，然獨稱舜為大孝，豈其餘盡不孝也？父母慈愛而子孝，此常事，不足道；唯父母不慈，而子不失孝，乃可稱耳。今但陛

下事之未至耳，父母豈有不慈者？」帝大悟，自是不復言太后短矣。熙寧中，歐公退居潁上，轍往見之，閒言及此，公曰：「古所謂社稷臣，韓公近之。昔上在潁邸，方人情疑貳，公招記室王陶，使之密勸王傾身奉事慈聖。王用其言，執家人禮，至親奉几筵，進飲食。慈聖由是歸心，而大計始定。

此條云及宋英宗（一〇三二至一〇六七）之事甚詳。英宗乃濮王趙允讓（九九五至一〇五九）第十三子，在仁宗景祐二年（一〇三五）被接入皇宮，賜名宗實，由慈聖皇后曹氏（一〇一六至一〇七九）撫養。英宗後來的宣仁皇后高滔滔（一〇三二至一〇九三）是慈聖的外甥，幼時亦為慈聖所養。兩人青梅竹馬。宗實在十五歲時與滔滔成婚。仁宗所生的三名兒子皆夭折，在嘉祐七年（一〇六二）立宗實為皇子，賜名曙。嘉祐八年（一〇六三）三月，仁宗崩。趙曙於四月即位。

英宗即位不久即病，無法處理朝政，由慈聖於內東門小殿垂簾聽政，待英宗病情好轉後，慈聖撤簾歸政。英宗雖然多病，但剛即位時，還是表現出了一個有為之君的風範，也相當勤政，繼續任用仁宗時的重臣韓琦、歐陽修、富弼等人。英宗治平三年（一〇六六）任命司馬光設局專修《資治通鑑》，更准借閱秘閣藏書，並自選助手及提供筆硯文具及撥款等措施，使司馬光無後顧之憂的從事史書撰作，於神宗元豐七年（一〇八四）成書。神宗親自為此書作序。

此條謂英宗起初和慈聖的關係不好，還說「太后待我無恩」。後來歐陽修和英宗談了一輪道理，韓琦亦「密勸王傾身奉事慈聖」，「王用其言」，慈聖由是歸心。

侯鯖錄

《侯鯖錄》八卷，宋趙令畤撰。據我國學者孔凡禮先生研究，作者生於北宋英宗治平元年（一〇六四），卒於南宋高宗紹興四年（一一三四）。他是宋太祖次子燕懿王德昭之玄孫。

趙令畤，原字景貺，後改字德麟，自號聊復翁，出生於北京大名府（今河北邯鄲市大名縣）。早年以才敏聞。哲宗元祐六年，簽書潁州公事，時蘇軾知潁州。蘇軾愛其才，於元祐七年薦他入館閣，未被用。蘇軾再薦，於元祐八年得除光祿丞。早在哲宗紹聖元年（一〇九四）蘇軾南遷時，令畤就因與蘇軾有交往而被罰金。從此，兩人的文字交往記載終止。

哲宗紹聖四年（一〇九七）至元符二年（一〇九九），令畤為襄陽從事。元符三年（一一〇〇），哲宗去世，徽宗即位，詔求直言。令畤上疏，朝廷認為他所上之疏為邪論，把他責逐到蔡州。徽宗崇寧三年六月，令畤以元符姦黨通入元祐黨籍，與其他三百零八人，刻石朝堂，以作「為臣不忠」之戒。在這之後，他在一段時間內成了宦官譚積的門客，聲譽不好。宋室南渡後，令畤繼續為官。高宗紹興二年後，任洪州觀察使、襲封安定郡王，後任寧遠軍承宣使等職。紹興四年九月，令畤卒。

除了本書外，《宋史藝文志》著錄了他的《安樂集》三十卷。令畤除了寫作外，還喜歡收藏名畫。

本書應是作者於南宋初年寫成的。明世宗嘉靖年間，涿鹿才子頓銳寫的序言說：「漢樓護，字君卿，精辨議論，聽者皆竦，有樓君卿脣舌之號，為王氏五侯上客。會五侯競致奇膳，護合以為鯖，世謂之五侯鯖，蓋天下之至味矣夫！聊復翁趙德麟，名令畤，為前宋宗室安定郡王，以才美見喜於蘇文忠公。嘗取諸儒先佳詩緒論逸事，與夫書傳中及人所嘗談隱語奇字世共聞見而未知出處者，冥蒐遠證，著之為書，名曰

《侯鯖錄》，意亦以書之味比鯖也。」

本書共三百七十四則。其中記述本朝人之詩文軼事者有一百五六十則，以蘇軾最多，其次為黃庭堅、歐陽修、張耒、王安石、晁補之、梅堯臣、秦觀等。作者評論本朝人的作品時，皆有獨到之見。作者在卷五中還記錄自己創作的《商調蝶戀花鼓子詞》十二首，講述張生和崔鶯鶯的愛情故事。這十二首鼓子詞是研究宋元說唱文學和戲劇文學的重要資料。作者記述唐朝及五代詩文軼事的有二十餘條。此外，作者還談及其他軼事、掌故、歷史問題、語言文字、各地方言、各地動植物等，內容十分廣泛。因此，本書對文學史和以外多種學科的研究均有重要的參考價值。

現引錄本書十八條供大家賞讀。

卷一〈綠沉〉：

綠沉事，人多不知。老杜云：「雨拋金鎖甲，苔臥綠沉槍。」又皮日休《竹》詩云：「一架三百本，綠沉森冥冥。」始知竹名矣。又見吳淑《事類．弓賦》云：「綠沉亦復精堅。」註引《廣志》曰：「綠沉，古弓名。」又引劉劭《趙郡賦》曰：「其器用則六弓四弩，綠沉黃間，堂溪、魚腸，丁令、角端。」

「綠沉」，即濃綠色。《太平御覽》卷七〇二引晉陸翽《鄴中記》謂石虎用象牙桃枝扇，其上竹或綠沉色，或木蘭色，或作紫紺色，或作鬱金色。晉王羲之《筆經》：「有人以綠沉漆竹管及鏤管見遺，錄之多年。斯亦可愛玩，詎必金寶雕琢，然後為寶也。」南朝梁簡文帝《旦出興業寺訓詩》：「吳戈夏服箭，驤馬綠沉弓。」《南史．任昉傳》謂任昉卒於官，武帝聞問，方食西苑綠沉瓜，投之於盤，悲不自勝。「綠沉」又為竹名。「綠沉槍」是以綠沉竹製成的槍，或是以綠色為裝飾的槍。宋吳曾《能改齋漫錄》卷四：「《北史》：隋文帝賜大淵綠沉槍。」

卷一〈善才〉：

白樂天《琵琶行》云：「曲罷曾令善才伏。」而「善才」不知出處。《琵琶錄》云：元和中，王芬、曹保，保有子善才，其孫曹綱，皆習此藝。次有裴興奴與曹同時，其曹綱善為運撥若風雷，不長於提弦；興奴則長於攏撚，下撥稍軟。時人謂綱有右手，興奴有左手。樂天又有《聽曹綱琵琶示重蓮》詩云：「撥撥弦弦意不同，胡啼番語兩玲瓏。誰能截得曹綱手，插向重蓮紅袖中？」

《琵琶錄》應是唐人段安節《樂府雜錄．琵琶》。其中的記載和此條所述稍有不同：「貞元中有王芬、曹保保，其子善才，其孫曹綱皆襲所藝。次有裴興奴，與綱同時。曹綱善運撥，若風雨，而不事扣弦，興奴長於攏撚，不撥稍軟。」白居易《琵琶行》中的「善才」應是泛指琵琶師。

卷二〈蘇邁〉：

蘇邁伯達，東坡長子，豪邁雖不及其父，而問學語言亦勝他人子也。少年作詩云：「葉隨流水知何處，牛帶寒鴉過別村。」先生見之，笑曰：「此村長官詩。」後東坡貶惠州，伯達求潮之安化令，以便饋親。果卒於官。

蘇邁（一〇五九至一一一九），字伯達，蘇軾長子，母親王弗（一〇三九至一〇六五），北宋眉州眉山縣（今四川省眉山市）人。神宗元豐二年（一〇七九），蘇軾因為烏臺詩案入獄，蘇邁與父親隨行。元豐四年（一〇八一）蘇邁中進士。元豐七年（一〇八四）授饒州德興縣尉。蘇邁文章政事，有其父之風。（蘇軾《與陳季常書》云：「長子邁作吏，頗有父風。」蘇軾也說過第三子蘇過的詩：「過子詩似翁」及文章：「作文極峻壯，有家法」。）

哲宗紹聖元年（一〇九四）蘇軾被貶惠州，蘇邁求朝廷派他為潮州安化縣令，以便探望父親。後來歷任雄州防禦推官，駕部員外郎。在官任上去世。其弟蘇迨（一〇七〇至一一二六）、蘇過（一〇七二至一一二三）為蘇軾第二任夫人王閏之（一〇四八至一〇九三）所生。

徽宗政和三年（一一一三），五十五歲的蘇邁在蘇家湖常攜孫到岳父呂陶（一〇二八至一一〇四）隱居處蕭縣居住。徽宗宣和元年（一一一九）三月十五日，蘇邁卒於蕭縣皇藏峪龍崗泉。《德興縣誌》載其「文學優贍，政事精敏，鞭樸不得已而加之，民不忍欺，後人仰之。」又謂：「邁公有政績，後人立『景蘇堂』仰之。」

蘇邁娶呂氏，續娶石氏，側室李氏、高氏，子六：長簞，次符，三籥，四箚，五笈，六笙。女適紫微舍人劉仲武。

卷二〈武宗滅佛〉：

唐武宗即位，獨奮怒曰：「窮吾天下者，佛也！」始去其山臺野邑四萬所，冠其徒幾至十萬人。至會昌五年，始命西京留佛寺四，僧唯十人；東京二寺；節度觀察同華、汝三十四治所，得留一寺，

僧準西京數。其餘刺史州不得有寺。出四御史裏行以督之。御史乘馹未出，開天下寺至於屋基，耕而刓之。凡除寺四千六百，僧尼笄冠二十六萬五百，其奴婢至十五萬。良人枝附為使令者，倍笄冠之數。良田數千頃，奴婢日率以百畝編入農籍。其餘賤取民直，歸於有司，寺材州縣得以恣新其公宇傳舍。後二年，宣宗即位，詔曰：「佛尚不殺而仁，且來中國久，亦可助以為治。天下率興三寺，用齒衰男女為其徒，各止三十人，兩京倍其數四五焉。」著為定令，以徇其習，且使後世不得復加也。本朝景德中，天下二萬五千寺。嘉祐間三萬九千寺。陳襄述古判詞部日說云。出江鄰幾《雜志》。

唐武宗李瀍（八一四至八四六），臨死前十二天改名「炎」。他是唐敬宗、唐文宗的弟弟，被封為潁王。在宦官仇士良的操縱下，趁文宗病，矯詔立他為皇太弟，廢原來的太子李成美為陳王，武宗由此得以登基，並在仇士良的逼迫下賜死李成美、文宗楊賢妃和皇兄安王李溶。

唐武宗登基後，召李黨人物李德裕（七八七至八四九）回朝為相。在李德裕執政下，國家漸漸回復元氣，被稱為「會昌中興」。仇士良的權勢被壓抑，最後退下政治舞台。武宗外攘回紇，內平澤潞，更嚴肅整頓吏治，制馭宦官，使朝政為之一新。

武宗信奉道教，從會昌五年（八四五）開始他大規模下令打擊佛教，史稱「會昌法難」。除少數在長安的寺院外，全國所有寺院被拆毀，僧尼被迫還俗，寺院所有的田地被沒收為國有。這是中國歷史上佛教受打擊很激烈的一次。武宗滅佛可能有多種原因，第一可能因為唐武宗信奉道教，因此打擊佛教。此外當時佛教的勢力非常強大，武宗在他的旨意中說，佛教寺院的規模比皇宮還要大，寺院不納稅，對國家財務稅收是一個重大損失。亦有傳說認為武宗繼位後怕逃入佛門的叔叔光王李忱（即後來的唐宣宗）威脅他的地位，因此滅佛，使李忱無處可藏。但這個說法可能只是傳說，因為在歷史上，李忱是否真的做過和尚仍有爭議。

在歷史上有所謂「三武滅佛」，又稱「三武之禍」，指的是北魏太武帝拓拔燾（四〇八至四五二）滅佛、北周武帝宇文邕（五四三至五七八）滅佛及唐武宗滅佛這三次大規模禁佛事件。這些在位者的廟號或謚號都帶有個武字，因而得名。佛教界稱之為「三武法難」。五代十國時期也有後周世宗柴榮（九二一至九五九）進行的大規模滅佛運動，故又合稱「三武一宗滅佛」、「三武一宗法難」。因為佛教滲入政治生活方面，引發社會矛盾和執政危機。寺廟不務農、不服徭役，又吸收大量年輕勞動力，到處圈地，不斷收刮著百姓的民脂民膏，已經成了法外之地。此外，崇信道教的明世宗（嘉靖帝）朱厚熜（一五〇七至一五六七）在位時，也推行嚴厲的禁佛運動。

唐武宗吃道士給他的長壽丹後中毒而死。武宗雖有五子皆封王，但生前未確立繼承人，宦官馬元贄等遂矯詔立光王李忱為皇太叔並最終繼位，即唐宣宗。

卷三〈律詩當句對〉：

古人作律詩，有當句對者，兩句更不須對。如陸龜蒙詩云「但說漱流並枕石，不辭蟬腹與龜腸」是也。

在近體詩中，一般的對仗是以一聯為單位，即這聯的出句要跟落句相對，一首律詩的第三句要跟第四句相對，第五句要跟第六句相對。這是通常的情況。但是也有一些變體，例如「隔句對」，將上一聯的出句跟下一聯的出句相對，上一聯的落句跟下一聯的落句相對。《詩經》中的《采薇》詩有句云：「昔我往矣，楊柳依依。今我來思，雨雪霏霏。」從這四句中，我們見到第一句「昔我往矣」對第三句「今我來思」，第二句「楊柳依依」對第四句「雨雪霏霏」。這便是「隔句對」了。現從唐詩中舉三例。杜甫的五言排律《哭台州鄭司戶蘇少監》其中有「得罪台州去，時危棄碩儒。移官蓬閣後，谷貴沒潛夫。」白居易的律詩《瀟湘送神曲》：「縹緲巫山女，歸來七八年。殷勤湘水曲，留在十三弦。苦調吟還出，深情咽不傳。萬重雲水思，今夜月明前。」此詩首四句是隔句對的。無名氏的五絕《無題》：「昨夜越溪難，含悲赴上蘭。今朝逾嶺易，抱笑入長安。」

此條述及另一種對仗的方式「當句對」。例如王維的《漢江臨眺》：「楚塞三湘接，荊門九派通。江流天地外，山色有無中。郡邑浮前浦，波瀾動遠空。襄陽好風日，留醉與山翁。」這詩第三句中用「天」對「地」，在第四句中用「有」對「無」。元稹的《褒城驛》：「嚴秦修此驛，兼漲驛前池。已種千竿竹，又栽千樹梨。四年三月半，新筍晚花時。悵望東川去，等閒題作詩。」這詩第五句中用「四年」對「三月」，在第六句中用「新筍」對「晚花」。王維的《重酬苑郎中》：「何幸含香奉至尊，多慚未報主人恩。草木盡能酬雨露，榮枯安敢問乾坤。仙郎有意憐同舍，丞相無私斷掃門。揚子解嘲徒自遣，馮唐已老復何論。」這詩第三句以「草」對「木」，「雨」對「露」第四句以「榮」對「枯」，「乾」對「坤」。李嘉祐的《同皇甫冉登重玄閣》：「高閣朱欄不厭遊，蒹葭白水繞長洲。孤雲獨鳥川光暮，萬井千山海色秋。清梵林中人轉靜，夕陽城上角偏愁。誰憐遠作秦吳別，離恨歸心雙淚流。」這詩第三句以「孤雲」對「獨鳥」，第四句以「萬井」對「千山」，但同時「孤雲獨鳥」也可對「萬井千山」。杜甫的《曲江對酒》：「苑外江頭坐不歸，水精宮殿轉霏微。桃花細逐楊花落，黃鳥時兼白鳥飛。縱飲久判人共棄，懶朝真與世相違。吏情更覺滄洲遠，老大徒傷未拂衣。」這詩第三句以「桃花」對「楊花」，第四句以「黃鳥」對「白鳥」。白居易的《代春贈》：「山吐晴嵐水放光，辛夷花白柳梢黃。但知莫作江西意，風景何曾異帝鄉。」這首是七絕，本不必用對仗，但第一句以「山吐晴嵐」對「水放光」，第二句以「辛夷花白」對「柳梢黃」。從此可見對仗的形式變化無窮。

讓我們來欣賞被譽為古今七律第一，杜甫的七律《登高》：「風急天高猿嘯哀，渚清沙白鳥飛回。無邊落木蕭蕭下，不盡長江滾滾來。萬里悲秋常作客，百年多病獨登台。艱難苦恨繁霜鬢，潦倒新停濁酒杯。」這一首詩四聯全都用了對仗，而句之中又有對仗，第一句「風急」對「天高」，第二句「渚清」（「清」諧音「青」）對「沙白」，第七句「艱難」對「苦恨」，第八句「潦倒」對「新停」，都是先在本句自對，再跟對句相對。

卷三〈洋〉：

洋者，山東謂衆多為洋。《爾雅》：「洋、觀、裒、衆、那，多也」。今謂海之中心為洋，亦水之衆多處。

此條道出「洋」字的正確意思是「眾多」。《詩·衛風·碩人》云「河水洋洋，北流活活。」這是描寫河水盛大，水流疾速的意思。

卷三〈水雞〉：

水雞，蛙也。水族中，厥味可薦者。

此條所說的「水雞」便是我們稱為「田雞」的青蛙。老饕謂田雞之肉鮮嫩，尤勝雞肉。

卷四〈楊大年巧對〉：

舊學士院壁間有題云：「李陽生指李樹為姓，生而知之。」久無對者。楊大年為學士，乃對曰：「馬援死以馬革裹屍，死而後已。」

這條可以讓我們看到前人做對的才智和技巧。楊億（九七四至一〇二〇），字大年，建州浦城（今屬福建浦城縣）人。他自幼是個神童，博覽強記，太宗雍熙元年（九八四），十歲，受宋太宗召試，授秘書省正字（掌管圖書秘籍的次長）。太宗淳化三年（九九二）進士及第，遷光祿寺丞。淳化四年，直集賢院。太宗至道二年（九九六）遷著作佐郎。真宗大中祥符六年（一〇一三）以太常少卿分司西京。真宗天禧二年（一〇一八）拜工部侍郎。官至工部侍郎。他喜寫詩，善西崑體，與劉筠、錢惟演等詩歌唱和，編著《西崑酬唱集》，收錄十七位詩人作品，共二五〇首。他的詩多學李商隱，不喜杜甫的詩。

楊億曾為翰林學士兼史館修撰。長於典章制度，真宗即位初，曾參預修《太宗實錄》，咸平元年（九九八）書成。真宗景德二年（一〇〇五），他與王欽若主修《冊府元龜》。在政治上，他支持丞相寇準抵抗遼兵入侵，又反對真宗大興土木。卒謚文，故稱楊文公。著作多佚，今存《武夷新集》二〇卷。

卷四〈唐末五代政弊〉：

唐末五代，權臣執政，公然交賂，科第差除，各有等差。故當時語云：「及第不必讀書，作官何

須事業。」

五代（九〇七至九六〇）是在唐朝（六一八至九〇七）滅亡之後，在中原地區先後出現，定都於開封或洛陽的後梁（九〇七至九二三）、後唐（九二三至九三六）、後晉（九三六至九四七）、後漢（九四七至九五一）和後周（九五一至九六〇）五個朝代。當時還有割據於西蜀、江南、嶺南和河東等地的政權，其中十個國祚較長、國力較強的國家被統稱為「十國」，分別為前蜀、後蜀、南吳（楊吳）、南唐、吳越、閩國、南楚（馬楚）、南漢、南平（荊南）和北漢，所以這段時期稱為「五代十國」。史學家們一般稱五代為中原王朝，十國為割據政權。這五個朝代國祚都很短暫，國祚最長的後梁只有十七年。

清代文史學家趙翼的《廿二史劄記》云：「五代亂世，本無刑章，視人命如草芥，動以族誅為事。是族誅之法，凡罪人之父兄妻妾子孫並女之出嫁者，無一得免，非法之刑，於茲極矣！而尤莫如漢代之濫。然不問罪之輕重，理之是非，但云有犯，即處極刑。枉濫之家，莫敢上訴。軍吏因之為奸，嫁禍脅人，不可勝數。而此毒痛四海，殃及萬方。後漢劉氏父子二帝，享國不及四年。楊邠、史弘肇、蘇逢吉、劉銖等諸人亦皆被橫禍，無一善終者。此固天道之報施昭然，而民之生於是時，不知如何措手足也。」

政治敗壞，國祚衰微乃是必然的。

卷四〈東坡論茶〉：

東坡論茶云：「除煩去膩，世固不可無茶，然闇中損人不少。昔人云：自茗飲盛後，人多患氣不患黃，雖損益相半，而消陽助陰，不償損也。吾有一法，常自修之，每食已，輒以濃茶漱口，煩膩既

去而脾胃不知。凡肉之在齒間者，得茶漱浸，乃不覺脫去，不煩刺挑也。而齒便漱濯，緣此漸堅密，蠹病自已。然率用中下茶，其上者亦不常有。間數日一啜，亦不為害也。此大是有理，而人罕知者，故詳述云。」

茶，是指利用茶樹的葉子所加工製成的飲料，多烹成茶湯飲用，也可以加入食物中調味，也可入中藥使用。根據陳宗懋主編的《中國茶經》的分類法，可分為綠茶、紅茶、烏龍茶、白茶、黃茶、黑茶。茶大多種植在梯田（為了方便灌溉）。

唐代陸羽《茶經》云：「茶之為飲，發乎神農氏。」這一說法認為茶最初是作為藥用進入人類社會的。《神農本草經》中寫到：「神農嘗百草，日遇七十二毒，得茶而解之。」九經中本無「茶」字，直到前三世紀才出現茶葉相關的記載。「茶」一字最早的書面記載是西漢王褒的《僮約》，提到了「武都買茶」、「烹茶盡具」。歷代對於《僮約》中的「茶」是否就是唐代陸羽《茶經》的「茶」都有探討。《詩經·邶風·谷風》有「誰謂茶苦，其甘如薺」之句，《詩經·豳風·七月》有「九月叔苴，採茶薪樗，食我農夫」之句。其中的「茶」是一種叫「苦茶」的野菜，因此《僮約》中的「茶」的真正所指為何目前還未有定論。

茶是茶一字的早期寫法，當時以「茶」表草藥或滋養品。漢陽陵中發現小葉種茶樹的嫩芽，但或許是作為蔬菜下飯。但至少從三國、兩晉、南北朝起，中國已有喝茶的風氣。唐代茶開始在中國興盛，並傳播到周邊地區，如日本等地。各個民族和地區之間發展出了不同的茶文化，比如工夫茶、茶道、下午茶等等。現今茶樹在世界各國廣泛種植，目前的產茶大國有中國、印度、肯雅、斯里蘭卡等。據說早採的茶叫「茶／茶」，次摘的茶叫「檟」，第三次摘的叫「蔎」，晚摘的叫「茗」，葉子已經老了的叫「荈」。又說蜀西南人稱茶為「蔎」。現今還在廣泛使用的是「茶」、「茗」二字。

據研究，茶能減低心腦血管發病和死亡風險，有降低膽固醇和血壓的作用，有助於減小患糖尿病的風險，有助於防治早老性痴呆，有抗壓力和抗焦慮作用，能提高免疫力，能提高殺菌力，有減肥瘦身效果。

蘇東坡謂茶除可供飲用外，還可以用來漱口，對養生甚有幫助。

卷四〈草之始生〉：

草之始生曰荑。小門曰閨。南北曰阡，東西曰陌。有垣曰苑，無垣曰圃。帛之總名曰繒。大波為瀾，小波為淪。

在《侯鯖錄》中，有頗多解說文字的條目。這條中淺釋了「荑、閨、阡、陌、苑、圃、繒、瀾、淪」這九個字。

「荑」這個字今人少用。這個字有幾種解釋。《說文》：「荑，荑草也。」「荑」是一種似「稗」的雜草，通「稊」。《孟子．告子上》：「五穀者，種之美者也。苟為不熟，不如荑稗。」「荑」亦可指植物的嫩芽。《文選．郭璞．遊仙詩七首之一》：「臨源挹清波，陵岡掇丹荑。」《詩．衛風．碩人》：「手如柔荑，膚如凝脂。」南宋詞人史達祖（生卒年不詳）自度曲《換巢鸞鳳．梅意花庵作春情》：「暗握荑苗，乍嘗櫻顆，猶恨侵階芳草。」「荑」亦可作動詞，解作「發芽」。《通俗文》：「草陸生曰荑。」《文選．謝靈運．從遊京口北固應詔一首》：「原隰荑綠柳，墟囿散紅桃。」作動詞亦可指「割去田地裏的野草」。《周禮》：「凡稼澤，夏以殄草而芟荑之。」「荑」亦可借指女子柔細的手，如「柔蕢」、「香蕢」。

卷四〈元祐七年〉：

元祐七年正月，東坡先生在汝陰州，堂前梅花大開，月色鮮霽。先生王夫人曰：「春月色勝如秋月色，秋月色令人淒慘，春月色令人和悅，何如召趙德麟輩來飲此花下？」先生大喜，曰：「吾不知子能詩耶？此真詩家語耳。」遂相召，與二歐飲。用是語作《減字木蘭》詞云：「春庭月午，影落春醪光欲舞。步轉回廊，半落梅花婉娩香。輕風薄霧，都是少年行樂處。不似秋光，只共離人照斷腸。」

此條記載蘇軾與趙令畤相處的軼事。哲宗元祐六年（一〇九一）八月，蘇軾知潁州（今安徽阜陽市，古稱汝陰）。當時趙令畤、陳師道、歐陽修之三子歐陽棐、四子歐陽辯居母喪亦在汝陰。他們經常宴飲於潁州西湖，時相唱和，有《汝陰唱和集》。元祐七年（一〇九二）正月，東坡先生居處堂前「梅花大開，月色鮮霽」，蘇軾夫人（王閏之）提議召趙令畤及二歐共飲唱和。不久，在元祐七年正月二十八日，蘇軾移知揚州。九月召還朝，任兵部尚書兼翰林侍讀學士，至十一月，又除端明殿學士兼侍讀。元祐八年（一〇九三），高太皇太后（一〇三二至一〇九三）崩。在八九月間，蘇軾出知定州。

卷六〈匹〉：

《韓詩外傳》云：顏回望吳門馬，見一匹練，孔子曰：「馬也，然則馬之光景長一匹耳。」故人呼馬為一匹。應劭《風俗通》曰：馬一匹，俗說相馬及君子與人相匹。或曰馬夜行目明，照前四丈，

故曰一匹。或曰度馬縱橫，適得一匹。或說馬死賣馬，得一匹帛。或云《春秋左氏》說諸侯相贈，乘馬束帛，帛為匹，與馬相匹耳。

此條解釋為何馬的量詞為「匹」。

「匹」這個字有幾種意思。「匹」可作為量詞，用於計算布帛紡織品的單位，倒如「一匹布」、「兩匹綢」。「匹」可解作「朋友」。《禮記・緇衣》：「唯君子能好其正，小人毒其正。」漢朝鄭玄的注云：「正，當為匹字之誤。匹謂知識朋友。」作為動詞，「匹」可解作「配合」。《左傳・桓公十年》「匹夫無罪」句下，唐孔穎達正義云：「庶人惟夫妻相匹。」「匹」可解作「比較」、「相比」。《莊子・逍遙遊》：「彭祖乃今以久特聞，眾人匹之，不亦悲乎？」作為形容詞，「匹」可解作「實力相當的」，即「匹配」。《左傳・僖公二十三年》：「秦晉匹也，何以卑我？」「匹」，可解作「單獨的」。例如「匹夫」、「匹婦」。

卷六〈古語云力能勝貧謹能勝禍〉：

古語云：「力能勝貧，謹能勝禍。」蓋言勤力不已則不貧，謹身可以避禍。

這條可以用來作為我們生活的座右銘。這「古語」在不少古書中出現。《論衡・命祿》：「如自知，雖逃避富貴，終不得離。故曰：力勝貧，謹勝禍。」《齊民要術・序》：「語曰：力能勝貧，謹能勝禍。蓋言勤力可以不貧，謹身可以避禍。」「力能勝貧，謹能勝禍」，亦見於《農桑輯要・典訓・經史法言》。《說苑・談叢》：「力勝貧，謹勝禍，慎勝害，戒勝災。」

卷六〈張公庠〉：

張公庠少能詩，《道中一絕》云：「一年春事已成空，擁鼻微吟半醉中。夾路桃花新雨過，馬蹄無處避殘紅。」

張公庠（生卒年不詳），字元善。宋朝政治人物。宋仁宗皇祐元年（一〇四九）進士。仁宗嘉祐八年（一〇六三）為秘書省著作佐郎。哲宗元符元年（一〇九八）知晉州。元符三年（一一〇〇），知蘇州、邛州。晚年提舉南京鴻慶宮。著有《張公庠宮詞》一卷。

張公庠《道中一絕》是一首很有意思的好詩。首句的「春事」原指春耕，這句喻士子科舉考試。全句謂考試落空，這一年春天白忙了。東晉謝安有鼻疾，聲音低濁，但他能用洛陽話吟詠，當時士大夫用手掩住鼻子，學他的聲調，所以有「擁鼻吟」這典故，所以第二句是形容落第的士子無精打采的樣子。唐代孟郊應試及第，作《登科後》說：「昔日齷齪不足誇，今朝放蕩思無涯。春風得意馬蹄疾，一日看盡長安花。」《道中一絕》末兩句反用其意，描寫士子落第後的心情，形成強烈的對比。

卷七〈張坦〉：

近歲林棣縣虞候張坦，暴酷嗜利，卒死瘞城外月餘，夜夜叫呼。村人報其家，謂復生。妻子輩開掘視之，身化巨蛇，頭尚人也。取之置荊囤中。他日體寒，要厚被。日食肉二斤許，酒一斗。復能人

言，時召故舊，喻以禍福，以邀酒食，至費竭所蓄家產之後乃入山。唯幼子及婦能飼之。後數月，頭亦蛇矣，漸不能人言。《太平廣記》中載人化為虎多矣，未見生化為蛇也。瞿元化說。

《侯鯖錄》很少寫異事。此條寫人化為蛇，的是神異。

卷七〈東坡云柳耆卿詞不俗〉：

東坡云：「世言柳耆卿曲俗，非也。如《八聲甘州》云：『霜風凄緊，關河冷落，殘照當樓。』此語於詩句，不減唐人高處。」

柳永（九八五至一〇五三）比蘇軾（一〇三七至一一〇一）年長五十二年，是老他一輩以上的詞家。柳、蘇二人作詞風格不同，但蘇軾也能欣賞柳永的詞，不會有曹丕《典論．論文》所說的「文人相輕，自古而然」的態度。

柳永喜歡採用民間新編或改編的詞牌改寫舊有曲調，或自譜新腔，改編小令為長篇慢詞。傳世柳詞大多是慢詞，只有少數是小令。他所用詞牌豐富，有些是未見別人使用過的，其曲調可能是柳永所獨創，或是來自民間的俗曲。柳永筆下，同一慢詞詞牌，往往有不同的詞律與字數。例如他的七首《傾杯樂》，無一長短一致。他用的詞牌與當時人所用的同名詞牌長短格律很多時都有所不同。

柳詞的題材大致分艷情和羈旅行役兩類，較多寫感傷和悲愴情緒。仁宗景祐元年（一〇三四），他以四十八歲的高齡中進士。之後，他輾轉出任各地的卑微官職。柳永晚年多寫羈旅遊宦，柳詞現存羈旅詞有四十多首。《雨霖鈴》是他羈旅行役詞中的代表作：「寒蟬淒切。對長亭晚，驟雨初歇。都門帳飲無緒，留戀處、蘭舟催發。執手相看淚眼，竟無語凝噎。念去去、千里煙波，暮靄沉沉楚天闊。多情自古傷離別。更那堪、冷落清秋節。今宵酒醒何處，楊柳岸、曉風殘月。此去經年，應是良辰好景虛設。便縱有、千種風情，更與何人說。」

此條謂蘇東坡欣賞柳永的《八聲甘州・對瀟瀟暮雨灑江天》：「對瀟瀟、暮雨灑江天，一番洗清秋。漸霜風悽緊，關河冷落，殘照當樓。是處紅衰翠減，苒苒物華休。唯有長江水，無語東流。不忍登高臨遠，望故鄉渺邈，歸思難收。嘆年來蹤跡，何事苦淹留。想佳人、妝樓顒望，誤幾回、天際識歸舟。爭知我、倚欄杆處，正恁凝愁。」這首詞大約是柳永遊宦江浙時所作。歷來文人對此詞均有很高的評價。清朝劉體仁《七頌堂詞繹》：「詞有與古詩同妙者，如……『關河冷落，殘照當樓』，即《敕勒之歌》也。」蔡嵩雲《柯亭詞論》：「柳詞勝處，在氣骨，不在字面。其寫景處，遠勝其抒情處。而章法大開大闔，為後起清真、夢窗諸家所取法，信為創調名家。如……《甘州・對瀟瀟暮雨灑江天》諸闋，寫羈旅行役中秋景，均窮極工巧。」

卷八〈酒惡〉：

金陵人謂中酒曰酒惡，則知李後主詩云「酒惡時拈花蕊嗅」，用鄉人語也。

此句出自李後主的仄韻《浣溪沙》詞：「紅日已高三丈透。金爐次第添香獸。紅錦地衣隨步皺。佳人舞點金釵溜。酒惡時拈花蕊嗅。別殿遙聞簫鼓奏。」詩人作詩，詞人寫詞，間中引用鄉語方言，也是尋常的事。

石林燕語

《石林燕語》十卷，宋葉夢得（一〇七七至一一四八）撰。

葉夢得，字少蘊，號石林居士，原籍吳縣（今屬江蘇），居烏程（今浙江吳興）。早年師從晁補之及張耒。哲宗紹聖四年（一〇九七）登進士第，遷祠部郎官。徽宗大觀初，任起居郎、翰林學士，以龍圖閣直學士知汝州。徽宗政和五年（一一一五），知蔡州，移潁昌府。靖康元年（一一二六），知杭州。宋室南渡後，任建康（今江蘇南京）知府，致力於抗金防備及軍餉勤務。宋高宗建炎二年（一一二八）授戶部尚書，遷尚書左丞。因與宰相朱勝非（一〇八二至一一四四）等不合，罷歸湖州。後任江東安撫使。陳振孫說他「平生所歷州鎮，皆有能聲。」

葉夢得博學多才，工於詩詞。南渡後多感懷時事之作。晚年居卞山下，讀書吟詠自樂。清初官員、詩人王士禛（一六三四至一七一一）稱其猶有北宋詩人遺風。他的詞作學習蘇軾，和張元幹、張孝祥等詞人一樣，都是辛派詞的先驅。然而他的成就尚不能與蘇軾比肩。宋朝科學家、詩詞家王灼（生卒年未詳）在《碧雞漫志》卷二言，在蘇派詞人中晁補之、黃庭堅是學蘇而得其七、八分，而葉夢得則得六、七分。

高宗紹興十年（一一四〇），葉夢得為資政殿學士、兼福建安撫使。辭官後，退居湖州光山石林別館。他喜好蓄書，藏書逾十萬卷，史稱「極為華煥」，與宋綬（九九一至一〇四一）同稱兩大藏書家。紹興十七年（一一四七），其家遇火，藏書樓蕩為瓦礫，十萬卷藏書化為灰燼。次年病逝。

他精熟掌故，熟讀《春秋》，著述甚豐，有《春秋傳》二十卷、《春秋考》十六卷、《春秋讞》二十三卷、《石林奏議》十五卷、《石林燕語》十卷、《石林詩話》二卷、《石林詞》一卷等。

作者在本書的自序中說：

> 宣和五年，余既卜別館於卞山之石林谷，稍遠城市，不復更交世事，故人親戚時時相過周旋。嶕巖之下，無與為娛，縱談所及，多故實舊聞，或古今嘉言善行，皆少日所傳於長老名流，及出入中朝身所踐更者；下至田夫野老之言，與夫滑稽諧謔之辭，時以抵掌一笑。窮谷無事，偶遇筆札，隨輒書之。建炎二年，避亂縉雲而歸。兵火蕩析之餘，井閭湮廢，前日之客死亡轉徙略相半，而余亦老矣。洊罹變故，志意銷隳，平日所見聞，日以廢忘，因令棟裒集為十卷，以《石林燕語》名之。其言先後本無倫次，不復更整齊。孔子論虞仲、夷逸曰：「隱居放言」；而公明賈論公叔文子曰：「夫子時然後言，人不厭其言。」子曰：「其然。」夫言不言，吾何敢議？抑謂初無意於言而言，則雖未免有言，以余為未嘗言可也。八月望日，石林山人序。

本書始撰於北宋徽宗宣和五年（一一二三），於南宋高宗建炎二年（一一二八）由其子編集成書。書中記載建炎二年後之條目，當屬作者自己或後人增益。作者歷神宗、哲宗、徽宗、欽宗、高宗五朝，對朝廷典章制度及瑣聞軼事均甚嫻熟。此書尤詳於官制科目，足以補正史之闕。由於成書於動亂之時及偏僻之地，缺乏參攷資料，書中不免有謬誤，故成書後，在南宋有兩部糾謬的作品，分別為汪應辰的《石林燕語辨》及宇文紹奕的《石林燕語考異》。

《石林燕語》全書共有三百七十多條。現選錄十條給大家賞讀。

卷一第二條：

太祖英武大度，初取僭偽諸國，皆無甚難之意。將伐蜀，命建第五百間於右掖門之前，下臨汴

水，曰：「吾聞孟昶族屬多，無使有不足。」昶既俘，即以賜之。召李煜入朝，復命作禮賢宅於州南，略與昶等。嘗親幸視役，以煜江南嘉山水，令大作園池，導惠民河水注之。會煜稱疾，錢俶先請覲，即以賜俶。二居壯麗，制度略侔宮室。是時，諸國皆如在掌握間矣。昶居後為尚書都省，俶居至錢思公惟演，亦歸有司，以為冀公宮錫慶院，今太學其故地也。

此條記載宋太祖趙匡胤（九二七至九七六）英武大度。宋太祖於公元九六五年滅後蜀及公元九七六年滅南唐後，對後蜀的後主孟昶（九一九至九六五）及南唐的後主李煜（九三七至九七八）都沒有甚麼為難，反而為他們興建院宅。他對吳越的錢俶（九〇七至九八八）也不錯。後來錢俶在太宗太平興國三年（九七八）獻土入宋。

卷二第廿四條：

本朝宰相，自建隆元年，至元祐四年，一百三十年，凡五十人；自元祐五年，至今紹興六年，四十六年，凡二十八人，幾倍於前也。

此條記載宋朝由太祖建隆元年（九六〇）至哲宗元祐四年（一〇八九）一百三十年間有宰相五十人。由元祐五年（一〇九〇）至高宗紹興六年（一一三六）四十六年間，有宰相二十八人。宋朝起初的百多年，政局較安定，所以朝廷用人較少更遷，但之後因有靖康之亂而南渡後，政局不穩，所以朝廷用人變動頻密。

卷三第廿六條：

元豐末，文潞公致仕歸洛，入對時，年幾八十矣。神宗見其康彊，問其「攝生亦有道乎」？潞公對「無他，臣但能任意自適，不以外物傷和氣，不敢做過當事，酌中恰好即止。」上以為名言。

文彥博（一〇〇六至一〇九七），字寬夫，號伊叟，汾州介休城關文家莊（今山西省介休市城區文家莊）人。文彥博歷仕仁、英、神、哲四朝，出將入相，長達五十年之久。任職期間，秉公執法，世人尊稱為賢相。曾成功地抵禦了西夏的入侵。宰相期間，大膽提出裁軍之主張，為精兵簡政，減輕人民負擔。哲宗元祐元年（一〇八六）四月，經司馬光（一〇一九至一〇八六）推薦，八十歲高齡的文彥博出任平章軍國重事，五年，以太師充護國軍、山南西道節度使等使復致仕。哲宗紹聖四年（一〇九七），章惇（一〇三五至一一〇五）秉政，謂文 博與司馬光曾反對王安石（一〇二一至一〇八六）變法，降為太子太保。而就在這一年的五月，文彥博去世，享壽九十一歲。此條記載文彥博在神宗元豐末，年近八十，曾引退歸洛。他對神宗言及自己身體康彊的原因是「能任意自適，不以外物傷和氣，不敢做過當事，酌中恰好即止。」我們應向文潞公學習。

卷四第十五條：

高麗自三國以來見於史者，句驪其國號，高其姓也。隋去「句」字，故自唐以來止稱高麗。《五代史》記後唐同光元年韓申來，其王尚姓高，則自三國至五代，止傳一姓。長興中，始稱「權知國事王建」。王氏代高，當在同光、長興之間，而史失其傳。元豐初，王徽遣使金梯入貢，建之七世孫

也。其表章稱「知國王事」，蓋習用其舊；而年稱甲子，以其受契丹正朔故也。

此條提及高句麗及高麗兩個古王朝。高句麗（前三七至六六八），也作「高句驪」，是東北亞的一個古國。據記載，公元前三七年扶餘王子高朱蒙，南下在卒本川建立高句麗。建國後，高句麗迅速擴張，逐步吞併了其周邊的扶餘、沃沮、東濊並吞併漢四郡。五世紀好太王和長壽王統治期間，高句麗進入全盛時期，之後的一個世紀裏，保持了在朝鮮半島對新羅、百濟的壓倒性優勢，控制了今朝鮮半島大部和今中國東北的南部地區。隋唐時期，高句麗不斷與隋唐王朝交戰，國力陷落，公元六六八年被唐朝與新羅聯軍所滅。高麗（九一八至一三九二），又稱高麗王朝。公元九一八年，後高句麗弓裔部將王建（八七七至九四三）在其他部將的擁立下，推翻弓裔，改國號高麗，年號「天授」。九三五年，高麗合併新羅後，於次年滅後百濟，統一朝鮮半島。歷經三十四代君主，國祚近五〇〇年，直至一三九二年為朝鮮王朝取代。王建代高，是在後唐莊宗同光至後唐明宗長興年間的事。

卷五第十一條：

司空圖，朱全忠篡立，召為禮部尚書。不起，遂卒。宋次道為河南通判時，嘗於御史臺案牘中，得開平中為圖薨輟朝敕，乃知雖亂亡之極，禮文尚不盡廢，至如表聖，蓋義不仕全忠者，然亦不以是簡之也。

此條記載司空圖「義不仕朱全忠」。司空圖（八三七至九〇八），字表聖，唐朝末年詩人及文學評論家，河中府虞鄉（今山西省永濟縣）人。他早年為王凝（八二一至八七八）賞識。唐懿宗咸通一〇年（八六九）中進士。為了報恩，他放棄在朝中為官的機會，長期居於王凝幕府中。後被任命為光祿寺主簿，分司洛陽。在洛陽期間得到盧攜（八二四至八八〇）的賞識，後盧攜回朝復相，司空圖被任命為禮部員外郎，不久升任郎中。唐僖宗廣明元年（八八〇），黃巢（八三五至八八四）入長安，司空圖拒絕其招攬，逃往鳳翔投奔唐僖宗，被任命為知制誥、中書舍人。次年，唐僖宗遷往寶雞，司空圖與其失散，回鄉隱居。唐昭宗時屢次徵召其為侍郎、尚書等職，他均不受，最後接受了宰相柳璨的要求為官，卻故意裝作衰老的樣子，在朝堂上失手墜落笏板，得以放還本鄉。公元九〇七年，被唐僖宗賜名「朱全忠」的朱溫（八五二至九一二）廢去唐哀帝，建立後梁，次年又將哀帝刺殺。司空圖聽聞後，絕食而死。

卷七第十九條：

寇萊公初入相，王沂公時登第，後為濟州通判。滿歲當召試館職，萊公猶未識之，以問楊文公曰：「王君何如人？」文公曰：「與之亦無素，但見其兩賦，志業實宏遠。」因為萊公誦之，不遺一字。萊公大驚曰：「有此人乎？」即召之。故事，館職者皆試於學士院或舍人院。是歲，沂公特試於中書。

此條記載寇準（九六一至一〇二三）初未識王曾，向楊億問及王是「何如人」。王曾（九七八至一〇三八），字孝先，青州益都（今山東省青州市）人。他也是北宋名相、詩人。王曾少年孤苦，善作文辭。真宗咸平年間，王曾連中三元（發解試、省試、殿試皆第一），以將作監丞通判濟州。累官吏部侍郎，兩拜參知政事。仁宗即位後，拜中書侍郎、同中書門下平章事，以計智逐權臣丁謂，朝廷倚以為重。後罷知青州。仁宗景祐元年（一〇三四），召入為樞密使，次年再次拜相，封沂國公。仁宗寶元元年（一〇三八），王曾去世，享年六十一歲。獲贈侍中，謚號「文正」。有《王文正公筆錄》。

楊億（九七四至一〇二〇），字大年，建州浦城（今屬福建浦城縣）人。他博覽強記，太宗雍熙元年（九八四），十一歲受太宗召試，授秘書省正字（掌管圖書秘籍的次長），太宗淳化三年（九九二）進士及第，遷光祿寺丞。淳化四年，直集賢院。太宗至道二年（九九六）遷著作佐郎。真宗大中祥符六年（一〇一三）以太常少卿分司西京。真宗天禧二年（一〇一八）拜工部侍郎。官至工部侍郎。他好寫詩，善西崑體，與劉筠、錢惟演等詩歌唱和，其編著《西崑酬唱集》，收錄十七位詩人作品，共二五〇首，多學李商隱。楊億曾為翰林學士兼史館修撰，長於典章制度。真宗即位初，曾參預修《太宗實錄》。真宗景德二年（一〇〇五）與王欽若主修《冊府元龜》。在政治上他支持丞相寇準抵抗遼兵入侵。又反對宋真宗大興土木。卒謚文，故稱楊文公。著作多佚，今存《武夷新集》二十卷。

卷八第十二條：

蘇子瞻自在場屋，筆力豪騁，不能屈折於作賦。省試時，歐陽文忠公銳意欲革文弊，初未之識。梅聖俞作考官，得其《刑賞忠厚之至論》，以為似孟子。然中引皋陶曰「殺之三」，堯曰「宥之三」，事不見所據，亟以示文忠，大喜。往取其賦，則已為他考官所落矣，即擢第二。及放榜，聖俞終以前所引為疑，遂以問之。子瞻徐曰：「想當然耳，何必須要有出處？」聖俞大駭，然人已無不服其雄俊。

梅堯臣（一〇〇二至一〇六〇），字聖俞，江南東路宣州宣城（今安徽省宣城縣雙溪）人。真宗大中祥符六年（一〇一三），堯臣年十二，叔父梅詢由荊湖北路轉運使降任襄州通判。梅詢在還鄉以後，出發赴職時攜堯臣同行。在梅詢多次遷調過程中，堯臣詩名和才華已經初露頭角，但多次應試不第。宋仁宗明道二年（一〇三三），堯臣赴京應進士試，但再次落榜。五十歲後，始得宋仁宗召試，賜同進士出身，後任授國子監直講，遷尚書屯田都官員外郎，故時稱「梅直講」、「梅都官」。此條記載仁宗嘉祐二年（一〇五七）堯臣為點檢試卷官，發現了蘇軾寫的《刑賞忠厚之至論》，推薦蘇軾的試卷給知貢舉（主考官）歐陽修批閱。歐陽修驚其才，由於試卷糊名，歐公認為有可能是自己弟子曾鞏所寫，故為了避嫌，將此卷降取為第二。後來梅堯臣向蘇軾問及蘇文內「殺之三、宥之三」之說有何根據，蘇軾竟謂「想當然耳。何必須要有出處？」

卷九第廿一條：

范文正公以晏元獻薦入館，終身以門生事之，後雖名位相亞亦不敢少變。慶曆末，晏公守宛丘，文正起南陽，道過，特留歡飲數日。其書題門狀，猶皆稱門生。將別，以詩敘殷勤，投元獻而去。有「曾入黃扉陪國論，卻來絳帳就師資」之句，聞者無不歎服。

范仲淹（九八九至一〇五二），字希文。蘇州吳縣（今江蘇省蘇州市）人，北宋傑出的政治家、文學家。他幼年喪父，母親改嫁長山朱氏，遂更名朱說。真宗大中祥符八年（一〇一五），范仲淹苦讀及第，授廣德軍司理參軍。後歷任興化縣令、秘閣校理、陳州通判、蘇州知州、權知開封府等職，因秉公直言而屢遭貶斥。宋夏戰爭爆發後，仁宗康定元年（一〇四〇），與韓琦共任陝西經略安撫招討副使，對宋夏議和起到促進作用。後，仁宗召范仲淹回朝，授樞密副使。後拜參知政事，上《答手詔條陳十事》，發起

「慶曆新政」，推行改革。不久後新政受挫，范仲淹自請出京，歷知邠州、鄧州、杭州、青州。仁宗皇祐四年（一〇五二），改知潁州，在扶疾上任的途中逝世。累贈太師、中書令兼尚書令、魏國公，謚號「文正」，世稱范文正公。范仲淹在地方治政、守邊皆有成績。其文學成就突出。他倡導的「先天下之憂而憂，後天下之樂而樂」思想和仁人志士節操，對後世影響深遠。有《范文正公文集》傳世。

晏殊（九九一至一〇五五），字同叔，撫州臨川文港鄉（今南昌進賢縣）人，北宋前期政治家、婉約派詞人，與歐陽修並稱「晏歐」。晏殊自幼聰穎，七歲能文，十四歲時因宰相張知白推薦，以神童召試，被朝廷賜同進士出身，之後到秘書省做正字，及後累遷太常寺奉禮郎、光祿寺丞等，並成為當時太子趙禎（即後宋仁宗）的太子舍人。仁宗繼位後，進右諫議大夫兼侍讀學士，後官升禮部侍郎知審官院，遷樞密副使。任樞密副使間，曾因發怒以朝笏撞折自己侍從的門牙而被彈劾。仁宗天聖五年（一〇二七），在以刑部侍郎貶知應天府之時致力興辦書院，即後來四大書院之一的應天府書院，並邀得范仲淹講學，為宋代培養大批人才。仁宗慶曆二年（一〇四二），晏殊官拜同中書門下平章事兼樞密使，位同宰相，掌軍政大權。兩年後，卻因編修李宸妃墓誌之事，遭御史孫甫、蔡襄彈劾，仁宗將其貶為工部尚書出知潁州，後又改知陳州、許州、永興軍。仁宗至和元年（一〇五四）六月，晏殊因病回京診治。翌年病逝，贈司空兼侍中，封臨淄公，謚號元獻，世稱晏元獻。宋仁宗天聖六年（一〇二八），范仲淹經晏殊的推薦，被授予秘閣校理一職，成為皇帝的文學助理。從此，范仲淹終身以門生事晏殊。其實，范仲淹比晏殊年長兩歲。

卷九第卅七條：

哲宗初即位，契丹弔哀使入見。蔡持正以虜大使衣服與在廷異，上春秋少，恐升殿驟見或懼，前

一日奏事罷，從容言其儀狀，請上勿以為異，重複數十語皆不答。徐俟語畢，忽正色問：「此亦人否？」確言：「固是人類，但夷狄耳。」上曰：「既是人，怕他則甚？」持正竦然而退。

神宗於元豐八年（一〇八五）逝世，第六子趙煦（一〇七七至一一〇〇）繼位，是為哲宗。他即位時未滿九歲，由英宗的皇后高太皇太后（一〇三二至一〇九三）聽政。此條記載他是有膽色的。哲宗元祐八年（一〇九三），高太皇太后逝世，哲宗親政。可惜他自幼身體健康不好，於廿三歲時逝世。

卷十第卅五條：

王荊公性不善緣飾，經歲不洗沐，衣服雖弊，亦不浣濯。與吳冲卿同為羣牧判官，時韓持國在館中，三數人尤厚善，無日不過從。因相約：每一兩月，即相率洗沐。定力院家，各更出新衣，為荊公番，號「折洗」。王介甫云：出浴見新衣輙服之，亦不問所從來也。曾子先持母喪過金陵，公往弔之。登舟，顧所服紅帶。適一虞候挾笏在旁，公顧之，即解易其皁帶入弔。既出，復易之而去。

王安石（一〇二一至一〇八六），字介甫，號半山，臨川鹽阜嶺（今江西省撫州市臨川縣）人，北宋著名政治家、文學家、思想家，實官至司空、尚書左僕射、觀文殿大學士、鎮南軍節度使，封荊國公。身後追贈為太傅，謚曰文。世人稱之為「王荊公」、「王文公」。此條記載他「不善緣飾，經歲不洗沐」的軼事，甚為有趣。

雞肋編

《雞肋編》三卷，宋朝莊綽（約一〇七九至一一四九）撰。

莊綽，字季裕，自署清源（今屬山西）人，一說是福建惠安人，後居穎川（今河南許昌）。他經歷了北宋神宗、哲宗、徽宗、欽宗及南宋高宗五代，曾於襄陽、臨涇、澧州、鄂州、南雄等地為官，廣泛地接觸各地及各階層人士，求訪古蹟，見聞出眾。宋朝在神宗元豐後，全國行政區劃為二十三路，加上後來徽宗時的京畿路，共二十四路。資料顯示莊綽曾經到過十七路，可見他平生遊歷甚廣。

莊綽學有淵源。其父莊公岳為宋仁宗嘉祐四年進士。據記載，他「博物洽聞」，特別精於醫學，著述甚豐，除了本書外，還有《杜集援證》、《筮法新儀》、《明堂灸經》、《本草節要》、《莊氏家傳》和《膏肓腧穴灸法》等。以上各書，除了《膏肓腧穴灸法》外，都已散佚。

作者在自序中說：「昔曹孟德既平漢中，欲因討蜀而不得進，守之又難為功，操出教唯曰『雞肋』而已，外莫能曉。楊脩獨曰：『夫雞肋，食之則無所得，棄之則殊可惜。公歸決矣。』……予之此書，殆類於是，故以『雞肋』名之。」其實此書上中下三卷，共收三百餘條筆記，記述先世舊聞及當代事實，談及名物考辨、詩文評說、本草偏方等，可供今日史家、文學家、醫學家等研究。書的內容十分珍貴，雖「偶有誤記」，不足為病。《四庫全書總目提要說《雞肋編》可與周密的《齊東野語》相埒，非《輟耕錄》諸書可及。

現轉錄此書十三條給大家賞讀：

卷上〈李杜及蘇李〉：

李杜、蘇李之名尤著於世者，以歷代所稱，兼於文行故也。余嘗以一絕記其聞者：「大義終全顯漢廷（指李固、杜喬），名標八俊接英聲（指李膺、杜密）。文章萬古猶光燄（指李白、杜甫），疑是天私李杜名。」「居前曾是少陵師（指蘇武、李陵），資歷文章亦等夷（指蘇味道、李嶠）。思若涌泉名海內（指蘇頲、李乂），從來蘇李擅當時。」

我們可以從此條中見到作者的詩筆順暢，記錄了歷史上姓李、姓杜及姓蘇的幾位大家。

卷上〈衛生要訣〉：

順昌種穀道人云：「大風先倒無根樹，傷寒偏死下虛人。」王恬智叟云：「犯色傷寒猶易活，傷寒犯色最難醫。」王丹元素云：「治風先治脾，治痰先治氣。」皆衛生之要也。

此條古人述及的「衛生之要」對現代人也適用。

《傷寒雜病論》，又作《傷寒卒病論》，為東漢張仲景（一五〇至二一九）所著，是中國第一部理法方藥皆備、理論聯繫實際的中醫臨床著作。此書是漢醫學之內科學經典，奠定了中醫學的基礎。在《四庫全書》中為子部醫家類。本書於後世分成《傷寒論》與《金匱要略》兩書分別流通。

中醫有一句話「老怕傷寒少怕痨，傷寒專死下虛人」。我們很易理解「大風先倒無根樹」的道理。明代張三丰在武當山天柱峯修道時留下丹道名篇《無根樹》，其中首段謂：「無根樹，花正幽，貪戀紅塵誰肯修？浮生事，苦海舟，蕩去飄來不自由。無邊無岸難泊繫，長在魚龍險處游。肯回首，是岸頭，莫待風波壞了舟。」人之下虛與樹之無根一樣，遇到傷寒一類的疾病，也很容易倒下。在中醫的理論中，「下虛」是指「少陰體質」。《傷寒論》中提到「少陰之為病，脈微細，但欲寐也」。「少陰」，如果用臟腑來理解，指的是心臟與腎臟。由於心主血，屬火，腎藏精，主水，少陰病容易出現心腎兩虛，在陽氣衰微下，鼓動血行的氣脈虛弱，陰血虛少，所以出現細脈，所以，少陰病的脈象是微弱的。「但欲寐」是一種陰盛陽衰「精神萎靡不振」的狀態。在這狀態下的人整天想睡，卻不一定睡得著、就算睡著了，也睡得不好，起床後也沒精神。精神不振影響人的意志。意志消沉的人，人生沒有方向，也沒有動力。

卷上〈李杜詩交〉：

杜子美有贈憶李白及寄姓名於他詩者，凡十有三篇。《昔遊詩》云：「昔者與高李，晚登單父臺。」又有《登兗州城樓》詩，蓋魯、碭相鄰。而太白亦有《魯郡堯祠送別》長句，雖不著為誰而作，然二公皆嘗至彼矣。世謂太白惟「飯顆山」一絕外，無與少陵之詩。史稱《蜀道難》為杜而發。二公以文章齊名，相從之款，不應無酬唱贈送，恐或遺落耳。按工部行二，高適、嚴武諸公皆呼杜二。今白集中有《魯郡東石門送杜二子》詩一篇，余謂題下特脫一「美」字耳。杜贈白詩云「秋來相顧尚飄蓬」，而李有「秋波落泗水」，「飛蓬各自遠」云。以此考之，各無疑者。俗子遂謂翰林爭名自絕，因辯是詩以釋爭名之謗。「醉別復幾日，登臨遍池臺。」後言「何時石門路，重有金樽開。秋波落泗水，海色明徂萊。飛蓬各自遠，且盡林中杯。」又有《送友人尋越中山水詩》云：「聞道稽山去，偏宜謝客才。此中多逸興，早晚向天臺。」少陵《北遊》詩云：「東下姑蘇臺，已具浮海航。剡

溪蘊秀異，欲罷不能忘。歸帆拂天姥，中歲貢舊鄉。」李所謂友人者，疑亦杜子美也。

此條謂《魯郡東石門送杜二子》詩的詩題下脫一「美」字，即詩題應是《魯群東石門送杜二子美》。此詩在今日我們所見的《李白集》中題為《魯郡東石門送杜二甫》。

李白於天寶三年（七四四）被「賜金還山」，離開了長安。李杜二人在洛陽相識，一見如故，相互同遊，不久分手。次年春，兩人又在魯郡（今山東兗州）重逢，同遊齊魯。在此年深秋，杜甫西去長安，李白再遊江東，兩人在魯郡東石門分手。石門為兗州城東金口壩。臨行時李白寫了這首送別詩：「醉別復幾日，登臨遍池臺。何時石門路，重有金樽開。秋波落泗水，海色明徂徠。飛蓬各自遠，且盡手中杯。」

杜甫在家族中排第二，所以他的朋友稱他為於「杜二」。李白在家族中排十二。杜甫有《寄李十二白二十韻》：「昔年有狂客，號爾謫仙人。筆落驚風雨，詩成泣鬼神。聲名從此大，汩沒一朝伸。文彩承殊渥，流傳必絕倫。龍舟移棹晚，獸錦奪袍新。白日來深殿，青雲滿後塵。乞歸優詔許，遇我宿心親。未負幽棲志，兼全寵辱身。劇談憐野逸，嗜酒見天真。醉舞梁園夜，行歌泗水春。才高心不展，道屈善無鄰。處士禰衡俊，諸生原憲貧。稻粱求未足，薏苡謗何頻。五嶺炎蒸地，三危放逐臣。幾年遭鵩鳥，獨泣向麒麟。蘇武先還漢，黃公豈事秦。楚筵辭醴日，梁獄上書辰。已用當時法，誰將此義陳。老吟秋月下，病起暮江濱。莫怪恩波隔，乘槎與問津。」

卷上〈右軍左軍泰山泰水〉：

王逸少好鵝，曹孟德有梅林救渴之事，而俗子乃呼鵝為「右軍」，梅為「曹公」。前人已載尺牘

有「湯燖右軍一隻，蜜浸曹公兩瓶」，以為笑矣。有張元裕云，鄧雍嘗有惠左軍者，已令具麵，幸過些同享。」初不識「左軍」為何物，既食，乃鴨也。問其所名之出，在鵝之下，且淮右皆有此語。鄧官至待制典荊州，洵武樞密之子。俗人以泰山有丈人觀，遂謂妻母為「泰水」，可與「左軍」為對也。

王羲之愛鵝，傳說是因為他喜歡觀察鵝游水時鵝掌的動作，從中學習，以提高自己的書法用腕技巧。歷史上有一段他以自己的書帖換一位道士的鵝的雅事。《晉書．卷八十．王羲之列傳》：「性好鵝，會稽有孤居姥養一鵝，善鳴，求市未能得，遂攜新友命駕就觀。姥聞羲之將至，烹以待之，羲之嘆惜彌日。又山陰有一道士，養好鵝，之往觀焉，意甚悅，固求市之。道士云：『為寫《道德經》，當舉羣相送耳。』羲之欣然寫畢，籠鵝而歸，甚以為樂。」後來這帖被稱作右軍正書第二，又被稱作《換鵝帖》。該帖的宋拓本現藏於北京故宮博物院。李白詩「鏡湖流水漾清波，狂客歸舟逸興多。山陰道士如相見，應寫黃庭換白鵝。」

曹操「梅林救渴」事見載於南朝宋劉義慶《世說新語．假譎》：「魏武行役，失汲道，軍皆渴，乃令曰：『前有大梅林，饒子，甘酸可以解渴。』士卒聞之，口皆出水，乘此得及前源。」後世據此典故引申出成語「望梅止渴」。

此條，作者以幽默之筆，記錄了「右軍」、「曹公」、「左軍」、「泰山」及「泰水」的意思。

管中窺豹，世人唯知為王獻之事，而其原，乃魏武令中語也。《魏志》註：建安八年庚申，令曰：「議者或以軍吏雖有功能，德行不足堪任郡國之選，故明君不官無功之臣，不賞不戰之士。治平賞德行，有事賞功能。論者之言，一似管窺虎豹。」

「管中窺豹」這成語出自《世說新語·方正》：「王子敬數歲時，嘗看諸門生樗蒲。見有勝負，因曰：『南風不競。』門生輩輕其小兒，迺曰：『此郎亦管中窺豹，時見一斑。』子敬瞋目曰：『遠慚荀奉倩，近愧劉真長！』遂拂衣而去。」

王獻之（三四四至三八六），字子敬，琅邪郡臨沂縣（今山東省臨沂市），王羲之第七子。官至中書令，與其父並稱為「二王」。樗蒲是一種古代賭博的遊戲。投擲有顏色的五顆木子，以顏色決勝負，類似今日的擲骰子。「南風不競」語出《左傳·襄公十八年》：「晉人聞有楚師，師曠曰：『不害，吾驟歌北風，又歌南風，南風不競，多死聲，楚必無功。』」杜預注：「歌者吹律以詠八風，南風音微，故曰不競也。」所以「南風不競」是用來比喻競賽中一方失利。此條中，王獻之提及荀粲及劉惔。荀粲（二一〇至二三八），字奉倩，潁川郡潁陰縣（今河南省許昌市）人。三國時期曹魏大臣、玄學家、漢尚書令荀彧幼子。聰潁過人，善談玄理，娶大將軍曹洪之女為妻，生活美滿。魏明帝景初二年（二三八），荀粲妻子去世，他也悲痛過度而死，時年二十九，故有成語「荀令傷神」。劉惔（生卒年不詳），字真長，一作劉恢，小字道生，沛國相縣人，劉耽之子，為東晉有名的清談家。官至丹楊尹，其妹是謝安夫人。

此條謂「管中窺豹」其原乃魏武令中語。在《三國志·卷一·魏書一·武帝操》的注中謂《魏書》載庚申令曰：「議者或以軍吏雖有功能，德行不足堪任郡國之選，所謂『可與適道，未可與權』。管仲曰：『使賢者食於能則上尊，鬭士食於功則卒輕於死，二者設於國則天下治。』未聞無能之人，不鬭之士，並受祿賞，而可以立功興國者也。故明君不官無功之臣，不賞不戰之士；治平尚德行，有事賞功能。論者之言，一似管窺虎歟！」所以，此條所說的「管中窺虎豹」應是「管中窺虎」。

卷中〈李勣之作俑〉：

唐高宗召大臣，欲廢皇后，立武昭儀，李勣稱疾不入，褚遂良以死爭。他日，勣獨入見，帝問之曰：「朕欲立武昭儀為后，遂良固執，以為不可。遂良既顧命大臣，事當且已乎？」對曰：「此陛下家事，何必更問外人。」帝意遂決。武惠妃譖太子瑛、鄂王瑤、光王琚，帝欲皆廢之，張九齡不奉詔。李林甫初無所言，退謂宦官之貴幸者曰：「此人主家事，何必問外人？」帝猶豫未決。九齡罷相，帝召宰相審之，林甫對曰：「此陛下家事，非臣等宜預。」帝意乃決。德宗欲廢太子，立侄舒王，李泌曰：「賴陛下語臣，使楊素、許敬宗、李林甫之徒承此旨，已就舒王圖定策之功矣。」帝曰：「此朕家事，何預於卿而力爭如此？」對曰：「天子以四海為家，今臣獨任宰相之重，四海之內，一物失所，責歸於臣，況坐視太子冤橫而不言，臣罪大矣。」太子由是獲免。李勣首倡奸言，遂使林甫祖用其策以逢君惡。至德宗便謂當然，反云家事以拒臣下。則作俑者，可不慎乎？卒之長源能保其家族，而敬業之禍戮及父祖，剖棺暴屍。忠邪之報，亦可以鑒矣！而蹈覆轍者相接，哀哉！

李世勣（五九四至六六九），原名徐世勣，或作世績，字懋功，亦作茂功。唐高祖李淵賜其姓李，後避太宗世民諱改名為李勣。曹州離狐（今山東菏澤東明縣東南）人，唐初名將，曾破東突厥、高句麗，與李靖（五七一至六四九）並稱。歷事唐高祖、唐太宗、唐高宗三朝，深得朝廷信任和重任。李勣卒時，唐高宗輟朝七日，贈李勣太尉、揚州大都督，謚號貞武，陪葬昭陵。在《隋唐演義》和《說唐全傳》中，徐世勣是瓦崗寨的軍師，是一位有如諸葛亮類型的人物「徐茂公」（又作徐茂功）。後來，其孫徐敬業（六三六至六八四）起兵反對武則天，被族誅，李勣也被剖棺戮屍，到唐中宗以「神龍之變」復辟之後才平反昭雪，以禮改葬。

李泌（七二二至七八九），字長源，京兆人，祖籍遼東襄平，唐朝宰相。他是西魏八柱國李弼的六代孫，父親李承休是吳房縣令，娶汝南周氏為妻，聚書兩萬餘卷，並告誡子孫不得賣書。李泌幼居長安，七歲能作對句。肅宗時，參預軍國大議，拜銀青光祿大夫，後隱居衡山，修煉道術十二年。代宗時，召為翰林學士，不久因得罪權臣元載（七一三至七七七），被代宗外放為杭州刺史以避禍。德宗時，元載失勢，被召回朝廷，授散騎常侍。德宗貞元中，拜中書侍郎平章事，封鄴縣侯。李泌信奉鬼神方術，以虛誕自任。有文集二十卷。德宗曾對李泌談及前三任宰相崔祐甫（七二一至七八〇）、楊炎（七二七至七八一）及盧杞（？至七八五）的缺點。德宗認為李泌沒有三人的缺點，既能與皇帝平心靜氣地辯論，又有自己獨特的政見，往往讓德宗真心信服。

卷中〈舉主累門生〉：

周邦彥侍制嘗為劉昺之祖作埋銘，以白金數十斤為潤筆，不受。劉無以報之，因除戶部尚書，薦以自代。後劉緣坐王寀訞言事得罪，美成亦落職，罷知順昌府宮祠。周笑謂人曰：「世有門生累舉主

者多矣，獨邦彥乃為舉主所累，亦異事也。」

此條述周邦彥曾為劉昺門生。劉昺在《宋史》卷三五六有傳：「劉昺，字子蒙，開封東明人，初名炳，賜今名。元符末，進士甲科，起家太學博士，遷秘書省正字、校書郎。兄煒，通樂律。煒死，蔡京擢昺大司樂，付以樂正。遂引蜀人魏漢津鑄九鼎，作《大晟樂》。昺撰《鼎書》、《新樂書》，皆漢津妄出己意，而為緣飾，語在《樂志》。累遷給事中。京置局議禮，昺又領之。為翰林學士，改工部尚書。……徽宗所儲三代彝器，詔昺討定，凡尊爵、俎豆、盤匜之屬，悉改以從古，而載所製器於祀儀，令太學諸生習肄雅樂。……與王寀交通，事敗，開封尹盛章議以死，刑部尚書范致虛為請，乃長流瓊州。死，年五十七。」

周邦彥（一〇五六至一一二一），字美成，號清真居士，錢塘（今浙江杭州）人，北宋末著名的詞人、音樂家。宋徽宗時曾任大晟樂府提舉官，進一步完善了詞的體製形式。其詞在格律派人中長期被尊為「正宗」，又有「詞家之冠」或「詞中老杜」之稱。在仕途上，他長期只在州縣間擔任小官職，但由於精於音律，又能自創新曲，所以所寫的詞深受世人喜愛。

周邦彥詞以寫艷情、羈旅、景物為主。寫作技巧上，周詞意境渾融，集北宋婉約詞之大成，喜歡用典，善於化用前人詩句入詞，渾然天成。現錄兩首他的詞作給大家欣賞。《少年遊》：「并刀如水，吳鹽勝雪，纖指破新橙。錦幄初溫，獸香不斷，相對坐調笙。低聲問、向誰行宿？城上已三更。馬滑霜濃，不如休去，直是少人行。」《蘇幕遮》：「燎沉香，消溽暑。鳥雀呼晴，侵曉窺簷語。葉上初陽乾宿雨、水面清圓，一一風荷舉。故鄉遙，何日去。家住吳門，久作長安旅。五月漁郎相憶否。小楫輕舟，夢入芙蓉浦。」

後人對周邦彥的詞美評甚多。南宋陳振孫《直齋書錄解題》：「清真詞多用唐人詩語，檃括入律，渾然天成；長調尤善鋪敘，富艷精工，詞人之甲乙也。」清戈載《宋七家詞選》：「清真之詞，其意淡遠，其氣渾厚，其音節又復精妍和雅，最為詞家之正宗。」民國陳匪石《宋詞舉》：「周邦彥集詞學之大成，前無古人，後無來者，凡兩宋之千門萬戶，清真一集，幾擅其全，世間早有定論矣。」

卷中〈玉樓銀海〉：

東坡作《雪詩》云：「凍合玉樓寒起粟，光搖銀海眩生花。」人多不曉玉樓銀海事，惟王文正公云：「此見於道家，謂肩與目也。」又有詩云：「三杯軟飽後，一枕黑甜餘。」此諺語也。若無杯枕，則後世不知其為酒與睡矣。

「玉樓」義項頗多，可指華麗的樓、可指傳說中天帝或仙人的居所、也可指妓院。蘇軾《雪後書北臺壁二首》（其二）中的「玉樓」是道教語，指肩部。「銀海」可指天地的光眩、可指古代皇帝陵墓中的灌注水銀的人工湖，用來表示百川江河大海。今人亦稱演藝界為「銀海」。蘇軾的《雪詩》中的「銀海」也是道家語，指眼睛。全詩是：「城頭初日始翻鴉，陌上晴泥已沒車。凍合玉樓寒起粟，光搖銀海眩生花。遺蝗入地應千尺，宿麥連雲有幾家。老病自嗟詩力退，空吟冰柱憶劉叉。」

此條載王文正公（王曾）謂「玉樓銀海」：「見於道家，謂肩與目也。」王荊公（王安石）也是這樣說。趙令畤《侯鯖錄》卷一載：「東坡在黃州日，作《雪詩》云：『凍合玉樓寒起粟，光搖銀海眩生花。』人不知其使事也。後移汝海，過金陵，見王荊公，論詩及此，云：『道家以兩肩為玉樓，以目為銀海，是使此事否？』坡笑之。退謂葉致遠曰：『學荊公者，豈有此博學哉！』」

蘇軾《發廣州》詩云：「朝市日已遠，此身良自如。三杯軟飽後，一枕黑甜餘。蒲澗疏鐘外，黃灣落木初。天涯未覺遠，處處各樵漁。」南宋魏慶之的詩話作品《詩人玉屑》卷六引《西清詩話》謂「南人以飲酒為軟飽，北人以晝寢為黑甜。」後人多以「黑甜」指熟睡、酣睡，又稱睡夢中的境界為「黑甜鄉」。

卷中〈陳無己詩用俗語〉：

諺有「巧息婦做不得沒麵餺飥」與「遠井不救近渴」之語。陳無己用以為詩云：「巧手莫為無麵餅，誰能留渴需遠井？」遂不知為俗語。世謂少陵「雞狗亦得將」用「嫁得雞，逐雞飛；嫁得狗，逐狗走」，或幾是也。

陳師道（一〇五三至一一〇一），字履常，一字無己，別號後山居士，彭城（今江蘇徐州）人，北宋詩人。父陳琪，官至國子監博士通判絳州，陳琪亡後，遂家道中落。娶郭概之女為妻，師道家貧，妻女皆在岳父家就食。神宗元豐七年（一〇八四），郭概提點成都府路刑獄，師道妻及三子一女皆隨郭概赴蜀，自己留長安。哲宗元祐二年（一〇八七），由蘇軾、曾鞏等表薦，擔任亳州司戶參軍，後擔任徐州教授，同年七月任太學博士。四年，蘇軾路過南京（今河南商丘），陳師道至南京送行，以擅離職守，被劾去職。五年復職，調潁州教授。

哲宗紹聖元年（一〇九四），被目為蘇軾黨，謫監海陵酒稅。紹聖二年，調彭澤縣令，以母喪不赴，居家六年。哲宗元符三年（一一〇〇）為秘書省正字，徽宗建中靖國元年（一一〇一）十二月二十九日，到郊外皇家祠堂守靈，天寒，其妻回娘家借一大衣，師道聽說是連襟趙挺之的大衣，大怒曰：「汝豈不知我不著渠家衣耶！」不穿，以病卒。

師道一生淡薄名利，閉門苦吟。黃庭堅（一〇四五至一一〇五）曾經在《病起荊江亭即事》的第二首云：「閉門覓句陳無己，對客揮毫秦少游。正字不知溫飽未，西風吹淚古藤州。」當時秦觀（一〇四九至一一〇〇）已經病死於廣東藤州，所以黃庭堅的結句是「西風吹淚古藤州」。而陳師道一生清貧，因此黃庭堅感嘆「正字不知溫飽未」。前兩句可以看做是對這兩個人在文學上的評價。陳師道是「蘇門六學士」（秦觀、黃庭堅、晁補之、張耒、陳師道、李廌）之一，常與蘇軾、黃庭堅等唱和。他曾把自己的舊作全部燒掉，重學黃詩。每成一詩，「揭之壁間，坐臥哦詠，有竄易至月十日乃定，有終不如意者，則棄去之。」後致力於學杜甫。宋元間文人方回的《瀛奎律髓》（專收錄唐宋五言及七言律詩的集子）謂「江西詩派」有「一祖三宗」之說，即以杜甫為祖，三宗便是黃庭堅、陳師道和陳與義（一〇九〇至一一三八）。著有《後山集》、《後山談叢》、《後山詩話》等。門人魏衍編有《彭城陳先生集》二十卷。

卷下〈朱希亮誚喬姓何出〉：

朱希亮，潁川人，為鄧州教官。有喬世賢者，恃才輕忽，偶與朱相値，遽問之云：「君名希亮，謂希何亮？」朱報云：「何世無賢？今未問君名，姓將何出？」喬愕然不能答。蓋古惟有橋姓，而省木莫知其由，至唐始有彝及知之。或云匈奴貴姓也。

喬姓為中國人姓氏之一，在《百家姓》中排名第二八二位，出自漢族姬姓，為橋姓所改，是一個以山命名的姓氏。據《元和姓纂》及《萬姓同譜》所載，相傳中原人民的共同祖先黃帝死後葬於橋山（今陝西省黃陵縣城北），子孫中有留在橋山守陵看山的，於是這些人就以山為姓，稱為橋氏。至於橋氏改為喬氏，約在北魏時期。據《古今姓氏書辯證》及桑君編纂的《新百家姓》記載，東漢時太尉橋玄的六世孫橋勤在北魏任平原內史，北魏末年魏孝武帝在宰相高歡的專權和壓迫下出逃，橋勤隨孝武帝一起投奔到宇文泰建立的西魏。宇文泰當時認為「橋」有被人踩踏的象徵，主張橋勤改姓「喬」。橋勤自此改橋為喬，世代相傳下去，這就是陝西喬姓的由來。

喬氏還是一個典型的多民族、多源流姓氏。喬氏最早出現於少數民族之中。據史籍《通志・氏族略》記載，北方匈奴貴族有喬氏，代有輔相（宰相）。東漢時期，部分匈奴人南下歸附漢朝。此外，喬氏亦有源於蒙古族、鮮卑族、傈僳族、達斡爾族及滿族等。

三國時代有大喬、小喬二美女。據《三國志・周瑜傳》記載，「策欲取荊州，以瑜為中護軍，領江夏太守，從攻皖，拔之。時得橋公兩女，皆國色也。策自納大喬，瑜納小喬。」大喬為孫策（一七五至二〇〇）所納，小喬為周瑜（一七五至二一〇）所納，但並無說及她們是被納為妻或妾。她們的本姓是「橋」。《三國志》並無明確說明二喬之父橋公是何許人。《三國演義》將橋公稱為喬公或喬國老，設定為漢朝太尉橋玄（一一〇至一八四），唯橋玄本人為睢陽人，在二喬出嫁前已死。另外，因孫策所攻皖城為袁術故地，所以一說橋公是袁術舊部橋蕤。

西晉人虞溥所編寫《江表傳》（一部記載三國時孫吳史事的史書，已失傳）曰：「策從容戲瑜曰：『橋公二女雖流離，得吾二人作婿，亦足為歡。』」孫策次年春遭刺殺，從一九九年十二月嫁給孫策算起，大喬實際在嫁夫後四個月就喪夫。清人薛福成的《庸盦筆記》則稱大喬在孫策死後，哭泣數月而卒。

卷下〈徽宗北狩孫賣魚前知〉：

楚州有賣魚人姓孫，頗前知人災福，時呼孫賣魚。宣和間，上皇聞之，召至京師，館於寶籙宮道院。一日，懷蒸餅一枚，坐一小殿中。已而上皇駕至，遍詣諸殿燒香，末乃至小殿。時日高，拜跪既久，上覺微餒。孫見之，即出懷中蒸餅云：「可以點心。」上皇雖訝其異，然未肯接。孫云：「後來此亦難得食也。」時莫悟其言。明年遂有沙漠之行，人始解其識。

本條所載事亦見於清代學者李宗孔的《宋稗類鈔》。孫賣魚，淮安人，同治《山陽縣志》卷十二有其小傳，云：「孫賣魚者，嘗酷暑賣魚市上，遇道士，曰：『能飲我，魚餒可活也。』（孫）則以斗酒飲之。（此後）劇與談論，自言禍福輒應。」葉夢得《避暑錄話》下卷載：「楚州紫極宮有小軒，人未嘗至。一日，忽壁間題詩一絕云：『宮門閑一入，獨憑闌干立。終日不逢人，朱頂鶴聲急。』相傳以為呂洞賓也。余嘗見之，字無異處，亦已半剝去。土人有危疾，刲其黑服如黍粟，皆愈。近世有孫賣魚者，初以捕魚為業，忽棄之而發狂，人始未之重。稍言災福，無不驗者，遂爭信之。晝往來人家，終日不停足，夜則宿於紫極宮。災福亦不可問，或謬發於語言，或書於屋壁，或笑或哭，皆不可測。久而推其故，皆有為也。宣和末，嘗召至京師，狂言自若。或傳其語有譏切者，罷歸，固與當時流輩異矣。兵興，不知所終。」紫極宮是淮安的一間道觀，《淮安府志》說它在城西南隅，「嘗有神仙游于此」。

和山陽毗鄰的漣水，還有一個張邋遢的傳說，這個張邋遢近似于孫賣魚，起初也是賣魚的。

據說能夠預言國運的人在宋朝頗多。知名的道教人士陳摶（八七一至九八九），是被視為神仙一樣的人物，世稱之為「陳摶老祖」。宋太祖趙匡胤在位期間，曾經召陳摶進宮論道。宋太祖問及大宋將來國運，陳摶答：「宋朝以仁得天下，以義結人心，不患不久長；但卜都之地，一汴，二杭，三閩，四廣。」當時北宋的都城是汴京；後來北宋滅亡，高宗南遷，定都杭州。南宋都城被元攻佔後，一批大臣帶著小皇帝逃到南方福建、廣東，建立小朝廷，可惜已無力回天。

北宋五子之一的思想家邵雍（一〇一一至一〇七七），似乎也預言了宣和、靖康年間之事。他撰的《左衽吟》一詩曰：「自古御戎無上策，唯憑仁義是中原。王師問罪固能道，天子蒙塵爭忍言。兩晉亂亡成茂草，三君屈辱落陳編。公閭延廣何人也，始信興邦亦一言。」後人頗多認為此詩暗含著徽宗、欽宗的最終命運。

卷下〈廣南倒掛子鳥〉：

東坡在惠州作《梅詞》，云「玉骨那愁煙瘴，冰姿自有僊風。海僊時遣探芳叢。倒挂綠毛幺鳳。素面嘗嫌粉汙，洗妝不退脣紅。高情易逐海雲空。不與梨花同夢。」廣南有綠羽丹觜禽，其大如雀，狀類鸚鵡，棲集皆倒懸於枝上，土人呼為「倒挂子」。而梅花葉四周皆紅，故有「洗妝」之句。二事皆北人所未知者。

作者這條的記述，對生物學的研究也甚有裨益呢。但蘇軾此詞，當然不是在寫生物。據《耆舊續聞》、《野客叢書》等記載，這首《西江月・梅花》乃蘇軾為悼念死於惠州的妾侍王朝雲而作。

王朝雲（一〇六二至一〇九六），字子霞，北宋錢塘人，蘇軾之妾。朝雲原為歌女，十二歲入蘇家為侍女。十八歲被納為妾。生有蘇軾第四子，名遯，半歲夭折。後跟尼姑學佛，「亦粗識大意」。哲宗元祐年間，因秦少游作《南歌子・靄靄迷春態》贈朝雲，蘇軾代和作《南歌子・雲鬟裁新綠》，此後還作《殢人嬌・白髮蒼顏》、《浣溪沙・輕汗微微》、《三部樂・美人如月》三首詞以及《朝雲生日致語》一詩。蘇軾遭貶嶺南，姬妾遣散，唯朝雲執意相隨。哲宗紹聖元年（一〇九四）十月，蘇軾到惠州，寓居嘉佑寺。十一月蘇軾有《戲贈朝雲詩》：「不似楊枝別樂天，恰如通德伴伶玄。阿奴絡秀不同老，天女維摩總解禪。經卷藥爐新活計，舞衫歌扇舊因緣。丹成逐我三山去，不作巫陽雲雨仙。」

紹聖三年（一〇九六）七月初五日朝雲卒，年三十四。彌留之際口誦《金剛經》六如偈：「一切為有法，如夢幻泡影。如露亦如電，應作如是觀。」八月三日朝雲葬在惠州西湖南畔的棲禪寺的松林裏，蘇軾親筆為她寫下《墓誌銘》：「東坡先生侍妾曰朝雲，字子霞，姓王氏，錢塘人。敏而好義，侍先生二十有三年，忠敬若一。紹聖三年七月壬辰卒於惠州，年僅三十四。八月庚申，葬之豐湖之上，棲禪山東南。生子遯，未期而夭。蓋嘗從比丘尼義沖學佛法。亦麤識大意。且死誦《金剛經》四句偈以絕。銘曰：浮屠是瞻，伽藍是依，如汝宿心，惟佛止歸。」

《西江月・梅花》這首詞明為詠梅，暗為悼亡。詞中所描寫的惠州梅花，實為朝雲美麗的姿容和高潔的人品的化身。明朝才子楊慎《詞品》謂：「古今梅詞，以東坡此首為第一。」

徽宗嘗問近臣：「七夕何以無假？」時王黼為相，對云：「古今無假。」徽宗喜甚，還語近侍，以黼奏對有格制。蓋柳永《七夕詞》云：「須知此景，古今無價。」而俗謂事之得體者，為有格制也。

王黼（一〇七九至一一二六），字將明，北宋開封祥符（今河南開封）人，北宋末期政治人物，風姿俊美，善於逢迎，被稱為六賊之一。原名王甫，後因與東漢宦官王甫同名，而被賜名黼。他是徽宗崇寧二年（一一〇三）進士，初任相州司理參軍、校書郎、符寶郎、左司諫等。

徽宗宣和元年（一一一九）春正月，時任通議大夫的王黼，連跳八級，被拔擢為特進、少宰（右宰相）兼中書侍郎，乃宋開國以來第一人。五年（一一二三）五月，宋廷以收復燕雲十六州為目標，王黼總治三省事，於三省置經撫房，專治邊事，徵刮天下得錢六千二百萬緡，竟買了五六座空城而高奏凱旋回到汴京。王黼又率百僚稱賀，宋徽宗賞賜玉帶，優進太傅，封楚國公。六年（一一二四），王黼致仕。

王黼在徽宗朝「公然受賄賂，賣官鬻爵，至有定價」，京師謠言：「三百貫，曰通判；五百索，直秘閣。」；又以巨款贖回燕京（今北京），誇稱大功，升至少傅。宣和七年（一一二五）十月二十七日，陳東（一〇八六至一一二七）上書請誅蔡京、王黼、童貫、朱　、李彥、梁師成等「六賊」，以謝天下。欽宗靖康元年（一一二六）正月三日，下詔貶王黼為崇信軍節度副使，籍沒其家，流放永州（今湖南零陵）。門下侍郎吳敏、尚書右丞李綱請殺王黼，朝廷交付戶部尚書兼領開封府尹聶山，聶山與王黼有宿怨，欽宗意在讓聶山將王黼殺了。

此條所述柳永《七夕詞》乃北宋詞人柳永（九八五至一〇五三）的《二郎神・炎光謝》：「炎光謝。過暮雨、芳塵輕灑。乍露冷風清庭戶，爽天如水，玉鉤遙掛。應是星娥嗟久阻，敘舊約、飆輪欲駕。極目處、微雲暗度，耿耿銀河高瀉。閒雅。須知此景，古今無價。運巧思、穿針樓上女，抬粉面、雲鬟相亞。鈿合金釵私語處，算誰在、迴廊影下。願天上人間，占得歡娛，年年今夜。」王黼巧用其中的「須知此景，古今無價」來回答徽宗問及「七夕何以無假」，徽宗認為王黼應對得體。

明朝田汝成《西湖游覽志餘》卷二十五有一則相似的記載：「宋時行都，節序皆有休假，惟七夕百司皆入局，不準假。有時相古樸，問堂吏云：『七夕不作假，有何典故？』吏應云：『七夕古今無假。』時相但唯唯，不知其有所侮也。」

萍洲可談

《萍洲可談》三卷，宋朝朱彧（生卒年不詳）撰。

朱彧，字無惑（《直齋書錄解題》作「無或」，又謂《齊安志》作「朱或字無惑」），烏程（今浙江湖州）人。祖朱臨，官祕丞，著有《春秋私記》、《春秋外記》。父朱服，字行中，為北宋神宗熙寧六年（一〇七三）進士。

朱彧幼時與母親胡氏居常州，後隨父遊宦至開封及萊、潤等州。朱服在徽宗建中靖國元年（一一〇一）任廣南東路經略安撫使。徽宗崇寧初，帥廣州。《可談》所記多為朱彧隨父遊宦所見所聞。晚年，朱彧定居湖北黃岡，買丁氏民田宅，稱「萍洲」，自號「萍洲老圃」，而題其筆記為《萍洲可談》。筆記的記事，止於徽宗宣和，但朱彧可能在南宋紹興年間尚生存。

《可談》對於宋代朝章國故、制度變更、士人風氣等的記載，十分詳細。朱彧的父親在神宗熙寧、元豐變法時基本上是新派人物。在哲宗元祐年間（一〇八六至一〇九三），高太皇太后主政，司馬光一派掌權，廢新法。朱服「未曾一日在朝」（《宋史》本傳）。元祐八年，哲宗親政，又恢復新法。至徽宗時，朱服再獲用。可能受到父親的影響，筆記對王安石、呂惠卿、呂嘉問、舒亶及蔡京等，每有迴護。對蘇軾、蘇轍等則有時語含譏諷。但，所記的人物事迹，可補正史之闕。卷二詳細記載北宋廣州的市舶司的職能及舶船航海、外商「住唐」（即外國商人到了廣州不回本國）等事。這些材料在宋代史書中不多見，故頗為珍貴。對於研究宋代南方經濟發展很有幫助。筆記有很多異聞瑣事、神仙鬼怪、因果報應等內容。這也反映了當時人民的思想風貌。這類內容，也有勸世的意義。

茲引錄筆記其中十餘條給大家賞讀。

卷一〈神宗治河愛惜兵民〉：

元豐間，或先公為右史，神考遣使治楚州新河，面戒之曰：「東南不慣興大役，卿且為朕愛惜兵民。」大哉王言，簡而有體。

宋神宗趙頊（一〇四八至一〇八五），本名趙仲鍼，是英宗趙曙和宣仁聖烈皇后高氏所生長子，北宋第六代皇帝。他十九歲登基，在位十八年。在位期間他主導變法和熙河開邊，是北宋有作為的皇帝。逝世後葬於永裕陵。

他自幼便愛讀書，經常廢寢忘食。英宗治平三年（一〇六六）十二月，被冊封為皇太子。趙頊為太子時喜讀《韓非子》，對法家「富國強兵」之術感興趣。他還讀過王安石的《上仁宗皇帝言事書》，讚賞王安石的治國思想。治平四年（一〇六七）正月八日，英宗崩於福寧殿，神宗即位。

神宗即位後，命王安石（一〇二一至一〇八六）推行新政，史稱「熙寧變法」。在王安石的主持下，設立制置三司條例司，引入均輸法、青苗法、農田水利法、免役法、方田均稅法、市易法、保甲法、置將法、保馬法、軍器監法、太學三舍法等新法。新法幾乎涵蓋社會的各個方面，有些操之過急，利弊互見。變法受到守舊派激烈的反對。神宗崩後，原反對派首領司馬光（曾因與王安石政見相左而被排擠）在太皇太后的支持下任宰相，推動「元祐更化」，幾乎廢除了所有法案，從此新舊黨爭不斷。變法失敗後，王安石退居江寧（今江蘇南京），一年後逝世。

在神宗朝，西夏夏惠宗在位，母黨梁氏專權，西夏國勢日非。王韶在慶州（今甘肅慶陽）大破夏軍，佔領西夏二千里土地。不過後來在永樂城之戰（一〇八二）中，宋軍慘敗。明朝官員陳邦瞻（一五六七至一六二三）所編撰的《宋史紀事本末・西夏用兵》言「靈州、永樂之役，官軍、熟羌、義保死者六十萬人，錢穀銀絹不可勝計。事聞，帝臨朝痛悼，為之不食。」北宋學人邵伯溫（邵雍之子）（一〇五五至一一三四）所撰之筆記《邵氏聞見錄》稱「靈武之役，喪師覆將，塗炭百萬，帝中夜得報，起環榻行，徹旦不寐。」永樂城之戰後，宋神宗開始悔悟，不再輕言開戰。其子宋哲宗親政後，竭盡所能完成父親遺願，多次出兵討伐西夏，迫使西夏向宋朝乞和。

元朝官修正史《宋史》脫脫等對神宗的評價頗正面：「帝天性孝友，其入事兩宮，必侍立終日，雖寒暑不變。嘗與岐、嘉二王讀書東宮，侍講王陶講諭經史，輒相率拜之，由是中外翕然稱賢。其即位也，小心謙抑，敬畏輔相，求直言，察民隱，恤孤獨，養耆老，振匱乏。不治宮室，不事游幸，歷精圖治，將大有為。未幾，王安石入相。安石為人，悻悻自信，知祖宗志吞幽薊、靈武，而數敗兵，帝奮然將雪數世之恥，未有所當，遂以偏見曲學起而乘之。青苗、保甲、均輸、市易、水利之法既立，而天下洶洶騷動，慟哭流涕者接踵而至。帝終不覺悟，方斷然廢逐元老，擯斥諫士，行之不疑。卒致祖宗之良法美意，變壞幾盡。自是邪佞日進，人心日離，禍亂日起。惜哉！」但明末清初思想家王夫之《宋論》稱「宋政之亂，自神宗始」。

卷一〈太平宰相項安節〉：

慈聖光獻皇后嘗夢神人語云：「太平宰相項安節。」神宗密求諸朝臣，及遍詢吏部，無有是姓名

者。久之，吳充為上相，瘰癧生頸間，百藥不瘥。一日立朝，項上腫如拳，后見之告上曰：「此真項安癤也。」蔣之奇既貴，項上大贅，每忌人視之。為六路大漕，至金山寺。僧了元，滑稽人也，與蔣相善，一日見蔣，手捫其贅，蔣心惡之，了元徐曰：「沖卿在前，穎叔在後。」蔣即大喜。

慈聖光憲曹皇后（一〇一六至一〇七九）乃仁宗之皇后，在神宗時，她乃是太皇太后。她夢中得神人語的「太平宰相『項安節』」原來並非姓項，乃是頸項間有瘰癧的吳充。

吳充（一〇二一至一〇八〇），字沖卿，建州浦城（今屬福建）人，景祐五年（一〇三八），才十七歲，中進士。初任穀熟縣主簿，後入為國子監直講、吳王宮教授。後出知高郵軍。還為群牧判官、開封府推官，曆知陝州，京西、淮南、河東轉運使。英宗立，數問吳充在哪裏，會入覲，語其為吳王宮教授時事，嘉勞之。尋權鹽鐵副使。神宗熙寧元年，知制誥。熙寧三年，拜樞密副使。熙寧八年，進檢校太傅、樞密使。吳充雖與王安石連姻，而心裏不喜歡王安石的變法，數次向皇帝說政事新法不便於民。熙寧九年（一〇七六），王安石託病離職，吳充遂代為同中書門下平章事、監修國史，與王珪並相，召還司馬光等。元豐三年（一〇八〇），遭王珪、蔡確困毀，罷為觀文殿大學士，卒贈司空兼侍中，謚正憲。其子吳安持娶宰相王安石女蓬萊縣君，其長女嫁副宰相歐陽修大兒子歐陽發、次女嫁宰相呂公著二兒子呂希績、幼女嫁宰相文彥博子文及甫。浦城吳氏在北宋可謂風光一時。

此條另謂蔣之奇項上有大贅，「每忌人視之」。但金山寺僧了元對他說「沖卿在前，穎叔在後」，他「大喜」。蔣之奇（一〇三一至一一〇四），字穎叔，常州宜興（今屬江蘇）人，仁宗嘉祐二年（一〇五七）進士。英宗初年，擢監察御史。神宗時轉殿中侍御史。彈劾歐陽修帷薄不修，與長媳吳春燕有曖昧行為，歐陽修多次辭職，未得允准。經朝廷查核，純屬誣枉，神宗兩次降詔安慰歐陽修，貶之奇監道州酒稅。元豐初年（一〇七八），提舉楚州市易司。哲宗紹聖二年（一〇九五），改知開封府。徽宗崇寧元年（一一〇二），知樞密院事，出知杭州，以疾歸。崇寧三年卒。能詩，今存《春卿遺稿》輯本。他未有在宋朝出任宰相。

卷一〈七十老生特奏名試卷〉：

元豐間，特奏名陛試，有老生七十許歲，於試卷內書云：「臣老矣，不能為文也，伏願陛下萬歲萬萬歲。」既聞，上嘉其誠，特給初品官，食俸終其身。

正常的科舉取士叫做「正奏名」，而「特奏名」是對正奏名的補充，是宋代科舉的創新之處。按照《宋史．選舉志》的記載，「凡士貢於鄉而屢絀於禮部，或廷試所不錄者，積前後舉數，參其年而差等之，遇親策士則別籍其名以奏，徑許附試，故曰特奏名。」這是說，特奏名是針對那些多次參加科舉考試卻落榜的人，當他們積累到一定次數和年紀便可以登記造冊，通過附加考試後賜予進士出身和官職的制度。特奏名制度是宋代科舉的創新，僅存在於兩宋時期，成為宋代科舉有別於其他朝代的一個顯著特徵。

這個制度是對落第文人的一種籠絡和恩典，所以特奏名也是恩科的一種。這是北宋統治者吸取歷史教訓而開發出的創新制度。科舉考試是極其難的，在科場競爭中能夠順利入仕的文人畢竟是少數。隨著時間的推移，積壓的落第人士成為了一個不可忽視的社會群體。這些人一旦對社會不滿和對朝廷不滿，危害和武將造反差不多。唐末起義使得唐朝走向滅亡的王仙芝、黃巢便是落第文人。

宋太祖開寶三年（九六九）三月規定，凡舉人參加過十五次以上考試終場者，特賜本科「出身」。這是「特奏名」法之始。由于特奏名的數量日益增多，「英雄豪傑皆汩沒消靡其中而不自覺」，所以，「亂不起于中國，而起于夷狄」。這是宋代統治者為防範士大夫捲入農民起義而採取的措施之一。這種考試只是一個形式，目的是給那些連年落第的讀書人一條出路。

卷一〈杜詩刻本舛謬〉：

杜甫詩雖屢經校正，然有從來舛謬相襲者，後人欽其名，更不究義理，如《己公茅屋》詩一聯云：「江蓮搖白羽，天棘夢青絲。」二語是何情理？搖對夢，輕重不稱，讀者未聞商搉，亦好古之癖也。余竊謂當作「蔓青絲」。此類亦多，未可徧舉。

此條所說的「己公」應是「巳公」，詩題為《巳上人茅齋》。全詩是「巳公茅屋下，可以賦新詩。枕簟入林僻，茶瓜留客遲。江蓮搖白羽，天棘蔓青絲。空忝許詢輩，難酬支遁詞。」巳上人應是一位隱士，事蹟不詳。「簟」是供坐臥用的竹蓆。天棘即天門冬，一種藤蔓植物。「忝」表示「有愧於」。許詢為東晉人，好遊山水，通佛學，曾與東晉佛學者支遁交遊。此詩當作於玄宗開元二十九年（七四一），當時杜甫在齊趙間漫遊，拜訪了聞名已久的巳上人，有感而作。「枕簟茶瓜」，寫茅齋之事，「江蓮天棘」，寫茅齋之景，此足以引發詩興。末兩句以許詢自比，以支遁比巳上人，乃為謙詞。有學者認為「夢青絲」並無不妥。羅大經《鶴林玉露》引佛書云：終南長老入定，夢天帝賜以青棘之絲，故云「天棘夢青絲」。

至於「天棘」是甚麼植物，歷來有些爭論。宋代史學家鄭樵《通志》云：「柳名天棘，南人謂之楊柳。」庾信詩：「岸柳被青絲。」但明朝才子楊慎曰：「鄭樵之說無據。柳可言絲，只在初春。若茶瓜留客之日，江蓮白羽之辰，必是深夏，柳已老葉陰濃，不可言絲矣。」按《本草索隱》云：「天門冬，在東岳名淫羊藿，在南岳名百部，在西岳名管松，在北岳名顛棘。」顛與天，聲相近而互名也。《抱朴子》及《博物志》皆云：天門冬一名顛棘，以其刺故也。

卷二〈倒掛雀〉：

海南諸國有倒掛雀，尾羽備五色，狀似鸚鵡，形小如雀，夜則倒懸其身。畜之者食以蜜漬粟米、甘蔗。不耐寒，至中州輒以寒死；尋常誤食其糞，亦死。元符中，始有攜至都城者，一雀售錢五十萬，東坡《梅》詞云：「倒掛綠毛幺鳳。」蓋此鳥也。

《雞肋篇》卷下及《萍洲可談》此條談及這種狀似鸚鵡，形小如雀，夜則倒懸其身的「倒掛雀」（或稱「倒掛子」）。哲宗紹聖元年（一〇九四），蘇軾被貶到惠州。他在十月三日到達貶所。個多月後，他有兩首同韻的七言古詩。第一首為《十一月二十六日松風亭下梅花盛開》：「春風嶺上淮南村，昔年梅花曾斷魂。豈知流落復相見，蠻風蜑雨愁黃昏。長條半落荔支浦，臥樹獨秀桄榔園。豈惟幽光留夜色，直恐冷豔排冬溫。松風亭下荊棘裏，兩株玉蕊明朝暾。海南仙雲嬌墮砌，月下縞衣來扣門。酒醒夢覺起繞樹，妙意有在終無言。先生獨飲勿嘆息，幸有落月窺清樽。」第二首為《再用前韻》：「羅浮山下梅花村，玉雪為骨冰為魂。紛紛初疑月掛樹，耿耿獨與參橫昏。先生索居江海上，悄如病鶴棲荒園。天香國豔肯相顧，知我酒熟詩清溫。蓬萊宮中花鳥使，綠衣倒掛扶桑暾。抱叢窺我方醉臥，故遣啄木先敲門。麻姑過君急灑掃，鳥能歌舞花能言。酒醒人散山寂寂，惟有落蕊黏空樽。」在第二首的自注中，蘇軾說：「嶺南珍禽有倒掛子，綠毛紅喙，如鸚鵡而小，自東海來，非塵埃中物也。」

紹聖三年（一〇九六）七月，朝雲卒。蘇軾在十月寫《西江月．梅花》，「其寓意為朝雲作也。」詞的上闋有「倒掛綠毛么鳳」句。

蘇軾賦予這種嶺海珍禽倒掛子以專名，以牠襯托惠州梅花與愛妾朝雲之超凡脫俗，此種梅禽搭配之詠梅典故應是蘇軾首創。倒掛子是短尾鸚鵡，一身翠綠，在棲息時倒懸於枝上。蘇軾以蜀地的桐花鳳比擬倒掛子，將後者抬高到「鳳」之行列，並美其名曰「綠毛么鳳」。蘇軾在廣東南華寺、羅浮山及海南數度觀察到這種五色雀，以詩詞描寫其美麗的外貌，讚揚其美好品質，並向五色雀誠心祝禱，期盼回歸中原，從而獲得自我安慰。

蘇軾在哲宗元符三年（一一〇〇）正月，又見此鳥，遂有《五色雀》并引之作。其引曰：「海南有五色雀，常以兩絳者為長，進止必隨焉，俗謂之鳳凰雲，久旱而見輒雨，潦則反是。吾卜居儋耳城南，嘗一至庭下，今日又見之進士黎子雲及其弟威家。既去，吾舉酒祝之曰：『若為吾來者，當再集也。』已而果然，乃為賦詩。」詩曰：「粲粲五色羽，炎方鳳之徒。青黃縞玄服，翼衛兩紱朱。仁心知閔農，常告雨霽符。我窮惟四壁，破屋無瞻烏。惠然此粲者，來集竹與梧。鏘鳴如玉佩，意欲相嬉娛。寂寞兩黎生，食菜真臞儒。小圃散春物，野桃陳雪膚。舉杯得一笑，見此紅鸞雛。高情如飛仙，未易握粟呼。胡為去復來，眷眷豈屬吾。迴翔天壤間，何必懷此都。」

有學者認為五色雀並非「一雀五色」，乃「每雀一主色」而「群備五色」。

閩、浙人食蛙，湖湘人食蛤蚧，大蛙也。中州人每笑東南人食蛙，有宗子任浙官，取蛙兩股脯之，給其族人為鶉臘，既食然後告之，由是東南謗少息。或云蛙變為黃鵪。廣南食蛇，市中鬻蛇羹，東坡妾朝雲隨謫惠州，嘗遣老兵買食之，意謂海鮮，問其名，乃蛇也，哇之，病數月，竟死。瓊管夷人食動物，凡蠅蚋草蟲蚯蚓盡捕之，入截竹中炊熟，破竹而食。頃年在廣州，蕃坊獻食，多用糖蜜腦麝，有魚雖甘旨，而腥臭自若也，唯燒筍菹一味可食。先公使遼日，供乳粥一椀甚珍，但沃以生油，不可入口。諭之使去油，不聽，因紿令以他器貯油，使自酌用之，乃許，自後遂得淡粥。大率南食多鹽，北食多酸，四夷及村落人食甘，中州及城市人食淡，五味中唯苦不可食。

各地有各地的風土、人情、物產等，所以進食的口味不同，絕對正常。但此條謂東坡妾朝雲不經意吃了蛇羹，「哇之，病數月（一謂病數日），竟死。」這真是不幸。

在評介《雞肋編》時，筆者曾談及王朝雲的生平，現在再深入談談她由入蘇軾門為侍女至她逝世的二十三年的生活。

蘇軾於神宗熙寧四年至七年（一〇七一至一〇七四）任杭州通判。他經常和文友遊西湖。在這段時期，他和表演歌舞的王朝雲（一〇六二至一〇九六）相遇。熙寧六年（一〇七三），朝雲入蘇家為侍女。在朝雲十八歲時，蘇軾納她為妾。

據毛晉所輯的《東坡筆記》記載：東坡一日退朝，食罷，捫腹徐行，顧謂侍兒曰：「汝輩且道是中何物？」一婢遽曰：「都是文章」。東坡不以為然。又一人曰：「滿腹都是機械。」坡亦未以為當。至朝雲曰：「學士一肚皮不合入時宜。」坡捧腹大笑。讚道：「知我者，唯有朝雲也。」從此對王朝雲更加愛憐。

在神宗元豐六年（一〇八三）九月二十七日，朝雲為蘇軾生下一個兒子。蘇軾為他取名蘇遁。當時，蘇軾正遵父遺命為《易經》作《傳》，「遁」取自《易經》中的第三十七卦「遁」，是遠離政治旋渦、歸隱的意思。這一卦的爻辭中說：「嘉遁，貞吉」，「好遁，君子吉」。遁兒滿月之時，蘇軾作《洗兒詩》：「人皆養子望聰明，我被聰明誤一生。唯願孩兒愚且魯，無災無難到公卿。」

元豐七年（一〇八四）三月，蘇軾在黃州接到改為汝州團練副使的詔令。蘇軾接到詔令後，四月中攜家啟程。七月二十八日，當他們的船停泊在金陵江岸時，未及一歲的幹兒中暑不治，夭亡在朝雲的懷抱裏。蘇軾及朝雲很傷心。蘇軾寫了《去歲九月二十七日在黃州生子名遁小名幹兒頎然穎異至今年七月二十八日病亡於金陵作二詩哭之》。其一：「吾年四十九，羈旅失幼子。幼子真吾兒，眉角生已似。未期觀所好，蹁躚逐書史。搖頭卻梨栗，似識非分恥。吾老常鮮歡，賴此一笑喜。忽然遭奪去，惡業我累爾。衣薪那免俗，變滅須臾耳。歸來懷抱空，老淚如瀉水。」其二：「我淚猶可拭，日遠當日忘。母哭不可聞，欲與汝俱亡。故衣尚懸架，漲乳已流床。感此欲忘生，一臥終日僵。中年忝聞道，夢幻講已詳。儲藥如丘山，臨病更求方。仍將恩愛刃，割此衰老腸。知迷欲自反，一慟送餘傷。」（十七年後，蘇軾也是在七月二十八日病逝的。）

哲宗紹聖元年（一〇九四）蘇軾被貶惠州，朝雲追隨左右。在這年十一月作《朝雲詩》。其引云：「世謂樂天有鬻駱馬放楊柳枝詞，嘉其主老病不忍去也。然夢得有詩云：『春盡絮飛留不得，隨風好去落誰家。』樂天亦云：『病與樂天相伴住，春隨樊子一時歸。』則是樊素竟去也。予家有數妾，四五年相繼辭去，獨朝雲者，隨予南遷。因讀樂天集，戲作此詩。朝雲姓王氏，錢唐人，嘗有子曰幹兒，未期而夭云。」詩云：「不似楊枝別樂天，恰如通德伴伶玄。阿奴絡秀不同老，天女維摩總解禪。經卷藥爐新活計，舞衫歌扇舊因緣。丹成逐我三山去，不作巫陽雲雨仙。」從「經卷藥爐新活計，舞衫歌扇舊因緣」這兩句看，可知朝雲身體不好，要經常與藥爐為伴，再不是昔日可歌可舞的朝雲了。

從小生長在風景勝地杭州的朝雲，最終可能因為不能適應嶺南的氣候或食物，在哲宗紹聖三年（一〇九六）逝世，年僅三十四歲。蘇軾作《悼朝雲詩》，其引曰：「紹聖元年十一月，戲作《朝雲詩》。三年七月五日，朝雲病亡於惠州，葬之棲禪寺松林中東南，直大聖塔。予既銘其墓，且和前詩以自解。朝雲始不識字，晚忽學書，粗有楷法。蓋嘗從泗上比丘尼義沖學佛，亦略聞大義，且死，誦《金剛經》四句偈而絕。」詩云：「苗而不秀豈其天，不使童烏與我玄。駐景恨無千歲藥，贈行惟有小乘祥。傷心一念償前債，彈指三生斷後緣。歸臥竹根無遠近，夜燈勤禮塔中仙。」

卷二〈東坡處憂患〉：

東坡元豐間知湖州，言者以其誹謗時政，必致死地，御史臺遣就任攝之，吏部差朝士皇甫朝光管押。東坡方視事，數吏直入上廳事，捽其袂曰：「御史中丞召。」東坡錯愕而起，即步出郡署門，家人號泣出隨之。弟轍適在郡，相逐行及西門，不得與訣，東坡但呼：「子由，以妻子累爾！」郡人為之泣涕。下獄即問五代有無誓書鐵券，蓋死囚則如此，他罪止問三代。東坡為一詩付獄吏，他日寄子由，其詩曰：「聖主如天萬物春，小臣愚暗自亡身。百年未滿先償債，十口無歸更累人。是處青山可埋骨，他時夜雨獨傷神。與君世世為兄弟，更結來生未了因。」獄吏憐之，頗寬其苦楚。獄成，神考

薄其罪，止責散官，安置黃州。元祐中，復起為兩制用事。紹聖初，貶惠州，再竄儋耳。元符末，放還，與子過乘月自瓊州渡海而北，風靜波平，東坡叩舷而歌，過困不得寢，甚苦之，率爾曰：「大人賞此不已，寧當再過一巡？」東坡矍然就寢。余在南海，逢東坡北歸，氣貌不衰，笑語滑稽無窮，視面多土色，黶耳不潤澤。別去數月，僅及陽羨而卒。東坡固有以處憂患，但瘴霧之毒，非所能堪爾。

此條朱彧謂在南海逢東坡北歸，「氣貌不衰，笑語滑稽無窮」。但飽歷風霜的東坡已「面多土色，黶身不潤澤」，想東坡個性雖豁達，能隨遇而安，畢竟受盡連年遷謫之苦，健康已走下坡。

正如朝雲所說，蘇學士「一肚皮不合入時宜。」他的一生，在朝為官的時間少，在流徙於各州地，居無定所的時間多。自從哲宗元祐八年（一〇九三）太皇太后高氏去世，十六歲的哲宗親政始，蘇軾再沒有返回朝廷。哲宗紹聖元年（一〇九四）四月，落兩職、追一官，依前左朝奉郎謫知英州軍州事，旋又降為充左承議郎（正六品下）。閏四月，蘇軾離開定州，前往英州貶所。在南下途上，謫命屢改。行至當塗，落左承議郎，責授建昌軍司馬、惠州安置。途經廬陵，改貶為寧遠軍節度副使，仍惠州安置。船快到當塗的慈湖夾，蘇軾有《慈湖夾阻風五首》。其二曰：「此生歸路愈茫然，無數青山水拍天。猶有小船來賣餅，喜聞墟落在山前。」其五曰：「臥看落月橫千丈，起喚清風得半帆。且並水村攲側過，人間何處不巉巖。」

在惠州，蘇軾總算暫時能夠安定下來。在《遷居》詩中，他說：「已買白鶴峰，規作終老計。」又說：「吾生本無待，俯仰了此世。」他的《食荔支二首》其二云：「羅浮山下四時春，盧橘楊梅次第新。日啖荔支三百顆，不辭長作嶺南人。」從此首可見蘇軾樂觀的性格。據南宋詩人曾季貍《艇齋詩話》說，當時的宰相章惇看到此詩，不願見蘇軾如此安穩，遂將他貶到儋耳（今海南儋州市）。

與在惠州的生活相比，在海南島儋耳的生活更艱苦。在《桄榔庵銘》的序中，他說：「東坡居士謫於儋耳，無地可居，偃息於桄榔林中，摘葉書銘，以記其處。」在銘中，他形容儋耳「海氛瘴霧，吞吐吸呼。蝮蛇魑魅，出怒入娛。」在寫給好朋友程天侔的信中，他說自己過的生活是「食無肉、病無藥、居無室、出無友、冬無炭、夏無寒泉。」程天侔乃蘇軾謫居惠州時結交的朋友，他和兒子程儒曾多次到蘇軾借住的嘉佑寺拜訪。蘇軾到儋耳後，程天侔先後寄去紙、茶、酒、藥、米、醬、薑、糖等物，在物質上和精神上都給了蘇軾莫大的安慰。

因為日子寂寞，蘇軾寫了很多關於生活瑣事的詩。例如《汲江煎茶》：「活水還將活火烹，自臨釣石汲深清。大瓢貯月歸春甕，小杓分江入夜瓶。茶乳已翻煎處腳，松風仍作瀉時聲。枯腸未易禁三椀，臥聽山城長短更。」

在居惠州、儋耳的五六年間，蘇軾的詩作有近九卷，四百餘首，還有頗多散文及樂府詞作。他將陶淵明及柳宗元的詩歌「常置左右，目為二友」。他追和陶詩，共有一百多首。

在元符三年（一一〇〇）六月，蘇軾被赦，踏上北歸之路。他作《別海南黎民表》云：「我本海南民，寄生西蜀州。忽然跨海去，譬如事遠游。平生生死夢，三者無劣優。知君不再見，欲去且少留。」他對海南真有依依不捨之情。渡海時，他作《六月二十日夜渡海》詩：「參橫斗轉欲三更，苦雨終風也解晴。雲散月明誰點綴，天容海色本澄清。空餘魯叟乘桴意，粗識軒轅奏樂聲。九死南荒吾不恨，茲遊奇絕冠平生。」的確，蘇軾四海為家，「此心安處是吾鄉」，一生遊歷冠絕時人。在北歸的次年，即徽宗建中靖國元年（一一〇一）七月，蘇軾病逝於常州。在逝世前不久，他以一首六言詩《自題金山畫像》總結自己一生：「心似已灰之木，身如不繫之舟。問汝平生功業，黃州惠州儋州。」

卷二〈遼人嗜學中國〉：

遼人嗜學中國。先朝建天章、龍圖閣以藏祖宗制作，置待制、學士以寵儒官；遼亦立乾文閣，置待制、學士以命其臣。典章文物，倣傚甚多。政和壬辰，朝廷得元圭，肆赦；是冬，遼亦稱得孔子履，赦管內。

遼朝（九一六至一一二五），國號大遼，契丹文又稱大契丹國，是由契丹人在中國北方建立的王朝，國祚二一〇年。契丹族為東胡後裔，為鮮卑之一，與宇文部、庫莫奚同源，歷代曾隸屬於匈奴、慕容部、拓跋部與唐朝之下，唐朝時曾設置松漠都督府以羈縻方式管理，但契丹並未完全臣服於唐朝。

唐朝末年，首領耶律阿保機（八七二至九二六）吞併了契丹各個部落，於九一六年稱帝建國，是為遼太祖。九一八年定都臨潢府（今內蒙古巴林左旗南）。遼朝共有九帝，分別為太祖、太宗、世宗、穆宗、景宗、聖宗、興宗、道宗及天祚帝。

契丹屢次南下中原，太宗耶律德光攻滅後晉後確定國號為「大遼」，九八三年改為「契丹」，一〇六六年改為「大遼」，直到一一二五年三月二十六日為金朝所滅為止。一一二二年，天祚帝北逃夾山，耶律淳於遼南京被立為帝，是為北遼。遼朝滅亡後，耶律大石西遷到中亞楚河流域，於一一三二年重建「大遼」，是為西遼。一二一一年西遼被屈出律篡位，並於一二一八年被蒙古帝國所滅。

史學界對「契丹」含義最廣為接受的說法是鑌鐵或刀劍之意。後來改國名為「遼」也是「鐵」的意思，同時「遼」也是契丹人發祥地遼水的名字。遼朝全盛時期疆域東到日本海，西至阿爾泰山，北到額爾古納河、大興安嶺一帶，南到河北省南部的白溝河。契丹族本是遊牧民族，遼朝皇帝使農牧業共同發展繁榮，各得其所，建立獨特的、比較完整的管理體制。遼朝將重心放在民族發祥地，為了保持民族性將遊牧民族（契丹人）與農業民族（漢人）分開統治，開創出兩院制的政治體制，北院契丹族制，南院漢制。採用漢族文化，並根據漢字創造契丹文字，保存自己的文化。此外，吸收北宋、渤海國、五代、西夏及西域各國的文化，促進遼朝政治、經濟和文化各個方面發展。

漢文化對於遼朝的影響都是巨大的。遼太祖耶律阿保機對中原的漢文化非常推崇，他本人的漢文化水平也非常高。稱帝後，命人借用三百多個漢字作參照，創造出了契丹文字。在國事上，他任用韓知古、韓延徽、康默記等有才學的漢人為謀士，並採納韓延徽的建策，置州縣，立城郭，定賦稅等。大量漢文書籍的翻譯，將中原人民的科學技術、文學、史學成就等介紹到了草原地區，帶動和促進了遊牧民族草原文化的發展。遼朝皇室和契丹貴族多仰慕漢文化，遼太祖崇拜孔子，先後於上京建國子監，府、州、縣設學，以傳授儒家學說，又建立孔子廟。遼聖宗耶律隆緒常閱讀《貞觀政要》、道宗耶律洪基愛看《論語》等。遼道宗時，契丹以「諸夏」自稱，道宗又說「吾修文物，彬彬不異中華。」

遼朝文人既用契丹語言文字創作，也大量用漢語文寫作。他們的作品有詩、詞、歌、賦、文、章奏、書簡等各種體裁。遼興宗耶律宗真也善為詩文，一〇五〇年宋使趙概至遼，遼興宗於席上請概賦《信誓如山河詩》。在遼朝諸帝中，遼道宗文學修養最高，善詩賦，作品意境深遠。有《題李儼黃菊賦》。

遼聖宗耶律隆緒（九七二至一〇三一）在位四十九年，在他統治下，遼國國力達到頂峯。他是景宗耶律賢（九四八至九八二）的長子，母親是景宗的皇后蕭綽（小字燕燕）（九五三至一〇〇九）。聖宗登基時才十歲，由蕭太后聽政。蕭太后執政期間，勵精圖治，注重農桑，興修水利，減少賦稅，整頓吏治，訓練軍隊，使百姓富裕，國勢強盛。統和九年（九九一），滅渤海殘餘定安國，統和二十二年（一〇〇四），遼聖宗與宋真宗達成「澶淵之盟」。統和二十七年（一〇〇九）聖宗親政後，遼朝進入鼎盛期，基本上延續了蕭太后執政時的遼朝風貌。但晚年時，遼聖宗迷信佛教，生活奢侈，遼國勢開始走向下坡。末帝天祚帝耶律延禧（一〇七五至一一二八）「耽酒嗜音，禽色俱荒。斥逐忠良，任用群小。遠近生靈，悉罹被苛政」（遼朝光祿卿李良嗣語），於一一二五被金人俘，遼國滅亡。

元朝官修正史《遼史》脫脫等的評價是：「遼起朔野，兵甲之盛，鼓行皥外，席捲河朔，樹晉植漢，何其壯歟？太祖、太宗乘百戰之勢，輯新造之邦，英謀睿略，可謂遠矣。雖以世宗中才，穆宗殘暴，連遘弒逆，而神器不搖。蓋由祖宗威令猶足以震疊其國人也。聖宗以來，內修政治，外拓疆宇，既而申固鄰好，四境乂安。維侍二百餘年之基，有自來矣。降臻天祚，既丁末運，又觖人望，崇信奸回，自椓國本，群下離心。金兵一集，內難先作，廢立之謀，叛亡之跡，相繼蜂起。馴致土崩瓦解，不可復支，良可哀也！耶律與蕭，世為甥舅，義同休戚，奉先挾私滅公，首禍構難，一至於斯。天祚窮蹙，始悟奉先誤己，不幾晚乎！淳、雅里所謂名不正，言不順，事不成者也。大石苟延，彼善於此，亦幾何哉？」

卷二〈人目棋枰為木野狐〉：

葉濤好弈棋，介甫作詩切責之，終不肯已。弈者多廢事，不論貴賤，嗜之率皆失業，故唐人目棋枰為「木野狐」，言其媚惑人如狐也。

在《拊掌錄》中，記載是這樣的：「葉濤好弈棋，王介甫作詩切責之，終不肯已。弈者多廢事，不以貴賤，嗜之率皆失業。故人目棋枰為『木野狐』，言其媚惑人如狐也。熙寧後，茶禁日嚴，被罪者眾，乃目茶籠為『草大蟲』，言其傷人如虎也。」《拊掌錄》作者一說是宋人邢居實（一〇六九至一〇八七）。

圍棋的棋枰是木做的。由於棋局變幻多端、令好者痴迷，有如妖魅靈狐一般，故稱圍棋為木野狐。除此之外，圍棋還有很多別稱：黑白、方圓、楸枰、手談、坐隱、爛柯、紋枰等。

寫《歸田瑣記》的清人梁章鉅有《浪跡叢談》十一卷、《續談》八卷及《三談》六卷。在《三談》卷一中，他用了整卷來記錄古今弈事，並謂：「昔《論語》舉博弈以譬用心，《孟子》言弈小數，亦必專心致志，弈與學將毋同，竊願為學弈者發其蒙，並為舉弈者進一解焉。」相信梁章鉅可能是圍棋高手。

葉濤（一〇五〇至一一一〇），北宋著名詩人，官至三品龍圖閣待制，乃王安石弟王安國之婿。字致遠，龍泉東鄉人，自幼好學，博覽羣書，通今博古。神宗熙寧六年（一〇七三）中進士時，神宗召廷試，讚歎其才思過人，於御屏上書：「政事何琬，文章葉濤」，授為國子直講。他支持王安石變法，改革政務，頗得臣民讚頌。王安石於熙寧九年（一〇七六）閒居金陵時，葉濤往從他學習文詞。哲宗繼位，葉濤為太學博士。哲宗紹聖元年（一〇九四）為秘書省正字，編修《神宗史》，進校書郎。蔡京當權，被劾為元祐黨籍。曾布再掌朝政時，任給事中。徽宗大觀四年（一一一〇），葉濤卒。葉濤詩存世極少。《宋詩紀事》引《宋文鑑》葉濤《望舊廬有感》詩曰：「重來舊屋誰為主，江令蕭條嘆獨存。已愧問人才識路，卻悲無柳可知門。舟車到處成家宅，歲月唯驚長子孫。孤客濫由非得已，故交零落與誰論。」

卷二〈以烏啼鵲噪示凶吉之俗不同〉：

東南謂烏啼為凶，鵲噪為吉，故或呼為喜鵲。頃在山東，見人聞鵲噪則唾之，烏啼却以為喜，不知風俗所見如何。

我們可以將此條之記載與北宋彭乘《墨客揮犀》卷二的記載比較：「北人喜鴉聲而惡鵲聲，南人喜鵲聲而惡鴉聲。鴉聲吉凶不常，鵲聲吉多而凶少，故俗呼喜鵲，古所謂乾鵲是也。南中多有信鵲者，類鵲而小，能為百禽聲。春時其聲極可愛。忽飛鳴而過庭檐間者，則其占為有喜。凡野禽或獐狐之類入人家者，必有不祥事，余累試甚驗。不但人家，路行遇飛鳥過者，切避之。若遺糞汙人衣者，亦不祥。又見雀鬥者，不得相逐，遭官事。」

在與人類關係密切的鳥類中，烏鴉的名聲很不好。其實，烏鴉是個吉祥鳥。烏鴉的名聲不好是有原因的。它的形象不雅，歌聲不美。烏鴉通體渾黑，它沒有喜鵲漂亮，不如麻雀機靈，沒有燕子活潑。唐代段成式在《酉陽雜俎》中說：「烏鳴地上無好音。」很多人對這些傳說竟然深信不疑。於是，有了烏合之眾、烏鴉嘴、天下烏鴉一般黑等說法，證明多數人對烏鴉的印象不好。

其實，有更多的典籍表明烏鴉是吉祥鳥、報喜鳥。早在商朝，就有「烏鴉報喜，始有周興」的歷史傳說。漢代董仲舒在《春秋繁露．同類相動》中引《尚書傳》：「周將興時，有大赤烏銜谷之神而集王屋之上，武王喜，諸大夫皆喜。」這裏所說的「大赤烏」指的就是烏鴉。同類說法在《淮南子》、《左傳》、《史記》等史籍中也有記載。唐代詩人張籍的《烏夜啼引》曰：「秦烏啼啞啞，夜啼長安吏人家。吏人得罪囚在獄，傾家賣產將自贖。少婦起聽夜啼烏，知是官家有赦書。下床心喜不重寐，未明上堂賀舅姑。少婦語啼烏，汝啼慎勿虛。借汝庭樹作高巢，年年不令傷爾雛。」「烏鴉反哺」這個眾人皆知的成語典故，說明了烏鴉還是鳥類中最懂得孝敬父母的慈孝鳥。《本草綱目．禽．慈烏》中說：「此鳥初生，母哺六十日，長則反哺六十日，可謂慈孝矣。」在儒家很多經典中，可以看到烏鴉「反哺慈親」的記載，意思是，烏鴉乃孝順的典型。李密在《陳情表》中說：「臣密今年四十有四，祖母劉，今年九十有六，是臣盡節於陛下之日長，報劉之日短也。烏鳥私情，願乞終養。」在《慈烏夜啼》中，作者白居易不僅贊頌了烏鴉感人至深的孝道，也批評了吳起「其心不如禽」的行為。在他看來，烏鴉就是「鳥中之曾參」。「烏鴉喝水」的童話故事人盡皆知，從這故事可見人們普遍認為它是有智慧的。有科學家認為烏鴉是人類以外具有第一流智商的動物，其綜合智力水平大致與家犬相當。

東漢哲學家王充《論衡．龍虛》：「狌狌知往，乾鵲知來。」狌狌是中國古代神話傳說中的異獸，記載於《山海經》。狌狌形似猿猴，有可能就是現在的猩猩。《西京雜記》卷三：「乾鵲噪而行人至，蜘蛛集而百事嘉。」

卷三〈文彥博九十二歲善終〉：

文潞公在貝州時，有黃璵者，為公筮。用一幅大綾，寫「九十二歲善終」六字，藏於家。考公自二十八歲作兩制，知成都；四十二歲平貝州賊，作宰相凡五十餘年。平日未嘗降官，雖贖銅罰俸亦無。元祐初，平章軍國重事，久之以太師、河東節度使、侍中居西京。紹聖元年，公九十二歲，坐異意降太子少保，河南府差通判來取節鉞。月餘終。

文彥博（一〇〇六至一〇九七），字寬夫，號伊叟。汾州介休（今山西省介休市）人。北宋時期著名政治家、書法家。關於他的生平，可參看本書評介《石林燕語》篇。《石林燕語》卷三記載神宗向文彥博問及攝生之道，文潞公說：「無他，臣但能任意自適，不以外物傷和氣，不敢做過當事，酌中恰好即止。」

蘇軾稱文彥博：「其綜理庶務，雖精練少年有不如；其貫穿古今，雖專門名家有不逮。」南宋私史學家王稱（生卒年不詳）謂：「彥博以王佐之才，克平妖難，致位丞弼，雖以人言去位，而天下之望日隆。……彥博出入四世，名倡九牧，神明所相，壽考康寧，近世以來，一人而已。」

卷三〈王震五十歲水厄〉：

王震子發，平時人相之云：「五十歲水厄。」紹聖二年，責知袁州，五十歲矣。畏水厄，乃陸行至蘄水，疽發頂上，不可救，遂卒。豈所謂水厄者，厄於蘄水耶？

此條所提及的官吏王震，事蹟不詳。他被人相之云「五十歲水厄」。在五十歲時，他被責知袁州，避開水路，「陸行」，至蘄水，疽發頂上而卒。假如他沒有去看相，不知命運會否有分別。有時，人假若太過相信相士的預測，可能也會不自覺走上被預測的路上。其中可能涉及一些心理學。

相命，或稱算命，或稱命理學，是一種所謂能利用個人資訊，例如臉與手的紋路，生辰八字、姓名筆畫等配合術數來判斷一個人的命運及未來吉凶。算命的原理不同，可區分古代的占卜、筮法、望氣、周易卜卦、八字、紫微斗數、面相、手相、奇門遁甲、堪輿風水等。今日亦流行西洋的星座、水晶球、塔羅牌等。在中國，算命的歷史源遠流長，其起源可追溯到最早的伏羲氏，之後周文王演八卦，則算命開始逐步得以發展。今日科學界普遍認為算命是偽科學。

卷三〈沈括妻姤暴〉：

沈括存中，入翰苑，出塞垣，為聞人。晚娶張氏，悍虐，存中不能制，時被箠罵，捽鬚墮地，兒女號泣而拾之，鬚上有血肉者，又相與號慟，張終不恕。余仲姊嫁其子清直，張出也。存中長子博毅，前妻兒，張逐出之。存中時往賙給，張知輒怒，因誣長子凶逆暗昧事，存中責安置秀州。張時時步入府中，訴其夫子，家人輩徒跣從勸於道。先公聞之，頗憐仲姊，乃奪之歸宗。存中投閑十餘年，紹聖初復官，領宮祠。張忽病死，人皆為存中賀，而存中恍惚不安。船過揚子江，遂欲投水，左右挽持之，得無恙，未幾不祿。或疑平日為張所苦，又在患難，方幸相脫，乃爾何耶？余以為此婦姤暴，非碌碌者，雖死魂魄猶有憑藉。

張氏是沈括的繼妻。朱彧的二姊嫁給沈括和張氏的兒子沈清直，所以兩家有姻親關係。朱彧形容張氏「悍虐」。有一次，張氏發脾氣，竟將沈括的鬍鬚連皮帶肉扯將下來，兒女們抱頭痛哭，跪求母親息怒。她又驅逐元配之子張博毅。在秀州時年年狀告其父子。在張氏的虐待下，沈括在定居夢溪園的第四年生了一場大病，此後身體越來越虛弱。真想不到官至龍圖直學士、博學多才，寫出名著《夢溪筆談》的沈先生的家庭生活是這麼悲慘。但張氏逝世後，沈括終日恍惚不安，過揚子江時，竟欲投水自尋短見，被左右挽持，得無恙。一年後，他鬱鬱而終。

卷三〈胡宗甫妻〉：

胡宗甫妻張氏，極妬。元豐中官京局，母氏常過其家。有小婢雲英行酒，與主人相顧而笑，張見而嫌之。婢亦覺，是夕，自縊於廁。家人驚告，張飲嚼自如。母氏不遑處，乃歸。明年，張之愛女病，作婢語責張曰：「我由爾死，尚未足道；既聞之，飲食笑樂安忍耶？必令主死，爾諸子繼之，使爾孑然無聊，以償我昔痛！」未幾，宗甫捐館，張遽出京還常州，三子盡亡，姑婦四人孀居。張晚年病發，宛轉哀鳴，求諸婢餔飼扶掖，或責以前事，則流涕無語，如是十餘年乃卒。

此條所記是異事。歷史上有很多有關妬婦的記載。她們的「事蹟」可大可小。

明朝文學家，戲曲家馮夢龍（一五七四至一六四六）的《情史類略》記載着一個關於唐代名相房玄齡與他妻子盧夫人的故事：「盧夫人，房玄齡妻也。玄齡微時，病且死，曰：『吾病革，君年少，不可寡居，善事後人。』盧泣，入帷中，剔一目示玄齡，明無他念。玄齡愈，禮之終身。按梁公夫人至妬。太宗將賜公美人，屢辭不受。帝令皇后召夫人，告以『媵妾之流，今有常制。且司空年暮，帝欲有所優詔』之意。夫人執意不回。帝乃令謂之曰：『若寧不妒而生，寧妒而死。』乃遣酌卮酒與之，曰：『若然，可飲此鴆。』然實非鴆也。夫人一舉便盡，無所留難。帝曰：『我尚畏見，何況玄齡。』人謂房公為怕婦，抑孰知感剔目之情也。」唐太宗也稱自己「畏」了盧夫人，應該是一種佩服之情。唐人劉餗的《隋唐嘉話》上卷有相同的記載。唐人張鷟的《朝野僉載》卷三有類近記載，不過故事主角並非房玄齡和盧夫人，而是管國公任瑰和他的妻子劉夫人的故事。

《朝野僉載》卷二也記載了一位妬婦：「後魏末，嵩陽杜昌妻柳氏甚妬。有婢金荊，昌沐，令理髮，柳氏截其雙指。無何，柳被狐刺螫，指雙落。又有一婢名玉蓮，能唱歌，昌愛而嘆其善，柳氏乃截其舌。後柳氏舌瘡爛，事急，就稠禪師懺悔。禪師已先知，謂柳氏曰：『夫人為妒，前截婢指，已失指；又截婢舌，今又合斷舌。悔過至心，乃可以免。』柳氏頂禮求哀，經七日，禪師令大張口，咒之，有二蛇從口出，一尺以上，急咒之，遂落地，舌亦平復。自是不復妒矣。貞觀中，濮陽范略妻任氏，略先幸一婢，任以刀截其耳鼻，略不能制。有頃，任有娠，誕一女，無耳鼻。女年漸大，其婢仍在。女問，具說所由，女悲泣，以恨其母。母深有愧色，悔之無及。」

唐人段成式的《酉陽雜俎》前集卷十四（諾皋記上）所記錄的「妬婦津」所載的妬婦也是很恐怖的一位妬婦。